刘华 著

长江出版传媒

长江文艺出版社

图书在版编目（ＣＩＰ）数据

刘华写江西 / 刘华著. -- 武汉 ：长江文艺出版社，
2015.11（2025.5 重印）
ISBN 978-7-5354-7862-7

Ⅰ.①刘… Ⅱ.①刘… Ⅲ.①散文集－中国－当代
Ⅳ.①I267

中国版本图书馆 CIP 数据核字(2015)第 007766 号

责任编辑：杜东辉　　　　　　　　　责任校对：程华清
封面设计：水墨工作室　　　　　　　责任印制：邱　莉　　胡丽平

出版：

地址：武汉市雄楚大街 268 号　　　　邮编：430070
发行：长江文艺出版社
电话：027—87679360
http://www.cjlap.com
印刷：三河市嵩川印刷有限公司

开本：640 毫米×970 毫米　　　1/16　　　印张：18.5
版次：2015 年 11 月第 1 版　　　2025 年 5 月第 2 次印刷
字数：237 千字

定价：75.00 元

目录
CONTENTS

寻访鄱阳渔鼓

文字里的鄱阳令我兴致勃勃。那是民间艺术的鱼米之乡。它是雍容华美的,又是古朴深邃的,如脱胎漆器;它是率真放达的,又是清新悠扬的,如鄱湖渔歌;它是苍凉粗犷的,又是温婉醇厚的,如鄱阳渔鼓。

作为江西道情的一支,我想象鄱阳渔鼓应有波光粼粼、熏风阵阵、白帆点点,应有漂在湖上的草洲,掠过水面的河豚,追逐飞舟的江鸥。因为,它一定伴着安泊在码头边的樯桅,沉醉在酒馆茶肆里的漕工,和被夜晚从湖里捕捞上来的渔人,它是他们的桨和舵,酒和茶,生命中的抚慰和欢乐。

我要去访问鄱阳渔鼓。却不是为了自己的想象,而是为了一个叫人感伤又惊奇的故事——

我的同事小李,为调查民间艺术资源事,去到鄱阳。看罢脱胎漆器,又要寻访鄱阳渔鼓。四下探问,大多浑然不知,偶有恍然忆起。唯一让人欣慰的告知是,可能还有个传人,不过,他是个盲人,已经好些年不见踪影了,或许不在世了吧?

小李是鄱阳人,与亲戚聊着寻访的结果,挺灰心的。亲戚沉吟片刻,道:他要真是个盲人,那就好办了!

——如何?

——跑到大街上随便找个盲人一问,不就知道了吗?他们之间相互都认识。

原来,在一个黑黢黢的世界里,有那么一群人,他们各自高擎心灯,让对方辨识,为彼此照明。

此法果然奏效。亲戚上了趟街,立马就把那位盲艺人的住址带回来了。小李按照那条线索，很快就找到了他家。他不过年近花甲，却有好几年没再出门了，既然流行歌曲横行于世，想来他也是知音难觅，无奈得很。

可是，这位艺人并非鄱阳渔鼓的传人；

他倾尽一生演唱的是鄱阳鼓书。

我的寻访不曾开始，便可料知结果。那么，我就把寻访当作一次追忆和缅怀吧。

渔鼓，亦称道情，曾普遍活跃于江西各地，形式大致相同，曲调则因方言、语音不同而形成多种风格。我朦胧记得，儿时似曾相识，它是被一个年轻女子竖抱在臂弯里的竹筒，它是那个女人击筒伴奏的歌声。我记得她身后藏着个小女孩，那才是属于她的明亮的眼睛。当年真该问问，她是随远方的火车流落到我的小城，还是走信江来到鄱阳。她在铁路边的宿舍区挨家挨户唱着，后来，不知道那双天真的大眼睛把她带向了何方。

此刻，我从鄱阳几位朋友的口中，追寻着关于渔鼓的蛛丝马迹。言谈之中，历史如雾，一群群，一团团，在浩淼的湖面上奔走，鄱阳古城时隐时现，明明灭灭闪烁其间的是一些词语和诗句，比如"舟车四达，商贾辐辏"，比如"十里长街半边商，万家灯火不夜天"。樯帆之间，酒旗之下，楚骚遗风、吴越旧习、中原古韵顺水随舟而来，在此登岸靠港，自是交汇混杂，相互影响；就像在南戏和弋阳腔的基础上发展起来的高腔，与乱弹、徽剧、秦腔、昆曲等皮黄声腔熔融糅合形成了饶河戏一样，想必南北的民间说唱艺术也在这里找到了共同的码头，它们交相辉映，共生共荣。

烟波之中，渔鼓的讯息微弱得时断时续。我仅仅得知，鄱阳渔鼓主要活跃在鄱北一带，演唱渔鼓用以伴奏的道情筒，筒底蒙以河豚皮的护心皮，蒙时，鱼皮是湿的，干后绷紧，击打便发出清脆的响声。我知道，流传在南北各地的道情，道情筒一般蒙的是猪皮羊皮，鄱阳渔鼓的渔区特色也体现在击乐器上了；而它唱腔的特色在于，吸收了当地的鼓书、山歌、渔歌及民歌小调的旋律，具有浓郁的水乡风情，曲调富于变化。传统曲目以长篇为主，取材于历史故事和民间传说。解放后，出现了反映现实生活的新曲目。七十年代，由当地的曲艺家陈先贤作词、作曲家黄河九作曲创作的《莲子情》等两个节目，先后在《海峡之声》电台播出。当年，黄老师还用那种宽宽的老式磁带录了音，如今磁带尚存，可惜却找不到能够放音的录放机了。看来，黑色幽默有时也是生活的本真。

两位老师回忆着渔鼓，很自然地想到一个叫"牛子"的盲艺人。这个名字也在年轻人的唇边跳了一下，也许它触动了年轻人的童年记忆？若然，那么，"牛子"就是一个被集体记忆湮没在深处的神秘名字了。

"牛子"已作古多年。"牛子"姓周，没有人知道他还有否别的大名尊号。但陈、黄二位老师仍能你一言我一语地勾勒出他的音容笑貌。周牛子个头在一米六五左右，稍胖，大脸盘，天门饱满；声音中气足，但可能不太注意保养嗓子，演唱时嗓音有些沙哑，"像老化的磁带一样"，唱高腔时感觉要好些；牛子应变能力、记忆力很强，能通过声音来认人，哪怕人们有意变声逗他，他也能分辨得出来。

早年，牛子卖艺谋生的所在，是鄱阳县城东门头的会仙楼茶馆。每天上午、晚上各一场，每场一二小时，他演唱的内容有封神演义、施公案、彭公案，等等。

我寻访着鄱阳渔鼓，不知不觉，却又叩响了鼓书的门儿——朋友们领着去找牛子的传人，没想到，这位盲艺人恰恰正是我的同事先前访问过的那位鼓书艺人。看来，牛子是十八般技艺样样皆通，这也是和鄱阳渔鼓融汇鼓书旋律的唱腔特色相吻合的。

他叫徐安主，是牛子的大弟子，十一岁时就跟着牛子学鼓书，十四岁时进了县赣剧团的曲艺队，学拉小赣胡、吹笛子。听说这个曲艺队是特意为集合散落城乡的民间艺人而成立的，当年牛子也进去了，从徐先生的年龄判断，其时当在六十年代初期。

徐先生听说我的来意，立即进了里屋，打开了录放机。原来，他已录下了自己执云板、敲圆鼓伴奏的演唱——

> 一人一马一杆枪／两个不和动刀枪／三气周瑜芦花荡／四郎失落在番邦／伍子胥大骂昭关过／六郎镇守在山关／七擒孟获诸葛亮／八仙跳海老龙王／九反中原四太子／十面埋伏楚霸王……

这是鼓书的鼓板头，仿佛戏曲正本前的"跳加官"。我听不懂词，便盯着徐先生瞧，忽然觉得人们描述的牛子倒是活像了他，也是那样的个头、体态，也是那样的脸盘、表情，也是那样的中气和嗓音！

徐先生的妻子也是一位盲艺人。让我惊讶的是，徐先生腕上竟戴着手表，而他们的家里收拾得干干净净，厅堂里挂着壁钟，里屋有一台电视机，门口还悬着一只鸟笼子。这一切全都属于明亮的眼睛！

录放机里，徐先生在唱各色人等的苦乐哀愁了。作为盲人的民间艺人更需要某些特异的生存能力，比如记忆力，一般的鼓书文本，他们听一遍就必须强记住，复杂的，至多容你再听一两遍。然而，一旦唱起自己的生活，却是豁达得很，那乐观里甚至不无浪漫——

> 小小鼓儿圆纠纠／出在苏杭并二州／说书人将钱买到手／供（jiong）家养眷度春秋／白天把它当战马／晚上把它当枕头／千里不带柴和米／万里不带点灯油／吃饭穿衣找它要／五湖四海凭我游……

从前须"买到手"的才艺，现在可是滞销了。我的同事曾问过他收没收徒弟，他不无揶揄地说，而今收徒弟岂不要给人家付工资？离开徐家后，我总在猜他养鸟的目的。哦，对了，笼中的一对翠鸟，不会是他最后的听众吧，或者，能够鹦鹉学舌的关门弟子？

一阵怅然之后，我还是感激这次寻访之旅。这是一次精神还乡，乡土的生活和艺术渐渐地隐退于记忆之中，但这记忆也足以激活我们的想象。我为今后只能通过想象来领略的民间艺术感动不已。

我感动于陈老师学唱的搬运号子、排工号子和成为黄老师创作素材的插秧号子。那是承载着生活重负的身体之歌，那是伴随着劳动节奏的生命吟唱；

我感动于串堂。那种走村串户、坐堂清唱的表演形式，十分灵活，一伙文场，一伙武场，仅需十来个演员就可以让老百姓过足戏瘾。它把饶河戏请出了祠堂、剧场，使之获得了更为广阔的舞台；

我感动于徘河。陈老师描述的徘河，发生在一个个意境优美的夏夜。那时，江湖边还没有圩堤；那时，指的是现在的老人还是少年的时候。没有圩堤的水边，漫漶的夜也没有圩堤，只有船如阵、桅如林，影影幢幢一座水之城、月之城，一叶叶轻舟载着唱小曲的民间艺人，流连在水月的街巷，徘徊于船家的庭院。所谓"徘河"，就是因此得名的吧？徐先生的妻子就是唱小曲的，我想，当年那穿过桅林、披着月光登上岸去的歌声里，一定有她的妙曼，她的甜润；

我感动于鄱湖渔歌。最动听的渔歌总是伴着桨声欸乃，唱在半夜时分。那时，夜捕的渔人离开夜深人静的湖岸，追着月光水色，划向万籁无声的迷蒙处。大约也只有此时此刻，渔人才是湖的主人、夜的主人、自己的主人，他们会很放肆地唱起来。我想象那自由的歌声一定会撩醒某座岛上的宿鸟，一定会追赶着游鱼在湖上撒欢儿，得意极了，那歌声甚至会跳进波光里裸泳。

说到夜捕，陈老师给我介绍了一种叫渔卡的渔具。那是用毛竹桠削成的竹针，使用时扭弯套上芦苇管，插入饵料。鱼儿咬钩，竹针便绷直了，撑在鱼嘴里，谁让它贪嘴呢。传说姜太公直钩钓直鱼，用的正是这种很人性化的渔卡；而渔人夜捕，就是把"贪鱼"打捞进舱。莫非，夜半的渔歌因此才无愧无悔、无拘无束？

七十二岁的作曲家黄老师陶醉在夜捕的渔歌声中，而我陶醉在自己的想象之中。黄老师鼓舞着我的想象，他很确定地说：等到秋天你来，肯定听得到。

陈老师插话强调道：要有望月。

不必问为什么了，从今天起，我等着一个有望月的秋夜。

叩问石塘寻洛阳

石塘镇在鹅湖书院的前方，在永平铜矿的前方，在横亘于闽赣边界的武夷山下，在一条满是鹅卵石的河流上游，在厚厚的故纸堆里，在薄薄的折扇之中。

石塘镇是一本本奏章，一册册典籍，一页页契文，一轴轴书画……对了，石塘镇是纸上的古镇，纸上的家园，为纸而聚居于纸上，因纸而扬名于纸上。

我通过纸的倾诉，得知了石塘；

通过石塘，我要叩问纸的消息。

河床无语。虽然，因道路泥泞我不得不绕行，此时依然下着小雨，而那么宽的河面上，却只有一线细流蛇一般游走，团团簇簇的茅草齐人高，草秸上飘摇着上次山洪留下的纪念物。满床的石头更是历次山洪的见证。

枯槁的河流是一种暗示。暗示着石塘已经老去，纸的历史已经发黄。因为，水是纸的生身父母，是纸的肉体和灵魂。不信，请读清人程鸿益所作的《铅山竹枝词》——

> 未成绿竹取为丝，三伐还须九洗之。
>
> 煮罢皇锅舂野礁，方才盼到下槽时。
>
> 双竿入水搅纷纭，渣滓清虚两不分。
>
> 掬水捞云云在手，一帘波荡一层云。

这首词，生动形象地描写了铅山纸包括石塘纸的制作全过程，民谚则称之为"措手七十二，一纸方荡成"，而在造纸的这么多道工序中，始终离不开水。石塘镇是纸做的，而纸又是水做的。

那么，我为干涸的河床而感伤，也就不奇怪了。

然而，流水有情。原来，水早已走街串巷，登门入户。它在古镇的长街边徜徉，在许多人家的庭院里流连。像一个袅袅娜娜的女子，在雨巷中时而隐没，时而显现，狐媚一般；又像一帮捉迷藏的孩子，纷纷藏进别家的门户，甚至谁的床下，终是憋忍不住，在大门前探出明澈的大眼睛。

这是一条长达二千米的官圳，明嘉靖年间由铅山知县倡建。官圳在南面的石塘河上游引水，入口处的来龙山嘴正好有一块龟背形乌石，人们因地制宜凿石开洞，借用乌石的坚固，使之成为控制来水的闸口。河水沿着鹅卵石与三合土拌浆嵌砌的官圳，经镇东一片民居的地下蜿蜒穿过，而后分流成"人"字形，沿潘家弄和下街流去。每户人家的青石板下都有潺潺水声，有的人家索性引水入院，形成一个个方便盥洗的内官坑。

流水认识每一张人面桃花。流水也记住了枕边所有的呢喃和梦呓。官圳为人们的生活提供便利那是无疑的了，我想探问的是，这源源活水，是否也倾注了以纸为业的人们对水的膜拜和感恩，对财富的来势的渴盼呢？若然，这是多么虔敬的膜拜，多么真挚的感恩，多么生动的渴盼！

我追溯着石塘河水的来路，探究石塘的造纸历史。

早在元代，这里就有纸槽云集。至明代中叶，造纸业已十分兴旺，工艺水平也大为提高，当时，每年产纸上千万张，其中三十余万张作为奏本用纸被官府收购，其余则投放市场。正因为石塘及该县的陈坊和杨村一带纸业发达，明代的铅山县成为我国江南地区的"五大手工业区域"之一，与松江的棉纺织业、苏杭的丝织业、芜湖浆染业和景德镇的制瓷业一道名扬天下。清乾隆、嘉庆年间，印书制纸的大量需求推动了石塘纸业的进一步发展，其时，从事纸业者竟占当地总人口数的十分之三，最盛时仅抚州籍工人就有三千人。各地商贾自然纷至沓来，那早已倾圮的山陕会馆，那依然幸存的饶州会馆、抚州会馆，便是当年纸醉金迷的见证。

我追寻着石塘河水的去路，摄取石塘远行的背影。

在这里，满山竹海是造纸取之不竭的原料，茂盛的植被中富有各种可为纸药的植物，来自山中的流水不仅为制料抄纸提供了优质水源，这条石塘河还与古驿道联手，把石塘纸的美誉播撒到四方。石塘纸"名色亦异"，品种繁多，有关山、连史、京川、贡川和毛边，等等。关山纸作为石塘的名产，用途较广，尤为北方市场所青睐。民国时期，石塘造纸厂生产的毛边、关山等纸，运往外地销售时都要打上"江西铅山石塘造纸厂"的珠红钤记，其中"石塘"二字稍有歪斜。听说，建国初有一批关山纸销往香港，当时的纸厂办事人认为原钤记上的"石塘"二字歪斜不美观，便重新雕刻了一枚"江西铅山石塘造纸厂"的印章加盖于上。不料，香港商家竟据此认为是假冒产品，要求退货，经厂方致书说明，那批纸张才被收下。这件事给了石塘一个教训，此后，外销之纸，一如既往使用老印章。谁让那歪斜的钤记早就成了石塘纸的身份证呢？

沿着有水声相伴的街巷，我进入纸上的历史，纸上的生活。雕刻精美的门面就是它的封面，敞亮气派的厅堂就是它的内容，居家生活的场景就是它的插图。对了，如今在石塘能够看到的，就是一座座古民居了。那些老房子依然以纸号为标榜，它们的门匾依然陶醉在"赖家字纸行"、"查家纸行"、"复生源纸行"、"金鸿昌纸行"、"松泰行"的荣耀里。在众多纸行中，"复生源"名气尤大，杭州、天津乃至黑龙江均有其分号，北方有不少纸店都以挂牌经销"复生源"纸品的办法来招揽顾客，而铅山县城所在的河口街上，一些钱庄则以与该纸号有业务往来为荣幸。

鳞次栉比的建筑曾是财富的纪念碑，如今，它们正在老去，正在颓败，便成了金钱的墓志铭。

年三十夜弄、商会弄、天后宫巷这样的地名，连接的是商贾辐辏、市声扰攘的旧日繁华；而在一座月亮门之上，"品重洛阳"的匾额指向的却是，石塘纸的质地，古镇生活的质地。

纸的质地，让石塘的骄傲底气十足；纸的质地，来自复杂的工艺和讲究的选料。在石塘，纸品不同，选料、制料方法也不同，次等纸用的是生料，即用石灰等腌制嫩竹为料；而连史、关山等上等纸则用熟料，即以嫩竹制成竹纸后，还要经蒸煮、漂白等道工序方可下槽抄纸。生产连史纸所用的嫩竹，于立夏前后砍伐取用，纸料需经过几个月日晒雨淋而自然漂白，生产周期为一年，纸质洁白莹辉，细嫩柔韧，有隐约帘纹，防虫耐热，永不变色，有"寿纸千年"之誉，旧时，贵重书籍、碑帖、契文、书画、扇面多用之。关山纸的主要原料除了竹丝，还需稻草，而且，必须是一季晚稻的稻草。加工的每道工序也是非常严格的，如抄纸时，每张纸只能用帘在槽中抄二次半，同时规定，第一次只准抄半帘，即帘床帘皮在槽中没水二分之一的面积就要立即提起，第二次、第三次方可抄全帘，这样，才能确保每张湿纸厚薄均匀如一。

因为资源丰富，历史上的江西有许多地方都是纸产地。如永丰县的毛边纸也是较为著名的纸品。它的原料也是没开枝、没长大的嫩竹，当地人称为"竹麻"。每年立夏前后半个月砍伐竹麻，放在池塘里加生石灰腐沤四十天，而后，洗净石灰，再用清水浸泡发酵三十天，就成了造毛边纸的原料。这时，要手工剥去青皮、竹节等，放在一种特制的工具上凭着脚踩捣烂，再用竹帘在水中抄制。纸张基本成型后，刷在风房的火墙上焙干，焙干后的纸张是白色的，光滑、匀细、韧性好，吸水性强、不淡墨，字迹经久不变，而且，百年不蛀不变色，是书写、印刷之佳品，故有记载说："凡印书，永丰绵纸为上。"据说，永丰在唐代就曾用蕨类植物纤维制成"陟厘纸"，被列为宫廷用纸。到明代，永丰的竹纸则因倍受一位常熟人的青睐而扬名，那人名叫毛晋，以经营校勘刻书为业，他印书所用的纸张都是在江西定做的，采买之后，他喜好在纸边盖一个篆书"毛"字印章，永丰"毛边纸"就此得名。

凭着道听途说，我不厌其烦地记下造纸工艺之皮毛。我之所以如此好奇，是因为传统工艺不仅仅是单纯的生产技术手段，其中还充溢着中国传统文化和哲学的基本精神。中国最早的工艺典籍《考工记》中有言称："天有时，地有气，材有美，工有巧。合此四者，然后可以为良。"原来，工艺就是合天时、地气、材美、工巧四者的造物过程，工艺，本是一个蕴有天地造化的生动而美妙的名词。这种工艺创造观，是"天人合一"精神的阐释和体现，显示了一种力图全面把握、协调宇宙万物相互关系的高远意图。

传统的造纸工艺显然也浸润着这一工艺思想。眺望岁月的远方，但见那里是新笋拔节、清泉潺潺，是波光潋滟、雾气氤氲。造纸的生产时空与自然顺应不悖，造纸的行工技艺与物材性理顺应不悖，纸张的文质品性与人格身心也是顺应不悖的，追求纸质洁白莹辉、细嫩柔韧的那番匠心，何尝不曾渗透对幽雅、高洁的人生境界的崇尚呢？

我又想到了水。所谓"地气"就是水了吧？在许多的传统工艺中，水都是必不可少的。因为，柔软的水，其实是特别有力量的。经水淬火、煅打的铁器无坚不摧；经水淘洗，宝贵的矿石露出真容；同样，经水沤泡，坚硬的竹材化为玉帛。

于是，我更愿意把官圳的源源活水，看作是石塘人对水的膜拜和感恩。这番虔敬，我在广丰十都村的王家大屋里曾经领略过。王家大屋建于清乾隆年间，祖籍山西的屋主人王直贤正是因经营纸业而定居此地。整个建筑群占地四十余亩，除厅堂外还有房间一百零八间，三十六个天井和四个水池相嵌在大屋的回廊之间。如此规模宏大、结构繁复的大院内，所有建筑只有一个榫头。因此，尽管长期无人修缮，它依然能巍巍然栉风沐雨。最让我感兴趣的，是那用石头垒砌的水池，据说，它们连着村边的丰溪河水脉，河中水涨，池中水满，河中水落，池中的水却也不会干涸。尽管，昔时赏月观鱼、吟诗赋句的清静之地，如今已被居住在其中的村民因地制宜，利用水池养鱼、养水浮莲，然而，在我看来，那步入大屋中的水脉，该是当年王老爷家的座上客了，四座水池便是四把饰以精美石雕的太师椅，水端坐在王家亲切的目光里，像一尊尊神明被那虔诚的眼神供奉着，祷祝着。

石塘的官圳，则是所有庭院共同的好友。它依然流连在家家户户的门前，日夜和人们促膝交谈，可是，它的话题已不再是造纸带给古镇的生气，流水所象征的财势。

砖木有心，流水有意，它们该是在诉说自己对"品重洛阳"的缅怀吧？

浪漫的毛楂

毛楂，南方山上的一种野果，形同算盘珠子，应是多年生草本植物，仲秋时节果实成熟，红彤彤的，黄澄澄的，未及成熟的便是青绿色。我在孩提时代，经常结伴上山采摘，在所有的野果中，比如"乌米饭"、"糖罐子"、野栗子等等，毛楂的风味最是叫人垂涎，酸而又甜，且香而又面，颇似山楂，仿佛也蕴有某种难忘且难言的爱情的味道。我不知道藏在草窠里或匍匐在崖畔的委琐的毛楂，能否和俏立于情歌中的山楂树攀上亲戚。

毛楂果然也是浪漫之果。我是在三清山的秋色里听说毛楂的浪漫的。朋友告诉我：秋天，很多果实都成熟了，毛楂也有秋天，寂寞地生长在山坡上的毛楂也成熟了。于是，三清山脚下的玉山县横街镇，便有了"毛楂会"。朋友描述的毛楂会，听起来像是农闲时节的一次赶大集，像一些地方"文革"期间及随后仍持续了一段时间的所谓"物资交流会"，满街的竹木器具、铁件土产、服装鞋帽、百货食品，满街的叫卖吆喝、讨价还价、磕磕碰碰、推推搡搡，而在横街，它的集市最抢眼的是小如算珠的毛楂，它的集市是毛楂的约会，毛楂的盛会，是毛楂的圩市，毛楂的闹市。山上的毛楂纷至沓来，四面八方的男女为了鲜亮如珠的毛楂蜂拥而至。

想象那个场面令我激动不已。在日常生活中，我们汉族老百姓何曾有过如此的浪漫哟！为了这么一天，人们要不辞辛苦上山去，从草窠里、荆棘丛中，搜寻零零落落的毛楂，然后，把采撷来的毛楂串成项链、串成手链，去赶赴毛楂的圩市，毛楂的盛会。我想象，毛楂会那天，挂在人们脖颈上的毛楂的项链，会把横街串成一条艳丽的充满野趣的天街。

可惜，连续两年，我错过了毛楂会的日子。

两年间，我屡次打听或在网上搜索关于毛楂会的更多信息，无奈所获寥寥。只说它是乡间的商品交易活动，与别处的圩市不同处，无非就是风情别具的毛楂项链了。不过，我对毛楂会的兴趣，不仅仅因为毛楂项链所表达的浪漫精神和乡野气息，我更关切的是，毛楂该不是香火之一种吧？若然，毛楂会祀奉的是哪位尊神呢，形式上表现为毛楂会的商品交易活动难道不会遗存庙会的只鳞片爪吗？

我相信毛楂会由庙会演变而来。我记得在破除了封建迷信的上世纪七八十年代，赣东北有一些交通便利的大集镇，每年中秋前后都会约定一般，此起彼伏地先后举办物资交流会，各地商家秋后的麻雀一般呼啦啦飞来飞去，互通有无。老百姓习惯称之为"漾会"。方言中，"漾"有人多、热闹之意，"漾会"其实就是庙会，至今赣南乡村仍有称庙会和禳神活动为"过漾"的。

一年一度的横街毛楂会在农历八月十二举行。前往八月十二，我要穿过毛楂的长街，去寻找香烟缭绕的庙宇，哪怕只剩残存的古庙基脚或碑石，我坚信有这么一座古庙耸立在八月十二日。否则，四面八方甚至包括浙苏皖闽粤的远客齐聚此地，是不可思议的；这般凡俗、滥贱的野果成为人们钟情的圣物、吉祥物，也是不可思议的。果不其然，绕过青年人、中年人茫然的目光，我在几位老人的唇齿之间找到了肯定的答案。他们回忆着，解释着，乃至相互争辩着，难懂的方言和含混的词语中，真的有神灵庇佑，真的有四方来朝。

横街乃出入三清山、怀玉山和南山的古镇，有玉琊溪汇入信江，进而连通鄱阳湖和长江，水运之利使之成为偌大一片山区物产的出口、财富的进口。据当地一位八十多岁的刘姓老者介绍，早在南宋时期，刘氏九世祖刘允迪高中进士，从福建到德安当县令，并有任四川沿海制置司使军参议和朝散大夫经历，最后弃官归隐玉山县横街，开办梅溪义学。其与著名理学家、教育家朱熹交往颇深，朱熹曾应邀前来梅溪义学讲学，并留下了《梅溪义学八景诗》。所谓"梅溪义学八景"，其实赞颂的是横街的山水环境和人文历史，八景分别是团村古渡、黄山万松、花山逸庵、梅峡清流、周村墟市、石壁钓潭、鲤塘跃锦和桑田登云，刘姓老者称原先桑田古庙前立有一块石碑，碑上有诗赞曰："古渡曾经几度秋，万松山色四时休。日照花山增秀丽，雨余梅峡溢清流。周村墟市人还在，石壁钓潭鱼复流。人言跃锦升天去，只留登云在后头。"不知此诗作者为何人。一位退休教师却从刘氏宗谱上摘录了朱熹的那八首诗。古镇上幸亏有这么几位老人，默默无闻地替横街收拾着将被岁月彻底风蚀了去的记忆。

朱熹的诗里，便有我试图追问的民俗。"凝眸一望是仙乡，稠集人烟杂柳杨，闻说当年为学者，蹑云曾折桂枝香。"之所以称此地为仙乡，是因为如此风光旖旎的仙境，必为神仙菩萨所向往。那座叫桑田庙的古庙，始建于唐末宋初。归隐此地的刘允迪，曾在桑田庙等处兴办义学，义学培养的族中子弟有二十四人中举登科入仕。传说，到了南宋庆元年间，刘允迪之孙刘麟等人改桑田庙为登云社；明正德六年（1511 年）又改为登云义学，并在中堂悬挂朱文公和刘参议画像；民国时期，此处成了横街的小学校。关于桑田庙改登云社的说法，老人们各持己见，有的认为先有登云社再有桑田庙，横街一带有十八个社公，桑田庙所在处归登云社的社公管辖，邻近还有步云社等。与桑田古庙隔溪相望的花山上，古时曾有逸庵，故朱子有诗赞花山逸庵道："掬水闻香入翠微，春来花木闹芳菲，故人逸趣长临此，触物兴怀总是诗。"品味之余，我不禁惊奇，拿古庙来办义学，把朝拜当作雅集，如那位退休教师诗句所称"香客络绎多览胜，拜别观音便吟诗"，横街人礼拜神明而超脱于功利而放纵性情、激扬文字，这样的地方大概才可以叫做仙乡吧？

那么，桑田庙缘何得名？庙中主祀的又是哪位尊神呢？我终于接近毛楂会的根脉所在，然而，老人们一怔后面面相觑。犹豫片刻，才说桑田古庙得名于横街古人喜种桑树，遍地蚕桑，庙址就坐落在桑田里。至于庙里供奉的菩萨，期期艾艾地回答说是相公。再追问相公姓甚名谁，一说是蔡伦，一说是蔡灵。蔡伦令我眼前陡然一亮。而且，我固执地相信，在玉山乃至上饶的方言中，"灵"与"伦"同音，蔡灵也许是蔡伦之误写。假如当地百姓对蔡灵的神迹没有特别的说法的话，那么，口碑中的蔡灵极可能就是历史上的蔡伦，我国四大发明中造纸术的发明者。

我的判断未免主观武断。不过，我愿意相信蔡伦是横街百姓的福主，横街地方的保护神。老人言辞间有两条明明灭灭的线索，鼓舞着我的想象。玉山乃武夷山余脉与黄山余脉的相交处，据我所知，三清山山区多有来自福建的移民，归隐此地的刘允迪祖籍正是福建，而横亘在赣闽边界上的武夷山，自古造纸业兴旺，我国民间"三百六十行，无祖不立"，造纸业便把祖师爷蔡伦奉为行业神。由福建拓基于横街的刘氏，该不是把故园的神明也请了来吧？再者，此地山区盛产毛竹，历史上横街是毛竹的集散地，毛竹通过玉琊溪走信江输往各地。毛竹是制纸的重要材料，想当年，谁敢说此地不曾纸槽遍布呢？若然，以纸业为生的工匠、老板、商家理所当然地就得崇祀蔡伦了。

行业神崇拜是随着社会分工和行业的发生、发展，以及行业观的确立而出现的，大量行业都把它们各自认定的祖师奉为神明，举行有组织的祭祀行业神祇活动。这一崇拜反映了行业群体的精神诉求和情感寄托，因而，行业神被行业弟子视为凝聚行业内部组织、加强行业内部管理、树立行业规范的重要象征，它反映了中国传统社会业缘关系的维系纽带和核心观念。值得注意的是，行业神崇拜和民间的俗神崇拜有着千丝万缕的联系，在聚族而居的乡村，行业神崇拜不仅仅是维系业缘关系的纽带，它很容易被宗族所利用，通过以宗族为单位组织的祭祀活动，成为维系血缘关系的又一条重要纽带。于是，行业神便成了保佑一方土地、一个群落的福主。

作为行业神的蔡伦相公，大约在桑田庙建成之后，赫赫然，成为福佑四方的灵神。有朱子诗为证："胜地何年建市圩，商通闽粤透杭苏，至今街迹人家有，赢得芳名在信衢。"此诗记载的是横街八景之周村墟市，即横街毛楂会。据说，昔时的农历八月十二日茅楂会，历时是前三后七日，就是说要热闹十多天。八月十二日那天，人们要供奉横街一带的十八个社公，还要去花山尼姑庵打醮，最具特色的酬神活动就是人们竞相把自己从大山里采摘来的最大最鲜的七色毛楂送往桑田庙，敬献给那位蔡相公。庙会活动的组织者则从中选出特大精品，由众人抬着上街巡游，并为采摘者颁奖。传说大的毛楂，竟可比南瓜。庙会自古以来便是集群性的人神交流场所，是人们表达自己意愿的公开化场合，更是人们精神需求的重要依托。同时，庙会作为人神集体对话的特殊形式，需要施展各种手段以愉悦神明，需要开展丰富的活动以营造浓郁的氛围。仿佛，只有让神明们大饱了口福、眼福、耳福之后，它们才会兴致勃勃地倾听或允诺。横街毛楂会也不例外。桑田庙前有古戏台，庙会期间往往唱上五天五夜的大戏，横街毗邻浙江，绍兴班子是当地老百姓的最爱。此外，庙会上还有变魔术的、耍猴子的、演杂技的、吊木偶的，吸引孩童的有风车、摇铃、丢圈、风筝，老人的回忆中则有个唱白说的老四麻子。所谓"说白"，即单口相声。

经过长期的历史演变，庙会具有多种社会功能，它既为四方百姓探亲访友、聚会交往、了解世事和娱乐创造了重大机会，也通过逐渐形成的庙市，为民间的商品交流提供了重要场所。毗邻浙、闽、皖且贯通南方诸省的独特地理条件，在这里孕育了活跃的边界贸易，因此，作为民间信仰载体的毛楂会，势必充满商业气息。

一位老人告诉我，当地传说称，从前横街的老百姓大部分人信奉蔡相公，也有少部分人信道教，而不信俗神蔡相公。有一道士见蔡相公的信众越来越多，心生嫉妒，趁蔡相公依例前往四川丰都汇报当年的工作之际，赶紧给鬼都的大神（应是阎王爷吧）写信告黑状，诬告蔡相公对百姓不好、治理横街不力，惹得阎王爷勃然大怒，从此只准蔡相公每年八月十二日回横街一次。于是，横街百姓便在这一天以令人炫目的毛楂会欢迎自己的保护神。

古老的集镇注定有许多古老的传说。另一则关于龙舟竞渡的传说称，玉琊溪有一处石壁钓潭，石壁形探海神龟，深潭是碧波映月，深潭下有一条能通达下游沙溪龙门峡的暗洞，曲折弯环深不可测，唯有虾兵蟹将可自由出没。驴年马月的端午节，十多只龙舟在玉琊溪竞渡，其中有一只龙舟沉入深潭，几位船夫失踪，搜寻多日不见尸身，后来人们在沙溪龙门峡活见鬼般惊见他们，然而，船夫们倒是乐呵呵的，只道是被屈原屈老夫子邀去饮酒了。

　　既然落在"香客络绎多览胜，拜别观音便吟诗"的仙乡，不知毛楂会是文人墨客某次豪饮唱和后的创意呢，还是源自老百姓内心的浪漫和童真？

　　如今的毛楂会，早已不再举行禳神、巡游以及演出等活动，人们只为采买或出售而来，熙熙攘攘的长街两旁，尽是五花八门的山货和价格低廉的商品，其中，有不少竹木制品和土产甚是眼熟却已久违，猛然一见，恍若隔世。当然，最稀罕的还是毛楂。一串串毛楂项链吊在村妇的脖颈上，挽在她们的手臂上。一二十元一串。卖毛楂的村妇一大早就出现在人头攒动的长街上，到得半上午，她们采来的七彩的项链已经成为满街男女老少项上、腕上的装饰物。横街的珠光宝气，却是天真烂漫；横街的璀璨夺目，却是野趣盎然。

　　按照老人的指点，我找到了已改作他用的桑田古庙旧址。所幸的是，古庙建筑基本完好保存，只是断了香火。有块"大清宣统岁次己酉元年闰二月"立的《四福戏会缘碑》曰："吾村西乡卅七都有桑田孚惠庙者（塑？）蔡灵相公神像，自唐宋以来每岁八月各村迎神投赛演戏五依立夜，惟周李两姓斯纲在昔人财两旺，每值演戏之期并无间歇。自至光绪三十年间以后人衰纲败，不能依老等坐庙酌议爰邀众姓聚腋成裘，另立一纲以完五纲之数比即立有缘簿。村内随缘乐助共成英洋百名，分牌元亨利贞吉，共举经理十六人轮流掌管，每年八月十五日面算结清交与接手，不得亏蚀。谨列名（以下分元纲、亨纲、利纲、贞纲、吉纲五纲列有姜、詹、吴、林、周、汪等姓）……"这些文字分明透露出了庙会的组织形式。

　　古庙已然作古。不过，在古庙附近有座也叫桑田庙的新庙，倒是续上了烟火，其中主祀的正是所谓相公。我进入庙中，适逢几位道士法事正在为一群女信众设坛打醮。那些老妇人肯定不知道自己顶礼膜拜的相公姓甚名谁。

　　于是，我想，作为庙会的毛楂会相沿至今，早已消解了人神对话的意义，而成为纯粹的商品交易活动，幸亏有采撷于山野的浪漫的毛楂，赋予其令人怦然心动的精神性内容。也许，老百姓信奉的正是比佛珠更鲜艳、比算珠更诱人的毛楂吧？

自由的造神

广丰的铜钹山地处赣闽浙边界，属于崇山峻岭的武夷山麓，历史上，那儿曾是封禁山。明代《历代禁略》称："唐，郡治初开，为乱者众。史载唐季群盗依此为巢，伪吴据而有之，续入伪唐，即此山也。宋范汝为据内江闽邵延间，有贼党据此造器械以助。汝为既败，其党纵横四出……元时尤为盗薮，禁令最严，累加防守……"这就是说，自唐末以来，这里的硝烟被封禁着，炊烟也被封禁了；枪铳被封禁着，山歌也被封禁了；车辙被封禁着，人迹也被封禁了。

历代封建朝廷的禁律森严得很，不得开垦围猎，也不得居家行走。早先，封禁界石就矗立在江山岭的山顶上，再往里去便是禁区了；到得清代，禁区的深山老林里还是悄悄地住进了一些人家，反正天高皇帝远的。

不料，垦山烧荒的烟火到底把朝廷给呛醒了，官府派出的勘探绘图小组直奔铜钹山。在禁区内开族的叶姓人家，眼看就要失去这安身立命的世外桃源，亏得族中有位日食斗米、力大无穷的好汉情急生智，抢在头天夜里，拔起江山岭上那块重达三百多斤的封禁石，连夜扛着它翻山越岭，把封禁界石安放在铜钹山区的更深处。官府的人被引进深山，可能也是意乱情迷了吧，糊里糊涂就认了那界石，这么一来，封禁山的范围缩小了，落地生根的叶姓人家得以继续繁衍生息。

那次由官府绘制的封禁山地图，一直被民间收藏着，图纸大若被单，用匣砖装着，每逢夏日都要拿出来晒一次。可惜，最终未逃过"文革"之大劫。

这段山水传奇，透露的不仅仅是封禁区划沿革的历史信息，还有浩茫时空背景下人烟蔓延的历史情境。我不禁疑惑：人们胆敢闯入禁区开族建村，是为世事所迫流落异乡，还是像我所听到的许多古村开基故事那样，受风水的"神示"，各卜胜地，皈依了这片山水；或者说，是受制于命运的驱遣，还是屈服了自己枕山而眠、听泉入梦的那种心情？

宗教信仰从来都是历代官员上奏的《封禁山疏》所无法封堵的。比如，明嘉靖县志记载："白花岩，昔净空禅师开基之所，遇时亢里人祷之即应。"这段文字指的是坐落在白花岩的广福寺。该寺屡废屡建的事实证明，哪怕人迹罕至，敬奉神明的香火也会翻山越岭，顽强地抵达那儿。那儿是菩萨迷恋的净界，也是神仙向往的福地。的确，继佛进驻之后，道教也接踵而至。当地传说，清代便有刘道仁、杨嘴瓶两位仙人历时七七四十九天，在穿破一打草鞋之后，从武夷山追赶青龙到得此处。

不仅如此，原本为佛寺的白花岩广福寺，还迎来了一位叫明显佛的民间杂神。被供奉在广福寺二楼的明显佛，本是当地的土郎中。他姓祝，名含燥，字明显，生于清道光二十八年（1848年），娶张氏为妻，育有二子。明显行医，善用草药，医术高超，且因医德高尚而深受百姓爱戴。明显在二十五岁那年，神灵附身，神志愚拙，少餐忌食，对妻儿不管不顾，为百姓治病却日显神通。某一天，在白花岩采药，面前忽然出现一个闪闪发光的莲花托座，明显便纵身跳到上面，在岩壁悬浮了三天三夜。第三天夜里，明显托梦给白花岩广福寺的斋公，交代他们把自己的凡体塑成佛像。后来，广丰的沙溪村为其建了能安庙，供奉明显肉身佛，并把明显成佛之日定为庙会日，而明显佛的神灵则永驻于广福寺中。

尽管村落松散稀落，人口寥寥，民间信奉的尊神并不少，它们或者占山为王、独守一隅，或者虚怀若谷、护佑一方。比如，与明显佛、天后圣母一道被尊为"铜钹三神"的马氏夫人，就是铜钹山区普遍祀奉的一位能神。

相传这位夫人本名陈凤，原是天宫中的仙女。因唐末世乱，陈凤萌生下凡劝善之心，投胎于洛阳陈州忠恕乡陈敬翁员外家。十一岁那年，陈凤在游玩时遇金光圣母，得其"先天大道"秘诀。十六岁时，陈凤许配给同乡马员外之子为妻，婚后不久，便潜心学道修行。修成得道后，

四处行游，劝恶化善，治病救难。行医到福建后，一富户为报答陈凤药
到病除，愿为其选择有五道青山的地方立庙，竟沿着武夷山麓一路寻找，
最后找到了一座名叫悟道尖的山峰。他按照陈凤的要求，在山上的茅草
坪点火，火烧的面积有多大，就建多大的庙。可是，因为过火处并不宽
阔，只能建造一座上殿。该殿取名为光明殿，后来被称做马氏夫人庙。
不仅悟道尖有庙祀马氏夫人，铜钹山区的一些村庄，也把马氏夫人尊为
村坊的保护神。

　　与悟道尖对峙的另一座山峰，也是怪怪的名字，叫上加尖。上加尖
的庙里，供奉的是天后圣母。这位圣母俗名叫林姑婆，生于唐代，是福
建泉州人，父母早丧。林姑婆年轻时，貌美心善，因为替村民向财主讨
还炼铁权利而遭财主报复，财主将铁水泼到林姑婆脸上，害得她落下一
脸大麻子。所以，人们又称之为麻子姑婆。麻子姑婆二十九岁那年的九
月初九，天降狂风暴雨，地动山摇。为了拯救百姓，麻子姑婆毅然舍身
祭天。此事感动了玉皇大帝，遂令唐朝天子下诏封其为"天后圣母"，
并塑金身、立庙于上加尖。此庙有条奇怪的规矩，要求所有朝拜者上山
时，都要随身携带泥土、石头，聚沙成塔，以帮助山峰增高。上加尖，
正是因此得名。

　　还有一位叫哀公禅师的灵神，传说是唐朝高僧中的传奇人物。哀公
禅师本来在武夷山中务农，虽家境贫寒，但其事母至孝。此公终日蓬头
跣足，不畏寒暑，膂力过人，涉险如飞，卧不设榻，特别是，还能预知
休咎，施水疗疾，为民解忧。在即将圆寂时，哀公禅师自己堆积薪木，
然后，坐在上面引火焚烧。尽管烈火熊熊、浓烟滚滚，人们却能清晰地
听到悦耳的震铃和诵经之声。火熄灭之后，遗锐俨然，得坚固子数合。
于是，乡民塑像供奉于铜钹山寺。平时，那儿香火鼎盛，每逢水旱灾年，
膜拜者更是络绎不绝。后来的铜钹山寺竟发展到拥有五百和尚。也是人
多滋事，铜钹山寺最终因恶和尚多行不义，被前来围剿和尚的官兵付之
一炬，仅有庙基残存。

　　天齐山庙则供奉着赵仙、圣母等菩萨。那赵仙不是别人，乃宋朝皇
帝赵匡胤也。相传作为玉皇大帝派出的真命天子，赵匡胤手持神剑，带

着狮虎二将和先锋神鹰，与为害天下的恶龙展开了殊死的搏斗，一直追杀到此，才降伏了恶龙。

通过考察铜钹山区的民间信仰，我们分明感受到，在封禁的历史条件下，人烟不断蔓延的速度和温度；感受到，人们请神灵引路，或者，与神灵为伴，冒着巨大风险，执拗地深入武夷山中的艰辛步履。仿佛有太多的邪恶，潜伏在林莽之中；仿佛有太深的悬念，横卧在山路前方；仿佛有太凶的病灾，觊觎着每个平凡的日子。所以，人们只能把希望寄托给自己创造出来的神灵了，寄托给他们超人的膂力、神奇的医术、高明的道法，特别是，他们身上无不具有的惩恶扬善、同情弱小的道德力量。

铜钹山区关于这些神明的传说是耐人寻味的。从中，我隐约看见了江西许真君和福建天后娘娘的影子。在这里，赵仙刺杀恶龙的故事与许真君斩杀孽龙的故事极其相似，林姑婆的传说，则很可能由天后娘娘的传说演变而来，同处武夷山中的铅山石塘镇，至今仍有"天后宫巷"这样的地名，足以证明，来自福建的纸商和造纸工人并不在乎天后娘娘本是海神，尽管生活在大山里，也要立庙祭祀它，因为它是自己最可亲近的保护神。其实，民间信奉的俗神之所以来历纷繁、丰富驳杂，很重要的一个原因就在于，它们的传布过程，往往是凭着记忆各取所需的改造过程，甚至是再创造的过程，以至于改头换面、张冠李戴、移花接木等情形，比比皆是。不用说在地域之间，同样的神灵会有不同的传说，即使在相邻的村庄里也是如此。而且，神灵们又总是佛道不分的。

铜钹山的点点香火，摇曳在历史的烽烟之中，却是雨浇不熄，风扑不灭。它们顽强的生命，似乎也预兆了铜钹山从封禁到弥禁的命运变迁。从当地朋友搜集的清代多位官员的上疏来看，它的弥禁实在是社会发展的必然。铜钹山以及整个武夷山丰富的竹木等自然资源，正是来自四面八方的人们执着前行的巨大动力。铜钹山所在的广丰县，保存有建于清乾隆年间的王家大屋，整个建筑群占地四十余亩，除厅堂外还有房间一百零八间，三十六个天井和四个水池相嵌在大屋的回廊之间。这座豪宅的主人叫王直贤，祖籍山西，正是因为经营纸业而定居于此。大屋正门朝向北方，似乎默默地传递着主人思念故园的深情眺望。既然如此，谁说那位来自洛阳陈州的马氏夫人，没有披露中原人闯进铜钹山营生的历史信息呢？也许，马氏夫人就是王直贤们为自己创造出来的保护神吧？它就像翘首顾盼着的慈母，把视线一直伸向远方，伸向游子的心中……

用村庄的记忆拼贴万年

我在万年寻找着村庄的记忆。一路上，我看见好几个头发花白的女人，在她们刷把似的辫子上，种下了盛开的栀子花。

我用那些记忆的碎片拼贴着万年。终于，有个中年妇女从容地走到我的镜头前，任我拍下她和那已经发蔫的花朵。

那个女人是苏家的媳妇。如果能够翻阅族谱，应该可以查明她是苏东坡的第多少代孙媳妇。我记得有谁说过，历史不是死去，而是活着。戴在头上的栀子花，很古典，这不就是历史么？一个普通的村妇同一个光耀千古的名字根脉相连，这不也是历史么？

历史很好奇地迎候着我们。历史是留守在苏桥村里的老人、妇女，还有一群孩子，其中有两个比苏小妹漂亮得多的少女。

他们是苏东坡的后裔，苏东坡是他们的前生。据说，此地苏氏系苏轼长子苏迈一脉，宋元丰年间苏迈在相邻的德兴县任县尉，后来，其孙苏峤在经商途中从此经过，见这里山环水绕，映带分明，地脉钟灵，大有旺气，毅然择址开基于此，并在村边的万年河上建了一座石桥。

当年的苏家桥只剩下两岸的码头。躺在河边的几块长条青石大约就是铺桥的石板。对岸的码头注定连接着苏家的来路。尽管，苏峤是因为受到一再遭贬谪的曾祖父牵连而弃仕经商的，我依然相信，那座石桥肯定也承载过诗歌的重量。

河边，一座坊式院门印证了我的判断，那新建的门楼，居然也戴着一顶官帽。它是一种洋洋自得的标榜，一种恋恋不舍的向往，还是耿耿于怀的千古遗恨？

可惜，苏桥村中的古建基本无存。江西古村的游历告诉我：一个文豪如果没有成为金戈铁马的英雄，或叱咤风云的名宦重臣，也就没有可能成为民间的神明，充其量也只是个文人而已，哪怕他的功名才学为族人、为后代所尊崇，当世俗的人们在张扬这份荣耀时，总是少了应该有的眉飞色舞，应该有的气宇轩昂。所以，在苏桥，连宗祠也早已被毁。

能够证明历史的遗存，除了人，还是石头，比如，古井的井圈，功德碑和墓碑。苏东坡的后人搬来了两块明清时期的墓碑，让我们辨认。当好奇的村人都拥过来围观时，我更愿意辨认他们专注的表情。想当年，四十八岁的苏轼送儿子赴任到得湖口石钟山，在考察那钟鼓不绝的噌吰之声时，他也是这般模样、这般神色吧？

人群中，栀子花香扑鼻。

从依稀可辨的碑文中，我得知，墓主人随夫君曾经"姚源之变"，辗转回归苏桥故里复业筑室兴家。所谓"姚源之变"，我无从探究，且不知此姚源是否指的是此县的姚源村。

万年的姚源村也是一处风水宝地。村落所倚之山起伏蜿蜒，面临之水弯环围抱，形局合理，山明水秀。跨溪入村，但见一座风格独特的宗祠。从门面看，它给我的感觉是质朴的，没有富丽堂皇的门楼，没有极尽铺张的装饰，它的气派主要是通过面阔体现出来；而前庭走马楼黑黢黢的窗口，长长的门廊里竖立着的一排板车车架，强化了它给人的凡俗印象。据说，这宽敞的门廊曾经一度成了村里的菜市场。这实在是一个意外。

然而，祠堂毕竟是神圣之地。进入其中才知道，原来这座初建于北宋嘉祐年间的姚氏宗祠，性格是内敛的，貌不惊人，内心却是高傲得很。两进的祠堂内，中间为一个大天井，两侧的厢堂为两层建筑，由天井拾级而上为保神台，再上为祖先堂。天井与厅堂均以青石铺地，保神台砌以石阑干，柱头上雕着戏曲人物。祖先堂上方有一块牌匾，令人不由地肃然起敬。上面写的是："舜帝之居"。

好家伙，姚源村姚氏居然攀上了舜帝做老祖宗！

想来，大致不错。因为，姚姓源出三支，其中之一便可追溯到舜帝那儿。相传舜帝生在姚墟，他的后裔子孙便以地为氏，称为姚氏。舜帝虽姓姚，因居住虞地，故又称虞舜。舜为首领时，开创了上古时期政通人和的局面，《史记》赞曰："天下明德，皆自虞帝始。"如此，作为他的后裔当然可以炫耀乡里了。

不知是为了清洁"舜帝之居"的门庭呢，还是为了保持姚氏高贵的血统而警戒着，在一块刻有祠规的石碑上，我看到这样一段文字："招摇异姓之人寄居族基界内者罚谷一石。"

我心里一惊。寄人篱下的苏东坡后人该不会是因此被撵走的吧？若然，舜帝之后怎不顾念苏东坡千古伟名而网开一面照顾则个？

作为清廷押粮官的麻畬花屋主人，大约是熟谙世事炎凉、人情冷暖的，所以，他告老还乡，远离嚣尘，竟在故里为自己建了七幢房屋。其中一幢雕梁画栋，被称为花屋。他做了自己的皇上。

花屋本有前后三进，共一百二十根木柱。后因担心战乱时遭火毁而难以逃生，便将第三进拆除了。第一进东西两侧墙上，至今尚存绘画。东边画的是进京赶考，西边则是悠闲的田园生活。村人声称这是屋主人人生经历的写照。真是吗？是一种人生的前奏和尾声，是一个生命的上路和下马？

想来，押粮官叶落归根，怀的是昼锦的心态，而非归隐的心态，否则如何会带回一箱清朝的"顶子"，藏在花屋阁楼上呢？他大概想不到，藏到自己身后多少年，还是叫"破四旧"了。

有意思的是，倒是后人比那押粮官更超脱，竟拿老祖宗的进士牌匾做了后门的门扇。为了削足适履，还慨然锯去了一截。

相比之下，南溪先生柴中行才是真隐士。他是南宋著名理学家、文学家，为绍熙年间进士，授抚州推官。因当时的宰相禁道学，柴中行不附伪学之禁，被调任江州教授、广西转运司。后来，他成了太子的老师，太子成为理宗皇帝即位后，封其为右文殿修撰。而柴中行却以年老为由请辞，与两个弟弟一道归隐故里，创建了南溪书院以传经教学。

村人领着我们去寻找书院。书院在笔架山下，在龙井对面，在砚池旁边，在吟诗弄口；书院在被拆毁的 1946 年以前，在重建的康熙三十七年以前，在面目全非的旧址的记忆深处。

不过，周边的环境果然是理想的讲习之所。山水象形，催人发愤；林木蕴秀，地灵人杰。

书院前的砚池已经干涸，竟也奇怪，草木之下、地皮之上一层黢黑，仿佛千年的凝墨。据说几天前下雨，这里的积水就是黑的。那该是墨汁吧？人生如梦，往事若烟。可是，千年的雨水怎么就化不尽千年的遗墨呢？

所谓吟诗弄，不过是被山包夹峙的一条小路而已，比较适合玩官兵捉强盗之类的游戏。不错，介绍书院的资料正是称其为游戏弄。可是，担任向导的村人却很严肃地纠正道，此处该叫吟诗弄。此时村人的表情，我在关于柴中行生平的文字里似曾相识。因为当时禁道学，柴中行曾奋笔曰："自幼读程颐书以收科第，如以为伪，不愿考校。"后来，"广西转运司辟为干官，帅将荐之，使其客尝中行，中行正色曰：'身为大帅，而称人为恩王、恩相，心窃耻之。毋污我！'"看来，人们的表情果然也是可以探究的历史。

南溪书院所在的营里村，仅几十户人家，如今出博士后、博士和硕士各一人。村人颇以为豪，用乡音反复念叨"营里营里"。我听懂了，他是说"赢了"。唇齿之间，依稀有墨香，有花香。

我用村庄的记忆拼贴着万年。我看见一个婆婆牵着她的孙女迎面走来。那位婆婆戴着两朵比白发要黄的栀子花，她的孙女头上扎的是两朵绸布大红花。

婺源搜好

庆源村最后的傩影

庆源村最后的傩影闪现在电脑的显示屏里，闪现在一部介绍庆源的电视片里，它短得恐怕不超过两分钟，只是一位老人向游客演示傩舞的几个镜头。不知他表演的是《开天辟地》《小鬼打棒》，还是《后羿射日》《刘海戏金蟾》，那稚拙的动作和步态引得一些年轻人跟在他身后模仿。

老人的孙子在他家的电脑桌上为我写下了他爷爷的姓名：方福寿。于是，我记住了这个名字和庆源"鬼舞"的最后的影像。据说，随着这位老人的辞世，村中再没有人会跳傩了。

老人的老去，竟是庆源傩的老去，竟是一部乡村傩戏史的荡然无存！我甚至无从打听关于庆源傩的蛛丝马迹，尽管临溪人家的门前都建有街亭，街亭的长凳上坐着一拨拨的闲人。

悠闲的村人坐在阴凉的街亭里，恬静的村庄躺在狭长的山谷里。它们大概和为我担当向导的村民一样，知道的不会比我来庆源前听说的更多。看来，庆源傩老在了那位叫方福寿的老人之前。

我在临溪而聚的村庄里寻找傩的踪影。我以为它的建筑、它的环境以及它的眉目和神情，大概会与傩有着某种精神上的勾连。要知道，婺源民间曾广泛流传这么一句顺口溜："石佛人家挖木勺，庆源人家戴面壳"。这是婺源民间对庆源傩的记忆。早已脱去面壳的庆源，难道不会留下佩戴面壳的勒痕？

这个村庄以及我于次日造访的长径村，让我想起远在赣南的客家风水胜地东龙村，它们的周遭环境极其相似，都坐落在群山环抱的盆地中央，两边的山脉逶迤延伸而后闭合，锁住了盆地。把庆源村搂在怀中的两条山脉，一条叫合掌观音，另一条叫天外来龙，因为山的走势，狭长的山谷就像一条泊在港湾里的船，村庄便是这条船的舵与桨、桅与帆了。如此一个村庄，真如世外桃源一般，出入惟有两端的隘口。难怪，它还有个村名叫小桃源，简称小源。

村口"别有天"古亭内曾留有古人绝句，云："空山隐卧好烟霞，水不通舟陆不车，一任中原戎马乱，桃源深处是吾家。"这首诗既道出了庆源始祖避乱于此的历史，也惟妙惟肖地表达了庆源人躬耕桃源、隔绝世事那种怡然自得的性情。

古亭门口的对联，更是把人们乐不思蜀的心情表达得淋漓尽致："车马绝喧阗忆前人三径怡情托迹不殊陶靖节，鸡犬声相闻惟此地四民安堵落花犹似武陵源。"闭塞的环境，居然也可以成为夸耀的资本，人们不无自豪地声称：当年太平军有一支部队到此，前锋已进入庆源村头隘口，看到山闭涧断，疑为山谷尽头，于是折返另寻新径。

"四民安堵"的心态，创造了一个非常浪漫的故事，不，它不是故事，而是自然的奇迹。它就生长在村中的溪边，它是一棵千年银杏。这是一棵枝繁叶茂的雌本，尽管孑然一身，每年却结果累累，听说，那雄本远在二十里外的地方，以风为媒，遥远的距离也不能阻隔它们的相思相恋，风让它们鹊桥相会、肌肤相亲，风让它们灵肉交合、精血交融。神奇的树，理所当然地被人们视为神树。于是，村人在银杏树旁边建了一座乔木里狮子楼，以供奉白果仙子；狮子楼倒塌了，村人便贴着树身搭起了银杏宫，神龛上书"银杏夫人之神位"。

看来，翘望着远方的"银杏夫人"，尽管含情脉脉，却也是十分的矜持。我无意追究两棵树之间的生命瓜葛，我好奇的是这一说法所透露的心灵信息。这是怎样的心灵，顾盼着、怀想着远方，却始终执拗于自己立足的土地。它们宁愿用想象亲近着遥远，来抚慰自己对外界的顾盼和怀想。咀嚼银杏的传说，我体味到浸润其中的孤傲自持的意味。

我在许多农家的墙上也读出了这种意味。进村时，但见眼前尽是农家餐馆的招牌，斗大的墨字胡乱涂抹在一面面白墙上，每个字都朝向隘口、朝向财富的来路，眼巴巴地等待着。这座古朴的村庄仿佛沾满了荤腥。其实，这里因为交通的不便，大约只是在油菜花开的时节才有些游客。村人的心思和银杏的心思真是如出一辙。

可见，这种孤傲自持的乡土之情早已成为村人的精神因袭。于是，清顺治十四年进士、翰林院大学士詹养沉，因主考官出错考题，作为副考官的他同时被罢官，回到了与世无争、安全无虞的故里。他返乡时，还带回了三个戏班子。有人说，这是庆源傩舞兴盛的开始。据我所看到的只言片语的资料，婺源乡间自古巫傩之风盛行，"会社之日，击鼓迎神，伴以舞乐"，驱鬼逐疫，以求平安得福。在明代庆源的傩就声名远播了，明代徽州府休宁县茗洲村《吴氏宗谱》中记载："正统十四年，社中仪，首春行傩人。婺源州香头角抵之戏，皆春秋社首醵米物，酬与诸行傩人，遂为例。"婺源乡间把跳傩称为"舞鬼戏"，因为狮傩多同台表演，故既跳傩又舞狮的傩班也被唤作"狮傩班"。庆源的傩自古便有"狮班"、"鬼班"两大班，拥有十多个剧目。明代郑本目连戏产生后，在原徽州所属的祁门、休宁、石台、婺源、歙县等地流传开来，目连戏班社纷纷建立并组织演出，明清之际直到民国年间，其中影响较大、活动面较广的，就有婺源庆源村的"舞鬼戏班"。

詹养沉一下带回来三个戏班子，这般好戏，不知纯粹是为了娱乐乡里呢，还是为了庇佑族人？想来，即便是性情所至，也是少不了一番维系宗族关系的用心的。

沿着穿村而下的小溪来到一座高大雄伟的廊桥边，我听到了一个有关风水的传说。这个传说让我恍然，原来没有外界袭扰的"桃源深处"并非世外桃源，小桥流水的恬静中照样有险恶的计谋、无情的暗算。不是吗？在廊桥以下的溪中，兀立着一片石林，如春笋破石、莲花绽放，又如佛手带露、文笔竖案，岸上则有一块截面断层酷似书页的巨石，人称"千部书"。溪中的石林共有二十六根石柱，被人们视作朝笏，意味着这里要出二十六个京官。果然明代就出了个卫戍京师的大将军詹天表，他家的祖坟地为"上水鱼"。同村便有人嫉妒了，请来风水先生破之，办法是，栽下两棵松树作钓竿，以便把对岸的鲤鱼钓起来，再建一座石桥穿透鱼鳃，此桥故名"穿鱼桥"。这座桥毫无交通意义，是纯粹的风水建筑。詹天表家族见风水被破，立即拿出应变之策，将"上水鱼"前方被称为"鱼饵"的土石墩铲平，因为没有鱼饵鲤鱼就不会上钩。可惜，除墩未尽，留下后患。"穿鱼桥"合龙之际，詹天表正在长江上押运砚台，江洋大盗见箱子沉重，疑是金银财宝，顿起杀人越货之心。呜呼，身高八尺的大将军竟栽在故里那残存的"鱼饵"上。

我津津有味地鹦鹉学舌，是因为这个故事虽然荒诞，却十分真实地反映了乡村生存现实所决定的宗族、房派利益冲突和人际关系。置身桃花源中，人心却并非桃花源。于是，我以为，庆源傩舞戏的兴盛，除了为驱邪纳吉所需要外，无论从具有教化意义的节目内容来看，还是从客观效果来看，都具有凝聚族人的作用。也许，恰恰因为这是没有外患的桃花源，凝聚族人以防范来自村庄内部的不测，反而显得更重要了。

庆源村以詹姓为主姓，詹氏人家中商贾官宦者居多，现存的"太史第"、"永思堂"、"大夫第"、"倚屏对镜楼"等明清建筑以及外观中西合璧、内仿南京"总统府"结构的"福绥楼"，依然在显耀着詹氏宗族当年的富贵荣华；而村中的十个杂姓则为小姓，他们多为佃农雇工。其中一些杂姓人家，正是作为艺人迁来此地讨生活，而后落地生根的。杂姓作为豪门望族的佃户和雇工，他们的宅院一般零散地坐落在村庄的外围，一副孤独落寞的样子，却是忠实地守护和陪伴着那些聚族而居的村庄。

当地的朋友告诉我，这种情形遍及婺源山村，如果在乡间看到那种形单影只的农舍，不用问，屋主人的祖上想必是"苦大仇深"。长径村的村貌很能反映这一特点。一个狭长而拥挤的村庄横卧在小溪的一侧，而在两里外的斜对岸，聚集了几户人家，像一个小小的村庄，他们的先人正是长径程氏的雇工。大小两个村盘，鸡犬相闻，却是隔着田畴和流水，隔着心灵的旷野和堤防。听说，这些杂姓人家的房屋都是程氏主家给盖的，他们有的正是傩班艺人。长径傩班曾和庆源傩班"两班合一"。由于没有傩庙，傩面具等都由傩班成员保存，所以，主家给他们建的房屋比自己的居所还要好。我走进了那个依附于长径的小小的村庄，拜访了一位姓胡的老人，七十五岁的他是现在长径傩班的最长者。婺源县仅存的四件古傩具，就是他冒着极大风险保存下来的。

翰林院大学士詹养沉决定带回三个戏班子时，可能忘记了先前发生的故事。弘治年间，属于小姓的方姓人家于不经意间竟葬得一块风水宝地，地名称"金盆养鲤"，风水先生断言这一家族将来要发一斗粟米的官。这期间，方姓人家有几户外迁浙江，数十年后果然发达起来，出了不少厚禄高官。他们的子孙于万历年间来庆源寻根问祖，立碑修坟，那庞大的马队和一乘乘大轿，让詹姓人家颇为眼红，甚感不安。詹姓不得不防着留在村中的诸多小姓。他们的对策是，在村中搭戏台筑庙坛，花钱雇小姓人家夜夜做戏，这样，每天夜里登台的大小官宦百十号人，三年五载即可把那像"一斗粟米"那样多得难以数计的官全都发尽。

这个故事令我眼前一亮。几年来，我访问过一些有傩班、戏班的村庄，如南丰的石邮、广昌的甘竹等等，旧时它们的傩班、戏班都是由大姓管理、杂姓表演，究其原因，不外乎大姓宗族鼓励子弟读书登科，而认为跳傩、演戏有失其大姓身份，便理所当然地把这活计交给了经济上依附于大姓的杂姓。庆源的故事却点破了庆源人跳傩、演戏的动力之一。原来，格外迷恋这"桃源深处"的庆源詹氏，始终警戒着，提防着，用民俗信仰为武器，不露声色地掌控着那些戴着假面的神灵。

这会不会是乡村戏班大姓管理、杂姓表演那种管理模式共有的一个内在秘密呢？

反正，我愿意相信。因为，驱邪纳吉的"舞鬼"，无疑包含着维护和巩固宗族地位的用心；因为，娱神娱人的"香头角抵之戏"，始终把祈愿宗族平安兴旺当作它的第一要义。

我在电脑显示屏上看见了方福寿老人的舞蹈。一个故去的生命永远故去了，许多故去的传说大约永远也不会复苏了。

正如傩面具的荡然无存。相传，明代庆源村"天子八班"有一艺人的外甥，自戴面具玩耍，竟取不下来了，结果窒息而亡，众人只好将孩儿与面具一起下葬。从此，傩面具就改成了彩绘木雕的了。1958年，庆源村在它的社坛下挖出了一个演傩舞戴的铜面壳和社坛修复碑记，碑记上有康熙年间重修字样。那个铜面壳旁有孩儿的骸骨吗？那个铜面壳后来的遭际呢？不知道。即便是遗落在世上的传说，也是闪烁、暧昧的。

只有高高的廊桥坚定地扼守着水口，尽管它的木结构已经腐朽坍塌。楼上曾是收藏傩面具的地方。大概正是因为这份神圣，它的桥墩、桥亭以及四面高墙才如此巍然屹立。

它替我们收藏着关于庆源傩的最后的见证。

相框里的长径傩

长径村离婺源县城并不远，但路却不好走，半天的时间大半在路上耽搁了。

2005 年 6 月间，长径村的村长（其实是村民小组长，我习惯把所有的组长叫作村长）和一位村民曾带着四件傩面具，来南昌参加展览。在为期两天的展览期间，他们一直呆在展厅里，牢牢地守护着他们的"村宝"，丝毫不敢懈怠。那展厅就在我办公室的楼下，可惜那时我并不认识他们。不过，因为那次展览，我倒是认识了长径的傩面具——那脸形浑圆、神情憨厚，因为嘟噜着嘴而显得憨态可掬的"八十大王"及其它。

一年后，我专程赶到长径村，就为了结识这个村子和它的急着要申报专利以保护傩舞的村长。曾经当过教师的村长见面就问，长径傩能否申报专利，该去哪个部门办理手续。他这样着急，是因为县剧团几年前来此地采风，把长径的傩舞学了去，现在经常到各地演出。他直言不讳地宣称要为此讨个说法。此行过了半年，在大年初二，我再次到长径，听说县剧团的傩舞代表婺源傩五十年来首次进京，将于春节期间在玉渊潭公园表演四场。村人每每提及，无不悻悻。

说到这个话题，长径村心有隐痛。村外一个山坳里有座小庙，供奉着五显大圣。此庙虽小，造化却大。传说过去香火甚旺，为祛除病痛来此处求签，得到的不是一纸空文，而是实实在在的药方，善男信女们完全可凭药方去抓药，而且，那些药方灵得很。后来，远远近近的寺庙都把此处的药方抄袭了去，依样效法，更甚者，索性打印出来广为分发。

这样一来，就把长径的牌子给砸了。村长把这事引以为教训了。

我想看看那座凄清的小庙。确切地说，它更像一座简陋的路亭，三面开敞，神位所在的上方以山崖为壁。被遮掩着的神位，其实是一块石碑，上刻"东方第一野猖狂，西方第二野猖狂，中央第三伤猖狂……"如此等等。嵌在崖壁上的石碑是古老的，但石碑前立着的五个面目异常丑恶的鬼怪，却是新近添加的，像是用石块刻出来而后描画了一番。

我想，这里供奉的所谓五显大圣，大约就是驱鬼祛邪、消凶化吉的五猖神主。与婺源毗邻的安徽休宁县盛行五猖庙会，每年农历五月初一，休宁百姓云集一个叫海阳的地方烧香，并举行庙会游行，祈求五猖神主保佑。此庙会起源于明初。相传，朱元璋和陈友谅在皖南曾打过几年仗，军士百姓死亡枕藉。朱元璋做了皇帝后，遂下令江南百姓，村村建"尺五小庙"，阵亡士卒"五人为伍"，受百姓供奉。《明史》记皇家祭祀便有"阵前阵后神祇五猖"之说。从这座小庙所供奉的神祇及庙的规模来看，长径的五猖崇拜当和休宁如出一辙。小庙所在的山凹称吴戈坑，可能这个怪怪的地名让村长也觉得蹊跷吧，他向我念叨了好几遍。

后来，我从傩班老艺人口中证实了我的判断。老人说，从前村人在吴戈坑附近作田，常遇见怪异，心生恐惧。想必是野鬼作祟，于是，村人便去六十里外的段莘那儿的五猖庙敬奉五猖神主，后来，索性在吴戈坑建起了五显庙，那巴掌大的五猖神像，就是照着段莘五猖庙里的木雕神像刻画出来的。

长径的傩事活动，与当地的五猖崇拜有着怎样的联系呢？我一时无从探究。但是，我会记住，看守小庙的那个老人正是傩班成员，而石碑前的那五个厉鬼模样的小人，正是他的作品。

长径傩班现有十多人，包括有几位六七十岁的老艺人。这个傩班过去既跳傩，也演目连戏和徽剧，用村长的话说，它是三块牌子一套人马，很受四乡百姓的欢迎，春节期间更是应接不暇，经常被邻近村子抢戏箱。平时，也常接到外出表演傩舞的邀请。可是，如今很久不演目连戏了。一位老艺人却清晰地记得目连戏的剧情，他很认真地说，如果有剧本他可以排。村长兴奋了，声称自己曾听谁说过哪儿珍藏着剧本，他努力回忆着线索，终是想不起来。

听老人回忆，长径村的傩事活动并非只在春节期间，它断断续续贯穿了全年。比如，每年四月初九举行打醮，家家都要参加，吃的是斋饭；四月初十，则要为菩萨田割草沤肥，所谓菩萨田，就是用来供养傩班的田产，这一传统一直延续到1953年菩萨田被取消；由于长径没有傩庙，傩面具等都由傩班成员保存，每年的十月十五日要打开柜子，点上灯盏，让珍藏起来的面具、服装通风，保持干燥。一个月后，再关上；此时是十一月十五日，老艺人们则开始教弟子学戏了，称之为"教鬼"；在过去，腊月二十四日就要进行搜傩活动，长径称其为"搜好"。此外，每过十二年，还要为傩面具开光。如今，搜好一般在大年初二进行，仪式的程序也比从前简单多了。

不过，随着邻近的庆源傩班不复存在，长径傩仍顽强地生长在乡间，实在是件值得庆幸的事情，何况这个傩班不断有年轻人加入，让人倍感欣慰。也许，它已是婺源傩的最后的代表了。

今天的长径能够延续它的傩事活动，跟它依然保存着一些古傩面具有着密切的关系。一位老艺人就对我直言相告：要是没有这些古傩面具，那就不会再舞鬼了。由此，我相信，那些历经沧桑的傩具，以神性的光芒穿透了时间，逼视着乡村的内心，它们可以轻易地唤醒人们的信仰，因为傩神信仰始终沉睡在人们的血脉里。

那个颇可以作为婺源傩面具代表作的"八十大王"等四件古傩面具，得以逃脱劫难，留存至今，靠的正是人们的虔诚笃信。文革中，可能就因为妖魔鬼怪、帝王将相老是粉墨登场、横行乡里吧，长径村成为偌大一个上饶地区的重点"四旧"村，上面派来工作组，深入发动群众，誓将"四旧"的货色扫除净尽。傩面、服饰等物几乎被尽毁。傩班有位艺人姓胡，他被迫提着面具、道具去上缴时，终是不忍，便将四件最好的傩具悄悄扔在了田埂下的水沟里。当年侥幸漏网的"八十大王"们，可能至今仍心有余悸。

关于那场浩劫，村中的建筑也留有深刻的记忆。在这个开基于南唐初年的村子里，许多古老的砖墙依在，许多精美的雕饰已经残缺。人为的破坏，光阴的磨蚀，让偌大一个村庄竟没有留下一处特别值得玩味的古建筑。在长径的记忆里，村中曾有石、木牌坊各一座，石牌坊前是十二尊威风凛凛的石狮，牌坊被毁后，那群狮子也葬身于水库大坝之下了；木牌坊上额书真金大字"恩荣"，传说古时有位叫程忠太的先人在广信地方做官，有一年他在赈灾散粮时遇一孕妇，因为粮已散尽，他便捡起一块砖题上自己的大名，赠与孕妇，让她拿去当些钱粮。这位妇人后来生得一子，当她的儿子高中状元荣归故里时，她却闭门不见。原来，妇人是要功成名就的儿子常怀报恩之心。朝廷得知此事，特恩准状元郎建造牌坊以旌表其母。与牌坊的命运相比，长径算是很幸运的了。

胡师傅已经七十六岁了。我第一次去长径，他是从茶园里被喊回来的。他的家在离长径村两里远的一处屋盘上，这里住了四五户人家。头天在庆源村我已听说，从前住在村边或村外的人家，一般都是大姓的佃户和雇工。显然，胡师傅及其邻舍的祖上便是受长径村大姓程氏雇佣。在这块屋盘上，可清晰地看见斜对面长径村的动静，比如一头在溪水里汹游的牛或者荷锄出村的男女，但是隔着田畈和小溪，总觉得这几栋房屋像是不合群的孩子。不知谁家在放音乐，把声音调得很大，像一只有线的大喇叭似的，歌声在田野上回荡，很是放肆，我忽然联想到丢失伙伴的鸡雏或闹奶的孩子，我忍俊不住。

在胡家的厅堂里，墙上的一个相框吸引了我。玻璃板下，压着的是一些关于长径傩的图片。那些图片像是从印刷物上剪下来的，有的看上去很有些年头了。甚至，连主人也记不清它们的出身了。比如，其中的傩面具图片《太阳、月亮》和《孟姜女》，老人说是八十年代的，这显然有误，因为在"文革"的浩劫中，"太阳"、"月亮"和"孟姜女"都被付之一炬，化为灰烬。这两张图片应该摄于五十年代，五十年代初期，胡师傅曾随婺源傩进京演出。

对于五十年代，老人还能记得的，是一个人，一个姓欧阳的女子。她曾在那时候来过长径村做傩舞调查。我立刻就猜出她是谁了，便告诉老人，她叫欧阳雅，是我们单位的离休干部。这时，我看见了老人脸上泛起的亲切感。

半个世纪过去了，当我们翻山越岭来到傩乡，却仿佛回到了五十年代，再一次翻寻乡土中的文化记忆。虽然，前人的辛劳至少是给我们留下的路线图，但是，我们并不比前人幸运多少，凭着前人的指点我们走到目的地，却见逝者逝去，老者老矣！

太阳是个长着胡子的汉子，月亮怎么也有稀疏的胡子？孟姜女为什么扎着一对抓鬏式的发髻？

被胡师傅救下的宝物，为傩面具"八十大王"、"大鬼"、"小鬼"和一件傩具，那是一柄古铜斧。

这四件宝物的图片当然也收进了镜框里。还有一张图片，是"大鬼"穿戴齐整的剧照。这几张图片显然是近年拍照的。扮演"大鬼"的艺人，无疑就是眼前这位胡师傅了。

当时，我很想看看那些宝物，但是一转念，既然傩班在每年腊月二十四开箱时，都要举行庄严的仪式，打开神箱时，脸面须避免正对着箱里，以免煞气冲撞，显然，平日是不宜惊扰神灵的，且等春节期间再来吧。

半年前我来长径时，胡师傅刚刚病愈，身体还显得比较虚弱。后来再见，觉得他气色好多了。特别是说话，要比上次反应快一些，中气也足一些。尽管如此，毕竟年岁不饶人，自然是风光不再，曾经的荣耀、曾经的丰采只能留存在他家墙上的相框里，成为永远的记忆、永远的欣慰了。

不过，让我感动的是，在正月初二的搜好活动中，我时时都能看见他的身影。他一会儿隐没在人群里，一会儿出现在乐师中间，一会儿又和年轻艺人站到了一起。他不仅随时给人以提示，到了关键的环节，还少不了由他亲自上阵。比如，迎神时面向东方念祷词的就是他，舞鬼时击鼓伴奏的也是他。跟着傩班穿行在深深的村巷里，我好几次与他不期而遇，恍惚之间，我觉得他依然是长径傩班之魂，随着锣鼓点子逐户奔走，伴着八十大王驱邪纳吉。

如今八十大王的扮演者，则是胡师傅的大儿子。看相貌，怕也四十来岁了吧。不知这位小胡师傅是决意子承父业呢，还是为了长径傩不至于像庆源傩那样曲终人尽，才不得不挺身而出？

对了，我拍的照片里有他们父子俩在一起的形象，还有老胡师傅和现任的傩舞剧团团长抱着儿子的合影，这不就是三代人吗？我要把这些照片，连同小胡师傅扮演八十大王的剧照，一起寄给长径，让胡师傅家里再添一个相框。

我愿用这种方式，寄寓我对长径傩的平安祝福，正如八十大王微笑着用铜斧为我刮了脑袋一样。

附记：为胡师傅当年智救傩面具的故事所感动，省民间文艺家协会副主席任春才先生千方百计搜集关于长径傩的资料，设计并制作了一批（共十枚）傩面具，由省民协赠送给长径村。正是岁末，我们带着那批面具进村，却听说胡师傅因脑血栓已经辞世了。他的儿子告诉我，自己在江苏打工，秋天回来割完禾返江苏才十天，其父就突然倒下了，直到去世前一刻，他还在干活。

胡师傅有三个儿子，其中两位跟着父亲学过傩，请神、辞神祷词和搜好结束时对着人群唱赞的一百零八句好话，按傩班规矩是不传外人的，想必两位小胡师傅应该得到父亲传授，尽管如此，胡师傅这一走，肯定永远带走了更多的关于长径傩的记忆。

长径傩舞剧团的团长叫程汉平，是团中最年轻的成员，今年四十岁。他把我们一直送到村口，似有很多话想说。我常常回味他那欲言又止的表情。

正月初二，在婺源长径看搜好

长径村在电话里告诉我：搜好是初二，要是下雨，就初三，去年就是初三。

我想，老天爷大概是被长径人的执着感动了，头天便把打算要下的雨下了个干净，湿漉漉的大年初二居然放晴了。我进村时，门户大多紧闭，全村只有几个妇人刚刚醒来。一个个不时从晨雾中迎面走来，轻声问一声早，看样子，她们是知道有客人来看傩的。

长径村在大路的对面，小溪的对面。狭长的村庄面溪而建，由东北流向西南的小溪上架有四座窄窄的小桥，其中一座是用跳板架起来的木桥。据说，从前这里是往来于县城与段莘之间的歇脚处，溪边的民居曾是店铺，村中尚保存着一座客馆。穿村而出的石板路穿过村东北的桥亭，往田野上延伸，铺向远处的连绵群山。

这座桥亭正是今天傩事活动的起点。我在桥亭边看见了傩班老艺人胡师傅的家了，隔着田畈，怕有二里远吧。几位村人匆匆奔走在村里村外，为傩班的到来做着准备。鞭炮来了，纸钱来了，锣鼓来了，接着，一面神旗来了。

胡师傅也从他家的方向过来了。随他而来的，是三只神箱，稍大的神箱为竹编的，箱子上写明"一九八六年程罗新司造长径村驱傩舞剧团新置"，里面盛着傩面具，而两只木箱盛的是服装。

这时，人们把胡师傅的儿子介绍给我。现在，子承父业，他是扮演八十大王的艺人了，也就是说，他是今日的主角了。果然，当线香点燃、皂炉点燃后，在鞭炮声中，他手握神旗，神情庄严地面向正东方，缓缓挥舞。在他身后，他的父亲手捏一叠纸钱似叨念着什么，其他艺人则朝向东方躬身膜拜。

这是长径傩的迎神仪式。很是简洁，一座香插往神箱上一搁，那神箱就成了祭台，费时也不过化尽一刀纸钱的工夫而已。我闻见从皂炉里散发出来的异香，一直追问，朋友总算把婺源土话给翻译明白了，那只小小的香炉里，燃的是皂角荚子。村人告诉我，如今偌大个婺源县只有一棵皂角树了。对于皂角，我并不陌生，从前它是乡村的肥皂和洗洁净。殊不知，这只皂炉竟是全天搜好活动最重要的道具，人们如此虔诚地请出戏神、傩神，举行如此神圣的舞鬼仪式，最后竟是用一种植物的香气来驱除邪祟！

神旗在阳光里悠悠飘扬。远在东天的神圣大约就在我们不知不觉间降临了。于是，傩班抬起神箱，在神旗的引导下，在锣鼓、笛子的陪同下，绕道村外前往西南边的祠堂。

程氏祠堂其实已经不复存在，因为破旧不堪干脆被卖了，只剩大门处的两堵残墙，高耸在一片坪地上。于是，拜神仪式只能放在祠堂旧址边的仓库门口进行，除了这里比较宽敞外，更重要的原因大概就是此地距离祖先最近了。

那只神箱的盖子揭开来、竖起来竟成了神龛。有人端来一盆热水，小胡师傅便小心翼翼地从箱中抱出一尊孩童似的全身塑像，为它擦洗。这尊神像，在南丰傩中叫傩太子，而在长径，却是戏神杨六郎。六郎被安座在神龛中央，它的左右为八十大王、李斯的面具。不，在这两尊比较大的面具下，还套着大鬼和小鬼，它们面前是一柄铜斧。八十大王、大鬼、小鬼和这柄铜斧，正是老胡师傅当年冒险保护下来的古傩具，今日我终于得以亲见。

拭去积尘的神像，仿佛从一年的长梦中醒来，神采奕奕的，让人们不禁肃然起敬。长长的鞭炮缠绕在晒衣服的竹架上，像一种藤萝，一种瓜秧。村人一户户地聚集在坪地上，手里都拿着鞭炮、线香和纸钱，有的还带来了烟花。随着拜神仪式开始，鞭炮大作，烟花升腾。大白天的，那烟花不过是听响罢了。

硝烟欲散又起，一家家扶老携幼接踵而至，看得出来，有些是从城里回来过年的儿孙。整个村庄满怀辟邪纳吉的祈愿，令神灵们应接不暇，所以，直到傍晚，还有来此拜神的。

拜神开始后，傩班弟子都进了那栋仓库，在里面换上了傩服，忙着做舞鬼的准备。

舞鬼当然也是在紧挨祠堂的坪地上进行的。这次表演了五个节目，它们是《开天辟地》《魁星点斗》《舞小鬼》《闻药酒》《饮毒酒》。开天辟地的盘古手持铜斧，四面砍劈，动作刚劲有力且单纯古朴，有一种稚拙的趣味；而魁星一手持斗一手握笔登场，其面目虽然凶悍，举手投足之间却是透着几分儒雅；扮演小鬼的两位青年，个子也矮小，小鬼们似在嬉戏，因此博得了一阵阵笑声；《闻药酒》《饮毒酒》是两个相关的片段，主角都有李斯丞相，其它角色分别是《闻药酒》里的诸侯和小鬼，《饮毒酒》里的天师和小鬼。今年七十五岁的傩班老师傅告诉我，李斯的嘴唇为什么那么厚呢，是喝酒喝的。这两个节目表现的就是李斯贪杯的醉态。

村人把戏场围了个严严实实，出乎意料的是，居然以年轻人为多，有些小青年干脆爬到祠堂的废墟上去了。为舞鬼伴奏的，是傩班的老艺人，老胡师傅司鼓，另一位老人放下锣又换了镲。我注意到，如今他俩大概就是顾问的角色了，老胡师傅不时在指点年轻艺人，他的儿子这会儿正在他身边温习锣鼓点子呢。看来，掌握锣鼓点子是传承技艺的重要环节。

舞鬼罢了，便见几个艺人往村后去，又听得大人在吆喝孩子：不要去看了，好吓人的！跟着钻进村巷去的，只有我等。原来，接着就是"扮王"。

扮王是在一户人家的门前进行的，本来就逼仄的空间还堆放着木料和柴火，显得很是拥挤、凌乱，再摆放一张供有香火、供果的桌子，几乎磨不转身体了。所谓扮王，就是让八十大王戴上面具，小鬼也要重新戴好面具。敬过天地后，在别人的帮助下，八十大王穿戴齐整了，因此也就成为神了，从此时起直到夜里，它将为全村一百六十多户人家驱邪逐疫，带去平安吉祥的祷祝。

我想，扮王所选择的场所一定有讲究的。果不其然，这里是庭屋所在，是香火老爷所在。就是说，这里是祖祠的旧址，曾供奉着祖宗的牌位。这里的祖祠应当是那已经废弃的祠堂的前身了，我判断，它与长径程氏的开基祖有关。

原来，祠堂可以倾圮，可以老去，它所立足的位置永远神圣，为人们世世代代所铭记。记得香火老爷的所在，心中也就有了永远高耸的宗祠。

村人之所以认为扮王"吓人"，是因为扮王以后的"追王"营造了一种紧张、凌厉的气氛。上马后的八十大王高举铜斧，迎着一串串炸响的鞭炮，从村巷中杀出来，疾步冲向村子西南方的小桥。它身后有小鬼紧随，有锣鼓相伴。对了，还有那管笛子。笛子让我好奇。笛声在这宏大的场面中，在壮阔的声势中，显得微弱而不谐。不过，长径傩自古就有笛子伴奏，老艺人数着锣鼓点子告诉我它的作用，或许，笛声在锣鼓点子的变化中起着过渡和衔接的作用吧?

　　追王追过了小桥,便开始逐门逐户"搜好",村庄外围的桥那边,住着二十来户人家。方言所说的这个"好"字,让我费尽了琢磨,上户搜好跟南丰的逐户搜傩如出一辙,怎么称"好"呢?最后,还是听老艺人的,他说这是"搜了就好"的意思。这样一解释,也就说得过去了。

　　观看舞鬼的人群并没有追去看热闹,而是一起拥到村子中央的木桥边,等着傩班回来。我也随大流守候在木桥边。我站在木桥的另一头看长径,长长的村子像一条弯弯的船,更像一座台面宽阔的戏台,簇拥在桥头溪边的男女,是翘首以待的观众,也是忘情投入的演员。是的,今日的长径真是一座恢弘壮丽的戏台,每个人都熟悉后面的剧情,每个人随时都可以投入其中。

　　这不是吗?约摸一小时后,便有几个小青年从村中抱着鞭炮过了桥,在桥这头山坡的小路边做着迎候傩班的准备。

　　闻得鞭炮声、锣鼓声渐渐近了,但八十大王仍未回来,我忍不住离开桥头,走向大路边的人家去看搜好。

　　傩班将至时,屋主人手持线香和纸钱迎接在门外,待傩班进门,主人敬上红纸包的香钱,再接过那只皂炉,迅速去各个房间走一遭,包括厨房和猪圈也不能放过,驱邪逐疫的香烟弥漫在整个空间。八十大王进门时,则用铜斧在两侧的门扇上各劈一下,再在厅堂上方象征性地劈一下,然后,端坐于上座,小鬼也堂而皇之地入座。主人又是倒茶敬烟,又是端上果点,很是恭敬。然而,那些乐师一直站在门外吹打。

　　关于长径的古铜斧,我早有耳闻。听说,拿它在门上劈一斧,便斩绝了一年的孽根;上年有过不测的牛栏猪舍,只需举斧猛地一刹,从此便是六畜兴旺;人也亦然,正月里搜好时,伸出脑袋让它轻轻刮一下,便可保平安康泰。此时,我得以亲睹这一情景了,有几位年轻女子抱着孩子来到八十大王身边,请它为孩子刮一斧。八十大王有求必应,只是愿意享受铜斧好处的人,并非我想象得那么多、那么热烈。一问,才知道,村人要求用铜斧刮脑袋的,只是没有出过天花的。不过,也有虔诚笃信的,竟请八十大王用铜斧把自己的头部、肩部直至腰背都刮一遍。

那人拿八十大王当包治百病的神医了。

为村子外围的人家搜好完毕，又是追王。八十大王要从山坡上冲下来，跑过木桥，回到村中去。人们在山坡的茶园里点燃了鞭炮，八十大王和小鬼一阵风似地过了河。我为这个镜头等待了近两小时，它的发生却是稍纵即逝。

人们有理由相信八十大王的神通广大。有故事为证。说某年长径傩班应邀前往邻近的观桥村搜好，观桥与长径可谓一衣带水，共的正是同一条小溪，那里的溪上也有这么一座跳板搭的木桥。追王时，木桥的前面一头忽然塌了，跑在八十大王前面的人纷纷落水，跑在后面的再也过不了桥了，也是奇了，那八十大王仿佛得神助，竟飞越过河，安然落在岸边。至今，说起这个故事，村人仍唏嘘有声，啧啧惊叹。当我巧遇当年八十大王的扮演者时，便有人郑重地把他介绍给了我。那位八十大王说，搜好一整天下来很累的，如今身体吃不消了。也是，毕竟还是个凡人。不过，说起往事，他笑得深沉而神秘。

到了下午四点多，傩班才吃中饭，而搜好活动才完成一半。看来，八十大王的累，累在头上，顶着一个紧箍在头上的大面具要戴一整天。当艺人要吃饭时，必须先面对大门敬过天地，而后下马。这时，小胡师傅大概也就还原为凡人身份了。我无意间瞄见傩班的记账单，每家敬神的香钱少为六元、多不过十元，并没有特别突出的。这么整齐的数目，叫人相信事先是否有所约定。

我等着夜晚。听说，全村搜好结束以后，傩班会回到祠堂旁，那时要对着人群讲一百零八句好话，然后，任由青壮汉子争抢八十大王手里的铜斧，刮刮自己的脑袋。谁首先抢得铜斧，谁就是今年最幸运的人。可以想见，夜晚的长径将是鞭炮齐鸣，火树银花；夜晚的长径将是人头攒动，摩拳擦掌。

能够熟记那一百零八句好话的，当然还是老胡师傅了。他不无自豪回答：当然记得，便顾自喃喃道："……新春已来……和合戏神……八十大王来上台……一年四季添进人丁，广进钱粮，老者多增福寿，少者福寿延长，龙生凤养，富如东海，寿比南山……"我不懂婺源土话，他念得又快，我只能记个大概。

不觉间就入夜了，祠堂边的仓库门前临时拉了一盏一千瓦的白炽灯，灯光召唤着人们早早守候在坪地上。小伙子们三五成群地聚集在一起，或交头接耳，或打打闹闹，似密谋着什么。很显然，都跃跃欲试，企图在争抢铜斧时拔得头筹。一些姑娘穿梭其间，更是把小伙子们撩得迫不及待了。

所以，村长有些紧张。只见他不停地在人群中奔忙，还屡次过来告诉我，他找了三个壮实的汉子专门负责保护八十大王，我也被安排了两位"保镖"。

约摸八点多钟，搜好结束了。小鬼首先在坪地上露面，它可能是来探路的，稍逗留片刻，便又折返迎接八十大王去了。不一会儿，八十大王出现在人们的期待中。现场顿时一片欢腾。

许多鞭炮被点燃，灯光迷迷蒙蒙；许多烟花在升空，夜色五彩斑斓。小伙子们朝着八十大王蜂拥而上，重重叠叠的背影瞬间把它吞没了。更多激情的背影不甘人后，试图往人堆上攀爬。这时，我才明白保护八十大王的重要。

这是力的角逐。当荣誉在召唤、激情在怂恿的时候，任何一个血性的男人都会按捺不住内心的冲动的。是的，面对这些勇武的年轻人，我更相信，鼓舞着他们的是荣誉，而不是神性的呼唤。因为，我觉得，长径的傩事活动到了这会儿，已成为全村人的游戏，是搜好结束后的庆典和狂欢。

所以，当八十大王一到就被人们包围了，连那说好话的程序似乎也免去了。我不知道，老胡师傅是否会在人群的背后、灯光的背后，默默地为人们唱赞、祷祝。

所以，当八十大王被几个壮汉护着挣脱包围挤出人堆时，那柄铜斧仍高举在小胡师傅手里。我不知道，哪个小伙子曾经夺下它，今夜的胜利者究竟是谁。

八十大王气喘吁吁，整个村庄气喘吁吁，人们却是情绪亢奋，意犹未尽。村人渐渐散去，傩班则要前往村西南的水口，在那里谢神下马，正如一大早在村东南的桥亭迎神一样，有始有终。

第二天，长径傩班将去观桥村搜好。在返回婺源县城的山路上，在穿破夜幕的车灯照射下，我先后看见一个提灯独自赶路的女子和一个被人搀扶着踉跄而行的醉汉，他们应该是从观桥村出来的。观桥村在为明天奔忙、为新年痛饮吗？

美丽也是辟邪物

婺源去得多了，但走进游山村却是偶然。它在返途的路边，头天看过长径傩，大年初三的暖阳又诱惑着我岔向了一条乡间公路。我要去寻访一个美丽的传说，寻访传说中的凤凰。

是的，游山村的来历是有故事的；而这个故事，非常生动地诠释了人在与自然对话时的能动性。

这块风水宝地的被发现，得益于该村董氏开基祖的慧眼。唐天宝年间，他漫游到此，对这里的山水一见钟情，便用自己的名字把山岭命名为浚源山，把村庄叫做浚源村。传说某一天，有大鸟飞临浚源山上，此鸟硕大无朋，绿羽长尾，红冠高耸，声如洪钟。随之而来的是一位老者，称："此鸟莫非凤凰耶，凤凰不落无名之地，此大吉大利之兆也。"

鸟瞰这山里水乡、梦里山乡，有一条清澈的小溪呈太极图阴阳形穿村而过，村人恍然大悟，遂改山名为凤游山，改村名为游山村。

听说，如今的游山村是婺源县最大的村庄，有人口逾三千。打瞻云亭一进村，我就感到了房屋的稠密和拥挤。铺着石板的村巷纵横交错，家家门前几乎都没有比较宽敞的空间，那些巷子却多有我在"歪门斜道的村庄"吉安钓源所见到的那种一头大一头小的"棺材路"。我经过一条最窄的巷子，刚好能容一个身板，若是胖子，那就得委屈着侧身而过。

叫人怦然心动的，还是那条弯曲着贯村而去的小溪。小溪悠闲地躺在村庄的怀抱里过年，想必它是阅尽了辞旧迎新的盛大景象，溪边到处堆着红彤彤的炮竹屑，溪水中贴着红彤彤的春联，当然，溪水中还码着一堆堆色彩鲜艳的塑料用品。两岸林立的店铺都早早地朝向小溪敞开店门，临水的一座座街亭成了商品橱窗，它们简直就是为了向溪水展示各自的琳琅满目。仿佛，小溪才是它们的主顾，才是它们的财源。

弯弯的溪流之上，架有多座石桥或木桥，过往十分便利。从一头望去，这一线溪流几乎就是一条宽阔的大街。游山村如此浓重的商业气氛，让我惊奇。其实，在历史上它也是靠经商发达起来的。领着我穿村入户的村长就不住地慨叹，游山过去没有出过县官以上的官宦，所以村中没有什么名人留下的胜迹。他的意思是说，此地之所以难以发展旅游，原因就在于此。

然而，游山村却给我以独特的韵味。小溪两边的店铺和街亭，仿佛是游山村历史的《清明上河图》，在变化的生活中，依然透露出传统生活的神韵；村庄的择址傍水依山，山环水复，以太极图阴阳形的溪流为中心，民居建筑顺水延伸，两边扩展，整体布局渗透了风水理念。扼守村庄水口的，有函谷关，还有一座跨溪而建的单孔石拱桥，称题柱桥，桥上是高耸的凉亭，亭内方柱上有联云："村大龙尤大隐隐稠密人烟，桥高亭更高重重关闭财气。"便是夸耀此方风水宝地的好处。看来在高桥之上又建高亭，是颇有讲究的，为的是更严密地把握水口，聚财藏富，以防不虞。

凉亭内另一联云："登高桥远眺儒林赞扬古迹，站函谷遐思文笔羡慕前徵。"赞扬也好，羡慕也罢，从骨子里来说，依靠经营茶叶发家的游山人终究还是无法抵御金钱的诱惑，他们可能更热衷于在会宾楼里煮酒品茗，尝茶论价。在这里，若是深入村巷，很难看到江西古村中常见的那些炫耀的牌匾、堂皇的门面，倒是可以遇见门面很不起眼的老字号。比如，我经过的"永兴号"，房屋低矮，店面为可拆卸的门板，店铺坐落在村巷的丁字路口，店门却稍有偏斜，以避冲煞。有的民居门面虽简朴，内部木构件的装潢却也颇为考究。不知这是否与商家不肯轻易露富的心理有关。

简朴、内敛的建筑装饰风格尤其体现在宗祠建筑中。游山董氏除了有十余座房祠外，还有一座保存完好的总祠。祠堂大门只在石枋上雕以万字不回头及花卉纹饰，朴实而敦厚；里面的梁枋更是简单地以云纹浅雕略作勾勒，最华丽的地方应是梁枋与斗拱之间的挑板了，那里透雕着凤凰和花朵。

在这两侧堆放着禾桶、头顶上横架着水车，充满凡俗气氛的宗祠里，凤凰仿佛是横空出世，显得那么高贵圣洁！

村长告诉我，凤凰的形象在游山的老房子里随处可见。的确，我在古民居厅堂的木雕、门罩的石雕或彩绘中也看到了。无疑，游山人对凤凰情有独钟，和那个传说有关。那个传说不只是给人们以吉祥的祝福，也在他们的血脉里投下了可以流传百世的心灵影像。

然而，传说并非都是浪漫而虚幻的诗篇，传说也可能成为非常实在、非常具体的另类说法。村长站在享堂台阶边，指着天井沟中的一处积水，讲了另一个故事。他说这一汪积水常年不干。这里无疑就是董氏发脉的源泉所在了。董氏的开基祖本来独门独户居住在浚源山东麓，他家养的老母鸡在离家出走一个月后，忽然回家了，而且它竟带回了二十多只鸡雏，那就是浩浩荡荡的一群。主人自然喜出望外，这是家族发达的旺象呀。于是，主人在那只老母鸡的引领下，披荆斩棘翻山越岭，找到了母鸡一个月来孵化小鸡的地方，并毅然举家迁至此地。这里有一口四季不干涸的山泉，董氏宗祠把山泉圈入其中，正是把它视为神圣了。

母鸡和神鸟，它们之间有着怎样的情感联系？那母鸡该不是凤凰变化而成的吧，为了给人以更为明确的神示？

我愿意相信我的主观臆断。因为，我感受到了游山人的浪漫情怀。比如，在这么拥挤的村庄里，居然有一座十分开阔的乡村广场。那是坐落在溪边的戏坪，戏台上赫然写着"游山会场"。刷在戏台对面民居墙上的《民约》称："凡大、中城市皆有一广场，而我游山方圆几十里之大村，应有一块较大而整洁的场地，供全体村民开大会、休闲、娱乐、看大戏、游龙灯之用。"为此，做出了不准在戏坪坦上乱搭乱堆等诸般规定。

尽管此地的卫生状况仍然叫人摇头，但一个村庄的坪地，竟敢向大中城市看齐，气魄不可谓不大矣。想必，若要唱大戏，这儿当是人山人海。

游山村的板龙灯是很出名的。每年元宵之夜，村中都要举行游龙灯活动。长长的板龙灯游走在弯弯的溪河两岸，仿佛巨龙腾云，又似蛟龙探海，水里地上，都是灯火世界。那番情景，想来便令人兴奋不已。我遇见一位来乡村采风的青年，端着相机正在捕捉溪边的风景，他会在这儿流连忘返直到元宵之夜吗？

游山之行让我惊奇的还有一个细节，若不是朋友介绍，我几乎和它擦身而过。那是插在民居大门两边的一种植物的枝叶，似竹非竹，叶形像竹叶一般，叶色却是斑斓多彩，由绿渐变为黄色、红色，当地人管它叫金竹。其作用无非是用来辟邪，可是，我走遍江西乡村，除端午时节人们会插菖蒲、艾叶等植物辟邪外，其它时候常见到插在门窗上用以辟邪的，一般都是松枝柏叶。问道为什么用金竹辟邪，答曰：金竹有七彩呀！

原来，美丽也是辟邪物！在民间的观念意识中，色彩的确具有辟邪禳解的作用，但人们一般取红、黄色。如建房扎在梁木上的红绸、病人用以缠头的红布条、孩子穿的红肚兜，以及朱砂、朱印、朱笔等；黄色在旧时为帝王专用色，含有尊贵的意义，也具有禳解能力，如巫师、方士用的咒符、服饰等。

而游山看取的是金竹的七彩。听说，在这里，人们不仅让它镇守着宅门，索性还把它请进了厅堂。有的人家是把金竹插在大门两侧固定装置着的一对竹筒里，显然，竹筒是为了方便经常之需。也许，它的色彩令人赏心悦目，它的名字叫人耳顺心顺，所以，它才被人们寄寓了情感和思想，成为安康的保证，吉祥的象征？

既然在这里金竹能够以它的七彩成为辟邪物，那么，我有理由推而广之，认定那高贵且美丽的凤凰，在人们心目中也同样具有辟邪的作用。

不是吗？在这里，凤凰经常和被道家称作"无敌"的蝴蝶，共同镇守在民居的入口。游山民居的门罩非常简洁、朴素，大多饰以粗糙的彩绘，我在几座门上都看到了蝴蝶的纹饰，当蝴蝶和凤凰成双成对地翩翩飞舞在人们的心灵中，其辟邪纳吉的意义也就显露无遗了。

不管怎样，凤凰是游山人的精神图腾，那条溪河是游山村的灵魂。倘若攀上浚源山登高鸟瞰，穿村而去的小溪会不会就是那只硕大无朋的神鸟呢？累世聚居的人们其实就是繁衍生息在一个美丽吉祥的传说中吧？

在廊桥边折一管茅花

婺源的廊桥应该认识我。我去过三次。和许多人，和一个人，和自己。

岸上的茅花打春天开到秋天，打前年开到如今，仿佛从未衰败，只是褪去了春的浅紫，变得洁白。秋阳下，有一些花絮随风轻飏，有一些黄叶为秋鼓瑟。

秋水的表面和深处，都只有我。凫游在春天里的那两头牛，经历了漫长却短暂的热天，互赠一管茅花，便各自上岸去了。我还记得它们在廊桥的投影中嬉水的样子。我为它们拍过合影。它们深潜于水，只露出两个鼻头，用沉重的喘息相互试探；或者，踏水而歌，呼唤着彼此的名字，用凌厉的犄角相互抚摸。当水沉静时，有两个人影恰好骑在它们的背上，以彼此的视线为缰，以各自的茅花作鞭，如一对牧童。

我记得，我到对岸的水碓房旁边拍桥，桥洞里是牛和它们的犄角；回到河这边来拍水碓，取景框里只有巨大的木制水轮和依山叠彩的茅花了。

现在，无论在此岸，在彼岸，只有茅花依在，却是晶莹似雪。

我在秋水的表面和深处。我也觉得水凉了。我在桥上拍下了凭栏俯瞰的自己，在水里飘摇的自己。水把我揉碎了，再折射到廊桥上，嵌在傍河古村的某幅雕刻里。

我想我一定会是画里的一匹倦马，一钩冷月。或者，就是画外那凝滞于岸边的水轮了。超然于故事之外，梦之外。

我知道打开一个梦并不困难，只要轻轻地提起闸板，激情的水就会奔泻而下，激活每一块叶片，巨大的圆便飞旋起来，带动原始的工具，奏出古典的音韵。

然而，假如碾槽、春臼里没有稻谷，我难道能够仅仅为了欣赏一段民谣而启动水碓吗？

我只是游人，就算我要去彼岸，也是过客。和那些人、那个人一样。在画舫一般的廊桥上，顺逆水流游走的都是人。还有他们抛下的茅花，怅然漂远。

我以木刻的立场，回味着桥下的梦。

我依稀听得那抚摸发出金属的脆响，像两件兵器在厮杀，是两颗心在格斗吧。我知道爱情是靠肉搏完成的。我知道用来敷伤的也是爱。如沿河的茅花，绷带一样绵长，药棉一样轻盈。足足能够包裹一条河。这条河也在它们的厮杀中受伤了么？或者，这条河原来就是一条容易受伤的河，于是，有这一脉碧流，便有两岸茅花。

那两条中年的牛！

我能想象它们心怀着怎样深刻的皱纹、怎样苍凉的微笑，怎样在这里不期而遇，怎样耳鬓厮磨地翻阅着投影中的插图，面对那些风花雪月的雕刻共同追忆似水年华；我能想象一番温存之后，它们嘴上衔着的茅花是怎样忧伤。有多少祈望能够最终如愿？有多少允诺能够最终兑现？许多的分手就是分离，许多的告别就是诀别。即便共饮一河水，同作一畈田。它们谁目送着谁先上岸呢？谁的身体裹遍了花穗？谁的眼睛栖满了飞絮？它们离去的步履踏破了河边的草滩，踩碎了岸边的水线。我就是通过那些深深的蹄窝，来想象它们久久的缱绻，久久的怅惘，久久地反刍它们深深的慨叹。

我折了一管茅花。我记得在春天它的浅紫是油亮的，鲜嫩的，如婺源古民居那些雕刻所表现的爱情故事。而现在它的洁白膨化了，嚣张而脆弱，恰似所有步入秋天的生命。我知道那茸茸的碎花是它最后的寄托，所以，我把茅絮撸下来，种植在岸边的蹄窝里。

为自己种植，为一个人种植，为许多人种植。

衔着千年的瓷片嬉水

听说瑶里镇原先叫窑里，可能不雅吧，改作了琼瑶的瑶。

于是，瑶里溪中的鱼，便饮着琼浆玉液。

考证那个被取代的字眼，拨开汉字的秘密，就会发掘出千年的窑火，千年的釉果。

在瑶里，曾有二百多座古窑遍布在群山中，曾有许多架木制水轮飞旋在溪流边。一条古驿道逶迤而去，前往徽州，前往瓷器向往的远方。

我想，可能与瓷器的向往有关，有一天窑厂纷纷迁往百里外的大江边，瓷器从此登上了雕龙的古船，体体面面，风风光光，漂洋过海，登陆于梦想中的所有门岸。

去往徽州的驿道边，古镇冷落了。水轮凝滞着，水碓哑默着，滤池干涸了；作坊荒芜着，窑砖风蚀着，瓷器破碎了。

但是，柴烟散尽的碧空，有云来驻；余烬犹在的残窑，有凤来朝。松与茶，枫与槠，来窑址上播种，在废墟里生长，竟然以无边秀色覆盖了满山瓦砾。仿佛，春的花容，秋的叶色，都来自漫山遍野的历史碎片，来自青花与粉彩。是瓷器上的图案，瓷土里的精魂。

我不禁讶然。那么繁盛的一段历史，怎会被繁茂的植被包裹得如此严实？

我去溪边寻找答案。

我看见满溪的秋色，满溪的游鱼。瑶里的鱼可能是世界上最幸福的鱼了，在这条溪中，没有诱饵的阴谋，没有渔网的恐怖，水是和平的。

鱼们无忧无虑，自由自在，一尾率领一群，零散追逐团队，咬着水波里的呢喃，啄着水面上的秋阳，从容而优雅地踏水漫步。或者，就是一种行为艺术罢，用集体的身体，集体的泳姿，依着水轮的弧线描圆，依着石桥的倒影画桥。水里的白墙青瓦、飞檐翘角，水里的红叶青枝、高树修竹，都是它们临摹的作品吧？

好像瑶里的鱼是通灵的。

因为，这里有着禁猎禁渔的传统。祖祖辈辈的禁忌，衍生出了一个现代组织——民间自发组成的禁渔协会。他们的禁令公布于镇上的显要处，大概只是警示外人，当地的餐桌上从来都是别处的鱼。

我不愿把这条溪流视作养生河。

我浪漫地怀想着民间的浪漫。我想，当窑厂纷纷迁徙，也许有一些陶瓷艺术家没有走，领着他们的子子孙孙，以山为坯，以水为料，在蛮荒的高山上画着釉下彩，画在煅烧过的丘陵间，就是釉上彩了。否则，很难设想，被窑火熏黑、被瓦砾覆盖的古镇，会有这种血脉相承的自觉。

或者，他们养山养水，是为了保养永远激荡于内心的艺术感觉，为了保养崇尚山水师法自然的人生境界。

为了在风景里写生。鱼是他们的模特儿。

我不知道溪中的最长者高寿几何。我看见，一条红色的大鱼被自己的队伍簇拥着，下潜到深处，去参观铺满河床的瓷片；我看见，那些年轻的鱼惊奇地在艺术的碎片中寻找着自己的宗谱、自己的历史；我看见，那条红鱼衔起千年的瓷片一跃出水，仿佛展示自己的肖像。

更多的鱼，在桥下走台。一群一群，交叉穿行，袅袅娜娜，分分合合。如月在云端，雁过湖天，花开庭院。

瑶里的鱼别是醉了。

沉醉在醉卧于自然中的历史里。

青 花

青花　瓷器的釉彩名。是一种白地蓝花瓷器的专称。先在瓷器毛坯上用钴土矿描绘纹饰，再上一层无色透明釉。以高温烧成。元代已相当发展，明代达到成熟阶段。以景德镇烧造的最佳。

——摘自《辞海》

青花，是一个娟秀的名字。是裹不住春光的衣衫，掩不住妩媚的围裙，是飘逝在茶园深处的头巾，是追着那头巾翩翩飞去的燕与蝶，云和雨。

青花，是我少年的玩伴。是飞旋在辘辘车上的舞姿，萦绕在利坯刀上的儿歌，藏进匣钵里的谜语。在古窑遗址，拾一片瓦砾，便是她的手绢；在瓷土矿山，捧一团泥土，便是她的信物。店铺因青花而蜚声，街巷为青花而延伸。

青花，是我心仪的女子。她清脆的歌声如水，炼泥成型，便是动人的曲线；她羞怯的回眸如墨，挥毫写意，画出来的美便是爱；她炽热的目光如炬，点燃窑火，烧出来的你便是我。

我在千年的碎片中寻找青花。寻找她的来路，便是寻找自己的去向；我在艺术的城市中探访青花。探访她的消息，便是探访自己的心思。

我所端详的青花是残缺的。缺失的一片瓷，一片留给我的秘密，留给我的空白，像严父的面容那么冷峻。父亲说，你该在古窑的废墟上寻找，该在千年的烟火里寻找，找到了那一片，就找到了完美。

我所想象的青花别具风韵。她的美，要倾倒青花的窑厂，青花的长街，青花居住的城。父亲的眼神依然那么严厉。父亲说，你该去心的远方寻找，该去梦的笔端寻找，找到了你自己，就找到了青花。

　　父亲一生都在寻找自己的青花。

　　父亲有秘不示人的心事。

　　提着鸟笼，唤着狗，他又出门了。躲过早晨的问候，躲过邻里的视线，也甩掉了我的追踪、我的逼视。那诡异的举止间，那苍老的背影里，藏着家传的配方、家传的技艺。

　　以遛鸟的名义，他进了深山。那神秘的形迹分明是拒绝我的探究。

　　出生在陶瓷世家，我是他唯一的传人。

　　他用美术哺育我、用瓷艺滋养我，难道，不是为了那郑重的交接么？

　　傍晚，最先进家的是亲昵的犬吠，接着，是鸟的啁啾。父亲没有声音。父亲只有颜色。鞋上的黄泥，裤腿上的红土，衣袖上的绿汁，脸上的血痕，还有手里的一包配料。

　　包裹在树叶里的配料，是水之魂，云之魅，草木之精神？是山之魄，石之髓，矿土之性灵？

　　——或者，是一个绚丽的允诺，把父亲的脸色映照得灿烂而温存。

　　莫非，那笼中的鸟知道，父亲的青花在河的那边，在雾的起源，在层林尽染的梢头？

　　莫非，那疲惫的小狗知道，他涉过深深的溪涧，深深的荆丛，攀上高高的山路、高高的悬崖？

　　一次次神圣的点火，伴随着虔诚的祈祷。我通过窑孔，窥望着炉火纯青的过程，窥望着理想在燃烧中的奇妙窑变，窥望着父亲无情拒绝我的真相；

　　一回回隆重的开窑，洋溢着喜庆的醉意。我通过震耳欲聋的爆竹，聆听着瓷的天籁之音，创造的天籁之音，聆听着父亲的微笑和内心。

　　祖辈的青花，永远属于祖辈；

　　对父亲的赞誉，永远属于父亲。

　　我要在青花中寻找自己。有点儿委屈，却是不甘；

我要在自己中寻找青花。有点儿抱怨，却是发愤。

我就这么端详着用碎片黏合的记忆，梦想着青花。在梦想中，我仿佛活过了一千年。

我就这么凝视着满室画稿，满地毛坯，梦想着青花。在梦想中，我仿佛痴情的少年。

我轻轻地呼唤青花，用呼唤抚摸内心深处最温情感伤的一隅。

我深情地描绘青花，用料笔想象她的肌理，她的神韵，她的风骨。

我想象青花来自春野。来自草滩，那牛群的后面，有个梳着羊角辫的牧童；来自山间，那花径的尽头，有个披着羽衣霓裳的仙子；来自弯弯的小桥、弯弯的田埂，弯弯的笑眉拥着一位勤勉的村姑。

我想象青花来自秋水。来自清澈的溪流或深深的湖。在水里成长，在水里欢乐，把艺术哲理演绎得质朴动人。如一尾鱼，依存于水，游弋于水。把水激活了，把每个日子都激活了，平凡的生活荡漾起一圈圈涟漪。

我追着青花而去，前往梦的笔端。前往青花走过的名山大川，前往青花生活的村舍田园，前往青花浣纱汲水的清流鸣泉，前往青花栽种呵护的春风秋月。

我看见我的青花俏立于枝头。是枝上的一叶，叶下的一朵。是缠树的青藤，藤上的青果；

我听见我的青花婉转于云天。是云端的歌唱，云里的呢喃。是拍天的羽翼，羽上的彩饰。

我追着青花而去，前往心的远方。前往青花乘坐的古船，漂洋过海，前往青花曾经登陆的口岸；前往青花翘盼的花轿，吹吹打打，前往青花毕生神往的境界。

我听见我的青花用泥述说，用泥歌吟。声声如磬，如钟，如弦。澄澈处，有翩翩舞姿呼之欲出；苍茫中，有行吟诗人流连其间。

我看见我的青花用火洗礼，用火梳妆。洗去了一千年的岁月之尘，抹上了一千年的青春之釉。朴素而华美，平凡却高贵。镜一般明亮，玉一般圣洁。

　　锲而不舍地翻寻着历史的遗址，我终于拾到了缺失的那片瓦砾，那方青花的手绢。仿佛，它是一个美丽的寓言；

　　孜孜不倦地追索着青花的踪影，我终于窥破了父亲的心机，那无言的鞭策。仿佛，它是一个深奥的哲理。

　　我怀抱着我的青花，擦拭我的汗，我的泪，我的心血。

　　父亲扫净满地的爆竹屑，满地的欢喜和赞誉，把家传的配方交给我。

　　那是再简单不过的仪式。只有父亲钟情的笼中鸟做司仪，只有父亲疼爱的小狗做嘉宾；

　　那是再单纯不过的配方。只见一朵青花，一枝青梅，一竿青竹，一袭青衣，一脉青峰。

　　欣慰的父亲打开鸟笼。一对青鸟，犹豫着，有几分不安，几分依恋，又充满渴望。父亲用颤颤巍巍的手，放飞它们。

　　远飞的青鸟，一只是我，一只是我的青花。

　　飞往梦的笔端。

　　飞往心的远方……

飞扬在楹联里的乐平高腔

古戏台遍布乐平乡间的恢弘景象，令我一想起来就激动不已。

我就是满怀惊奇连续造访那"文章节义之邦"的，尽管每次都安排得紧锣密鼓，所看到的古戏台也只不过是个零头；然而，即便这些零头，也足以叫我眼花缭乱了。它们或寂寞地坐落在村边，台上的风云际会已定格为梁枋上的精美雕刻；或作为祠堂陪伴着族中长老，默默地品味着某日游谱庆典的绕梁余音；最幸运的，则被村人张灯结彩打扮一新，许多的精彩尽在那喜不自禁的夸耀之中。

每每站在空荡荡的戏台上，我眼前仿佛有人头攒动。关于乐平人的好戏，有民谣唱道："深夜三更半，村村有戏看，鸡叫天明亮，还有锣鼓响。"乐平人该是天底下最纯粹的戏迷了。

既然遍地戏迷，那么戏台比比皆是也就不足为怪。何况，乐平是赣剧流行的腹地，而赣剧又是以搬演宫廷大戏为主的剧种，自然需要适合演出的排场的戏台。不过，我觉得，民间艺术表演及民俗活动，总是关涉维系宗族关系的需要，因此，洋洋大观的乐平古戏台，除了为渲染宗族祭祀等活动的仪式化意义所需要外，更是争强好胜、称雄乡里的内心需要，它强烈地反映出普遍的不甘人后、追风趋时的心态。

有一副楹联干脆把戏台指认为："父老开心地，乡村体面场。"为了体面，人们描龙画凤，镏金上漆；为了体面，人们激扬文字，精雕细刻。

为了体面，有个祝姓小村子，终于为祖祖辈辈总是被人请去邻村看戏而难为情了，于是全村老少聚会议定，也要请戏班演出，没有戏台，就在村边临时搭建了一座草台，由乡儒书写一幅横匾悬挂于草台中央，匾上是羞愧难当又如释重负的三个大字："还眼债"。由此可见，乡风民俗一旦形成强大的环境氛围，人们的精神之累；这个故事也更让我对那如此令人神往的戏里乾坤浮想联翩了。

我一直努力通过戏台来想象昔时乐平乡间戏剧活动之盛，企望着深入乡间当一回观众。巧得很，乐平的文友把自己搜遍四乡抄录的古戏台楹联和匾额，誊了一份寄给我。为此，我喜出望外，因为，我不免苍白的想象，在注入了那些文字后，顿时有了血色，有了神采。

——那些文字里有传统剧目。仅我手头的戏名联，就罗列了剧目一百五六十种，可以想见当年戏台上是怎样异彩纷呈。生旦净末丑，戏如人生，活脱脱人间忠佞贤愚；管弦丝竹琴，人生如戏，水灵灵世上喜怒哀乐。一台的君王将相，却是在悲歌金戈铁马，笑谈兴废盛衰；一台的才子佳人，却是在播撒风流情种，点化回头浪子。浓烈的乡风俚俗，看不够的装神扮鬼；圆润的饶音赣调，听不尽的打情骂俏。当那些三字、四字的戏名拼贴成联，居然也是对仗工整、妙趣横生，难怪人们毫不犹豫地把它装饰在神圣如宗祠一般的戏台上。比如，什么"盗御马，钓金龟"、"三岔口，十字坡"、"鸳鸯冢，蝴蝶杯"、"拾玉镯，失金钗"，什么"秦琼卖马，时迁偷鸡"、"钟馗嫁妹，霸王别姬"、"问樵骂府，打渔杀家"、"贵妃醉酒，倩女离魂"等等，整体读来，甚是幽默。

——那些文字里有现场气氛。演出前热烈而又紧张："推推搡搡看戏，打打扮扮登台"；演出中道是无声又有声："台前有泪原非我，座上无声已入神"；演出活动仿佛是没有结局的，百姓痴迷于戏中出不来了："及时行乐朝连暮，刻意兴歌古及今"。严格地说，这类楹联未必珠联璧合，却把人们对戏剧艺术的喜好表达得淋漓尽致。兴之所至，一切雕饰自然都是多余的了。甚至，连一些粗粝的大白话，他们也敢刻于木、镏以金，让它流芳百世，如果说"入耳务须平气听，当场顿觉笑颜开"还算庄重的话，那么，"劝老哥不要回去，有小旦就快出来"、"看完了大家慢走，做得好明天再来"之类，简直就是高声大气的吆喝了。通俗、稚拙得有些扎眼，却是声情并茂，富有谐趣，成了极为生动的现场传真。

——那些文字里有戏剧理论。他们认定戏剧本质在于，"且将前代事，做与后人知"、"随尔演来无非扬善除浊，吾听去却都是教愚化贤"；

而戏剧的美学品格在于，"纳喜怒哀乐感情色彩，容古今中外典型品貌"、"咫尺天涯评论是非功过，须臾岁月历数万古忠奸"。关于戏曲的综合之美，他们写道："吹拉唱弹声悦耳，兴亡成败事留心"、"笑啼怒骂皆学问，悲欢离合尽人情"；关于戏曲的传神写意之美，他们写道："台中天地小，戏里是非多"、"三五步能走千里江山，四六人可代百万雄兵"；关于戏曲的程式之美，他们写道："莫以衣冠分贵贱，但从脸谱辨忠奸"、"大过关安排前面，好结果放在后头"。这些凝练而准确的概括，让我怀疑有的对联恐怕出自今人之手笔，但是，无论如何，面对那么多"演戏的癫子，看戏的呆子"，我没有理由不相信，乐平人是懂戏的，或许可以说，他们该是民间戏剧评论家。

——不妨再看看他们的评论风范："好歹由他做去，高低让我评来"、"酸甜苦辣似实似虚，喜怒哀乐非假非真"、"戏非真处皆为幻，曲到清时自有神"。难怪有楹联击节赞叹："欣观好戏两三折，胜读良书千万篇。"由以上所引证的例子，当可大致看出，即便都是题咏戏剧，它们也各择角度，另辟蹊径，不肯人云亦云，不肯落入窠臼。凭着那些精辟的艺术见解，我愿意把一个个戏迷视作饱学之士。恐怕如今的"票友"、"追星族"、"模仿秀"们，在智力测试方面，也只能望其项背了。

演员粉墨登场，乡儒挥毫上阵。比文采，斗书法，为宗族荣誉而战的热情，倾注在楹联里就是"语不惊人誓不休"的追求。仿佛，他们穷尽毕生，就为了在这方寸之地一显身手，上以告慰先祖，下以留传子孙。所以，流光溢彩的古戏台上，楹联、匾额也是十分考究，它们大多装饰精美，镏金烫漆，与戏台建筑的富丽堂皇相得益彰；所以，戏台楹联的内容决不会拘于题咏戏剧，它的题材是宽泛的，或咏赞本村风水，或追溯本族历史，或言志抒情，或感时讽世。既然看戏是不可或缺的生活内容，对于族人来说，戏台就成了最具亲和力、向心力的场所，那么，楹联势必要"寓教于乐"灌注谆谆教诲了。

书于戏台的教训，顺理成章地融入了看戏、做戏的情境，读来生动有趣，且回味无穷。戏场上熙熙攘攘、水泄不通的景象，由楹联可见一斑："看不真莫吵请问前头高见者，站得住便罢须留余地后来人"，"眼界抬高不怕前头遮住，脚跟站稳何惧后头涌来"。显然，它们并不满足于劝导观众遵守戏场秩序的表层意义，而因事说理，由具体连通一般，意味深长地指向处世的哲学，为人的境界，既形象生动又自然熨帖。像这样将叙事与议论熔于一炉的楹联，注定离不开特定的环境氛围。想象一下，当观众蜂拥而至、眼前熙熙攘攘时，这些文字该是怎样鲜活醒目，又是怎样警策动人！

既然弦索铮铮是"他盼登台亮相，我观结局修身"，是为了教贤化愚，那么，刚劲圆润、潇洒自如的文字，也就免不了到剧情里去探究人生的哲理了。于是，古戏台楹联里便有了"得意休夸且看收场怎样，失时莫怨但观结局如何"的告诫，那告诫坦荡而从容；有了"宜从戏里观古今，莫向人前说是非"的叮嘱，那叮嘱真诚而谨慎。有了"论天下事要揆情度理三思，观古人戏须设身处地一想"的语重心长，它好像是一位擅于启人心智的塾师；有了"言行要留好样与儿孙，心术不可得罪于天地"的声色俱厉，它仿佛是一个脾气有点儿暴躁的长者。

让我感觉奇怪的是，洋洋大观的楹联充满炫耀、教训意味，几乎尽是眉飞色舞或一本正经的神情，岂料，其中竟然藏有轻蔑的嘲讽和不齿的激愤。如"洞房花烛龙腾凤舞假风流，金榜题名君欢臣笑空富贵"、"五经不读霎时金榜题名，六礼未成顷刻洞房花烛"之类便是，乍看上去，叫人一头雾水。无须庸言，它们分别评说的是某出戏的剧中人物，仿佛看戏的观后感，很是情绪化。在力求洞明世事、引出哲理的楹联中，它们就显得非常突兀了。而且，戏台上忠奸贤愚、善恶美丑无所不有，作者为什么偏偏把脱离了特定剧目意义和目的都会变得暧昧的对联，高挂于本村本族的"体面地"呢？是一时词穷了，还是为了标新立异不惜铤而走险？

迎合了强悍民风的乐平高腔，抒发的是粗犷野朴的豪情，萦绕在楹联的笔画之间。我反复玩味着手中的复写稿纸，那些排列整齐的文字后面，就是一座座争奇斗妍的戏台；前面，就是一排排心醉神迷的表情；字里行间，就是一阵阵笙箫鼓乐，一出出人间悲欢，一幕幕的世事炎凉……

　　我简直是收到了一张入场券，一份节目单，一本地方戏剧史，一座乐平戏剧博物馆。不，更准确地说，是它们的血肉部分和精魂所在。不是吗？

大地美人

非常偶然的,我在地图上看到、在路途中听到多处如此相似的地名——

献花形山、美人献花、仙女献花……还有些含蓄的,不提美人,只说是像花朵,如莲花形山。

这样的命名大约不是出于偶然的巧合。在人们眼里,那一座座好山仿佛是飘然而至的天仙,她们不仅有着眉清目秀的容颜、婀娜多姿的体态、凝脂滴露的肌肤,而且含情脉脉,捧着采于自家园中的花朵,捧着一朵有关生命的美丽预言。当这惊世骇俗的美好联想不约而同地分布在广阔的民间时,显然,它们一定有着共同的情感指向,共同的精神寄寓。

献花,一个多么动人的意象。它是一种热情的表达,一种慷慨的赠与,也是一种真诚的呼唤。

一个词,击活了一处山形地势,土石草木忽然就有了姿色,有了声息,有了眷顾的媚眼;一个词,打动了天下人心,它让人周身血涌,想入非非,甚至,顶礼膜拜。

是的,献花应该是一个面有赧色的隐喻。

人们把孕育了万物的大地称作母亲,因为大地永远是人类赖以生存的空间环境;而大地母亲这个抽象的概念,一旦在大地上呈现出献花状的山形地势,就变得非常具象了。具体得就像女性敞开的身体,像那花朵般绽放的女阴。

大自然的造化和生命的表象竟是如此契合!于是,献花形,这象征繁育、蕴涵生气的地方,自然就是人们所向往的风水宝地了。许多古村都笃信,它们曾经的发达,与此有关。

贵溪耳口曾家村曾氏发脉于济南府嘉祥县的西元寨，战国时南迁湖南湘乡，再迁移至江西吉安，后由吉安分支到此落地生根，为"唐宋八大家"之一曾巩的后裔，与曾国藩同宗一脉。耳口曾家第三代所建的曾在公祠门上有一副石雕楹联，称"沂水长萦霜露感，春风遍拂藻萍香"，大致透露出背井离乡、辗转迁徙的苍凉落寞。

该村原名务义港，是李姓和邓姓的村庄。相传清雍正年间，吉安曾云仕三兄弟之父曾先公逃荒流落至此，在李姓和邓姓家中打长工，曾云仕兄弟则帮其放牛。有一天，曾云仕在邓家屋后的献花形山上放牛时睡着了，做了一个梦，梦说他睡的地方是一块风水宝地，死后葬于此处，其子孙后代必定兴旺发达。曾云仕死后，其子孙果然圆了他的好梦，曾姓祖坟青烟缭绕，子孙后代人丁兴旺，结果是此长彼消，原来的李姓、邓姓却日渐衰没。

与耳口相邻的龙虎山仙水岩有一绝妙景观，原先当地百姓称之为"仙女献花"，如今被导游们叫作"大地之母"。早些年，人们有根有据、指名道姓地传说，有位女干部面对那绝景，一时怒从心头起恶向胆边生，斥之为"污辱妇女"，拔出驳壳就是一枪，从此，泉线断流，茂草枯萎，鲜花失色。给曾云仕以神示的献花形山，大约也是那样可以叫人掏枪的地方。

它形似一位妇人，两腿分开端坐，呈献花的媚状。曾云仕的墓就落成于这位妇人的肚脐眼上，也就是说，此处便是当年放牛娃的眠床。大自然的鬼斧神工暗合了人类的生殖崇拜，想必他面对那坦坦荡荡昂然怒放的花朵，是少不了一番心猿意马、想入非非的，也许那个梦就是主客观遇合的巫山云雨，是云雨之后的大彻大悟。

他悟到了什么呢？当然还是这里的环境。村中现存的一副楹联精辟地道出了此地的好处："一萦流水漾文章，四壁青山罗保障。"它的横批是"含宏光大"。饱受颠沛流离之苦的曾氏祖先，决定在这偏僻的深山之中定居，安全稳定无疑是首选条件。以青山为障，安全无虞；有竹木成林，衣食无忧。曾家村依山而建；如同一个严密而亲和的整体山庄，伫立在村里村外的棕榈树，仿佛翘望着蜿蜒流去的一河叶影，一河花容，一河富足生活的记忆，一河世外桃源的梦想。

泸溪河是曾家村于封闭的环境中"含宏光大"的必由之路，是财源的来路，抱负的去路。那个"漾"字在当地方言中是吉庆热闹的，比如每年中秋前后邻近城镇的集日叫"漾会"，形容人多拥挤叫"人漾"，人名中也多有叫"样财"、"样生"的，取的肯定是"漾"的意义，只是图省事顺手写成了那般模样吧？如此看来，那个放牛娃的梦就不是南柯一梦了，冥冥之中他得山水之真谛，可见山水之精神气脉早已灌注于他内心深处了。

放牛娃的传说，简直是个美丽的寓言，生动地表达了自古以来人对大地的朴素认识。人们把大地看作是与人体相当的具有生命的系统，而形肖女体的献花形胜地，正是阴阳二气相交感的地方，有交媾之区，有孕育之穴，"生气行乎地中，发而生乎万物"。所以，人们在选择葬地时特别讲究"乘生气"，认为葬者得生气，能让"遗体受荫"，而"人受体于父母"，彼此间能得到气的感应，父母"遗体受荫"，子孙也能受荫。在这一认识中，无疑也寄寓着人对大地的崇拜之情、交好之意，于是，那些献花形山在人们的传说中，玉体横陈，貌美如花，成了人们心目中的大地美人。

然而，这些大地美人的身体却是生命的归宿，是安顿寿终正寝的生命的风水宝地。仿佛，在大地美人的怀抱里，死，意味着生命对大地的投入，意味精神与自然的交媾，意味着更加蓬蓬勃勃的孕育和绵延不断的繁衍。

我想，这样的生死观，大约也是对人的最具人性温暖的抚慰吧？谁让人们始终怀着那与生俱来的对死亡的巨大恐惧呢？

节日的宁都

节日的宁都

我因一位摄影家五彩缤纷的眼神而向往节日的宁都。他连年在节日里造访宁都，他的眼里尽是关于民俗事相的影像。

节日的宁都是什么样子？从一些摄影作品里，一些片断的介绍里，我捕捉着它的神韵，它的气息。

节日的宁都是隆重的。它被缠绕在一根根竹篙上，是林立的鞭炮；被填充在一杆杆鸟铳里，是喜庆的轰鸣；被粘贴在一只只彩灯上，是精巧的剪纸；或者，它端坐在一抬抬花轿里，是形形色色的戏剧人物。

节日的宁都是乡土的。它在一座座祠堂里听戏，笑得前仰后合；它在山路上、河堰上庄严地游走，神圣的步履惊醒了冬眠着的土地；它在夜色笼罩的田野上狂欢，灯火长龙的舞蹈映红了所有的脸、所有的心。

我在平日里多次到过的地方，竟让我如此陌生。看来，结识一方土地，需要抵达它的节日，抵达它的内心，抵达乡村每个盛大典仪的现场。庄严的神情，是探问它的来路的方向标；欢乐的氛围，是了解它的性格的说明书。

我好奇地走近节日的宁都。

第一次，我虽没有进入，却距离它很近很近了，就在中秋节的前夕。我看见一条细瘦的小溪，用自己浅浅的流水，在洗刷一座村庄。一河的板凳竹椅八仙桌，一河的桶盆砧板和床架。一河的老人和孩子，在清洗一河平凡的日子，清洗生活的每个旮旯。平常的风俗习惯，因为满河的喜气,宏大的场面,而充满了富有魅力的仪式感。

这个场面一下子唤醒了我的记忆。把一个家搬到河边、井边,甚至拆下门板,洗刷一遍,用清洁的心情来迎接皎洁的月圆时分,曾是随处可见的景象。少年时,我就曾在所有门板被洗得刷白的长街上,看十五的月亮怎样把店铺里的月饼抢购一空。如今,这种纯朴的风俗习惯,恐怕在别处乡村已难得一见了。

没想到,传统习俗依然顽强地生长在宁都民间,且风姿不减。最是动人的当属中秋之夜。月圆时分的宁都,是聚集在祠堂前的壮汉,他们高举着的一根根竹篙火麓上,生长着一簇簇耀眼的火苗;是追逐着月光的孩子,他们手持的芋荷梗子上,插满了祷祝平安的线香;是浑身弥散着擂茶芳香的妇女,正以皎洁的心情"迎月光姊姊"。

我因此惊奇大约算不上矫情的。于是,去岁,我忍不住走进了正月的宁都。

虽然是临时动议,宁都的朋友很轻易地就把我的行程给安排得满满的——正月十三到达,晚上去黄石镇听宁都采茶戏;正月十四,上午访问竹笮乡的宁都道情,下午是石上村的"割鸡"仪式,晚上有江背村的"扛灯";十五那天有一些选项,比如,上午可看黄石中村的傩戏或田头镇的"妆古史"游村,下午再赴石上村看鞭炮燃放仪式,傍晚是该村的担灯游村,这个元宵之夜更是精彩纷呈,形形色色的灯会遍布山野间,可惜,一年太长,一夜太短,我们只能就近顺便去观赏增坊村的桥棚灯表演。

宁都让我大饱眼福。好比正月间不怕来客,酒菜都是现成的,喜庆的民俗活动也是现成的,即便茫无目标地游走在乡间,或许也能碰上十分新鲜的活动。

我乘车前往田头镇的路上,就听得连绵的丘陵间传来一阵吹打、几声响铳,留意车窗外,只见一群孩子站在山包上举着神旗呐喊,赶紧停车看个究竟。原来这是一支抬菩萨游村的队伍,专为去年所建的新房驱邪祈福。

队伍来到一幢新居门前。端坐于一抬抬神轿上的菩萨,在鞭炮中受用着屋主人的膜拜。其中有两尊菩萨被抬进厅堂,一问,他们是"汉公"、

"汉婆"，想来，守在门外的就是汉高祖的各位将军了。游历赣南乡村，时常可见汉帝庙。汉帝庙祀汉高祖刘邦及张良、樊哙、萧何、韩信等，这是因为刘邦重农抑商、减轻刑法、轻徭薄赋、释放奴隶，深得民心，故被尊为"米谷神"。尽管清代官府曾下令不宜祀奉汉高祖，但赣南的汉帝崇拜至今流风不绝，除了天高皇帝远，恐怕也渗透了客家人对中原故里的万般缱绻吧？

抬菩萨游村的队伍，让我想起先前听说的"送甑盖"、"谢甑盖"、"打甑盖"等独特的婚俗礼仪。所谓"送甑盖"，是指人们给头年娶亲的人家送礼的道贺形式，它的礼品是特定的，有红漆的饭勺、筷子等，其中无疑蕴涵着生子添丁、儿孙满堂的祝福；"谢甑盖"则是收受方的答谢礼仪；而"打甑盖"却是道贺的赞颂礼仪。有意思的是，为了给新人道喜唱赞，正月的宁都乡间居然活跃着一支支甑盖队，他们记住了去年邻近村庄那些结婚的人家，于正月初四出动，走村串户登门道贺。甑盖队的成员有手提甑盖的喝彩师，专管鸣放鞭炮、接受红包的总管人，还有六位吹鼓乐师。想想看，奔走在田野村舍间的这支喜气洋洋的队伍，又是多么滑稽的队伍。

甑盖队进门前先给东家放一挂炮竹，然后，由一手拿甑盖、一手拿一扎红漆筷子的喝彩师高颂赞语，同时以筷子敲打甑盖，众人应和：

> 甑盖到你大门边——好啊，
> 一对石狮笑连连哪——有啊，
> 石狮开口迎甑盖吧——好啊，
> 荣华富贵万万年——有啊。

甑盖队接着到厅堂、厨房去喝彩，然后，把甑盖举到新郎、新娘、父母以及其他直系长辈头上敲打。敲打之间，也伴有唱彩，彩词内容都是即兴创作的吉利话。其时，屋里挤满看热闹的村人，他们跟着唱彩齐声吆喝：好啊，有啊。

显然，筷子寓意"早生贵子"，至于饭甑的甑盖如何也成了道具，就不得而知了，大概是因地制宜吧？其实，在民俗活动中，很平凡的生活器具常被人们顺手拈来。我在相邻的于都县，看过村民表演"甑笊舞"，人们手持甑笊环绕成圈，舞之蹈之，队列逐渐收拢，拥作一团，随着一阵吆喝，举过头顶的甑笊一起发出哗哗的响声。所谓甑笊，就是用竹筒剖成的刷把。

田头镇的"妆古史"却是讲究。我赶到那里的时候，城隍庙前已是人头攒动。在一支鼓乐队洋鼓洋号的引领下，一抬抬披红挂彩的木轿挤进人群，停放在城隍庙与对面的戏台之间。木轿以红布遮顶，正面装饰得五光十色，富丽堂皇，剪纸、扎花、贴画，有各种纹饰，还有人物、珍禽等图案。每抬木轿都贴有不同的剧目名称，如《天官赐福》《刘玄德招亲》《女驸马》《朱砂印》《错路缘》《三请梨花》等。一些男孩女孩分别化妆为各个故事的主角，听任大人们把自己"装"进历史里，有的委屈得哭了。

城隍，为古代神话所传守护城池的神，被道教尊为"翦恶除凶、护国保安"之神，唐代郡县皆祭城隍。田头镇的城隍庙始建于明万历年间，多次维修，至今香火旺盛。内中有一副楹联甚是惊警，称"城市乡村极恶巨奸难逃油锅刀山，隍镇山庄慈善广布易脱苦海血河"。人们礼拜神明，为的是保佑自身，可能是怕独敬一个城隍还不保险吧，于是，又在城隍庙两侧建了东岳庙和汉帝庙，旁边还有七仙庙和老官庙。不管是哪路尊神，跪倒便拜，见庙便烧香，正是中国老百姓对宗教取实用主义态度的生动写照。而在山多林茂、江河密布的江西，偏远闭塞的地理环境、北人南迁带来的驳杂的民俗信仰、湘楚文化与吴越文化的传播交融，这些条件决定了这块土地更是诸神狂欢的地方。宁都作为中原汉人南迁的早期定居地，各路尊神也在这里比邻落户，和平共处，一同受用着俗世的香火。

朋友笑称此地为"信仰超市"。想来也是，对于信众，十分的方便。听说，这里每年正月十六要举行"出神"活动，人们将汉帝庙、东岳庙、七仙庙和老官庙所有的五十三尊神像洗刷一遍后，分别请入装饰一新的木轿，在神旗、凉伞的引导下，游遍镇街和所辖的村庄。左邻右舍一个也不得罪，想必能让自己的祷祝多几重保险。

我在正月十五所见的"妆古史"游村，不知是否为次日"出神"的热身。装入"古史"的木轿，待到高跷队化妆完毕，随一阵鞭炮炸响出发了。依然是鼓乐队在前，接着是神旗、高跷、木轿，殿后的是旱船、蚌壳和乌龟。踩高跷的八个演员分别扮作《西游记》《八仙过海》等故事中的人物，有的年纪已经很大了，我在取景框里仰望着他们的气喘吁吁。藏在蚌壳和龟甲里的，是两个年轻女子，蚌壳里的女子很是得意，老是敞开自己任由人们拍照，扮乌龟的却一直别扭着，我始终没有看到她的脸。

队伍在熙熙攘攘的人群中穿行。队伍要在偌大的镇上游走一圈再回到城隍庙。为了让高跷演员休息，半路上准备了农用车，坐在车斗上稍息即可，不必卸去高跷。最悠闲惬意的，该是坐在木轿里的大约五六岁的孩子，那些刘玄德、樊梨花们。但他们一个个表情懵懂，或有疑惑不安，似乎在为自己的装束、为今天的热闹而纳闷，好在都有自己的父母守护在四抬木轿边。

田头镇的"妆古史"，让我联想起头天夜晚看到的江背"扛灯"。那是一种大型花灯，用竹篾做成五层骨架，装裱着吉祥寓意的剪纸、贴图以及灯谜、联语、诗词等，花灯的上面各层有门楼，额书戏名，内中装置微型的戏剧人物，并用头发系着人物，巧妙利用每层灯火的热动力，使人物旋转起来。听说，如今江背村中只有一位老人会做这种"扛灯"了，为做当晚用于游村的九只花灯，竟耗费了老人半年的时间。时间证明着工序的繁缛和技艺的精细。

回想那些旋转在花灯中的戏剧人物，我忽然觉得，这"扛灯"何尝不是一种"妆古史"呢？

宁都乡间乃至整个赣南客家对"古史"的迷恋，非常生动地展示了一个地域的文化风貌和精神气质。我以为，诸如"妆古史"之类的民俗活动，既是人们寓教于乐的一种教化手段，更是祈福纳吉的一种仪式。"古史"中的主角，被尊崇着、供奉着，人们像抬菩萨游村似的，把附着于这些形象的祥瑞之气播撒到每个人的心隅，很显然，这些戏剧人物已经成为人们心目中的神灵。而且，由于他们所象征的仁义忠信等品德，正是民间理想中道德诉求的反映，因此，他们成了人们最可亲近的神灵。

他们端坐在木轿里，张望着狂欢的人间，天真的眼睛里半是好奇半是诧异；他们行走在高跷上，如行走在天地之间，小心翼翼的步履迈过了人生的坎坷。

节日的宁都人神同宴乐，节日的宁都心灯相映红。是夜，正是元宵之夜，宁都又被装置在形形色色的灯笼里，是绽放在灯笼中的灯花，是装裱在灯笼上的剪纸。所有的村庄都有穿梭的灯火，所有的水面都有荡漾的灯影。

暮色苍茫中，我随着石上村的担灯队伍出村，走过河堰，走上山冈，走近了增坊村的桥梆灯。那是一条浩浩荡荡的灯火长龙，它由二十多条大长凳连接而成，每条长凳置十余只方形灯笼，灯笼分红白二色，白色的上贴红色剪纸花样。问起来，说法不一致，一说红色象征婚育人家，一说红色乃头年喜添男丁户所赠。究竟若何，当这条灯火长龙在田野里狂舞起来，也就顾不得追问了。

寒夜里的禾田是这条长龙的舞台。龙的舞蹈，其实是身体的游戏，身体的狂欢。打头的长凳就是龙首，殿后的则是龙尾，一夜的闹灯要到龙首咬住龙尾方告结束，而龙尾岂肯轻易就范？于是，扛着桥梆灯的汉子们追逐着、躲闪着，长长的桥梆灯在满是禾苑的田里盘旋翻腾。难怪有人说，耍桥梆灯需要武术步伐功底，不然难以支撑胜任。想来也是，在现场就不时有人被甩得踉踉跄跄。

龙首总是咬不住龙尾。元宵之夜因此而漫长无涯。人们好像沉浸在节日里、陶醉在自己的祈愿里不肯出来。

节日的宁都，尽情享受着自己的节日。这是内心充满信仰的人们才能享受到的欢愉呵。

鸡年新春看"割鸡"

石上村横卧在梅江边。

正月十四的梅江，竟然在磨刀霍霍。一进村，便见磨刀人提着几把菜刀离开码头，对他在"割鸡"仪式上所担当的角色我不禁有些疑惑，跟着他去到街上，见他进了铁匠铺这才恍然。炉火正旺，锤声当当，许多的菜刀被铁匠的手指镀亮了，铺子里因淬火而激起的热气，透着凛凛威风。

村街却是喜气洋溢。一些缠绕着鞭炮的竹篙立于门前，一些忙碌的身影快乐地奔走，一些年轻母亲陶醉在怀中孩子的脸上和午后的阳光里。当然，也有几张牌桌满不在乎地支在街中央，顾自赞叹各人的牌技和手气。石上村的老街平直且宽阔，为我游历乡村所仅见，想来往昔这里一定是商贾云集、车马辚辚的水运码头。

我是专程来看"割鸡"仪式的。所谓"割鸡"，其实是石上村李氏为庆贺添丁所举行的独有的集体典仪。大年初九，村中的马灯会邀集全村去年一年的添丁户聚首于汉帝庙，会商仪式有关事项，抽签决定进入汉帝庙"割鸡"的顺序。正月十三，亲戚们携着礼篮到来，新丁的外婆家还得送公鸡、请来吹打乐队，他们要在添丁户家中吃住三天。正月十四下午，仪式开始，添丁户先祭拜家祖，再祭各个房派的分祠。

我巧遇该村六十年来添丁最多的一年，也就是说，这将是最为隆重壮观的庆典。漫步于街巷之中，听得人们在美滋滋地反复叨念一个数字——四十八。四十八种婴啼，该让一座妇产医院忙得不可开交了吧？四十八个学童，该令乡村小学多建一间校舍了吧？四十八位小伙子，长成了，该是另一个村庄吧？

第四十八个胖小子，是抽签之后呱呱落地赶来凑热闹的，自然排在最末。以往，并无抽签的规矩，添丁户争先恐后抢着进庙"割鸡"，秩序很是混乱。近年，才由马灯会组织此项活动，为了约束大家，每户须先交二百元押金，活动结束，押金退还。有不遵守秩序者，则罚款五百。

乡文化站的老站长，大概就是马灯会的领导者之一，他始终人前人后地招呼着。要知道，五六十年代他曾是闻名遐迩的农民诗人，有了诗名，胆气也壮了，见县里迟迟不给国家干部指标，他居然上省城找领导，当仁不让地替自己要了来。忆起往事，老站长还是悻悻然的，可见当年的他果然够牛。按照他的吩咐，我守候在"梅海翁祠"，这是一座建筑年代较为久远的分祠堂。

四十八把菜刀已经锋利无比，村民约定的时辰就是雪亮的刀刃。

约摸四点半，村中陆陆续续有鞭炮炸响。不一会儿，便有一彪人马冲进了祠堂，他们都是添丁户的家人、至亲，均为男性，领头的高举一只公鸡，随后的或背上斜插护丁烛，或端着烛台，或提着盛有供品的竹篮，吹打班子紧跟队伍入祠堂，而一杆鞭炮则在祠堂门前点燃了。鞭炮声中，举鸡的男人祭拜祖先，另人用护丁烛引祠堂里的烛火点燃自己带来的香火，插于堂前，而后分别立于堂前两侧，等着本房派的其他添丁户接踵而至。

属于这支房派的添丁户共有六家。"梅海翁"的后人聚于一堂，虽然锣鼓唢呐和鞭炮营造的是喜庆气氛，但人们的表情却庄严得很，说话也是轻言细语的，而且几乎未见孩子闯入祠堂。看来，在此地，根深蒂固的宗族意识不仅表现为延续宗族活动的自觉，更让人惊讶的是仪式参与者打心底流露出来的神圣感和敬畏感。从前修谱贴在堂上的对联依稀可辨，横批是"丁帮繁盛"，添丁的典仪正是告慰祖先，族人的祈愿如今又得圆满。

满街的妇孺作为旁观者，她们的表情竟也毫无游戏感。她们在用耳目用心灵参与男人的活动。这三天是四十八个新丁的节日，也是四十八位母亲的节日。有朋友觉得街上那些怀抱孩子的年轻妇女似乎都带着骄傲的神色，我却没有体察到，我看见的笑意是平静的、庄重的，是与仪式氛围十分和谐的表情。

祭过分祠，添丁户从各条村巷涌到大街上，集中在汉帝庙附近的路口，准备依次"割鸡"。一时间，满街人头攒动，满街鞭炮林立。红彤彤的鸡冠，红彤彤的烛台，红彤彤的竹篙。

汉帝庙坐落在由大街下码头的小路边，祀奉的是汉高祖刘邦，这是因为刘邦重农抑商、减轻刑法、轻徭薄赋、释放奴隶，深得人心，被民间尊为"米谷神"。历史上，尽管清代官府曾指示不宜祀奉汉高祖，但汉帝崇拜依然风行于天高皇帝远的赣南乡村。选择在汉帝庙里"割鸡"，祀奉的行为中恐怕隐含着告知的目的吧？

"割鸡"以铳响为号。一声铳响，便有一位汉子举鸡提刀疾步入庙，缠绕鞭炮的竹篙紧随其后，在庙前点燃。汉子在神案前杀了鸡后，提着鸡由庙后跑回自家。四十八声铳响，震撼了山水田园和村庄；四十八对扑扇的翅膀，惊醒了冥冥中的神灵；四十八行新鲜的血迹，铺成了一条啼血的生命之旅。

汉帝庙在云里雾里，在明明灭灭的电光里。待硝烟散尽，人流一起涌向李氏祖祠。这时候，所有添丁户已跑回家中，他们要将刚刚被"割"的公鸡褪毛，稍煮后抹上红色。接着，再端着烛台、提着盛有红公鸡、香烛等物的供品篮（篮子也是红的，有的上了红漆，有的糊着红纸），在村口集合，列队走河堰沿着正对李氏祖祠的田埂，进入总祠祭拜。

这支队伍以五节龙灯领头，五匹竹马压阵，浩浩荡荡地穿行在暮色苍茫的原野上。重重叠叠的身影投映在水中，是祷祝风调雨顺吗？乱纷纷的脚步惊醒了冬天的田园，是呼唤五谷丰登吗？

又是鞭炮齐鸣，鼓乐喧天。新建的李氏祖祠里甚至还来不及细加布置，但满堂烛影摇红、香烟弥漫，也足以告慰祖先的神灵了。人们纷纷在神案上添上香火，端着烛台的男人则分成几排，站成了红烛的队伍。

随后，这支队伍将游遍全村。因为天色已晚，我和老站长约定明日再来看燃放鞭炮的仪式，还希望他找个空闲给我介绍介绍整个"割鸡"过程中的讲究。比如，先后供奉过家祖、分祠、汉帝庙和总祠的公鸡，最后的用途是很功利的，鸡头要给新丁的母亲吃，以为褒奖；鸡尾给父亲吃，而且鸡尾留有几根羽毛寓意龙头凤尾，祈望再生个女儿；鸡腿、鸡翅分别酬谢参与"割鸡"仪式的主要辛劳者。

正月十四的"割鸡"仪式，共有五个环节，每个环节要燃放一挂鞭炮，而添丁户哪家不曾收获几十挂鞭炮？听说，今年最多者达七十二竹篙。于是，石上村便又有了元宵节下午的燃放鞭炮仪式。人们要把所有的祝贺都点燃，让它化作惊天地泣鬼神的滚滚春雷。

正月的宁都令人惊奇，驱车驶于乡间，随时都可能遇到古朴罕见的民俗活动。正因为如此，第二天下午我赶到石上村时，已是鞭炮大作。

整个村庄捂住了耳朵，却睁大了眼睛。天地间只见爆炸的火光在跳跃，脑海中只有轰鸣的声音在激荡。

浓浓的烟雾生于每座祠堂的门前，奔涌在每一条村巷里，吞没了所有的房屋，所有的人，老站长自然也找不到了。我心中的许多疑问，便没有了答案。比如，石上"割鸡"的风俗，是否还带着慎终追远的客家人对中原故里乡风民俗的朦胧记忆，是否与昔日繁忙的码头、富足的生活有关？它应该是赣南客家添丁的种种喜俗之一了，但是，它的铺张恐怕不仅仅为了张扬添丁的喜悦。我的朋友在为这盛大的仪式震撼之余，悄悄算了一笔账，整个活动下来，每家的开销应在数千元。于是，我觉得，一定是炫耀的思想统率着所有的欣慰、所有的庆贺，使之成为一个宗族的荣耀，一座村庄的荣耀。

我在村外看村庄。村庄是一团银色的烟云，似朝雾，似夜岚，烟云忽浓忽淡，房屋时隐时现；浓时，硝烟能遮天蔽日，淡时，薄雾如轻纱漫卷。

我在村里看村庄。鞭炮是村中唯一的主人，硝烟是家家户户的熟客，进了厅堂，又进厢房，一直走进了人们的肺腑里、血脉里。是的，当鞭炮声渐渐零落，我听到它的脚步声了，像一声声咳嗽。在烟雾里忙碌的还是男人。燃放完鞭炮以后，他们忙不迭地收拾着那些用过的竹篙。一捆捆竹篙倚墙立着，沾在上面的炮竹屑好像还沉浸在亢奋之中。

每座祠堂的门前都是厚厚的一层炮竹屑。它把我在这两天所接触到的红色的意象——鞭炮、红烛、篮子、鸡冠、抹上红颜色的公鸡及血……都熔化了，浇铸在奠定本族基业的土地上。

硝烟尚未散尽，男人们又抬着喜字担灯进了分祠。灯为圆柱形，剪贴着金色双喜的灯花，每组担灯不等，有三只的、四只的、六只的，用一根杠子串起提手，由两三人抬着走。担灯旁边，还有些青年手提一只同样的灯笼，称陪送灯。客家话里，"丁"与"灯"同音，所以，在赣南的乡俗中，灯是人们最心仪的一种道具。人们不惜倾尽心血来装饰它，美化它，头天夜里，我在相邻的另一座村庄，看过一种富丽堂皇的大型"扛灯"，竹篾做成的五层骨架，装饰着彩纸剪刻的各种纹饰和绘制的喜鹊登梅等吉祥图案,内里装置一组组用头发吊着头和手脚的戏剧人物,小巧玲珑而形象生动,且能走马灯似的转动。各层间的灯火除了照明,大概也是提供热动力的机关。九只"扛灯"出自村中一位老人之手,而老人为此耗时竟达半年之久。听当地朋友介绍,宁都灯的种类繁多,比如,马灯、龙灯、桥梆灯、竹篙灯、牌楼灯、火老虎灯、兔子灯、关刀灯、茶篮灯,数不胜数。

此时,暮色被阻隔在东边的村外。暮色无奈。于江面上徘徊,在田野里缱绻。因为,全村妇孺不约而同地聚集在村口,筑成了一道鲜亮如画的人墙。通过数码相机的屏显,我不停地扫描那些年轻妇女的表情,试图从中找到某些异样的情绪。毕竟,这三天属于四十八户喜添男丁的人家,属于赢得"鸡头"的母亲。生了女儿的母亲心里大约不好受的。但是,我看到的眼睛无不充满热切期盼的神采——集合在各座分祠里的喜字担灯向村口走来了。

硝烟的天幕。苍茫的烟云。担灯的队伍仿佛颠沛流离,辗转千里,来自遥远的历史。灯是他们前仆后继的希望和力量,灯是他们生生不息的祈愿和意志。当我的思想不由自主地跻身这支队伍与之一道负重前行时,我忽然觉得,一些传统观念,诸如"割鸡"仪式所体现的重男轻女思想,其实也是我们认知自己民族生存发展历史的一条途径。

而此刻,当我在揣摩女孩母亲的心境时,也许随着生活的变迁,震耳欲聋的鞭炮声已不能惊扰她们了。也是巧了,我在该县田头镇看到城隍庙边的一座民居有副对联,恰好以它的豁达,很准确地诠释了我的判断,此联云:"阴阳道合你过你的年我过我的年,男女平权公说公有理婆说婆有理。"

担灯的队伍从村口出发,这回,由五匹竹马领头。队伍行进在河堰上,然后穿过河边的田畈,攀上远处的山冈。马蹄嘚嘚,叩醒了梅江,叩醒了土地,叩醒了山林。我想,它们应该早就被声声响铳、阵阵鞭炮惊醒了,此刻,它们大约在琢磨着喜字担灯里已被点燃的内心秘密。

我想,经历了这三天的喜庆,天、地、山川和江河,一定和这座村庄祖先的神灵一道,完全读懂了人们的告知。灯的语言,随着夜色渐浓,越来越明亮。

在这个夜晚，梅江和被它滋润的田野也会受孕吧？

中秋月，火龙夜

早就从图片上领略到中秋之夜的宁都竹篙火龙。它大概应归于灯彩，但却是非常奇特的一种。一根根长长的竹篙上，绽放着一团团火焰，竹篙成林，火焰成林，场面十分壮观。一直想身临其境好好观赏的，可是每年不觉间就错过了机会。在城里，中秋节属于商家。今年是朋友相约，让我记起了这个节日，这个因为有竹篙火龙的诱惑而令我神往的节日。生怕错过整个仪式的全过程，我们早早地赶到了南岭村。大约是下午四点多吧。

村支书见面就说，南岭村现在更名了，叫南云村。个子高大的村支书看上去三十多岁的样子，很憨厚，且显得有些木讷，一口当地方言，所以和他交谈要翻译。问到竹篙火龙的起源及其有关风俗时，他的回答挺吃力的，看来，即便在一种民俗氛围中从小长大，也未必能知其然甚而知其所以然，或许，是因为司空见惯而麻木了。

此时，半个村子坐在戏场上看戏，台上演的是三角班；半个村子坐在自家门口听戏，都是若无其事的表情。这让我颇感意外。月明时分就要发生的撼人心魄的情景，难道会没有一点情绪的铺垫、技术的准备？

我们在村中寻找着连接这个夜晚的细节。从露天戏场出发，穿过村庄，来到坐落在学校操场边的卢氏家庙前。全村的竹篙火龙将汇聚在这里，点燃后从这里出发，开始游村。可是，无论是在村中，还是在村边的祠堂门前，都没有什么特别的发现。作为卢氏总祠的卢氏家庙，和我在村中看到的政凯翁祠、政器公祠一样，看上去气派堂皇，内里却是朽坏了。村中的那两座祠堂里面堆满了柴草，而卢氏家庙则被一片没膝的荒草封住了门，看来，南云村的祠堂已废弃多年了。年年中秋夜在卢氏家庙门前开始的这一民俗活动，难道与祠堂毫无关联？我不禁有些纳闷。

让我纳闷的还有村庄的建筑布局。南云不是一团厚重的积雨云，而是晴日里布满天之一隅的鳞状云,一朵朵,一簇簇,彼此间若即若离,貌合神移,上千人口的村庄该算一个大村庄了,但无论从哪个角度都看不出它的规模,除了主要村巷两边建筑比较集中外,更多的屋舍则是不合群的,稀稀落落,朝向也是各行其是。若要追究起来,这种散乱的建筑格局或许是风水上的大讲究,怕也未必。穿过村庄里的田园、树林里的屋舍,不由地,我感觉到了几分神秘。

是的,此时的南云尤其神秘,出奇的平常,出奇的安详,没有我想象中的忙碌和喧闹,庄严或欢乐。幸亏我们执着的搜寻,才发现一些与夜晚有关的细节。比如,靠在屋墙上的已经扎着层层竹片的竹篙;比如,三两个坐在家门口摆弄线香的男孩子。原来,这个动人心魄的夜晚是静悄悄降临的。

其实,戏台上的演出也与夜晚有关。村中从八月初九日起开台演戏,开演之前,先"打八仙",然后,敲锣打鼓将当地信奉的东岳、汉帝七太子及火龙、火虎诸神像请到搭建在戏台对面的临时神庙里,让菩萨与民同乐。中秋之夜的竹篙火龙正是为火龙、火虎而点燃。这哥儿俩被村人从火神庙里请出来,和汉帝的七太子欢聚一堂,共同受用虔敬的香火,一道欣赏乡上的戏曲,水与火在这里居然相安无事,其乐融融。它们在初九至十二日每天要看二场,十三日至十五日每天则要看三四出戏,也挺辛苦的。剧团是邻村的信士为许愿、还愿掏钱请来的,据说演一天的报酬是六百五十一元,还得管吃住,之所以要那一块钱的零头,是图个"出头"的吉言。

我们匆匆在农家吃过晚饭后,夜色悄然铺满了村巷,一轮圆月也悄然地从东边的山林里钻了出来。这时的月亮是腼腆的,脸皮很薄的样子,没有如水的月华,只见一个浅浅的圆。村庄似乎不曾感觉它的出现,村里仍然没有动静。这种平静得几近漠然的气氛,是我在别处看民俗活动不曾领略到的,它让充满期待的内心惶惑不解。我们继续在村中转悠。戏场上只剩下两个卖水果点心的摊贩,空空荡荡的卢氏家庙前不过是多了几根竹篙。就在我们几乎确信这项活动没有前戏的时候,忽然发现了一团火光。

开始以为是孩子们玩火。走近才看清，玩火的正是刚才那几个在家门口摆弄线香的少年。他们手持线香在火堆上点燃了，再一根根插在用禾草扎成的把子上。线香呈扇形排列，夜色中似点点流萤，别有一番情趣。后来，村中的老人告诉我们，这叫线香火虎。

自打进村一直纳闷着的相机顿时兴奋起来，竟也奇怪，满村游走的许多相机都精灵得很，片刻间一起涌了过来。它们分为好几拨，分别来自南昌、赣州和宁都。摄影家吆喝：添火！不能打闪光灯！摄影爱好者却是不管三七二十一，只顾生吞活剥，哪里还有那些讲究。我属于后者，我拍的照片根本就看不出流萤点点的效果。

少年们各自插好线香火虎，顷刻间便邀拢了队伍，沿着村巷跑向村边的一户人家。我落在后面，只听得他们喊道："火老虎祝福你家养的猪又肥又壮！"这是进门上台阶时的唱赞。进入人家厅堂，又喊："火老虎进门，有食有添（丁）！"

我追进那户人家时，火老虎正随着少年闯进别人的卧房，转了一圈，又折向厨房。而围坐在一起吃饭的那家人却无动于衷，任由火老虎到处乱窜。

少年们先后唱赞道："火老虎进间，花边银子满罐！"

"火老虎进灶前，老年转少年！"

听说少年们进屋后，首先要点燃人家备好的线香，可惜他们跑得太快，我未能亲睹那场面。从第一家出来，风风火火的火老虎干脆就把我等给甩了。流荧般的星火消失在背着月光的山坳里，消失在影影幢幢的村巷里，只有少年稚气的呼喊在夜空中回荡："火老虎进村，生子又生孙！"

"火老虎进巷，有食有剩！"

得知下一个环节是熬油，我们便走进了一户开食杂店的人家等着。陪着我们的是一位自称"南云第一封建头子"的老人。老人说起了竹篙火龙的来历。传说，在四五百年前，此地闹了一场瘟疫，人畜大量死亡，这时，有一对兄弟打山东来，他俩懂医，认为瘟疫流行的原因在于环境太脏，便动员村民"沤火"，意即打扫庭除焚烧脏污。果然，疫情得以控制。这兄弟二人也是做了好事不留名的无名英雄，待他们离去之后，村人出于感激才把他们叫作"龙"和"虎"。以后，每到中秋之夜，南云村就玩起了竹篙火龙，以纪念他们。这是一个现实主义的版本。而我从前听到的则是一个浪漫的传说。相传清光绪初期，有一年农历八月，南岭村瘟疫流行，人们万般无奈，只好祈求天神保佑。八月十五日夜晚，突然，天空出现两条火龙与瘟神激烈地搏斗，战至黎明，终将瘟神击败，火龙则溶于东方绚丽多彩的朝霞之中。此后，瘟疫在南岭竟奇迹般地消失了。村民认为这两条火龙是两兄弟，一条名火龙，一条名火虎，统称为火龙神，视为驱邪佑民的福主，在村里立庙雕像祀奉，每年举行纪念活动。

在那个浪漫的传说中，征服邪祟的火龙、火虎不是人，而是吞吐火焰的神。我喜欢那龙腾虎跃的夜空。我以为，只有想象才能给人们创造竹篙火龙的激情和智慧。所以，我觉得老人自称"第一封建头子"，实在有些委屈自己了。

那是一个固执的老人。讨论着卢氏的来龙去脉，他竟和客人争执起来，那愤怒的表情、那不断提高的嗓门，差不多到了剑拔弩张的分儿，一时间竟让我担心他会动蛮。

赶紧把话题岔开，询问那帮持线香火虎的少年是什么讲究。老人的回答让人颇感意外，他们竟是自个儿闹着玩的。不过，他们的玩耍也不是没来由的。南云村分为七房，每到中秋，每房出七根竹篙火龙，加起来是七七四十九根。从前，从八月初一夜晚起，每房还要各以七名儿童组成小分队，每人手持一个半圆虎头形道具，上插数十根点燃的线香，分别到本房各家游火虎。少年们举着线香火虎逐门逐户唱赞，辟邪纳吉的意义竟赋予了儿戏的形式。但是，如今孩子们很少玩它了。幸亏，今夜有一帮贪玩的少年在不自觉间，替我们保存着、演习着关于线香火虎的记忆。

林梢上的月亮渐渐胆大了，明亮了许多。人们开始熬油。关于竹篙火龙的用油，我曾听得许多说法。茶油、松脂、一种少有的树籽油。还说熬油很费时间，需要技术，讲究火候。身临其境才恍然，能够相沿成习的东西，一定就地取材，顺手拈来，技艺简单方便，具有普遍的操作性。其实，它所用的油，很平常，是最便宜的食用植物油；所谓熬油，不过是把油倒进平时做饭炒菜的大铁锅里，加热烧开，再把油浇在一根根裹着纸捻子的线香上，人称火媒子，当它们被扎在竹篙上点燃后，就是一枝枝火把了。

人们攥着油淋淋的火媒子，扛着竹篙，不约而同地从各个方向涌向卢氏家庙前的学校操场。这时，人们要做的是，把火媒子扎在竹篙上，每根竹篙需扎二十枝，于是，只见男女老少都忙碌起来。看得出来，四十九根竹篙火龙来自四十九个家庭，扎火媒子正是以家庭为单位进行的。

按照以往的习惯，七班火龙队要在火龙神庙前拈阄，决定点燃火龙的顺序；火龙集中在卢氏家庙前点燃后，由青壮男丁高高举起，祭拜祖宗，再分别按常规路线绕村游到各房祠堂前，将火龙斜靠在祠堂墙上，任其自然熄灭。整个过程大约需要三个小时。近十几年来，游村的路线被村中随意拉扯的电线给阻拦了，游火龙的活动也就被删节了，变得简单潦草了。得知这一情况，我向村支书提出，让火龙队在场上绕行几圈以便于拍照。

剧团的乐队来到现场助兴，一阵吹打后，竹篙火龙依次被点燃了。四十九条火龙腾空而起，近千枝火媒子迎风抖擞。满目是团团簇簇的火焰，仿佛金龙狂舞，龙睛如电；满目是辉煌灿烂的仪仗，仿佛得胜凯旋，旗旌如阵。那一刻，煞是震撼，全场一片欢呼。为这火树银花的乡村之夜，为这逐疫祈福的浪漫之夜。

可惜的是，尽管村人满足了我的要求，在操场上游走了几圈，但是，他们仍然很快就收场了。我甚至还来不及品味，这是演绎那个神话故事以纪念火龙、火虎兄弟呢，还是表达着人们对火的更为宽泛的情感寄托？

是的，竹篙火龙的美太短暂了。望着人们高举竹篙匆匆散去，我觉得很不过瘾。我在想，为什么有着强烈仪式感的竹篙火龙，其仪式性的内容很少，倒是富有游戏性？比如，虽是在宗祠门前进行，却并没有祭祀的情节；整个活动的始末，也没有仪式性的安排。不知是否在长期的演变中，日益简化了，就像布满村巷上空的电线可以截断游村的路线一样？

　　人们散去。掉落在地上的火媒子仍在燃烧。各自离去的竹篙火龙靠在自家的墙上，依然兴致勃勃。只听得黑暗中有人急切地吆喝：去看戏哦！

　　听说，中秋之夜的戏要演一个通宵。这时，我给城里的朋友发了个短信，说我正在赏月。朋友回信说，哪有月亮呀。

　　乡下有。乡下的月亮还很圆呢。

瑞金壬田的九月十三

　　瑞金壬田的农历九月十三，大概是一年中最热闹的日子了。一大早，镇街上就喜气洋洋的，所有的店铺都大敞着，所有的店老板都在忙活着，所有的门前都插着三根又粗又长的红烛。

　　烛台却是因地制宜、顺手拈来的，蜡烛干脆就插在蜂窝煤的洞眼里或废弃的油漆桶里。人们点起烛火，又搬来凳子或随意搭个供桌，端上鸡、鱼、肉及米饭、水果作供品，有的供桌边还放着酒壶，主人不时倒个半碗，弓着身子洒在地上。这是自家酿的米酒，这一天的壬田注定要被这种米酒灌醉。

　　听说，待一会儿，壬田镇上将是宾朋盈门，就连许多瑞金城里人也会赶到乡下来凑热闹，镇街上到处人头攒动，手机根本打不进去；听说，在这天中午，到处是杯盏觥筹，家家大宴宾客，且以客多为荣耀，即便一个陌生人也可以成为任何人家的座上客，到得傍晚，满街是踉踉跄跄的醉人，满街是蒙蒙眬眬的醉眼。

　　这是人神同宴乐的一天。我前往这一天，就是前往延续到今日的民俗传统，前往依然充满信仰的心灵。

　　眼前是红烛的街市，酒香的街市，鞭炮的街市。烛火轻摇，眺望着街的尽头；供品盈桌，迎候着菩萨的光临；鞭炮高悬，一串串，流露出紧张的神色。

　　是的，凭着壬田街上忙碌的气氛和人们顾盼的表情，我知道自己还是来晚了。既然，人们都做好了"禳菩萨"的准备，想来此时已经完成了"出神"仪式。果不其然，随着鞭炮骤起，从一条巷子里传来一阵吹打，只见在神旗、万民伞的引导下，一抬大轿出现了，端坐在上面的菩萨着锦袍戴官帽，面色如金，神情威严。队伍前后的两支乐队是土洋结合，前有锣鼓唢呐，后面却是洋鼓洋号，鼓号队的着装很滑稽，上身的制服一律红色，款式却不同，大约是胡乱拼凑的，下身就不讲究了。这和壬田镇上的环境是吻合的，街面上有不少贴着瓷砖的新屋，看过去却是杂乱无章。八人抬的大轿匆匆前行，街巷两边的人家和店铺则慌慌张张，他们要抢在队伍经过时点燃鞭炮。在紧张热烈的气氛中，团团浓烟淹没了整条长街，淹没了所有的表情。

年轻的向导告诉我，壬田一共有四尊菩萨，现在开始游街的是第一尊。至于是何方尊神，他愣了一下，然后自信地说："是财神吧。"我又问了两位店老板，他们也说是财神。拿大街上的店家和小巷深处的居家相比，店家门前的红烛要粗大得多气派得多，供品的差异主要体现在那条鱼上，鱼有大小贵贱之别。于是，我猜想，满街的店老板大概也都把菩萨当财神了。

其实，我已从资料上得知，壬田祀的是福主菩萨。瑞金县志称："长久以来，县人崇信神祇，城乡庙宇甚多，且广置庙产，起庙会，（亦称神会，为一方各姓联合所为）。每于神之诞日，杀猪宰鸡、燃香祭祀，此即'做会'。由于乡间闭塞，生活单调，因而常藉庙会迎神竞技，演唱古戏、交流物资、走亲串友，甚至开台聚赌。"遍布瑞金各乡镇的传统庙会有：祀观音大士的观音会，祀旌阳县令、斩蛟英雄许逊的真君会，祀圣母娘娘的仙太会，还有花神会、罗公会、五显会、福主会等。壬田的庙会就是祭祀冯侯福主的福主会。

冯侯福主为唐末县人冯祥兴三兄弟。传说，当时叛军攻打瑞金县城，冯氏三兄弟为保卫家园慷慨捐躯，如此英雄，自然被万民崇仰，因而成为护佑一方土地的福主菩萨。县城及周边一些地方都祀冯侯福主，县城的福主会定为每年农历九月十一，而壬田则紧接着在九月十三行会。壬田曾有福主庙，庙门两侧的楹联道明了冯氏兄弟的功绩：为国为家为安唐室，难兄难弟殉难罗箕。

那座福主庙是近年拆掉的。冯氏兄弟因此各奔东西，分别寄居在各座祠堂里，我相信，他们的分手是暂时的，既然壬田人如此崇信福主，早晚还得让他们欢聚一堂，眼下他们不过是拆迁户而已。让我纳闷的是，冯侯福主明明是冯氏三兄弟，为何人们都说参与今天游街的是四尊菩萨？

追问下去，人们的回答并不一致，或称第四位乃冯氏兄弟的义子，或称其为冯氏的堂弟。不管究竟若何，那位也是当年保卫县城的英雄应是毋庸置疑的。

四尊福主菩萨并不是一起出来游街的。当第一尊菩萨匆匆走过大街、鞭炮声渐渐远去，在整条长街上弥漫的硝烟很快散尽，人们又开始翘盼了。我看见一些店铺门前码着三盘鞭炮，那肯定是为另外三尊菩萨准备的，性急的人家则已经把第二挂鞭炮缠在了竹篙上。

在等待冯氏兄弟陆续出现的间隙，我走进了镇上的一座祠堂。应该说，是祠堂里的烛火吸引了我。祠堂的门匾无存，但门前仍留有一对抱鼓石，在门口望进去，深深的内部烛光通明。原来，各家在门前敬神之前，首先要在祠堂里敬过祖先。陆续有人提着刚刚宰杀的鸡进入祠堂，在祖先神位左边的烛台下，将鸡血滴在"钱纸"上，然后，敬上香烛祭拜祖先。祭拜完毕，便端着供品去供奉福主菩萨了。烛台上下，散落着一张张钱纸，钱纸上碧血如花。

街上又传来一阵吹打，跑出祠堂一看，这回出场的是一尊红脸的菩萨，不知它是冯氏兄弟中的老几。神轿从另一条小巷出来进入大街，队伍也是步履匆匆的，不等我摆弄好相机，它就被震耳欲聋的鞭炮声和滚滚浓烟淹没了。我追不上队伍，即使追上也无奈于硝烟，只好拍满地的炮竹屑。

然而，壬田人太勤快了。未等硝烟散尽，一个个就忙着打扫各自门前了。试想，假如不急着扫去炮竹屑，等到菩萨们一一走过，街道上该是怎样动人心魄的红？

我漫步在壬田街上。伫立在街道两旁的红烛，无不噙着虔诚的热泪；张望在店铺门前的眼睛，却是闪烁着各自的现实的、功利的祈愿。是的，当我得知他们中的许多人把福主当财神来敬时，心里竟有些惘然若失。因为，此地的福主崇拜分明渗透了民间的英雄情结，尽管英雄成为神明之后，更多地被人们寄寓了诸如添丁、逐疫、丰年等等平凡的生活理想，但是，福主会本身也是民间保存英雄记忆的一种形式。可惜，好不容易延续到今天的民俗活动，于不知不觉间，渐渐摒弃了它的教化意义而更趋于世俗化了。当英雄记忆化为乌有，是不是意味着它完全丢失了自己的民俗精神？

其实，壬田行会时，簇拥着神轿的神旗旗号为"冯侯福主"，高举的云牌上则写着福主庙的那副楹联，这些信息鲜明地指向了历史，却被人们忽视了。

我一直期待着禳菩萨活动的高潮，但往年熙熙攘攘、水泄不通的情形并没有出现，镇街上除了两边店家的男女老幼迎候在门前，只有少许行人。当我看见的第三尊福主菩萨迎面而来时，向导却告诉我，活动马上就要结束了。看来，在我参观祠堂的时候错过了另一抬神轿。

以烛火为路标，向导把我引进了村支书家。他家里竟已是宾客满堂，在等着喝酒呢，难怪大街上看热闹的人比往年少了，原来四方来客直奔主人家喷香的米酒去了。镇上的老人告诉我，福主会的头一天，人们要为福主菩萨净身，穿戴整齐，做好出神的准备；十三日一大早，在吹打班子的伴奏下，举行出神仪式，然后，才开始抬菩萨游街。因为年轻的向导并不熟悉整个过程，我错过了领略出神仪式的机会，此时才十点多钟，福主菩萨回到各座祠堂里应该也有相应的仪式。一问村支书，果然。于是，村支书领着我一路小跑，赶到夹杂在新建筑丛中的一座老祠堂门前，赶到一阵鞭炮声里。

福主菩萨刚刚班师回朝。凭着我拍的照片，经过比对，这尊菩萨正好是我在大街上不曾看到的那一位。壬田的四尊福主，金面、红脸各有两尊，它们的区别主要在于帽子。

人们在享堂正中放下神轿，开始为菩萨整理衣冠。这时吹打班子也进入了祠堂，也许是累了吧，两名唢呐手竟在门厅一侧坐了下来，把唢呐架在八仙桌上吹着，那模样很是幽默。其间，换了一位老人作鼓手，擂的是一面大鼓。随着老人急骤的鼓点，唢呐、钹镲和大锣小锣一起振奋起来。

福主菩萨最后被安座在享堂的左边。人们继续仔细地为其整理衣冠。这时，一直在祠堂里穿梭忙碌的善男信女，纷纷点燃蜡烛上前叩拜。福主菩萨面前，红烛如林。

满堂的红烛意犹未尽，满街的红烛守望着来年。这一天的壬田烛光映日，烛泪横流；

满堂的酒香召唤着客人，满街的客人不知去向谁人的家门。这一天的壬田盛情难却，美酒诱人。

我谢过了村支书的邀请，被向导领向了壬田镇外的一个叫姜屋的小村子。进村便见一座古旧的祠堂，祠堂里也是烛火通明。不时有村人进来供奉香烛祭祀祖先，祭拜完了，又提着盛有供品的篮子匆匆向村外走去。据说那是去祀社公，可是，在村外的那棵古樟下，并没有社公庙。一支支红烛插在树下，仿佛，村人的祈愿不过只是告诉那棵古樟罢了。

尽管游街的福主菩萨并不会跑到距离壬田镇有两里远的姜屋村来，但是，在这里，侧耳倾听着远处的鞭炮声、鼓乐声，家家户户的门前却是一样的烛火，一样的心事。

我成了姜屋的客人。来自瑞金城的许多朋友也成了姜屋的客人。嚼着主人家晒制的柿子干，我们围坐在一起；喝着主人家酿造的米酒，我们相识在酒碗里。禁不住主人的热情，我们一个个都呈微醺状，我一直以为，微醺状态最适宜写诗的，可是，我只是想起了辛弃疾的诗句："家家扶得醉人归。"

我相信，在今天，农历九月十三，整个壬田都醉了，醉倒在收割后的田野上，采摘后的果林里。惟独福主菩萨醒着，因为它们得护佑人们醉了的所有心愿……

浮掠三僚风水

　　得知赣南有个客家堪舆文化圣地，是近几年的事。于是，一直想去看看，但查兴国县地图，并不见三僚村，问过几位朋友路该怎么走，答案也是找不到北的。

　　三僚的出名，与被称作"救贫仙人"的古代堪舆大师杨筠松有关。传说他在官廷中掌管琼林御库，因为黄巢起义军破城，便携御库秘籍出逃于京城长安，随大批南迁的客家人，一路跋山涉水，寻龙捉脉，辗转来到赣南。三僚村曾氏族谱记载了杨筠松与曾氏开基祖结为师徒、云游天下的经过。这位"救贫仙人"念及徒弟曾文辿终非终老林泉之辈，便亲自为其卜宅，在他眼里，三僚这地方的山川形势几乎就是天生八卦，于是相中了这前有罗经吸石、后有包袱随身的风水宝地。他的另一位弟子廖瑀为追随"救贫仙人"，也在三僚住了下来，于是，三僚村便有了曾氏、廖氏两个自然村落。曾、廖二姓的祖祠都叫杨公祠，都供奉着祖师杨救贫。

　　近年，有不少海外易经考察团专程来三僚，寻找当年杨救贫在地钤记中提到的"天马水"、"出土蜈蚣"、"罗经石"、"甲木水"，真如朝圣一般。

　　有一次，在上海，我忍不住把关于三僚的道听途说贩卖了出去，害得懂建筑的朋友兴致勃勃，捡五一长假结伴由上海赶往兴国考察。也不知道他们是怎么找到三僚的，可是考察的结果很让他们失望，在电话里把我抱怨了一番。

　　哦，我忘了告诉他们，考察三僚的山川形势和风水建筑，离不开倾听。他们毕竟不是风水先生，也没叫上个向导，所看到的景象自然平淡无奇了。

我在元宵节前走进三僚，三僚的平易也让我多少有些意外。

杨筠松曾这样赞叹这里的山水风景："僚溪虽僻，而山水尤佳，乘兴可登眠弓峻岭，健步盘遨独石巉岩，赏南林之晚翠，观东谷之朝云，览西山之晚照，听北浦之渔歌，临汾水龙潭而寄遐思，卧盘龙珠石以悟玄奥，耕南亩以滋食，吸龙泉而烹茶"。所以，当我的思想情不自禁地栖息在救贫仙人描述的那么优美的景致里时，我甚至怀疑，当初三僚地方首先撞开这位堪舆先生心扉的，恐怕该是它的多情山水。想来，对于饱读诗书、登科入仕的杨筠松们，卜居的诗意选择也在情理之中。

可是，岁月沧桑，地老天荒，文字里的山水大约是一件古董了。如今，粗略看去，环抱三僚的山峦并没有什么奇崛之处，因为林木稀疏反而显出几分苍凉；铺得很开的村庄似乎也没有整体布局上的讲究，所存的古建筑已经为数不多，散落在零乱的民居之中；一条瘦瘦的小溪与村街相交，水泥路一直伸到水里再爬上岸来，汽车很轻易就能踏水过去。如此一座其貌不扬的村庄，若不是有村干部领着，我大约也会像上海的朋友一样失望的。

有了向导，山石就有了来历，草木就有了故事，建筑就有了说法，有些故事甚至是惊心动魄的。

比如，在村东北有一道人工堆砌的山梁，接着出土蜈蚣形山余脉向三僚河畔延伸，看上去就是一座被竹林荫蔽的山坡而已，殊不知，它有个堪舆术的专用名词，叫做"砂手"，它是建筑的侧翼，所谓"左青龙右白虎"是也。它像屏障一样，护卫着一座村庄藏风聚气的水口。三僚曾氏砂手，是明初皇帝派太监督工而建的，砂手之上，碑文依稀可辨的太监墓大约就是明证。

担任向导的村干部不无自豪地告诉我，宋元时期三僚村沈氏人丁兴旺，曾、廖二姓虽多有堪舆先生，但一旦进行风水建筑，便被人多势众的沈氏干预。明初堪舆大师曾从政发动族人在曾氏总祠下方筑砂手，屡屡被沈氏铲平。曾被永乐皇帝请去为重修长城选址的曾从政，再度奉诏入京都为天坛祈年殿选址时，不幸亡故。永乐皇帝派了两位太监护柩还乡荣葬。太监们到了三僚，想必是要顺便了却了曾大师的平生夙愿，于是，着令县衙征召民夫三天内筑起了曾氏砂手。岂料，其中的黄太监因水土不服，竟在三僚一命呜呼。三僚曾氏感念他的恩德，合族为其送葬。而把太监墓建在砂手上，无疑包含着震慑沈氏的用心。

竟也奇怪，自从建起砂手，曾氏如日中天，成为万丁之族，而沈氏则日渐衰落，人口寥寥。据说，这是因为曾氏砂手封闭了沈氏祠堂的生方所致。

听起来，不见血雨腥风，却叫人毛骨悚然。我站在砂手上，身后是孤独的太监墓，眼前是沈氏寂静的屋宇和田园，几个红衣少女沿着弯弯曲曲的田埂走进早春的竹丛里，走进阔大的芥菜叶子里。她们是沈氏的女儿吗？那鲜艳的红，灼痛了我的眼睛。好像诡秘的她们，是为了反衬这个故事的凄凉而悄然出现的，神话一般，狐仙一般，来无踪影，去无声息。

曾氏虎形墓里也埋葬着一个令人震撼的故事。

墓主是曾氏十八世祖曾玉屏，北宋时人。向导告诉我，虎形墓和山坡下的狗形祠有关。狗形祠属于曾氏三房，按狗形设计，大门张开，两只窗户像狗的鼻孔，祠堂左侧的侧门是能进气的狗耳，堂中间没有香案，祖宗牌位钉在墙上，而在左角另设祖宗牌位和香案，以纳入由狗耳进来的生气。祠堂前面，还有个方形小坑，谓狗食盆形，据说里面渗出的水从来都是混浊的，似有油腥。看来，堪舆先生的精心着意是颇为讲究细节的。

由于狗形祠做中了真穴，三房丁财甚旺，引起同宗其他房派的嫉妒和不满。五房的曾玉屏看中狗形祠对面的山坡，为了得到这块能够制约三房的风水宝地，他竟不惜舍弃身家性命，强奸三房的一位媳妇，以领受族法。他被处死后，五房得到了那块宝地做他的墓地，并借机建起了用心良苦的虎形墓。

这座虎形墓，被建成了卧虎形，它的双爪搁在前面，似伏地歇息，墓上石雕的虎目却不知疲倦地长年睁着，而墓顶山坡上的石雕望碑，则象征猛虎额头上那威风凛凛的"王"字。然而，这只形态逼真的卧虎，只是虎视眈眈地看守着、威压着狗形祠，念及同宗血亲，而不至于如下山猛虎扑向它、刑伤于它。耿耿之中，尚存体恤；威严之中，不无柔情。

三僚人称，自从建了虎形墓，曾氏人丁兴旺。他们大概忘记了，在夸耀砂手的作用时，他们也是这么说的。曾氏仿佛已经习惯了把自己的兴盛，归功于每处风水建筑，干脆来个"山中得鹿，见者有份"，谁也不得罪。不过，由此可见，建筑中风水讲究的要义，图的就是人丁繁盛、宗族绵延。此墓有碑文曰："石椁觉春仙榻暖，佳城不夜来灯辉。"所谓"来灯辉"，正好道出墓主人舍命求龙脉以振兴本房派的心机。

当风水学说主宰着人们的生活理想，人们对待死亡的态度也发生了奇妙的变化，视死如归的碑文，字里行间竟是如此温情脉脉，生机勃勃！惊愕之余，令我玩味不已。

房派间的纷争，未必都似虎形墓那么顾念亲情、宽大为怀，也有心怀叵测、暗藏玄机的。位于村北半坑头的蛇形祠，建于明中期，为曾氏房厅，由风水大师廖炳择地定向，此处地势为下山蛇形，穴位点在蛇的七寸上，院门正是蛇口。我被向导领着，正是沿着逶迤游走的蛇背，来到蛇头似的蛇形祠，而后通过弯曲的喉管走出蛇口的。流连在蛇口里，我们是长长的蛇芯子。

这座建筑围绕蛇的特性，设计得弯曲逼仄，不对称，是风水体现房份轻重的经典之作。空荡荡的房厅内有两只香炉甚是惹眼，一只坐在香案上，另一只则放在地上。曾氏分家时，把这座建筑分给了三房。向导演示着告诉我，立于香案前敬香，此时回头望门外，远处的山峦正好封住了大门，显然也就封死一支房派的出路；倘若蹲下来，情形就不同了，大门高了，远山矮了，天空海阔，前程无限。真是天无绝人之路！于是，三房干脆在地上再置一个香炉。

想不到，兴衰荣辱有时竟取决于一个角度，一种姿势，取决于看似微不足道的变通之策！

其实，堪舆术正是建筑应对环境的变通之策。于困厄中求破解，于变化中求通达。我相信，尽管它渗透了迷信思想，但是，既然它破土于重视建舍的深厚的传统习俗，那么，势必也包含了对建筑环境的重视和关心，体现出社会生产和生活的客观需要。同时，这也是人类基于生存需要而产生的避凶趋吉心理的必然反映，涉及地质地理学、生态学、景观学、建筑学、伦理学、美学等等。然而，在一些古村，人们总是对祖先卜居时的风水讲究大肆渲染，三僚也不例外，甚至可视为典型。恕我冒昧，其中的一些风水景致，很难说不是后人想入非非的牵附。比如蛇形祠的传说，就反映出后人对堪舆术钻牛角尖似的发挥。

按照我的理解，蛇形祠之所以有个蛇口似的弯曲逼仄的院门，且院门偏向一侧，应该正是考虑到远山堵住祠堂大门的因素，这个蛇口就是为趋利避害而设计的，是利用建筑形式的变化来禳解的手段，是针对客观条件的态度强硬的主观干预。我由它游戏般的布局，看出了它煞费心机的刻意。既然如此，何必再置一个香炉呢？后人狗尾续貂的演义，岂不是辱没了先师的大智慧？

听说，在三僚村，懂得堪舆术的不下五百人，而职业化的风水先生有一百五十多人，他们大多在广东、福建及东南亚一带营生。每年春节回乡，一个个都要提着公鸡到杨公祠里祭拜祖师并祖先。我就是跟着一个手提公鸡的男人，踏着门前厚厚的炮竹屑，走进新建的曾氏杨公祠的。

杨公祠分为前后两殿，大殿祀杨筠松和曾文辿，后殿供奉本坊福主关云长。大门两侧有联云："学究天人泽被九州士庶，功参造化名倾万国衣冠。"这是对"救贫先生"的歌功颂德；前殿的一副对联则道出了人们对堪舆术的笃信："图书有象悟通消息达天机，造化无形参透盈虚成大道。"而转入后殿，福主殿内的对联就有些肃杀意味了，却道"哪怕人心似铁这地府早设洪炉，任他世界翻新我冥司仍崇古道"。一边是神秘的天机消息，一边是森严的地府洪炉；一边是参透造化的灵应，一边是仍崇古道的僵持。一墙之隔，形若天壤之别。民间信仰的丰富驳杂，由此可见一斑。

曾氏杨公祠的大殿里，杨公金身居左，曾文辿居右；而在我未能看到的廖氏杨公祠中，杨公金身居中，左边为廖瑀，右边为老官，左下座是药师华佗，右下座是本坊福主，祖师、祖先和几路菩萨聚于一堂。都将自己的祖祠命名为杨公祠，都将杨公尊奉于自己的开基祖之上，受世代膜拜，任八方来朝，发生在祖祠里的这种现象似为鲜见。它不是"事师如父"的传统所能解释的，应该说，它反映了堪舆文化对三僚人生活乃至精神的极其深刻的影响。所以，杨公端坐在他们心灵的神龛上，云游在他们宗族的血脉里。

此行，我未能看到廖氏杨公祠，也未能看到廖氏的村庄及其八处风水景观，听说那里还有围屋和古牌坊。除了时间的缘故外，更主要的原因是向导一再托词，说那边还很远，说围屋里有人办酒不便参观，如此等等。接待我的是曾氏。琢磨向导的态度，怕是顾忌着宗族的利益，不甘为别人作宣传吧。

那么，我只好下次再来了，找个廖某做向导。

衔着乡风的茶亭

单位有个扶贫点，在广昌山区。那些山，应该属于武夷山麓，再往前走，就是福建。

走马观花看过去，那里田地较少，不过，土壤并不贫瘠。一片片的烟叶，一垄垄的莲花。是那种亭亭玉立的映日红花。才是端阳刚过，莲花就开得很旺了。

出了广昌县城，约摸四十多分钟车程，我竟看见好几座茶亭闪过。让我惊奇的，不仅仅在于数量，更重要的是，它们依然在路上，路是茶亭的血管和神经，路没有荒芜，它们就活着。那些茶亭在谈笑，在擦汗，在吸烟。我看见了坐在阴影里的男女和弥散在阳光下的蓝色的烟雾。对了，还有停靠在亭子墙边晒日光浴的单车及摩托。

我惊奇，是因为那些曾经遍布江西山野、陪伴着一条条道路的茶亭，如今很少见了。即便偶有幸存，也是落寞地瑟缩在某段废弃的小路上，与那截没有前方和远处的路，形影相吊，生死相依。亭子里的野草是它的主人，门前的荆丛、墙上的藤萝、紧邻的树，则是它的客人，偶尔，会有几只流浪的小鸟临门。

是的，路与亭共着命运。路因人而生，亭为人而长。路与亭曾经的缘分中断了，关于茶亭的记忆也就随之中断了。我常常远远地看着那虽被废弃仍顽强挺立到今天的茶亭，却不曾走近，虽然有时不免怦然心动。也许，是它们游离村庄而孤立独在的情状，让我忽视了茶亭建筑的意义。

生长在莲乡的茶亭，却像一柄柄盛开的红莲，用它鲜活的存在，证明着它的价值。这价值似乎是微不足道的，就像翘盼着的莲花，不过是蜻蜓的栖息地；这价值又是弥足珍贵的，也像莲花，高擎着一瓣瓣心香，清新着山野里的风。

要知道，对于路人和劳作者，茶亭是疲乏时的一条条长凳，干渴时的一碗碗茶水，炎炎烈日下的一团团绿荫，狂风暴雨中的一把把大伞。而建造茶亭，则是人们的自觉。一座座茶亭，象征着一颗颗向善之心，象征着一阵阵淳朴的乡风。

也许是冥冥之中有茶亭召唤，离开广昌我一转念去了石城。没想到，在石城，茶亭更是随处可见，我在由县城前往通天寨仅七公里的路上，看到的远远近近的茶亭有四五座之多，而且，近处的，都能看到在里面歇息的男女。当地朋友颇为自豪地宣称，茶亭应是此地一道独特的历史文化景观。

是的，小小的茶亭，在石城却蔚为大观。在被冠以"闽粤通衢"的古驿道上，它们是一个个承前启后的逗号；在纵横于山野的乡间小路上，它们则是一个个宁静安适的句号；至于坐落在田畈中的茶亭，那就是一个个感叹号了，我听说，那些茶亭是劳作者为便于自己休息而建的。

因为早出晚归、饥渴疲累，因为风云不测、日晒雨淋，人们居然不惜投资耗力建造茶亭以抚慰自己的身体，这让我感到十分意外。在我眼里，它们自然就是感叹号了。看来，探究茶亭建筑所蕴涵的民俗精神和文化意义，我们不能忽视渗透其间的、表现为体恤自我的生命意识。

当然，茶亭更多地反映了行善以积德的道德心理。民间广泛崇尚的行善积德，与以儒家思想为代表的中国传统文化的长期濡染、以忠孝仁义为核心的封建道德教化是分不开的，毫无疑问，这也是佛教因果报应思想影响的结果，人们修行是为了所谓"积阴德"，为了来生转世。

当人们竞相把行善的热情投注于茶亭建筑时，茶亭又成了宗祠建筑的延伸，成了宗族文化的某种标志。

据说，该县有座风雨亭，坐落在山巅上，两侧各有九百级台阶，此亭为双亭合一，建于明崇祯年间，它记录着乐善好施的孔、赖两姓为争占风水的比拼。在那条石城通往宁都的必经之路上，占田孔氏先建了茶亭，可是，此举竟导致当地赖氏一直衰落。也是不甘，赖氏为了改变风水，动员邻近村落的所有赖氏一齐上阵，于一夜之间建造起茶亭，而且，他们偏偏把新的茶亭建在孔氏亭的前面。为此，赖氏还动了心机，用松枝烧黑茶亭的基脚。

果然，恼羞成怒的孔氏将赖氏告上了县衙。而赖氏依据烧黑的基脚狡辩道：此亭自古就有，基脚就是明证。昏聩的县官见基脚确实古旧，便判赖氏胜诉。

于是，双亭并峙，直到如今。不知道打此路过的行人，是否还要评判一番，再选择其中一座入内憩息呢？

也许正因为茶亭骑路而建，便于向世人炫耀宗族的光荣吧，该县杨村干脆把茶亭和牌坊合二为一，于1875年建起一座造型独特的坊式亭。

这座坊式亭至今矗立在公路边，我进入亭中，惊起了一位躺在石凳上的年轻人。他警觉地盯着我手中的相机。我相信，若不是提防着相机，他和他的摩托会依然故我，安然入梦。

坊式亭的南北两端，就是两座牌坊，明间拱门为茶亭南北入口。整座坊式亭均以麻石砌成，但牌坊枋间的匾额为红石镶嵌，由上至下有"圣旨"、"贞节"、"旌表太学生许清涟之妻李孺人坊"匾。两座对称的牌坊，中间夹着以石墙封闭的亭子，仿佛一座牌坊的两面。牌坊上遍饰雕刻图案，浅雕在麻石枋上的花草纹饰苍劲而古朴，一些反映戏曲场景的图案则深雕在红石上，嵌于麻石枋之间，既丰富了牌坊上的纹饰，也打破了以麻石为材料所带来的面的冰冷和僵硬。是的，点缀在牌坊上的红石，淡化了牌坊给人的庄严感，变得亲切起来，温馨起来。我想，这对于亭子是非常重要的。它是面朝道路的招呼，迎向行人的微笑。古人在建筑上的用心着意，由此可见一斑。

那位李孺人的事迹，我不得而知。但江西乡村现存的贞节牌坊，大多是为旌表那些未嫁已寡、从一而终的女子而建，如果李孺人也是如此，这个亭子岂不成了她永远的洞房？

一百三十多年了，有多少归魂打此路过在此歇脚，谁是她守望的婚约，谁是她托付的终生？来来往往的陌路人，像风从茶亭穿过，没有留下任何履痕。

亭子中有面对面的两排石凳。古往今来，人们坐在这里休息，大约是不会念及李孺人的好处的，因为在石城有路就有亭，司空见惯了，一切自然得很。倘若路人亦如我，把这亭子想象为守候百年的洞房，那岂不瘆得慌？

也许正是为了辟邪驱祟以安定人心吧，在作为亭子内部雕饰重点的梁枋上，木枋两端均有圆雕的兽头形象，而两根横梁的中部，两侧都刻有面目狰狞的吞口。分别正对着南北亭门的吞口，其辟邪意义显而易见。

石城人对茶亭的钟情，使得一些桥也具备了亭的功能。比如，永宁桥就是集桥梁、亭阁、庙宇、戏台于一体的建筑，该桥桥身用麻石砌成，廊与阁为木结构，阁分五段，中段最高，两边逐级降低。廊外挑出檐板以遮风挡雨，廊下设木凳靠栏供行人歇息；桥上建有庙宇，祀关公；喜庆之日，当地还会在廊阁中演戏。还有一座桥叫川至桥，初建时仅有供行人休息的设施，后人却在桥上增建了寺庙和戏台，据说那寺庙香火甚旺，每年都举行庙会。

这就是客家人在路上的情状吗，让身体歇息着，让情感娱乐着，让灵魂信仰着？

广昌、石城一带，都盛产通心白莲和烟叶。为什么唯有莲花和烟叶丛中，才有这些依然乡音洋溢的茶亭？这是行人与道路的盟誓，还是茶亭与莲花的约定？

对了，几年前到得同样满目莲花的宁都东龙村，有一个茶水摊，曾让我感慨不已。它大约就是茶亭的意义所在和它们至今存活于乡间的秘密所在了。

那个村庄坐落在一片台地上。所谓台地，顾名思义，像一座戏台，高耸于平地上。上山之后，我发现，这片台地又是群峰间的盆地。它共有四个隘口，分布在东南西北四个方向。地势东高西低，狭长的盆地上依山而建的民居，形成了几个建筑群，其间是莲田和稻田。丰腴而鲜艳的莲花开得正旺，家家门前却是围坐着剥莲子的老少。莲荷的清香气息悠远而神秘。

谁能想到，这登高一望便把村舍田园尽收眼底的地方，竟是东龙李氏繁衍生息、宗族兴旺的风水宝地！在盆地中看四围的峰峦，山并不高峻，植被并不茂密，如何孕育出两条潺潺不绝的山溪，细流如线，怎能养育这许多的人口，许多的田地、池塘和花朵？

谁能想到，这个独处一隅、交通不便的村子，曾经却是由宁都往来福建的必由之路。村中的老人回忆历史，唇齿之间，还有商铺客栈，还有烟花柳巷，但是由那狭小的古隘口和崎岖的山路，我们今天是无法想象当年的富足和繁华的。

经过隘口时，我看见放在路边的茶水摊，没有人看管，只有茶壶和水杯在迎候路人。这是村人的行善之举，可见此地民风依然淳朴。不过，要知道，我那次是借助四轮驱动的"猎豹"才上得山去、走进东龙的，行前，我被告知，这还要看运气，只要有一点雨，就白跑了。由此可以想见，如今东龙村门庭冷落，路上行人稀少。于是，品味那盛情的茶水，总觉得有几分自作多情的荒谬。它仿佛是凭吊着车马辚辚的日子，仿佛是渴盼着宾客盈门的热闹。

在村口，一位腰身佝偻的婆婆提着一只水瓶，迎面走来，擦身而去，去往设在隘口的那个茶水摊。茶水摊的位置，也许就是一座茶亭的旧址。茶亭倾圮了，但送茶的老人却天天为此奔忙着，杵着一对小脚往来于这段距离并不算近的山路上，往来于这条翻过山峰便可以走向历史深处的古驿道上。

那个锲而不舍的茶水摊是耐人寻味的。它的矜持，仿佛没有动机和目的，只是一种始终不渝的行为，一种不可遏止的惯性，就像莲花在绽放之后势必要高举起它的莲蓬那么自然。

莲乡的茶亭，是花路上的茶亭，花丛中的茶亭，花朵里的茶亭。坐在亭子里，闻的是花香，饮的是花香，看着的依然是花香。所以，我固执地相信，莲乡与茶亭有着天定的姻缘。

若然，衔着乡风的茶亭，会不会衔着莲的精神呢？

于都寒信水府庙会

于都有个寒信村，每年农历七月二十四举行盛大的水府庙会。我起了个大早，从县城赶到那里时才七点钟，然而，江边为大榕树所覆盖的道路，已是人声鼎沸。道路的前方鞭炮大作。前方就是水府庙，与之相邻的是萧寿六公祠和萧玉新公祠。寒信村坐落在梅江中段，江流通过一道山峡奔涌而来，在水府庙前产生回流，又向山峡流去，扼守峡口的将军山与旗形山兀然而立，呈狮象把关之像，无疑这里就是村庄的水口了。比邻而建的水府庙与两座祠堂并非整齐排列，而是渐次突出，参差错落。听说，萧氏两房兄弟曾为一块风水上佳的葬地作出约定：谁先作古，那块地就属于谁。岂料，为了后世的发达，为兄的等不得寿终正寝，竟自杀身死，从而为子孙谋得了风水宝地，其弟无奈且不甘，终于横生一计，建萧玉新公祠时比寿六公祠突出一截，以抢占风水。看来好运是从对岸层层叠叠的青山上来的，是从江上登船靠岸的。

人们在水府庙前燃烛放炮，杀鸡宰鸭。宰杀前后，手提鸡鸭的男女老少都要对着水府庙再三叩拜。然后，把鸡鸭放在祠堂门前备好的热水里泡一泡，褪了毛，一个个蹲在古码头上清洗起来。只有少数信众会进入水府庙敬香，大多数人是在庙门口完成祭祀仪式的。也许，因为这座庙太小了，来的人太多了。以祭神仪式为纽带，这一天成了周边同宗萧氏团圆的节日，四乡八邻以及在外工作的萧氏族人齐聚寒信，到了上午九点钟以后，人们将齐聚在几座祠堂里的百桌酒席上，吃的是流水席。

把人心凝聚在一起的，是温公菩萨和金公菩萨。传说该村萧氏开基祖寿六公某日在寒信潭里捕鱼，见一黑脸大眼的木制菩萨漂浮水上，他屡次用竹篙拨开，却再三被水冲到船边，仿佛天意。于是，他捞起菩萨，在自己居住的房屋旁建了一座简陋的小庙供奉，并依菩萨身上的字迹称其为温公菩萨。不久后的农历七月二十四，寿六公又在捞得温公菩萨的地方，捞得一尊全身泛着金光、脸朝上的小菩萨，因它身上没有字迹，便取泛金之象命名为金公菩萨。寒信人将这两尊菩萨泛称为"水府老爷"，并定下每年农历七月二十四日为水府庙会日，相沿成习。

水府老爷显灵的故事举不胜举。有一则说，在于都的横石埠渡口，有两个男人过渡后对渡工说：我们没有带钱，你可在七月二十四日到寒信峡来收，人们还会请你吃宴席、看大戏，我们一个姓温一个姓金。后来，渡工果然来收钱了，那天寒信村真的是人来客往，热闹非凡，然而，问遍全村也没有温、金二姓人家，只打听到水府庙有温公、金公。进庙一看，菩萨们的面容神韵与那两位过渡客无异，撩起菩萨的衣袍再看，下面放着几枚铜钱，正是过渡该付的数额。渡工当即虔诚叩拜，祈求神灵保佑。此后几百年间，直到上世纪五十年代初期，横石埠渡工年年此日来寒信收水钱，而那个渡口也从来不曾淹死人。

由这则传说亦可证明，水府老爷正是当地百姓敬仰的水神。庙门两边便有对联赞颂它们保佑舟楫平安的功德："水源古峡来舟楫频繁十里险滩赖护佑，府庙前朝建神灵显赫八方信众沐恩道。"水府庙主祀温公、金公，附祀赖公、杨公、龚公等神像。

在寒信村，一年到头，以祭祀水府老爷为内容的民俗活动频频举行。正月初一，人们要抬着水府老爷"出行"，沿河岸游遍村庄，把吉祥带给家家户户；年后至元宵节期间，由德高望重的"十老子"出资，在祠堂里举行"禳灯"仪式，喝酒、看戏、看灯彩，与人们同宴乐的除了祖灵外，自然少不了水府老爷；元宵节前后的某个吉日，要举行别具一格的"送船"仪式。这天，由"十老子"的晚辈打扮成文官、武将、差役等角色，带上"刑具"、"印章"、签筒和龙头凤尾的小纸船，敲锣打鼓地去各家收"种子"。所谓"种子"，竟是邪气，人们竟可以把头年遇到的一切不幸不祥迁怒于某种植物，在这时候用纸把这种植物包起来，这个蓄意纸包就是"种子"。人们把它放入纸船，让"送船"队伍带走，由那些文官武将们押送到水府庙里。到了半夜，纸船登上木船被送到河中央，点燃香烛后入水任其漂流，这意味着所有的邪气都已经顺水流逝；农历五月初六是温公生日，人们要到庙中祭拜，而五月初七、初八则要举行"朝仙"活动。先是吹吹打打将水府庙里的所有菩萨送到高山上的水灵寺里去做香火，第二天再接回来在田野上"巡游"，祈求五谷丰登、六畜兴旺。

最为壮观的就是七月二十四的水府庙会日了。自清明时节起，村人便选出理事会开始筹备，人们把活动的总管称作"总理"。到了七月二十一日，庙会拉开帷幕，信士们奉戏、奉电影在庙里和墟上演出、放映。温公、金公二位当然也要被请去看戏，它们要到二十三日下午才回庙做"香火"。二十四日一大早，我赶到寒信村时，沿江通往水府庙的路上已是人流穿梭，庙前鞭炮大作，地上禽血横流。菩萨们尽情受用着人们虔诚的香火，到了半上午的十点钟，则要去"练营"、"下营"了。"练营"是训练的意思，"下营"指的是在萧氏祖坟山所在的铜锣湾驻扎下来，与萧氏的祖灵"会晤"叙旧。也是，萧氏开基祖与温公、金公情缘天定，寒信村世世代代得二位庇佑，每年找个机会让神明和祖灵坐在一起畅谈一番，本是人之常情。

约摸九点钟，流水席就在萧寿六公祠和萧玉新公祠里早早开席了。在阵阵鞭炮声中开怀畅饮，饮的正是手足之情、同宗之谊。在这两座可同时摆上七十桌的祠堂里，这一餐要翻三四回台，那就是二三百桌了。家家扶得醉人归，清醒着的大概只有那些菩萨。

"练营"、"下营"的仪式准时进行。先后被人们从庙中请出的菩萨依次是温公、金公和赖公，还有康公元帅的神位。这和我从文字材料上看到的情况有异，并非所有的神明都参加。等到三尊菩萨在庙前坪地上聚齐了，又是一阵热烈的鞭炮，它们端坐在四人抬的木轿上，在人们的簇拥下去往村后的祖坟山。

"下营"时，赖公居中，温公、金公分列左右，前面置一张方桌作供桌，设"得道康公元帅"神位并摆放着供品。不时也有信士来此敬奉香火的。不过，相对水府庙前，这里还是清净。也许，更多的信众愿意让神明与祖灵好好地共叙友好吧？毕竟，一年只此一回，到了下午三点钟，神明还要去看戏呢。

神明应是戏迷。它们要在坐落于农贸市场里的戏场上，没日没夜地看到二十七日下午方兴尽回府。戏是信士们献给神明的还愿戏，每场六百六十元，二十四日全天的剧目有《凡事由天》《巧配姻缘》和《加寿图》。戏台两侧的对联恰好道出了庙会日盛况的真谛："峡水滔滔在传颂温金神灵八方显应救苦难，鼓乐悠悠是迎接你我宾朋四面会聚呈吉祥。"

石城上柏过漾

　　多年前，我就听说了石城山乡的过漾。对这个"漾"字，我并不陌生，在距石城三四百公里远的地方，一个属于我的童年小镇，每年中秋节过后的农历八月二十日要举行为期三天的漾会，这是民间的叫法，官方称物资交流会，交流的是布匹、百货、农具、种子、耕牛以及各种土特产。所谓"漾"，当地方言是人多的意思，比如形容大街上人多，便称"街上蛮漾"。人名多有叫"漾财"、"漾生"之类的，图的也是满溢、富足之意。漾会和过漾，其实都是庙会，只不过在那个交通便利的小镇，漾会早已剔除了信仰的内容，而演变成为新中国成立以后延续三十多年、一年一度的县际大型商贸活动。

　　上柏的过漾令我兴致勃勃，却是年年失之交臂。因为石城岩岭上柏村的过漾日是农历五月十三，此时农闲，而对于我等，正值琐事缠身的年中。我之所以对它好奇，原因在于我把过漾想象为乡村情人节了。据说，在很山很山的山里，在很漾很漾的节日，在很黑很黑的半夜，对上眼的青年男女，可以悄悄离开古老的祠堂、离开戏台上的剧情，去往莲田边或树林里，执导自己的爱情故事。对此，即便在婚姻不自由的万恶旧社会，男女双方家庭也不会棒打鸳鸯。因为，在封建思想严重的乡村，男女有妨，平时难得相见，唯过漾时候可以百无禁忌，此时，长辈又多在准备祭祀、准备待客，青年男女颇可以趁此机会私相约会或成就好事；何况，人们认定过漾日定下的姻缘，就是关帝赐给的美满婚姻，有情人为了沾关老爷的福，还要选择在这一天成为眷属呢。汉族人何曾如此浪漫？

　　连续几年错过此日，无奈，我不得不通过石城朋友拍摄的视频来感受上柏的过漾。非常细致的拍摄，从头到尾记录了过漾的全过程，下载这些视频得用两三个小时。

坐落石城北部山区的上柏村，与福建宁化交界，全村人口三百多，村盘三五成群地散布永宁桥边的山坳里。永宁桥扼守着上柏的水口，它始建于清乾隆三年（1738年），同治五年（1866年）于桥上增建亭阁。这是一座建筑风格独特的楼阁式廊桥，桥基全部由麻条石砌成，单孔结构，横跨溪流，全长约三十三米，桥面宽五米余，桥拱跨度达十米多。桥上加廊，廊阁分为十二间，为单层桥廊，有倒板彩绘。中部两间为两层亭阁并曾建有寺庙，庙内供奉三国时代的关羽神像。亭阁两边逐级降低，呈对称状态。廊桥两侧专门设有靠背栏栅木凳，供行人憩息倚坐，廊顶盖有特制青瓦，以遮风挡雨。整座廊桥与桥身珠联璧合，浑然一体，坚实牢固，古朴大方。

永宁桥西端的武圣庙，正是过漾请神仪式的发生地，自然，也是过漾活动的起点。武圣庙的神龛中央摆放着红脸关公的坐姿塑像，两个副将站立其左右，周仓奉刀，关平托印。此庙还附祀许真君与观音菩萨。庙中有柱联道："大义在春秋慷慨一言成骨肉，丹心悬日月艰难百战识君臣。"另一联称："偃月宝刀斩妖除怪人民受福，镇武演法搜邪捕精保卫和平。"关公原为三国时期蜀国名将关羽，宋以后他忠义勇武的精神被朝廷渲染利用，历代皇帝多有加封，至明万历年间更是被封为"三界伏魔大帝神威远镇天尊关圣帝君"，佛道两家也竞相罗致关羽为本门神祇，明清时祭关羽被列为国家祀典，以"三国演义"为题材的话本、戏曲、小说把关羽写成"义薄云天"的神人。凡此种种，使得红脸关公成为家喻户晓的万世人杰，成为中国老百姓最喜爱的神明之一。民间对关圣帝君顶礼膜拜，不仅表现为普遍建庙祀奉，不仅表现为对关公故事的津津乐道，对他的形象的喜闻乐见，还表现为笃信它的神威，凡司命禄、佑选举、治病除灾、驱邪辟恶、诛伐叛逆、巡察冥司等等职能，都交给他了，甚至将其作为保护商贾的武财神。当关圣帝君成为一个地域、一座村庄的福主时，他更是有求必应、无所不能的灵神。

关公成了护佑上柏的福主。上柏为熊姓村庄，据说其先祖于北宋初期为逃避战乱南迁至此。遥想当年，置身于万山重叠、交通闭塞、陌生而孤独的生存环境，面对因天灾人祸、虫媒猖獗、瘴疠流行而随时带来的生命凶险，这"丹心悬日月"、"大义在春秋"的关公，无疑就是这方土地的保护神、就是上柏人最可靠的心灵慰藉了。当得知有古驿道经此去福建后，我想，关公崇拜所体现的那个"义"字，其实也是上柏人联络异姓的介绍信、沟通四方的通行证。因为，历史上民间格外崇拜关帝，本身就反映出在社会生活变化的背景下，随着经商活动的日趋频繁，人们对"义"的崇尚和追求。

过漾日为五月十三日，因为这天是关公过五关斩六将的日子，也是关公的生日。当天早饭后，便有村人在武圣庙等候着八仙的到来，八仙是由乡村戏班的演员扮演的，神龛前的供案上燃着几炷红烛，三台神轿已经摆放在庙堂中央。过海的八仙在吹打班子的引领下，从永宁桥东端脚踏实地一步步走过来。他们一进庙，便在神像前分列两行，鞭炮声中，随着一声吆喝，一起躬身行叩拜礼。接着，便是"打八仙"的仪式。所谓"打八仙"，不过是双双出列，手持道具，对着神像、前方和彼此各躬身一拜，末了，另有两个角色念《封王拜相》奏词，如此而已。八仙的身份可凭着各各有别的道具来判断，如铁拐李的拐杖、汉钟离的芭蕉扇、张果老的鞭子、蓝采和的花篮、何仙姑的莲花、吕洞宾的长剑、韩湘子的笛子、曹国舅的玉笏。我从以前的资料上看到，此时应该还有一位身着长袍、头戴官帽的封王臣，然而，此次仅见八仙。过漾的请神仪式很是简单，参与的人员也不多，八仙们的亮相表演比较随意。

人们将关公及关平、周仓逐一搬出神龛，请入轿中，然后由一长者用清水为其洗脸擦身。出巡时，万民伞在前，依次是周仓神轿、关公神轿、关平神轿、吹打班子和八仙，殿后的是举着各色三角旗的一群男孩女孩，拢共只有十来个吧。出巡队伍出门一拐弯，由永宁桥过河，去了溪河对面的水口处拜社公。参拜社公时，三尊神像面朝社公摆放，关公居中，人们焚香、点烛、放爆竹，八仙喝彩："八仙下山来，鲜花满地开，福山对福海，福寿万万年。"然后，八仙对着社公行叩拜礼。

不知是否接受邀约，出巡的队伍折返时竟冲着一栋装修尚未全部完成的新楼去了，三抬神轿直接进了人家的厅堂。每到一处，神像面朝大门进厅堂，出门又面朝前方。菩萨去新房坐案，让我联想到春节期间在邻县宁都乡村看到的抬菩萨游村的队伍。那支队伍专为去年所建的新房驱邪祈福，端坐于一抬抬神轿上的菩萨是"汉公"、"汉婆"以及汉高祖麾下的几位将军。在上柏，出巡的关公也为新房驱邪祈福来了，其仪式与在武圣庙里的"打八仙"完全相同。整栋三层的新楼有好几家住户，关公光临的只有两家。

关公接着要前往上柏村内十三个熊氏古祠。依然是厅堂上方摆放好神轿，八仙们捉对行叩拜礼，最后由两个角色念《封王拜相》奏词。其间，人们纷纷上前上供敬香。听说关公老爷依次巡游的路线是外屋、里屋、红井、东风、长城、石灰头等村小组，最后抬回熊氏总祠供奉。所经之处，家家户户燃香、点烛、放鞭炮迎送。

临近中午，各家各户开始设酒宴，款待来自各方的亲朋好友。客人一拨未离，一拨又至，流水宴席直至夜晚方罢，其中午宴最为热闹、丰盛。据当地人称，过漾当天，普通人家待客五六十人，多者二三百人，过去以亲戚为主，现在朋友比例渐大。此日，户户酒肉飘香，高朋满座，主人不亦乐乎。即便路人经过，也会遭遇盛情难却，受邀者一定要入座，否则会让主人觉得没面子。客人来得越多，酒喝得越多，主人越光彩、越高兴。

午宴尚未结束，熊氏总祠那边铁铳、爆竹轰鸣，锣鼓喧天，戏班子要开始演大戏了。古旧的祠堂分上下两厅，中间一天井相隔，上厅设熊氏先祖神位，下厅搭有戏台。此时，为出巡一路颠簸的关公、周仓和关平，与熊氏的祖灵一道，端坐在上厅等着看戏呢。演出的剧目有《桃园结义》《刘备招亲》《玉堂春》《狸猫换太子》等。过漾这一天及其前后，要在熊氏总祠安排演戏三天，下午、晚上各一场，过漾日最为隆重。演员有本村人，也有邻村人以及来自宁都县的，是戏曲爱好者组合而成戏班子，戏价每日二千二百元，戏款由家家户户自愿摊出。十四日戏演毕，将神像送回庙中，活动结束。

听说，上柏的过漾打明代起就有了，连"文革"期间也未曾中断，只是在三年困难时期停了两年。每年二三月间，上柏村还要在武圣庙组织打醮活动，时间多为三天。其时，请道士十人许，诵经念咒、坐坛做法，以祈消灾得福。据武圣庙张榜公示，2014年春间打醮，善信助款收入九千一百余元，道士工资为每人每天一百六十元，支后节余千元。资款多为村中每户人家三五十元零散募得。

过漾，在石城更多的地方叫菩萨出巡、案期日、出神日、漾会等。叫过漾的只有岩岭，相邻的福建宁化县也叫过漾。全县各地主祀的福主菩萨不同，有关公、七郎案神、华光菩萨、汉王神、后稷菩萨、许真君等。菩萨不同，庙会日也就有所区别，从正月到年底，一年四季都有神明游走在人们祈福的视野里。庙会日也是有短有长，短的一两天，长则数月之久。抬着福主菩萨出巡，前往各座祠堂或村中各户去坐案，其原始动机是让神明巡察民生福禄及灾祸疾苦，奏与天廷玉帝及各路神明，降福禄于村人，保佑全村风调雨顺，五谷丰登，丁财兴旺，百业昌盛。如有灾祸，则举剑斩除，保佑村人吉祥安泰，招财进宝。同时，也让福主菩萨在巡察时品尝人间烟火，享用美味佳肴，与民同饮同乐。

我曾在农历五月初七走进坐落在石城县城的东岳庙和城隍庙。比邻的两座庙里，其神席上的供品还没来得及收拾，城隍庙的内墙上，仍贴着日前游神活动的安排。我索性把出巡队伍的顺序抄下来了，东岳大帝、城隍福主出巡的盛况可见一斑——

　　鞭炮，彩带引路，大圆灯笼，西皮锣鼓，"时和岁"、"民富国强"横幅，庙旗，直锦联，彩旗，管弦乐队，客家文化横幅，雄鸡报晓古史，仙女散花古史，观音送子古史，腰鼓队，秧歌队，长龙队，文艺乐队，打连枪，蚌壳，西皮锣鼓，神席，花船，腰锣，长喇叭，回避肃静牌，执事，吊炉香盘，小乐队，印箱，城隍神像（左右扇），百叶伞，东岳神像（左右扇），百叶伞。

这些文字是一支浩浩荡荡的队伍，穿行在我对庙会的记忆之中，穿行在我对石城文人所描述的往年上柏过漾的想象之中。相形之下，今年可够不上浩浩荡荡哟！虽然，仍有"家家扶得醉人归"的意境，然而，请神、迎神、坐案甚至看戏时，人数已简化，程序已简化，道具已简化，甚至连表情也简化了……许多民俗事相在恢复、在蔓延，与此同时，许多民俗事相却被抽空了精神性内容！这是怎样的悖论？

人神同宴乐。人倒是醉了，神呢？

笔钓鄱阳湖

老人和湖

鄱阳湖边曾有一座名叫青山的古镇。那座古镇如今唯有一户居民。那户居民住在青山古街上。

那条古街在青山脚下、绿水之畔，在浪涛以西、林涛以东，在山间石径的尽头，在水上航线的中途，在密林深处，在岁月远方。

是的，古街也不复存在。或者说，它容颜已改。它的街邻再不是店铺、客栈、酒楼、茶肆，而是杉树、梓树、柿树以及茶树和杂草；它的客人再不是来往于鄱阳湖上的船工、商贾、官员和诗人，而是常年寄居在这里的鸟与兽。

连废墟都湮灭在草木之中了。只有潜藏在绿荫里的新旧两幢房屋，似乎为证明古街及古镇的历史而执著地守护在这里，日日眺望着湖上的船来船往，云驻云飞。

如今的青山古街唯一的住户便是宋金山一家。如今的宋家只有宋金山老人独自陪伴着眼前不老的湖。老伴和五个儿女都搬迁到山那边的新居去了，其间距离是四五十分钟的山路。

六十六岁的倔犟老人，舍家弃口，执意守望着一个六十岁的梦。

晚唐诗人赵嘏在《发青山》一诗中写道："凫鹭声暖野塘春，鞍马嘶风驿路尘。一宿青山又前去，古来难得是闲人。"想必，引我去寻访青山的那条石块铺就的山道，就是赵诗中的驿路。

我沿着唐诗到达湖滩，再折向山坡上的宋家。进入宋家，需经过五道院门。姑且让我来为之命名吧。头门，网门。竹木搭的篱笆墙开一大门,以渔网为门扇,网上吊着一些易拉罐,一碰叮当作响,好比门铃;二门,石门。石板为桥,桥的那头,石块垒墙,竖起的四根毛竹就是门框了,依然以悬挂易拉罐的渔网为门扇,简易的门匾上题有"进入人间"四字;三门,树门。不知是一棵什么树,被主人弯成了一道拱门,门上还开着一朵不肯凋谢的牵牛花;四门,藤门。借生长在崖边的野藤之势,饰以酷如长蛇的绳索,而巧构成门形;最后才是正儿八经的院门。

看看,进入这个老人的世界将经历怎样的曲折,怎样的关锁?

其实不然。宋金山老人是热情慷慨的,质朴率真的。笑容里有几分腼腆,目光里却是一片诚挚。闪烁其中的,就是对湖的迷恋之情了。他以收藏鄱阳湖奇石而渐为世人所知晓,时有各色人等不辞辛苦登门造访。大约是先有媒体为之命名,随后他乐享其成,索性也自号"奇石老人"。

一个渔民居然成了收藏家!

一个渔民居然不惜把一辈子光阴投入风浪,苦苦搜寻着鄱阳湖的"真相"!

他的确是这么说的。加起来一共只读了三百天书的奇石老人,从孩提时,就梦想着"寻找真相"。我听不懂他的星子方言,再三追问什么叫"真相"。原来,他指的是化石。

对了,化石里生长着真相,珍藏着真相——关于宇宙和地球,关于海洋和陆地,关于自然万物和我们自己……那是怎样绚丽的真相啊,竟让一个孩子在痴迷的寻找中不觉间变成了老人,竟让一个渔民总在卸下满舱雷电后又划向浪涌的彼岸,竟让一个老人夜夜醉卧在漫长的孤独里?

寻找是有凶险的。比如,六十多年前的那声爆炸,至今仍回荡在他的记忆中。当年,国民党军队为阻止日军兵舰进入鄱阳湖,在湖上布下了水雷。宋金山的大哥便捕得一枚水雷。二十岁的年轻渔民心想:这是啥玩意儿呀,拿它做个米缸倒是挺好的。于是,便与伙伴一道把水雷拖到湖滩上,操起家伙,砸呀砸呀,硬是把它给砸开了瓢,成就了一口米缸。随后,他大哥又拾到第二枚水雷。第二次就没有那么幸运了。一阵猛砸之后,水雷爆炸了,三条生命化作了从湖滩上腾空而起的一团黑烟。

化石虽不至于爆炸，但它们总是藏在恶浪的血口之中，怒潮的利齿之下，狂风才可以把它们唤醒，暴雨才可以让它们现形。所以，打风暴的日子才是寻找化石的好时机。每每风暴未曾消停，宋金山老人便已驾舟出行，他踏平了鄱阳湖风浪。有时候，化石则是毒蛇的眠床。我便从他的右臂上看到了十分新鲜的蛇伤。我采访他的时候，咬伤他的那条眼镜蛇正趴在他的小院里，和我一样，直起脑袋用心地听着他的故事。莫非，他把蛇抓了回来，就是为了向它炫耀自己的珍藏？

那么，他穷尽毕生，甚至不惜身家性命，究竟得到了一些什么宝贝呢？

看过院子，看厅堂，看厢房，看厨房，到处都摆放着石头。我不懂石头。在我看来，奇则奇矣，却非想象中的那般动人。我以为，石亦如人，有表情有性格有思想，故能叫人一见如故、一见倾心。坦率地说，它们大多缺乏应有的魅力。仿佛为了让我兴奋起来，老人舀了一瓢水，往一块大石头上一浇，化石显露出它的"真相"。我果然一阵惊奇。那上面竟密密麻麻地镶嵌着大大小小的管状、螺帽状物，构成了奇异的纹饰。像金属，也像螺贝及某些海洋生物的骨骼。也许，它就是鄱阳湖生成的见证？

可是，老人随后从塑料袋中掏出的石头，又让我不以为然了。他认为那是某种动物骨骼的化石。对此，我内心生疑。因为，我屡次在湖滩上行走，也曾为拾得类似的石头而欢呼，向导却冷酷得很，说那不过是陶瓷的残骸而已。比如茶壶把手或碗底。是的，水是能够对付一切坚硬材料的雕刻师。

我不禁暗自担心：老人是否果真寻找到了"真相"，他的全部收藏究竟有多大的价值？对于这位显然缺乏赏石常识的渔民来说，他评判奇石的标准大约就是自己的直觉和幻想吧？他的直觉和幻想可靠吗？总不至于让他碌碌终身而一无所获吧？

老人却自信得很。他用别人为某块化石所给出的价格来坚定自己的信心。他的自信感染了我。是的，不要嘲笑他几近偏执的性格，即便他的珍藏并无多大的价值。他的执著，难道不是人类面对喜怒无常的大自然所应取的探究态度吗？这种探究，是一种抗争，也是一种热爱。

这恰好正是宋金山老人的立场。他说，他离不开湖。所以，他夜夜枕着湖的呢喃入梦，日日踏着湖的吆喝出行。这是一颗伴着鄱阳湖水一起搏动的依恋之心。

也许，寻找化石，只是他为自己留守湖边所创造的一个理由？

也许，所谓"真相"，其实就是老人替我们收藏着的一种精神？

老人和湖，共同替我们珍藏着。

现在，我循着老人慈爱的目光走向鄱阳湖，继续我绵延多年的造访。我知道，它的珍藏是极其丰富的，不仅仅是老人认定的化石，更多的珍藏，依然鲜活，在人们的记忆中穿梭往来，在方言土语的传说中蹦蹦跳跳。所以，我用心为饵，以笔垂钓。

鄱阳湖再次令我怦然心动。

因为，湖泊是大地的眼睛。眼睛与眼睛，无须三分钟的对视，就会生情。而我的凝视，仿佛一只鸟，投影在它明亮的眸子里；仿佛一尾鱼，泅游在它炽烈的目光里；或者，是一艘船吧，航行在它脉脉深情里。

其实，多少年来，整个江西就一直这么热切地凝视着鄱阳湖。从改革开放之初提出"山江湖工程"，到98抗洪之后的"移民建镇"，直至如今决定建设鄱阳湖生态经济区。因为人们共同的珍视，鄱阳湖候鸟保护区成为中国第一个越冬候鸟保护区，鄱阳湖湿地成为中国第一批列入"国际最重要湿地名录"的湿地之一。

相爱着的眼睛总是格外明亮。浩淼无边的爱意，如碧波荡漾，让飞翔的生灵横生妒意。

于是，无数的翅膀从东北、西北飞来，从西伯利亚、蒙古、日本、朝鲜飞来。从一个泽国到另一个泽国，从一个季节到另一个季节。它们的迁徙需要怎样的毅力，又是什么在诱惑着它们呢？

当大地的众多眼睛就要沉睡了，它们飞临一只醒着的清澈的眼睛。

在那儿照影梳妆，衔羽传书；在那儿踏浪旋舞，交颈欢歌……

它们年复一年践行着自己的允诺。在北方和南方之间。如今，许多的摄影家都精确地掌握着候鸟飞回鄱阳湖的日期，那个日子就像明白无误地标注在远方发来的传真上。年年都有年轻的鸟儿与鄱阳湖结缘，他们得扛着机子赶到吴城、沙湖山，或是别的什么地方。他们成了婚纱摄影师。

我愿和他们结伴同往。紧随其后，翻阅湖的履历，拾取湖的记忆，探问湖的心思……

水边的灵神

上世纪八十年代，我第一次乘船经过老爷庙水域时，曾见龙头山老爷庙前鞭炮大作、湖上也鞭炮轰鸣的情景。人们或上岸烧香许愿，或在船上对着老爷庙跪拜，一团团青烟随风随船，在湖面上奔走。听说，直到如今，过往船只依然要按照旧俗，朝向老爷庙顶礼膜拜。

因为，那个方向就是一帆风顺、鱼满船舱的吉向。

最近的一个枯水季节，宽阔的湖面萎缩成了一条蜿蜒的河道，来往的船只挤挤挨挨地缓慢通过，夕阳下，裸露出来的湖底是一片金色的沙滩，是一片开着紫色小花的草洲。我漫步在沙滩上，只见不远处有两座沙丘，沙丘之上是两堆白得耀眼的乱石，走近才恍然，那是两船将被沙子完全掩埋的水泥，水泥是用白色塑料编织袋包装的，其出厂日期为2003年。

面对两条货船的新坟，我不禁想追问：我漫步走过的草洲、沙滩之下，该有多少人的声嘶力竭的呼号，多少船的已经腐烂的骸骨？

是的，作为咽喉要道的老爷庙水域，是鄱阳湖上的"魔鬼百慕大"。喇叭口似的特殊地理环境，让肆虐的大风在一年里刮跑了一百六十三张日历，经常出现的龙卷风能把船卷起十多米高，再摔成碎片；而在水陆交界处，由于湖面与陆地的热力差异常在水域周围形成积雨云，积雨云大多沿着湖边移动，即使停泊在港内的船只也会被雷雨大风掀翻；这里的水文情况也相当复杂，吉山、松门山两岛把这片水域与南湖大湖体隔开，赣江的数支与修河、抚河等几股强大的水流在此交汇，注入长江，由于此处骤然狭窄，同样造成水流的狭管作用，水流紊乱，流速增大，在主槽带产生涡流。由此可见，吞噬了无数船只和生命的魔鬼究竟是谁了。

然而，在先民的眼里，这里的风是青面獠牙，雨是锋利魔爪，浪是血盆大口。其实，在生产力水平低下的历史远方，整个鄱阳湖，所有的江河湖泊，哪里不曾潜藏着灾祸和凶险？于是，人们只能把平安的祈愿，郑重地托付给形形色色的水神。

鄱阳湖上最威猛的水神，该是鼍将军了。传说它是鄱阳湖老龙王九个儿子中最难看的老大，大头，大眼，四只蒲扇一样的脚板，背上还有厚厚的甲壳，外形酷似甲鱼，重达千斤，力大无穷，名"大头鼍"。如此龙种，当然令龙王不悦。大头鼍挺无奈的，便去求寿星炼的仙丹，企图脱壳以讨龙王喜欢。仙丹需佐以玉柱龙的龙涎吞服，岂料，当玉柱龙吐涎时，湖上突然狂风大作，许多渔船都被掀翻了，大头鼍忙着抢救渔民，竟忘了去接龙涎，以至再也无法脱壳了，只好定居在鄱阳湖中。从此，每当风兴浪起，大头鼍都会奋不顾身去保护渔民。它成为鄱阳湖的保护神。

关于鼍将军的另一个故事是，当年朱元璋与陈友谅大战于鄱阳湖，因遇风浪，朱元璋的乘船折断了风帆，舵也因触礁毁坏。危急关头，大头鼍以身代舵，救出了朱元璋，并保佑朱元璋取得了胜利。后来，朱元璋感念大头鼍的功德，封其为"定江大王"。历尽沧桑的老爷庙，其主殿内便祀有"定江王"塑像，殿前石柱上有对联赞曰："数百年庙貌重修偏颂吾王功德，九万里威灵不显顿平蠡水风波。"

鄱阳湖渔民、船工崇拜大头鼍，恰好反映了浩瀚时空背景下，面对种种神秘无解的自然现象，面对无从把握的生命之谜、生活之惑，人们在生存苦难面前的丰富复杂的心理现实，反映了人们不肯屈服于命运，企图通过幻想来征服大自然的美好愿望；老百姓凭着自己的想象力和浪漫精神所创造的众多水神，既集中体现着人的意志，充满了人性，又代表着人所敬畏的天地，充满了神性。所以，它们是能给心灵以爱抚、给精神以支撑的可亲近的灵神。

然而，面对"百慕大"风浪之下的呼号，不知大头的鼋将军面有愧色否？

历史上的江西，造就了众多的、大大小小的水神，大的灵显天下，小的护佑一方。也许，这是江河纵横、湖泊密布的地理条件所决定的。其中，影响最为广泛的水神当属许真君无疑，它的神迹不仅遍及全省各地，在南方多省也有它的传说。还有叫萧公、晏公的两位地方水神，明初因朝廷推崇而成为具有全国性影响的水神，职司平定风浪，保障江海行船，因此各地纷纷立庙奉祀。如果说，它们是走出江西的水神的话，那么，杨泗将军则是被江西民间普遍信奉的外来水神了。

鄱阳湖沿湖地区也信奉萧公、晏公和杨泗。土生土长的水神则有大王爷、二王爷、三王爷等，以饲养渔鸟捕鱼的渔民，另有自己的专业神，他们尊薛元帅、千岁老子等为主神。过去，渔民在岁末收船靠岸时、年后第一次出船时，都要去祀奉水神的庙宇烧香朝拜。一旦新船下水，便要给新船披红挂彩，放炮点香，烧纸元宝以供诸神，求福求财求平安。每逢水神的祭日，必定要举行盛大的祭祀活动。

鄱阳湖上有座长山岛，属鄱阳县管辖，原名强山，岛上现有三千人口，以杨姓为主，兼有陈姓，杨姓于明末由都昌县迁来。沿着码头而建的渔村呈带状绕岛半圈，村中有座福主庙建在山坡上。站在门前望去，万顷碧波尽在眼底，庙内祀奉的却是包大人和三大人，庙里的老人告诉我，那位三大人是屈原的三儿子。世世代代在风浪里讨生活，如何拜个黑脸包公作福主呢？追问起来，老人也茫然。于是，我想：莫非当年杨姓是蒙冤含恨，不得不背井离乡、偏安一隅的么？

坐落在鄱阳县城里的晏公庙，应是鄱阳湖区水神崇拜的集大成者。我在几次访问鄱阳后，偶然得知此庙，便兴冲冲穿过那个叫管驿前的渔村，带着浑身鱼腥味来到庙前。

立庙六百年之久的晏公庙，除了祀晏公外，还有一时间"灵显饶城"的定江王，也就是老爷庙里的鼋将军。然而，有着前后殿的晏公庙其实是一座"信仰超市"。前殿左右的神龛中分别端坐着土地和社公，后殿上方神龛为晏公神位，左右两侧的神龛供奉杨泗将军神位和护国周王神位。列位神像的前面，还有一群群小神像。靠在墙上的一排已经陈旧的鱼形灯彩，分明在告诉人们，这里的庙会充满湖区特色，那是鲤鱼、鳜鱼、鳊鱼们的狂欢，是船工、渔民及各色人等的祈福聚会。想必，那时，鱼虾鳖蟹们一定会簇拥着龙王和各路水神巡游。

就在我认识这座晏公庙不久，巧逢此庙举行两年一度的庙会。为期一周的庙会始于农历十月初三。这已是第十七届了。我到达的那天，正赶上信众们在"度关"。鞭炮声中，守候在庙院门前的人们忽然蜂拥而入，更有青壮汉子，从人潮中跳起来，伸臂去扯头上的红灯笼。男男女女挤挤挨挨，步履匆匆，在庙门前绕行一圈。值得注意的是，人们要么牵着、抱着孩子，要么紧紧搂着襁褓似的衣物。可见，"度关"的意义在于保佑子孙平安，人丁兴旺。

至于为何叫"度关"，据说，典出老子过函谷关的故事。公元前491年的某日清晨，函谷关令尹喜忽见东方紫气腾腾、霞光万道，断定紫气东来必有异人过，立即安排人打扫街道，盛情迎接。来人却是西渡隐居的老子，后来老子在那儿写下了《道德经》。既然如此，悬挂在晏公庙院门上的红灯笼就是祥瑞的象征了。难怪，两只灯笼被撕扯得七零八落。

与平时相比，盛装的晏公庙里除了更热闹外，还显得更为森严。后殿上空架起了罗汉宝座，层层叠叠地挂满了神像，它们是二十八星宿，三十六雷神，仿佛天庭一般，故有匾额称"咫尺天颜"。有许多女人在前殿敬香叩拜，拜了众神，又拜那纸扎的太平龙船、顺利凤船。到了送神日，这龙船、凤船将随晏公等水神巡游于管驿前窄窄的街巷，领受人们虔诚的香火，然后，去参加送神仪式，在饶河河滩上被付之一炬，化作缕缕青烟随神明而去。

水边的灵神，在水一方。试问，天上地下，又有哪位尊神能满足老百姓内心中那阔大无边的祈愿，能让他们高枕无忧呢？

然而，鄱阳湖区驳杂的民间信仰，像水，融入生活，深刻影响、甚至酿成了一方土地特有的风俗习惯；像鱼，游弋在广阔而深邃的文化空间里……

湖中神话岛

鄱阳湖曾经是一位故事大王。

它的故事像湖里的鱼群，游弋在粼粼波光中，潜藏在狂风骇浪下，或者，随着暮归的渔船，拥挤在夜的码头、梦的港湾。

湖色就是它神情动人的脸色，瞬息变化间也许就是生离死别；水声就是它娓娓道来的讲述，抑扬顿挫中注定蕴涵喜怒哀愁。我相信，鄱阳湖的故事是讲给包藏祸心的风浪听的，是讲给和湖一样辽阔的夜晚听的，是讲给那些即将落网的鱼儿听的。

我想，鄱阳湖的故事应该能够感动许多鱼，因为有些故事的主人公就是鱼，鱼是渔民的前生，或者后世，是他们的亲朋好友、妻子儿女，或者他们自己。

比如，俗名叫"江猪"的江豚和非常罕见的白鳍豚。它们一个浑身黝黑，就像真正的渔夫；一个洁白俊秀，仿佛渔家的掌上明珠。是的，在传说中，它们的确是一对父女变的。

这对父女的生活悲剧发生在女儿七岁生日那天。那天，母亲朱玉给女儿戴上亲手绣的荷包，父亲江珠要去给女儿买件漂亮的新衣裳。谁料到，就在他上岸不久，一队来湖边买鱼的官兵看见朱玉母女，顿生歹念，他们上船抢走了朱玉。

江珠回来时，只见一条无助的空船，便心急火燎地操起一把鱼叉，上岸寻找妻女。找了三日三夜，喉咙叫哑了，眼泪哭干了，人也像疯子一样。从此以后，这个老实巴交的打鱼人完全变了样，他把渔船卖了，在别人的大货船上当老大，而且，吃喝嫖赌，玩世不恭，只想糊里糊涂打发一生。却不知，女儿并没有死，她被卖给了烟花院。

一晃十年过去，江珠已经四十多岁。一天，他跟船来到湖边的镇子上，在酒馆里喝得八成醉后进了当地有名的白玉楼，点了名牌上价钱最高的白琦陪夜。第二天醒来时，细看白琦，再问她的身世，又验证了绣花荷包，江珠仿佛五雷轰顶，全身发抖。白琦见江珠失魂落魄，已是心知肚明，她又羞又恨，蒙着脸冲出门，冲向湖边。

江珠追到湖边，眼看着白琦纵身一跃，跳进了湖里。他跌倒在地上，一边呼唤着女儿，一边磕头。

风浪也是有情物。这时候，湖天乌云陡暗，湖面巨浪翻腾，白琦的尸身在浪里漂来浮去。江珠万念俱灰，也跳进了湖水里。江珠一扑下湖，白琦的尸体就沉入水下，但江珠还一扑一扑地寻找着女儿。

大慈大悲的观音娘娘闻知这对父女的冤情，就让他们变成了水族。于是，后人便称之为"江猪"和"白鳍"。白鳍恼恨人间的不平，总是藏在水底，从来不肯露面；江猪只要一见天暗有风雨，就会拱出水面，还想寻找女儿。

所以，我们现在几乎看不到白鳍豚，那貌若天仙、命比纸薄的女子了；

所以，现在我们一旦看到江猪，便见它仍在水面上一拱一拱的，仍是那集深仇大恨与奇耻大辱于一身的苦命父亲的形象。

"江猪拜风"的故事曾在湖区广泛流传。那些耕作在湖面的渔民、奔走在浪尖的船工、织补在湖滩的妇女、留守在湖岛的孤寡，口授着这个凄惨的故事，忘记了自己的悲苦。他们浩瀚无垠的悲悯，弥漫在广袤的鄱阳湖上，温暖着众多飘零的孤独的心，抚慰着那些浮沉的寂寞的岛，也打湿了他们自己的眼睛。

我第一次听到这个故事，是在上世纪八十年代的客船上。那艘客船在正午的星子码头，载上我和灼烫的风，横穿满湖的桅林和帆影，驶向都昌的灯火楼台。我记得有几个女孩正好奇地摆弄着同伴胸前的十字架，那是忽然流行一时的金色饰物，而一个手指湖面惊呼"江猪"的陌生汉子，激动之余，把江猪的身世告诉我了。

那时，他的眼里有湖水溢出。一只不知名的鸟儿，避开逐浪翻飞的鸥群，竟落在他身边的栏杆上。我不知道，是如此深沉的情感滋养了那些鲜活的故事，还是那些动人的故事培育了一颗颗情感丰富的心灵？我想，以船为家的人们，就像那只在湖面上飞倦了的鸟儿，需要葱郁的山林、烂漫的花朵和坚实的峭岩，甚至，还需要可以远眺的山巅。于是，在我看来，民间故事就是撒落湖中的一座座小岛了，人们飞临其上，亲密地依偎，自由地鸣唱，或者，任意用尖利的喙，啄击世间的不平和人心的恶。幻想和语言是他们生活的另一处湖天。

难怪，湖边的山、湖中的岛，都被人们口口相传的故事传说，赋予了灵魂、性格和情感。在人们的想象中，石钟山本是为王母娘娘的蟠桃园雕制的两口玉钟，只缘挑着玉钟路经鄱阳湖上空的高力士，为鞋山上的美貌女子而意乱神迷，一个趔趄，弹起的扁担打缺了嫦娥姑娘捧着的圆月，坠落的玉钟化作了上、下石钟山。山后一座名叫嵩山的小山，则因压着遭玉帝惩罚的高力士而得名。邻近的月亮山、扁担洲都和这个传说有关。

鄱阳湖上有岛屿四十多座，多数在中低水位时表现为滩丘，可分为石岛、土岛、土石岛和沙岛。每座岛也是神话岛。它们各有来历，语言却是它们共同的故乡。传说印山是玉帝听信谗言用左手抛下的一枚玉印；鞋山是天界瑶池玉女大姑丢下的一只绣花鞋，爱恋渔夫胡青的大姑，用它压住了企图抓走胡青的渔霸；七姐妹墩是七仙女立机纺织之地，当年她们就是在这儿，一夜之间将一堆无头丝织成十匹锦绢，才使得董永三年长工改百日，"夫妻双双把家还"；帮助七仙女私自下凡的丫鬟莲花，却被王母娘娘打入了鄱阳湖水牢，因而，花山岛生得怪石嶙峋、状若莲花；棠荫岛则得名于鄱阳湖蚌神之女棠荫与打鱼郎王小庆的爱情故事……湖天茫茫，对于耕作在风浪里的胡青们，谁说那些岛不是爱情之岛、温柔之乡呢？

岛屿是真善美的纪念碑，也是假恶丑的墓志铭。比如，马鞍山下就压着贪心的乌龟婆和她那好逸恶劳的小儿子。乌龟婆有两个儿子，小儿子才是她亲生的。她对亲生子宠爱娇惯，对勤劳善良的老大却是刻薄、狠毒。大儿子得自己亲娘在天之灵的庇佑，能够呼唤白龙驹献宝，乌龟婆和她的亲生子便施计企图偷走金马鞍，结果，母子俩葬身马鞍形高山之下，永远不能复生了。

鄱阳湖上最小的岛屿罗星墩，因传说葬有金口玉牙的罗隐而得名。罗隐为唐末文学家，弃官隐居后，足迹遍及赣、浙数省。有史料称："隐才思敏捷，即事指物滑稽诙谐"，"事俗近怪者，皆隐所为"。江西各地都流传着他嘲弄权贵、惩恶扬善的轶事，在那些传说里，他是玩世不恭的，也是机智的。都昌县传说，他冒犯天神被抽去龙骨，侥幸留下一口龙牙。从天庭回来后，罗隐定居在矶山，凭着金口玉牙，他喝山山变色，喝水水改流，给浩淼的鄱阳湖增添了几分秀丽。民间对智慧人物的崇尚，由此可见一斑。

鄱阳湖区的民间故事，生动表现了老百姓对美好生活的向往，广泛反映了惩恶扬善主题和我们民族崇尚的勤劳勇敢、聪慧善良、尊老爱幼、知恩图报、爱情忠贞、嫉恶如仇等传统美德，这是无疑的。值得注意的是，当湖与岛乃至一切风物在方言俚语中获得灵性后，它们不就成了渔人的亲朋和友邻吗？更何况，还有许多传说强烈地传达出人们对生存环境的珍视之情。

比如，彭蠡开湖的传说。相传远古时的勇士彭蠡为造福于民，锲而不舍地坚持挖湖，哪怕千年成精的绿头蜈蚣不断填塞他挖出的湖。天上司晨的西星官为彭蠡的事迹而感动，遂命儿子大鸡、小鸡下凡，帮助彭蠡打垮了蜈蚣精。虽然，战败的蜈蚣精变成了僵卧在碧波之中的松门沙山，可大鸡、小鸡生怕它僵而不死，便化作大矶山、小矶山，时刻盯着它，忠诚地守护着这一湖清水。

原来，这些浪漫的神话不仅蕴有教化人心的意义，也饱含着古人对天地、自然的朴素认识和敬畏之情。它们不仅仅是坐在颠簸的夫妻船上讲给漫漫长夜听的，也是讲给子子孙孙听的。所以，后来我屡次行走在鄱阳湖上，一旦发现江猪，惊喜过后，便是无尽的感伤……

鄱阳湖上的每座湖岛依然年轻秀美，可是，它们的故事却老了。是关于湖、关于岛的神话传说养育了万顷碧波和湖里的一切吧，那些白发苍苍的故事？

天鹅之恋

我曾这样写道：许多的摄影家都精确地掌握着候鸟飞回鄱阳湖的日期，那个日子就像明白无误地标注在远方发来的传真上。

现在，我瞥见摄影家手里的传真了，无数的鸟衔着那个共同的日子，正向我们飞来。它们就在湖的翘望之中，在我们的头顶之上，它们是遮蔽天日的翻滚涌动着的云，是在高空呼啸着的风，或者，就是我们倾听到的千啼百啭。

现在，我要追着那千啼百啭，抢在众多摄影家前面去迎接白鹤、天鹅以及所有的翅膀。说起来，真是惭愧，年年都动了去鄱阳湖看鸟的念头，一耽搁，便是冬去春来。殊不知，候鸟是不等人的，片刻都不等。在一个早春，我曾领略过迟到的遗憾。那是在吴城。湖天茫茫，鸟影寥寥，只有几只白鹭踏水而行，似在收拾白鹤、天鹅们遗落的羽衣。它们张望于草洲，搜寻于苇丛，突然又飞了起来，却不知飞往谁边。几多的落寞，几多的惆怅。而圈养的一对天鹅呢，它们眼里的感伤犹在，离情依然。这一切让我相信，候鸟大约是头一天告别鄱阳湖走的。候鸟悄悄地飞走，正如它们悄悄地来。

可是，我错了。万万想不到，候鸟的到来和离去，竟是热闹非凡的，壮丽无比的，就像我们的节日，我们所经历过的最为隆重、最为难忘的典仪。凭着摄影家的介绍，我想象着那不可思议的场面。

在我的想象中，初冬的鄱阳湖是一座辽阔的广场。所有的翅膀纷至沓来，降落在碧波荡漾的水面上。确切地说，所有的候鸟不约而同，首先要齐聚在主湖区，仿佛就为了举行到达的仪式、盛大的联欢，庆贺成功的抵达，庆贺友好的重逢，庆贺亲情的团圆。白鹤的方阵来了，天鹅的方阵来了，东方白鹳的方阵来了，鸿雁的方阵来了，许多的方阵中，包括被国际鸟类保护区组织列为世界濒危鸟类的十三种鸟。它们快乐地歌唱着，激动地叙说着，或者，它们的歌唱本来就是叙事长诗，叙说着遥远的草原、沼泽和荒野，叙说着去年的离愁别绪，去年的怀想如梦，以及此刻的美梦成真。在这个共同的仪式之后，各种的鸟类，无数的翅膀，带着意犹未尽的心事和歌唱，一群群地去找它们各自的家了。它们冬天的家园，分别在各座小湖里、港汊里，却有一样清澈的水路相连，一样纯净的暖阳临窗。

我在沙湖山看到的天鹅们，也许就是刚刚离开联欢会现场吧？一个个的，好像还忘我地沉浸于那万鸟来朝、众声欢鸣的情境之中，它们仍在放声歌唱。那嘹亮的歌声、铿锵的和鸣，具有金属的质地、金属的光泽，穿透了密密的芦苇丛，飞扬在整个湖湾里。远远的，还没有见着湖，我就听到了天鹅的唳鸣。我说，这么热闹，大概是中央电视台的心连心剧组来了吧？成千上万只天鹅的唳鸣，营造出来的，正是心连心的氛围。它召唤着人心，像孩子似的，撒欢儿一般扑向天鹅的家园天鹅的湖，扑向天地之心。

芦苇在湖滩的这边，芦苇是天鹅的篱笆；水岸在芦苇滩的那边，水岸是天鹅的庭院。天鹅在自家的庭院里排练，我在天鹅的墙外、窗下窥望。芦苇丛中的我，成了踮着脚尖的一竿芦苇，或笑眯着眼的一柄花穗。芦苇似幕，芦花似帘。拉开大幕，卷起珠帘，便是精美绝伦的《天鹅湖》。成千上万只天鹅聚集在一起，却是仪态万千。一群群的，仿佛在温习昨天赶排的集体舞；成双成对的，或以喙相碰，或以头相靠，大约是忙里偷闲说几句悄悄话；三三两两游离群体的，应该是找僻静处练嗓子去了；至于那些把头钻入水中觅食的天鹅，在我看来，它们一定是正在给自己换上新的舞鞋。

天鹅们成群结队游弋于湖上的情景，不仅令我联想到那出著名的芭蕾舞，也让我恍然：为什么人们把候鸟王国鄱阳湖，称之为“中国第二长城”。所谓“第二长城”，大约是用来比喻令人叹为观止的“白鹤长城”的，其实，当成千上万只天鹅那么优雅那么自在地沿着水岸铺展开去，何尝不是一道气势磅礴、蜿蜒逶迤的天鹅长城呢？这是以有翅的船队筑起的长城。

法国科学家、作家布封在其名篇《天鹅》里对天鹅之船有生动而细腻的描写：“它的颈子高高的，胸脯挺挺的，圆圆的，仿佛是破浪前进的船头；它的宽广的腹部就像船底；它的身子为了便于疾驶，向前倾着，愈向后就愈挺起，最后翘得高高的就像船舳；尾巴是地道的舵；脚就是宽阔的桨；它的一对大翅膀在风前半张着，微微地鼓起来，这就是帆，它们推着这艘活的船舶，连船带驾驶者一起推着跑。”

何止是跑起来呀，它们连船带自己都飞起来了。不知是受到了惊扰呢，还是风怂恿的，尽管湖上是无边的宁馨，却时有一些天鹅突然在水面上向前冲跑一段距离，然后起飞，飞翔时长颈前伸，徐缓地扇动双翅。而更多的天鹅依然从容地栖息在水上，它们庄重地伸直脖子，欣赏别个兴致勃发的飞行，就像品味自己雍容高贵的仪表。所以，一次次起飞，不过是短暂的表演。

沙湖山的天鹅，有芦苇作篱笆，我可以潜入其中，小心翼翼地接近水岸，接近它们的呢喃和鼾声。而在吴城却不可以。吴城附近的湖面，也是天鹅的家园。住在观测站里的几个老外，应该知道飞临沙湖山、吴城及鄱阳湖别处越冬的天鹅分别来自哪里。

吴城的天鹅以高高的堤岸为屏障。我在高高的观鸟台上俯瞰它们，它们成了盛开的莲花，一朵朵，一簇簇，遍布在近岸的湖面上。那是会唱歌的莲花，它们把一些别的鸟都招来了。

水边，有一位摄影家正悄悄地把镜头对准了它们。它们早已是明星模特儿了，它们一定认识许多摄影家，许多年年来拍鸟的记者，那些记者已被当地百姓亲切地唤作"鸟记者"。可是，天鹅们即便在自己熟悉的鸟记者面前，仍带着几分矜持，几分腼腆，几分羞怯，就像任何一位天生丽质的少女。不过，那是欲抱琵琶半遮面的羞赧，发现镜头后，由天鹅组成的水线缓缓后退，天鹅们一个个环顾左右，犹豫徘徊，很不情愿似的，也许，它们中有谁还想抢镜头呢。

天鹅们在歌唱着鄱阳湖。其实，在天鹅的歌声中，我分明听到了鹤唳雁鸣，听到了百鸟的抒情。它们不远万里，飞临鄱阳湖的冬天，就是为了歌唱这里的水和风，云和月，花朵和人心吧？对了，还有铺满四季的绿，在芦花和荻花上开放着的暖融融的阳光和目光。

接下去，我要赶紧造访白鹤、白鹳及其他。我要把它们的歌声和恋情一并记录在我的文字里。因为，到了春天，它们就要迁徙。在它们刚刚抵达的日子里，我想象着候鸟离别鄱阳湖的情景。

告别候鸟的鄱阳湖，就像一座机场，一座车站，一个码头，就像我们为亲人送行的每一个现场。整个水乡泽国都在为它们送行。野花含着笑，青草噙着泪，万顷碧波频频挥手，大约挥了一万次吧。草洲上的牛，喃喃的，咀嚼着它所亲近的某只鸟的语言。而候鸟们不约而同地启程，正如它们不约而同地抵达。它们从各自的家园各自的湖湾起飞，却像约定了似的，都在鄱阳湖上空反复盘旋，一圈又一圈，它们盘旋在自己的歌声中，盘旋在大地的眼睛里。此刻，它们的啼鸣催人泪下，因为里面有万般缱绻。

它们把千吨依恋都播撒在烟波浩淼的鄱阳湖里了。然后，它们分道扬镳，各奔前程。

所以，鄱阳湖呵护着它们，或者思念着它们，就像对待自己的孩子。是的，通灵的鸟啊，多像人类，多像我们自己。

爱唱山歌的修水

在修水跑了两天，也没见着稍大些的平畈，前后左右的车窗尽是山景，蜿蜒曲折的道路总有河溪相伴。时值仲秋，从山下往上看，山腰上层层叠叠的梯田，长长短短的金黄色，在坡面上画下规整而富有变化的直线，像五线谱，或者简谱上的各种符号，而零零落落地散布在山坳里的村舍大约就是一个个音符了。

我不懂音乐。可是，遇见爱唱山歌的修水，再看山景，情不自禁地就得把溪涧和云岚想象为旋律，把风声和鸣泉想象为节奏，把漫山的春茶和秋菊想象为歌词，把每一面山坡和每一丘禾田想象为一册册歌本。其实，在很久很久以前，山岭和田野果真是一座座歌台。人们以山歌为锄头垦荒种植，播撒栽种下去的还是山歌。山歌是劳作时的喘息和吆喝，是身体的疲累和疼痛，是心头的牵挂和向往。所以，劳动的歌声也可以成为待客的酒和茶，甚至，成为酒后茶余让客人陶陶然入梦的眠床。

听说，在修水乡间，若是客人上门来了，夜晚无法安顿，主人会索性搬出山歌铺开来，一半作床，一半为褥，就这么彻夜唱歌，陪着客人欢乐到天明。他们的心躺在歌声里，同床共衾，相依相偎，盖的是歌声，枕的也是歌声。我把他们的歌声想象为我幼时见过的旅店里的大通铺，或者，是我中学时代下乡学农睡过的打在祠堂戏台上的地铺，垫着很厚的稻草，拥着彻夜不眠的兴奋。我想他们的歌声一定是用本地多有种植的某些植物的纤维织成的，比如棉花和桑蚕之丝，能御寒，而且温馨。

除夕守夜，更是离不开歌声了。人们在自家高大的厅堂中央点燃年柴蔸，全家人围火而坐唱夜歌。怕经不得熬，打瞌睡，唱夜歌时还有击鼓的。在那个辞旧迎新的夜晚，歌声一定会是丝丝缕缕的风，扇旺了那个燃烧的老树蔸。一个经年历久的树疙瘩,在全家老小的歌声里哔剥燃烧,用毕生的心愿照亮一个短暂的夜晚,这该是多么浪漫的守望!

我忽然热衷于寻访那些岌岌可危的民间艺术,在很大程度上,是被浸润其中的浪漫情怀感动了。感受着那些来自民间的乐声和舞步,我发现,有了它们才构成了完整的历史生活的本相。哪怕苦难的生活,也并非只有呻吟和喘息;愉悦自己,似乎原本就是一种生命本能。所以,即便是呻吟和喘息,也是可以被赋予旋律和节奏的。而且,地处幕阜山区的修水指着苍茫的历史深处告诉我,愈是在孤独的贫困的环境里,人的愉悦自己的本能表现得愈强烈。譬如,我到过的金盆村,沿着山沟里的垄田散落在两侧的山弯中,最大的自然村怕是也不过三五家,零零落落的房屋一直绵延到深山里。这种松散的居住状况大致反映出原始的生产形态。可是,恰恰在这里,我领略到一种叫"十八翻"的打击乐,它由鼓、锣、钹、镲及唢呐等乐器组成,为我们演奏时缺了唢呐,也有六位乐手。是不是孤独而浪漫的心聚集在一起,相互敲打,才有了十八种变化的锣鼓点子?

想来,当先民们举家迁至地广人稀的幕阜山区,垦荒造田,休养生息,他们的生命就和山里的一切息息相通了。唱不尽的山歌,大概就是唱给重峦叠嶂听的,唱给林子里的警觉的生灵听的,唱给自己的屋舍田园听的,而他们自己则陶醉在大山的回声里。

"十八翻"的鼓手,正是山野里的歌手。几番鼓动后,他高兴起来了,眉飞色舞的。可惜我听不懂当地方言,经人们七嘴八舌转译,好不容易记下了其中的《击板歌》——

> 新打禾镰丁冬滴答,总磨总白总放亮,这么大的姑娘怎么这么不联郎。联郎莫联奉新担脚贩,联郎要联宁州老表会写会算会讲会哇榜眼探花状元郎,一夜风流到天光。

虽然,歌手长得瘦瘦小小,其貌不扬,但是,他自豪的歌声,得意的表情,一定和历史上宁州老表的儒雅风流有着血脉渊源。也许,相传至今，仅存那股气韵了，然而，它却依然生动着。

修水的朋友给我介绍当地的民俗，说到"怀远人"，说到"锄山鼓"，那些民俗忽然就有了距离感。我不知道修水管客家人叫"怀远人"，是对当年打闽粤赣三角地区迁来垦荒的客家人"慎终追远"心态的提挈式描摹，并以此指代他们呢，还是缘于他们为落籍而勤奋劳作，曾争得了"怀远都"之名的历史。这声称谓本身就充满了沧桑感。至于在修水武宁一带流传的山歌形式"锄山鼓"，它的起源更是久远了，有人说这是奴隶主的勾当，也有人说是秦始皇筑长城时想出来的招。琢磨起来，都有道理。它紧密配合劳作的节奏，由鼓匠击鼓领唱，以此为集体劳动助兴、鼓劲的独特形式，令我的思想禁不住像一只鸟，往山的深处飞去，往岁月的深处飞去。

听着民俗介绍，我有时觉得很遥远，有时又觉得很贴近，仅仅咫尺之遥，就在他们的唇齿之间。这是因为，一位朋友情不自禁地唱起来了——

> 日出东方一点黄，娇莲出门洗衣裳；手拿年棰轻轻打，下下打在麻石上，一心想着我的郎。

好不动人的"一点黄"！没有矫饰，更没有造假，它确实是早晨的嫩嫩的太阳，和娇莲一样质朴清纯的太阳。由此，我怀疑在一些影像里，会不会有人拿着落日冒充朝阳。他们的太阳怎么会那么红呢？红得好像抹了唇膏。

洗衣裳的娇莲令爱唱山歌的修水歌兴勃发。又有朋友忍不住了。他歌唱的时候肯定把我们当作一架架山峰了，唱得那么投入，那么动情——

> 打个哈欠泪汪汪，今日么事咯想郎；昨天想郎挨了打，今天想郎受了伤，眼泪未干又想郎。

有首《骂媒歌》最是有趣，看似一把鼻涕一把泪地骂媒，言辞之间却是索要嫁妆——

> 爹呀娘呀，嫁女嫁到朱溪场，一床被子一只箱，箱子里头空光光。怪不得爹也怪不得娘，就怪那媒人烂肚肠……

这位娇莲还没出门就胳臂肘往外拐了，她令在座两位小青年，兴奋不已，他们不断插话介绍本地风情。当时忙着记录歌词，我竟忘了该请他们唱一段的。我相信，他们也能唱。我想起六年前第一次来修水，和一群诗人泛舟湖上，有几位当地的青年诗人你一句我一句唱起修水山歌，不料想，岸上竟有山民和船上的陌生人对起歌来。后来登岸上山，见一中年男子赶着牛迎面而来，已擦身走过了，大家才恍然，想必那山歌手就是他了，赶紧喊住他，要他单独唱一支听听。我记得当时他侧脸望了我们一眼，没有停下脚步，也没有答应，牛依然顾自前行，他仍是悠悠然紧随其后，这时，他仿佛是牛的仆人。但是，他还是唱了，不为邀请，不为听众，只为他的牛和他的山。所以，他唱了些什么我一句也没听懂。

那粗犷而真挚的歌声忽然打破了深山里的寂静，当远处依稀有三两声鸟的回应时，歌词对于山歌就显得不重要了。我想，他的歌声里大约也会有一位娇莲吧?

凭着对那位放牛汉子的记忆，和生活在县城里的修水朋友对山歌的记忆，我敢说，尽管时过境迁，在爱唱山歌的修水，山歌仍健康地活着，也许它只是偶尔飘出口中，却久久地回荡在许多人的心头。在民间艺术芳菲已尽的今天，修水山歌真如躲藏在林中、俏立于崖畔的一树树桃花，分外惹眼。

既然如此，那么，在这块适宜山歌生长的土地，出现一二歌星也就是理所当然的了。我拜访的乡村歌星名叫黄群林。修水作家叶绍荣早几年出版的笔记体小说集《苍生野史》，非常生动地刻画了修水地方的各色人等，黄群林就是其中颇具传奇色彩的乡间名角。我从叶绍荣的小说里径直跨进了黄家，而黄群林二话没说，马上就把我带进了他的歌声里。

他的家极为简陋，偌大的厅堂里只有一张方桌和几把小竹椅，我悄悄探头看了两侧的厢房，不免寒酸的景象让我相信他一定居住在别处。居住在他自己的心房里。那里一定布置、摆设得富丽堂皇，挂的是歌，吊的是歌，铺的是歌，藏在橱柜箱子里的都是歌。他告诉我，假如每夜让他唱三小时，他能连唱十个夜晚，内容不重复。大约惟有在山歌里生活起居的人才能如此吧？

黄群林天生一副好嗓子，幼时便跟着老奶奶学会了好些儿歌、山歌，在十二岁时学打锄山鼓。当时村里请来鼓师，为集体劳动的队伍擂鼓助阵，他听了三天就敢上阵当鼓师了。如今，他虽年近花甲，仍然中气十足。他话不多，问一句，答一句，慢条斯理的，显得很憨厚。他大概已经习惯于用歌声发言。村里有赌博的，他唱着山歌去劝赌；有夫妻不和的，他用歌声去劝和。修水民间把利用现有的山歌曲调即兴填入歌词的形式，叫做"见子江"。黄群林就是运用见子江现编现唱的高手，他的歌词来自在乡间影响深厚的古书《增广贤文》和《劝世文》，来自他自己的人生经验和生活态度，而唱腔则采用百姓喜闻乐见的采茶调和赣北民歌过山调。

他的歌词真诚、直率，且有一种剜肉割疮般的狠劲，叫人惊警惶悚，不信请看——

他劝"子要把母来看重"：娘奶不是长江水，不是山林树木浆，口口吃娘身上血，娘到老来脸皮黄；

他劝"婆要把媳来看重"：自己女儿别人媳，死后还要媳扶灵，装香插烛都是媳，女儿不能转娘门。

歌声里寒锋逼人，却也是声声泣血。

黄群林手握烟筒坐在自家厅堂里，为我们唱了一首又一首，中间停歇时还忘不了抽袋黄烟。我喜欢听他唱锄山鼓，他击鼓而歌时，脖子上青筋鼓暴，脸涨得通红。

吔嗨嗬，嗨吔嗬吔嗨嗬……

品味着他的歌声，我得知，修水县有个"双井之春"音乐会，如今已经是第二十届了。而我在修水的这两天里，省电视台的业余歌手大奖赛已进入争夺冠军的对决，好像整个修水都在忙着给一个叫朱洁的中学生拉票，好些话题不知不觉间就转到朱洁那儿去了。好吧，我也给修水投上一票。

附记：

　　2007年的什么时候，我听说黄群林已经去世。一直想找个机会去修水，问问他的具体情况，不觉间拖到了此书即将付梓也未能成行，只好通过电话询问了。

　　黄群林因患气管炎逝于2005年的农历六月初六。也就是说，在我登门造访的半年之后，他和他充满黄烟味的歌声一道逝去了。我极可能是他最后的听众。听说，在病重期间，为家乡建桥，他竟捐了七百元钱，而自己却无钱治病。关于他的家境，由上文中的简单描述，读者也是不难想像的。他最值钱的家当惟有歌声。难怪，区区气管炎也足以夺命！

　　农历六月初六，是江西乡间的婆观日，或称鄱官节。婆观是民间信奉的虫神，传说每年的这一天，虫神婆观会借助太阳神的威力出来除邪杀虫，因此，百姓们都要把家里的东西搬出来晒，包括宗谱、书籍、字画等等，当然，对于黄群林来说，该晒的还有那些古书和歌本。然而，他的家人把一些歌本放在他身边，让他带走了……

　　埋下了歌声的土地，会长出怎样的植物？

擂山为鼓，击鼓而歌

去上汤乡的九宫村要经过船滩乡。船滩乡文化站的所在地是一座老电影院，拾级而上，进得大门，但见一幅巨大的喷绘宣传画，衬托红字标语的背景，正是武宁锄山鼓表演的宏大场面。朦朦胧胧的山势，影影幢幢的人群，唯有一位肩挎锄山鼓的汉子，跳出画面，挥臂舞槌，那气势把我对锄山鼓的全部想象都激活了。

我想象那鼓声来自冥冥缈缈的遥远，来自混沌初开的蛮荒时代。它小心翼翼穿行在峡谷中、悬崖边、密林里的一条条山路，或者一行足迹。蜿蜒。崎岖。荆棘遍布。林瘴升腾。它把拓荒者的决心演绎成阳刚的声音，可能和深山里的寂静有关，也可能恰恰相反，和深山里的喧闹有关。鼓声，该是人与大自然交往的一种礼节吧？

我想象那鼓声来自身上绷紧的肌肉，来自全身的每一个部分。我想，它也可能是征服险恶、驱赶邪祟的一种方式，是护卫自己身体的一种方式。这是一种浪漫的方式。它用内心的丰富情感来抚慰疲累的身体，使艰辛的身体在劳作中获得了激情，获得了想象，使身体的累和痛有了欢快的节奏和旋律。

关于武宁锄山鼓，当地朋友介绍称：锄山鼓又名催工鼓，是武宁、修水以及湘、鄂、赣边区一带民间盛为流传的一种独具风格和浓厚民间特色演唱的山歌。传说起源于秦始皇修筑长城，见民工们因愁苦、劳累而窝工，秦始皇便命翰林编歌为民工击鼓演唱，以助兴催工，加快工程进度。至于这种形式何时被民间效仿，用于集体劳动的场合，就无从追究了。但是，它既然依存于集体劳动的氛围，那么，在追溯它的源头时即便联想到原始公社也不过分。

　　这是日常劳动中的鼓声和歌声。所以，它是野性的，不为宗族观念所濡染，不受祭祀仪式的束缚，它配合劳动节奏的鼓点，激起的是个体的自由的歌唱，营造出来的正是欢乐活泼的氛围。如果说，乡村的民间艺术往往依存于维系宗族关系的需要的话，山野上的谣曲却是例外，而锄山鼓更是让音乐渗透在劳动之中，让劳动着的身体陶醉于音乐之声。

　　我从锄山鼓山歌中体悟到人对身体的重视。最初的印象是从武宁作家柯小玲及跟着她学山歌的青年女歌手熊金莲的歌唱中得到的。因为如今的农民很不好组织，我们须赶到九宫山下的九宫村才能听到原汁原味的锄山鼓，大概那里的鼓师、歌手在家吧。半路上，她俩在上汤乡的会议室里为我们唱了起来——

　　　　我们山歌牛毛多，黄牛身上摸一摸，吓走一个两个三个四个五个六个七个八个九个十个老歌手，填满十个九个八个七个六个五个四个三个两个一个山窝窝……

　　酣畅淋漓的歌唱，仿佛把全身心都调度起来了，气在运行，血在奔涌，心在跳跃。方言因为被赋予旋律而变得粗犷优美，衬词因为得到了气韵而变得耐人寻味。那歌声如一阵清新的山风，令困乏的身体顿时清爽振作；那歌声如一碗甘醇的谷酒，令平静的内心陡然亢奋起来。任何一个听众，稍稍熟悉了山歌的曲调之后，大概都会忍不住投入歌声，用他的心情，用他的声音，或者，用他怯怯的、躲闪在嗓子里的哼唱尾随其后。

　　我就是那个尾随者。我喜欢《到山来》中那句灌注了生命激情的"嗨他嗬他嗨嗬"的咏叹。车盘旋在曲折狭窄的山路上，我盘旋在荡气回肠的歌声里。

　　九宫山坐落在赣鄂两省的交界处。传说当年的李闯王李自成战死在山那边，当地朴实的湖北佬一心为着自己的清白名声，可能怕日后有口难辩招惹是非吧，也不怕累，竟悄悄扛着他的尸首翻山越岭，把个曾经叱咤风云的英雄扔到了江西境内。山这边的武宁老表当然也不肯平白无辜地驮此冤枉，又把人给湖北送了回去。也不知闯王最后是怎样入土为安的，总不至于成为孤魂野鬼吧？

当年打发过闯王冤魂的武宁老表，大概就是九宫村的先人。现在村民提及此事，只是为了证明本村与湖北比邻的地理位置。如今九宫山的山顶，却被湖北人捷足先登，开发为旅游景区。看来，山那边的林子里果然住着九头鸟。

山这边，林木稀疏而低矮。一条条梯田，从山脚爬到山腰间，正是禾黄时节，绵延的群山间密布着金黄色的层层叠叠的曲线，景色自是动人。不过，想来在深山里靠着如此的山林如此的田园，要维持生计怕不很容易。可是，让我多少有些意外的是，山民的房子却不逊色于县城的近郊农村。

一幢幢新楼得益于外出务工。而锄山鼓的鼓声、歌声，肯定也将随着山民们越走越远的脚步声，越来越遥远，越来越微弱。那些梯田也许就是从前留下的一盘盘录音磁带，那些胶着于记忆中的磁带还能走动、还能发声吗？

接下去的情节却令人兴奋。山上山下的歌手一起集中到村长家来了。起初，他们只是围着大门看热闹，当鼓师为我们唱了几段山歌后，一个个便按捺不住了。他们的表现欲一般有个渐进的过程，先是在门外人群中挤占一个比较显眼的位置，同时，辅以开怀大笑或激动的告诉，吸引屋里的眼球；然后，借机哼上一二句显露才华，人也乘机进了屋。一旦我们眼前一亮，邀请他们唱歌，他们反而倒要扭怩一会儿，让人费尽口舌干着急。真正能够说服他们的，还是歌声。他们拗不过自己的歌兴。

两位鼓师，高的姓阮，矮的姓王，他们坐在厅堂里边击鼓边唱。被他们抱在怀里的鼓，像我们常见的腰鼓，鼓槌却简单，就是一截竹篾带着指头大的竹节。高个鼓师年纪较大，声音既轻又含混，矮的倒是能唱，却老是忘词。这时便群情激昂了，你一句我一句，大家七嘴八舌帮他凑。也难怪，上次大家在一起唱山歌，恐怕还是当公社社员的时候。

兴头上，有人挺身而出了，先是一个壮实的后生，接着是一位年轻妇女。那女子一直毫无顾忌地咯咯笑，她的歌声也老是被自己响亮的笑声打断。最后，她的歌声甚至她红彤彤的圆脸紧绷绷的身体，都被自己

的笑声淹没了。因为她唱的是，女子逮住"丈夫不在家"的机会顾盼相
好时的复杂心情。她难为情了。凭着她的性格，我仿佛听见她唱在少女
时代的情歌了，好不叫人疼惜的歌声——

　　　　我跟情哥隔道墙，餐餐吃饭想着郎，我吃只麻雀留条腿，吃个
鸡蛋留个黄，情哥喂人家疼姐我疼郎。

　　锄山鼓山歌除了在劳作时可即兴放歌的内容丰富的各种山歌小调
外，还有一整套根据作息时间编的歌谣，分别唱于早晨、半上午、午饭
前后、傍晚等各个时段，其内容描述的也是一天里的活动和情绪。歌声
里，日出日落，人去人归，山乡日常的劳动、生活场景历历在目，有许
多的艰辛，更有许多的温馨。那温情脉脉的回味和想象，就是对身心的
抚摸和慰问。
　　比如，山歌中的早晨就缠绵于温存之中——

　　　　鸡正啼，高挂明灯郎穿衣，十指尖尖扶郎起，桃红脸，笑嘻嘻，
嘻嘻笑，笑嘻嘻，白肉相依难舍离。

　　真是春宵一刻值千金。而到了半上午，水一般的女子则滋润了干渴
的目光——

　　　　送茶娘，送茶娘子走茫茫，送茶娘子茫茫走，送了香茶早还乡。

　　午饭前后最是情绪跌宕——

　　　　象牙筷，两边摆，什么好菜都出来，两边排出相思椅，中间搭
起八仙台。
　　　　饭后黄，饭后日头火难当，饭后日头当不起，晒死愁眉在路旁。

到了傍晚，那些劳累了一天的汉子，则把他们的歌全唱给自己的娇莲了。我注意到，他们特别在乎娇莲的眼睛，好像那里才是家才是夜晚和眠床。不妨再录两段——

　　犀牛郎，犀牛望月姐望郎，犀牛望月朝北斗，娇姐望郎早还乡。
　　日斜西，娇莲斜眼又斜眉，打把斜刀挖墙眼，打把斜剪剪亵衣。

这"亵衣"只是我的判断。歌声里是听不准的，当地方言读"xie"为"qia"，至于何谓"qia衣"，歌手们也说不清楚。那么，它有可能就是"斜衣"了，喻娇莲的心不在焉状。不过，联想到早晨那不免让人觉得扎眼的依依难舍的"白肉"，我还是很主观地把它记作"亵衣"。另一个理由是，以"愁眉"指代劳作者的修辞手法，证明山歌是雅俗并存的。锄山鼓山歌中，这类有关身体的形象俯拾皆是，而且，往往凸现身体细部，以实现生动传神或惊世骇俗的效果。可见，锄山鼓的内容上也表达出了对生命、身体的关切。

既然如此，大量的爱情之作中，出现一些率真地袒露生命欲望、追求身体快乐的歌谣，也就不奇怪了。比如："郎是珍珠姐是宝，珍珠换宝两不亏，如何贪得姐便宜。"又如："别人说我单身好，日里容易夜里难。"真实的心理一旦化作山歌，回荡在千山万壑之间，那就该叫作坦荡了。

在这个访问民歌、山歌的秋天，我到过不少地方，每每要求歌手唱几首听听，他们开始都会以"黄"为由不肯启齿。经再三要求，瞻前顾后唱了，唱得小心翼翼，听来却是干净得很。比如，我在赣南听到的最"黄"的民歌，不过是"妹子想我立瓜（黄瓜）食，我想妹子坐底下"，它却叫歌手为难了好一阵子。看来，民间把爱情视为洪水猛兽的时代烙痕还是很深的。九宫村则不以为然，九宫村虽有几分含羞，一旦开怀却是阳刚气十足。

九宫村索性扛起锄头，在村边的禾田里摆开了阵势，为我们展示劳动的艺术。开场之前，村长笑嘻嘻地给每个参与者发了一包香烟，这可能是如今当村长的领导艺术，所以他发烟的动作很有性格，盯住人家的衣袋一塞就是，自然而且麻利。那个壮实的后生告诉我，他住在山脚下，其实山下的人家也能拉出表演锄山鼓的队伍，有点不甘示弱的意思。

在刚刚收割完的禾田里，劳动不过是装模作样，慵懒的锄头也就对鼓点漫不经心了。两位鼓师在排开的队伍前面不断走动，击鼓而歌，一唱众和。要是回到从前，谁若偷懒，鼓师就会贴近他，用鼓声给予鞭策。所以，锄山鼓又称催工鼓。它是山野里的督战队，田园中的司号兵。可是，它是人性化的，是温情体贴的，它用热烈的节奏激动着那些经过煅打、淬火的锄头，它用飞扬的歌声感召着那些负重劳作的人。当情绪被充分调度，队伍里的那位后生与鼓师对唱起来，中间夹着多人诙谐风趣的串唱，而在场的人全都投入了伴唱，有时则变化为集体的领唱。伴着鼓点的歌声此起彼伏，参差错落，造成一种忽远忽近的声音效果。活跃的气氛撩逗得人人想开怀放歌，活跃的形式鼓舞着歌手的自信心，哪怕嘶声吭喝。

尽管只是随意的演示，我也感受到了锄山鼓独有的艺术魅力。它把平凡的劳动艺术化了，或者说，这种艺术植根的土壤是劳动者的身体，是劳作中的身体感受，譬如疲累和饥渴，譬如时时似浮云掠过的心思。这还不浪漫吗，连脉搏、呼吸和喘息都变成了山野上的歌声？而劳动因为这尽情尽兴的歌声，成为生命的舞蹈，成为身体的狂欢。多么盛大的狂欢！

难怪有山歌如此自豪地描述它对女性的颠覆性的杀伤力——

郎在高山唱山歌哟，姐在房中哇织绫罗，咯个山歌唱的是咯样个好，唱得阿姐是手软脚软脚软手软织不得绫罗是射不得梭，我绫罗不织听山歌……

百花帐中的剪纸女神

    剪纸妇女也有属于她们的神邸。赣北长江边的瑞昌县是江西有名的剪纸之乡，在漫长的岁月中，南北文化的相互浸润与渗透，使得瑞昌剪纸融进了南方的花巧和北方的粗犷，渐渐形成一种粗细有致、刚柔并济的独特艺术风格。瑞昌剪纸的历史至少可追溯到千年以前。据说，上世纪七十年代初，在瑞昌发掘了西晋古墓，其墓砖纹饰及陪葬陶器上的许多饰纹图案，与今天民间剪纸的常用花纹十分相似，其手法和风格也如出一辙。人们视之为瑞昌剪纸的历史雏形，并由此推测，瑞昌剪纸至少起源于汉、晋之间。

    瑞昌峨嵋一带有民谣唱道："好曲烧好酒，好米锻好粑；讨亲要巧姐，玲珑会剪花。"南阳一带则和道："走路要望水竹枪，敬神就要烧好香；求人只求英雄汉，讨亲要能剪鸳鸯。"此起彼伏的民谣生动地反映了瑞昌民间普遍重视剪纸的传统，而剪纸正是衡量妇女是否手巧、能否持家的重要标准。所以，"男人学犁耙，女人学剪花"，成为瑞昌农村根深蒂固的传统观念。剪纸来源于帽花、枕头花、鞋花、围兜花、背褡花、儿童涎兜花、被面花、帐帘花等女红。那些剪花是刺绣必备的纸样，后来，逐渐发展为脱离刺绣而能够独立欣赏的剪纸艺术品。它不仅成了人们迎年庆节、贺喜拜寿的礼物，交朋结友、谈婚论嫁的信物、丧葬与祭祀活动中的用品，并且，每逢过年过节、喜庆之日，心灵手巧的艺人们喜用精巧的剪纸装点现场、营造氛围，以此表达自己祈福避祸、追求平安祥和的美好心理和愿望。可以说，剪纸是老百姓的生活艺术。

    在瑞昌，小姑娘三四岁时，便要学唱一些古老的童谣——

张打铁、李打铁，

打把剪刀送姐姐；

姐儿乖、姐儿能，

剪个刘海戏金蟾；

蜂采菊，人采花，

剪个蝴蝶戏金瓜……

蛤蟆跳缺，剪个蝴蝶；

蝴蝶飞飞，剪个乌龟；

乌龟脱壳，剪个麻雀……

童谣中的这些祥瑞形象，常见于瑞昌剪纸的图案中。此外，还有龙、凤、麒麟等传统图腾，狮、虎、猴、兔等吉祥动物，以及花鸟虫鱼和神话、戏剧人物等，而且都有美好的寓意。瑞昌剪纸常见的品种则有窗花、团花、喜字花饰、灯彩花饰、花边、戏剧道具、灵屋花圈等等。瑞昌的剪纸能手绝大部分是女性，其中的高手往往可以闻名几十里甚至几百里，受到四乡八邻的赞誉。

在这样的生活氛围中，剪纸之神应运而生也就不奇怪了。瑞昌剪纸发展到宋代，产生了一个美丽的神话。传说，南阳乡有一位剪纸、刺绣技艺高超、聪明美丽的邹姓姑娘。一天，她正在窗下剪花，忽闻村中锣鼓喧天，便探头张望，原来是乡人抬着俗神元福主游春。岂料，那菩萨也是多情种，就在她探看的那一瞬间，元福主竟然对她一见钟情，当即变化成一只蜜蜂飞到姑娘身旁，向她求婚。姑娘又惊又喜，把此事告诉了母亲。女儿能被元福主看中，就是仙缘，母亲自是欣然。次日，蜜蜂再来，得到姑娘的应允，便蜇其一下，那是叫人灵魂出窍的深情一吻。姑娘当即仙逝，随元福主升天而去。乡人十分怀念邹姑娘，就为这位女菩萨塑了金身，与元福主菩萨供在一起。邹姑娘成了人们心目中的剪纸女神。这大概是世上唯一的剪纸女神了。

据说，南阳乡曾有供奉剪纸之神"邹氏太婆"的千年古寺，寺中有僧人主持，常年香烟缭绕。排砂村"元公祠"，其实也是人们祀奉元福主及邹氏太婆的所在。元公祠分为前后两部分，前栋是佛寺，供奉佛教列位菩萨；后栋则是福主殿，神龛镶有玻璃而玻璃积尘太厚，看不清内中的神像。听说里面有两组元福主和邹氏太婆神像，一组常驻殿内，一组专供游神。殿中一角，存有看上去挺古朴的神轿，可村人摇头说：它还年轻。进村时见一位婆婆正在绣花，有朋友问她"你有八十岁吗"，她的回答是："还增一点。"在这里，"增"是还差一点的意思。可见，方言里也蕴藏着耐人寻味的民俗精神。

因为邹氏喜爱剪纸和刺绣，当地百姓就用"百花帐"做神龛前的帐帘。所谓百花帐，是由许多许愿求神者先剪一百张菱形纸样（又称方胜），再挑选一百名能剪会绣的未婚姑娘，由她们按纸样贴料，各自剪出自己最拿手的花样而后进行刺绣，再把每块刺绣连缀起来，便成了献给元福主和邹氏太婆的百花帐。每块刺绣上都留有绣者的名字。想来，那些名字不仅仅是为了告知神明，也是为了在百花丛中竞芳斗艳吧？所以，参与者皆为高手，用料也颇为讲究，刺绣色彩鲜艳，花样题材尽取寓意吉祥的花卉、动物纹样和神话故事图案。

每隔几年，南阳乡一带都会举行盛大的祭祀活动。届时，要把众手制作的百花帐，隆重地挂在元福主和邹氏太婆的塑像面前。这样，两位神主面前的帐帘常挂常新。当地百姓认为，有姑娘被挑选出来参与这项活动，便是家庭的荣耀。听说，做百花帐的习俗已延续了近千年，至今仍在继续。这一独特的传统民俗活动，实际上也成了当地剪纸、刺绣技艺交流和传承的重要载体。在瑞昌，诸路神灵仿佛都艳羡元福主，什么灶神、门神、天花姑娘、令公娘娘、土地公、土地婆，它们一个个也都成了剪纸、刺绣的爱好者，各种祭祀活动无不荟萃了精美的女红作品，从活动场地的布置，到祭祀用具的制作和美化，从主持人的道具，到男女老幼的穿戴。

而那位能让邹姑娘得道成仙的元福主又是何方神圣呢？元公祠其实为我们提供了明确的答案。原来，安史之乱时，唐代诗人、散文家元结举族南奔，先后避居于湖北大冶与江西瑞昌，以耕钓自全。在瑞昌隐居期间，他因兴办学堂、免费行医，深受村人敬仰。那座祠堂始建于公元760年，原为"次山书院"，是元结教书之所。元结死后，当地百姓感念他的恩德，遂将书院立为元公祠，并尊元结为福主。历史上，该祠香火旺盛，当地百姓每逢初一、十五都会前去敬香。村外的小树林里，还有"元福主"衣冠墓，墓旁也设有小祠堂。现在的元公祠，系"文革"中被毁后于1987年重建的。

诗人竟成了老百姓世代膜拜的神明，这真是一个意外。元结继承《诗经》、乐府传统，主张诗歌为政治教化服务，要"极帝王理乱之道，系古人规讽之流"，认为文学应当"道达情性"，起"救时劝俗"的作用。他以诗歌内容富有现实性，风格质朴淳厚，成为新乐府运动的先行者。他的散文，刻意求古，意气超拔，故后人又把他看作是古文运动的先驱。不过，元结的文学成就是绝不可能转化为能让老百姓虔诚信奉的神能的。造访古村落的经历，让我看到了这样的事实：一个文豪如果没有成为金戈铁马的英雄，或叱咤风云的名宦重臣，也就没有可能成为民间的神明，充其量也只是个文人而已，哪怕他的功名才学为族人、为后代所尊崇。这就是说，瑞昌民间之所以把元结奉为自己的福主，根本的理由在于，他是一位富于正义感、关心国家安危与人民疾苦的政治家。比如，元结在道州刺史任上，实行惠及百姓的救困苏民之政，甚至甘冒抗命之罪，蠲免百姓的赋税，因此赢得民心，为百姓所爱戴，道州人就曾为其立石颂德；而在瑞昌南阳乡一带，他的事迹通过民谣世代相传，直至如今。人们这样唱道："元结夫子，治病神仙，济世救贫，誓志终生，任何难症，药到除根，华佗扁鹊，难及先生。劳苦百姓，其视苍天，佑我夫子，福寿万年。"

因为是个好官，这位杰出的诗人得以与美丽的剪纸姑娘一道，在五彩缤纷、常常更新的百花帐中居住了千百年。千百年来，多少批妙龄女子纷纷变成了太婆，而她们的蜜月仍未有尽期……

桃花源里可耕田

在德安县连绵起伏的丘陵中，曾经存在着一个桃花源式的社会。现在，它的遗迹尚在许多史籍里、谱牒里，在许多学者的论著里，在天下陈姓的记忆或传说里，而在车桥镇义门村能够看到的，不过一堵残墙，几座古墓，若干遗迹。凭着造访义门村的印象，我几乎不能想象在这里曾经发生的一切。

由于儒家伦理的影响，在中国历史上，累世同居的大家族屡见不鲜，统治阶级为维护自己的统治，用旌表"义门"的方式加以褒奖，把它们树为社会的样板。江州义门陈，就以累世义聚不分家、"萃居三千口人间第一，合爨四百年天下无双"的奇迹，创造了聚族而居最极端的例子。

这里究竟发生了什么呢？其新修的宗祠内陈列着义门陈的历史，且听我从中搜罗来的几个小故事。

——击鼓传餐。江州义门陈的始祖为陈旺，系南北朝时南朝皇帝陈霸先的后人。公元832年，陈旺因官置产定居义门后，以儒家的忠孝节义为本，勤俭耕读传家，整个家族一同劳作，财产共有，过着"室无私财，厨无别馔"的氏族公社生活。击鼓传餐就是其实行聚族合炊的需要，每到开饭的钟点，便有人在打鼓山上击鼓传令，发出用膳的信号，全族在各处劳作的三千多人就从四面八方赶到村中的馈食堂用餐。至于用餐时的场景，《宋史》记载：每席必群坐广堂，不能"随其所有"，而要"布置周全"，启蒙儿童坐一席，女童七岁以上和七岁以下分坐一席，婆母新媳坐一席，六十岁以上老人同席，青壮男子同席，"以序而自行"，"数代而行之"；并区分不同对象，"因人而佐食"，病人、老人、孕妇和乳娘可享用不同的伙食。餐桌上的繁文缛节，分明体现了义门陈力求"合德同风"的良苦用心。

——百犬同牢。不知是重义尚德的环境氛围教化影响了牲畜，还是馈食堂中那长幼有序的广席为牲畜所效仿，村中畜犬百余，同饭一牢。喂狗用的石槽长二丈余，宽二尺多，直留存到解放初期，后因修水库，人们将石槽砸断扔到水库坝底下奠基。而现义门小学对面小山坡的竹林里，便是"百犬同牢"的遗址。牢门曾有联称："一犬不至百犬不食牢内异物皆效义，一吠突起百吠齐怒寨中同声共护门。"据称，这个"一犬不至，百犬不食"的传说，还载入了世界吉尼斯记录。故事首先发生在宋昭宗庆历年间，说，有条脚拐、眼瞎的老母犬，每晚守在门楼之上，伴长夜，防匪人，尽其义也，可能因疲累、伤痛吧，到了进食的时候，它仍卧在柴扉旁。老犬不至，百犬也就不食了。后来，宋朝皇帝昭宗听说后，十分惊奇，派人做了一百个米粑送往义门试验。来人将米粑放进食槽后，群犬相邀而至，却嗅着粑香而不急于开吃。但见其中一条白犬叼起两个米粑顾自走了，来人疑窦顿生，便尾随而去。原来在一间柴房旁，躺着一条拐腿的黄犬，白犬是给黄犬送饭去了。直到那黄犬也得到了食物，众犬才心安理得地共进美餐。皇上闻知，圣心大悦，那是自然。

——三岁孩儿不识母。义门陈的家法规定，凡四十五岁以下的妇女皆称为"蚕妇"，必须到都蚕院劳动，都蚕院其实是专门养蚕织布的家庭纺织厂。在都蚕院附近，建有秋千院，是蚕妇们健身休闲的场所；同时，为方便哺乳，还建了育婴堂。令人惊奇的是，在这里，不论是否亲生，只要婴孩饥饿啼哭，蚕妇们都会解怀捧乳，主动喂养，晚上也是轮流看管。因此，有诗赞道："堂前架上衣无主，三岁孩儿不识母，丈夫不听妻偏言，耕男不道田中苦。"

从这些故事中，我们大致也可以窥见义门陈十分独特的生活形态。在这里，全族为一家，财产共有，聚族合炊，其乐融融，乌托邦的社会理想竟成了发生在封建社会的神奇现实。义门陈的最高统治者是家长，在其领导下，家族内部奉行礼义为先，孝道治家，人们根据明确的分工，各司其事，如北宋兵部尚书胡旦的《义门记》所述那样，"立主事以专家政，置库司以掌家财，立庄首以督赋租，勘司以序男女，书屋以教童蒙，书院以待学者，道院以业焚修，巫室以备祈祷，医士以供药石，德安廨宇以奉公门"，管理井然有序，各种公益设施也是一应俱全。

江州义门合家与国一体，几乎就是一个缩小的国家。这里具有同国家机制相对应的各种功能，不仅有基本大法《义门家法三十三条》，还有保障家法得以实施的族规、家训、各项管理制度等，那些神情庄严的文字，字里行间处处体现着忠恕孝悌的思想。不妨看看它的家训十六条：敦孝悌以重人伦；笃宗族以昭雍穆；和乡党以息争讼；重农桑以足衣食；尚节俭以惜财用；隆学校以端士气；黜异端以崇正学；讲法律以儆愚顽；务本业以定民志；训子弟以禁非为；息诬告以全善良；诫匿逃以免株连；完钱粮以免催科；联地方以弥贼盗；解仇忿以重身命；明礼让以厚风俗。

族人若有违家法，对不起，那就只好在刑杖厅里见了。刑杖厅，正是义门陈氏的执法场所。此处曾有楹联称："家严三尺法，官省五条刑。"铁面无情的，十分了得。

因为财产的家族所有制，为避免私房膨胀导致家族矛盾，从而危及聚族合炊的生活理想，义门陈实行严格的一夫一妻制，男丁纳妾的现象在这里被严禁。家法规定，义门陈男子"皆只一室，不得置畜仆隶及娶妾养婢"，一旦娶妾养婢将视为义门陈家族不肖子孙。但是，义门陈所实行的一夫一妻制，是其稳定聚居的重要条件，因此必然有着强烈的包办色彩。义门陈的家法连婚姻所用礼物也规定了统一的项目和数量，男婚女嫁的父母之命，在这里变成了族长之命，婚姻由家族操办，这是家族当权者的义务，也象征着他们的权力。

义门陈的生活模式适合当时农业自然经济的社会条件，整个家族很快兴旺起来，发展到宋仁宗朝，义门拥有庄田、园林三百多处，遍布江州大地，甚至超越省界。早在唐代，唐僖宗感其义聚一堂，御笔亲赠"义门陈氏"匾额，此后，江州义门累受旌表，闻名遐迩。

也许正是因为四方宾朋慕名而来，义门陈于北宋年间建起了廨宇，专门接待官员，或来访的文人学者，或名家大户，这就是胡旦在《义门记》中所说的"德安廨宇以奉公门"。廨宇内设有接官厅，外有迎宾亭、迎宾路。亭中有联不无自豪地声称："接官厅内尽是进士博士大学士，迎宾路上又来侍郎礼郎尚书郎。"这个胡旦，因访名家，得诣陈氏，览世谱，阅家法，询事实，俱知其状，然后写下了传世文章《义门记》。陈氏后人将文刻在石碑上，故叫"义门碑"。然而，此碑历尽沧桑，饱受战乱匪患，屡立屡毁，以至于记文传至今日，某些内容恐有失真。

义门陈的家法不仅成就了义门陈长期稳定的聚居，也成就了江西教育在中国历史上的地位。义门陈氏是我国古代最重视教育的家族，它单列"学田二十顷"作为发展教育经费，创办了"东佳书院"、"东佳书屋"两级学校，以供给制形式令适龄子弟入学普受教育。东佳书院是我国历史上最早的私办大学，始建于唐龙纪元年（889年），起初"堂屋数十间"，发展到宋代，成为江南著名书院，所藏书、帖"号天下第一"。随着办学规模不断扩大，开始招收外姓子弟来此学习深造，并资助他们在此完成学业。一时间，生徒广聚，声名远播。如释文莹的《湘山野录》《五代史》中均写道："延四方学者，伏腊皆资焉！江南名士皆肄业于其家。"宋太宗皇帝为了表示对东佳书院的欣赏，特地赐御书三十三卷，并亲笔书写"真良家"三个大字，以旌表其门。

唐宋时期，东佳书院培养了大批人才，如陈氏"八英九才子"、"同榜三进士"广为美谈。据各地义门陈氏宗谱载：仅"宋庆历四年计，应举者四百有三，登科四十有五。部署之在朝者琛、逊而下十八人，当要路而居刺史、司马、参军、县令者跬、俦而下二十九人"，可谓桃李满天下。

书院建在东佳山下的东佳庄，石刻的庄联称："东佳左峙形胜一方甲第，源泉右绕泽流百代人家。"东佳山悬崖峭壁，石壁中有大、小溶洞，常年泉水叮咚，音色悦耳，若琴若筝，故名人学士来此讲学、览景者甚众，留下许多诗词、楹联。

然而，古时的东佳书院早已不见踪影，只有一堵义门陈大院的残墙静静伫立，不能不让人怅然喟叹。

尽管，自唐代以来，到宋仁宗天圣四年（1026年），义门陈作为历代统治阶级传播忠孝伦理的典型，一直受到统治阶级的褒奖，又是免征徭役、钦贷粮谷，又是赐御书、题赠御匾，先后被十二位皇帝御赐旌表，然而，危机也随着频频到来的褒奖步步逼近。到了宋仁宗朝，当义门陈氏成为当时人口最多的一个家族时，难免就会树大招风了。也是怕这个上下敦睦、人无间言的家族势力过于膨胀，也是为了把义门陈作为封建家庭的样板播撒四方教化全国，朝廷想出了一箭双雕的好主意。这个以财产的家族共有为基础，全体成员过平均主义的集体生活，历代聚居不分家，以吃大锅饭而著称的义门家族，最终不可避免地走向了解体。

当文彦博、包拯、范师道等重臣建议皇帝对义门陈实行分家时，正中了宋仁宗的下怀。嘉祐七年（1062年），宋仁宗颁旨分析义门陈，将他们迁往各地，以其义德教化天下。圣旨中说："切虑尔民生齿日众，难为统属之方，年谷不登得无饥馁怀之患，但世道颓靡已匪唐虞之日，人心不古岂皆尧舜之民，恐后失于检束变起，不虞上德于朝廷，下遗羞于阙租，朕为尔等恤之怀之，特诏尔民分居硕业析检营生，保持已往之仁以杜将来之患。"皇上的忧思远虑，跃然纸上。可能是为了宽慰义门陈氏吧，他又温情脉脉地说道，"鸟兽有异巢之日，蜂蚕有独处之时"，物类犹然，何况人生乎？不知写到这里，皇帝是否曾为之动容。

圣旨一到义门陈，合族上下嚎啕大哭。人们内心痛苦，但圣命难违。同年七月，宋仁宗派了江南西路转运使率众官，亲自到场监护义门陈氏分家，他们带来了全国通用的地经、各地行政手本和部分车马行杖。根据宋仁宗的御赐编号，义门陈家族财产列为二百九十一份，人口分流至江西、河南、浙江、湖北、广西、江苏、广东、福建、山东、上海、天津等十六个省的上百个县市。传说，为了做到公道分析，家长们决定碎锅析庄，即把同炊使用的大锅吊在祠堂的梁上，让它自由落地，摔成多少片就分多少庄，结果铁锅落地碎成二百九十一块，于是义门陈就有了二百九十一个去处，并按碎片跌落的远近，抓阄确定迁徙地。

到得义门陈散伙的宋嘉祐八年（1063年），陈氏建庄合炊已历时三百三十二年，十八代同堂，人口发展到三千九百多人。一道圣旨让这个累世义居的大家族分赴全国各地，开烟发户去了。这个家族因此创造了我国历史上规模最大的家族大迁徙，并成为我国历史上唯一由皇帝颁旨并派官员监督分家的家族。

虽然，义门陈家族彻底瓦解了，但其成员在大半个中国居住繁衍开来，"天下陈氏出义门"的说法正是由此而来。徙居新址后，家家门口都遵照祖训挂起"义门"灯笼。之后又庄分庄，支分派别，时有变动。尤其在元末，朱元璋与陈友谅争夺天下，民不聊生，有不少人移居海外谋生。据《德安县志》记载：朱元璋做了明朝皇帝后，义门陈氏受到株连，不仅两次遭兵燹，故居被毁，人也被贬为"丐户"、"蜑民"、"贱乐户、不与齐民齿"，流放蛮夷荒野之地。为了"寻得桃源好避秦"，不少人再次迁居，有的藏居深山，有的漂洋过海，还有的改为他姓。

难怪，如今的义门村陈姓人口不足半百，仅十余户而已。那些简陋的民居大约都是近几十年的建筑，一眼望去，便可确信建筑本身不会存有什么古迹。依傍这样一个普通的小村庄，那新修的、不可谓不气派的祠堂就显得有些突兀了，也许是因为缺少环境氛围的烘托，我甚至觉得，祠堂前后的几棵古柏也失去了其应有的沧桑感。在义门故居，最能够见证历史的，大约就是义门陈氏始祖夫妇的墓葬了。

——还有一堆堆吃大锅饭时用过的瓷碗碎片；还有散落在天下陈氏心中的一堆堆记忆碎片……

那个唯恐义门陈家族势力过大危及自己的统治，不惜颁旨令其分析的皇帝，其实格外钟情于义门陈。仁宗皇帝在位时间长达四十二年，直到驾崩前，他先后八次下诏，作诗、联五幅恩赐义门，无论在精神上，还是在物质上，都对其给予特别的呵护，使之成了朝廷的宠儿。由此可见，他的确是把义门陈作为社会的楷模，推广天下。

义门分庄后，仁宗皇帝重病在床，仍念念不忘义门分析之事。临终前，居然诗兴大发，吟得一首七律诗：

> 江州久著义门庄，庄上分庄世派长。
> 蒂固根深谁与并，珠辉玉廊孰同行！
> 漫夸诗礼追邹鲁，须信簪缨赛谢王。
> 子孙各知遵义范，永继舜德有重光。

这首诗，既高度评价了义门陈的忠孝仁义，又对分居各地的陈氏后人寄予了厚望，期望他们光大家风。

礼义为先，孝道治家，宗族敦睦，当然也是历代统治者所期望看到的。如果说，宋仁宗尚且对义门陈情有独钟的话，那么，尽管朱元璋曾经迁怒于陈氏，但是到了他的八世孙、明世宗嘉靖皇帝那儿，也不得不对义门陈有所表示。嘉靖皇帝对先祖的"不义之举"作了反思后，下诏派官员到义门实地察看，了解义门遗址状况，意欲拨资修复，并责成九江府和德安县采取保护措施，还在义门祠堂前立碑，对义门陈表示歉意。

显然，江州义门虽作烟云流散，门庭分崩离析，但"义"字却播撒四方，随着万家烟火袅袅飘升，像一面面旗帜。这不能不令统治者投以关切的目光。而江州义门，成了散居在各地的义门陈后裔心目中的老家。清康熙年间的某个清明节，在义门故居的废墟上，曾聚集了来自各地的后人三千多人，祭拜过祖先后，人们用祖坟山旺公山上的树木做材料，建造了一座重兴祠，以表达重建振兴义门的心愿。果然，在中国近现代史上，江州义门陈在各地支派的后裔中，出了一大批声名显赫的人物。

尽管，同居共爨的义门陈最终逃不出分崩离析的命运，桃花源的梦想却始终在蛊惑着人们。

庐山面目

1976年10月，还是插队知青的我，因为喜好写作，被派到井冈山去参加文学活动，而后，邀了一位文友，走陵县下山经韶山、长沙、武汉，而后从武汉坐船到九江，乘公共汽车到莲花洞，再徒步爬上庐山。

周游一圈，仿佛就是为了探看庐山的真面目。我曾用打油诗纪历那次旅程。我记得我的打油诗被雾淋湿了，当爬上好汉坡之后。

后来屡次去庐山，或为采访某人某事，或陪客，来去匆匆，走马观花，记忆里尽是湿漉漉的墙，水淋淋的树，雾蒙蒙的远方和脚下。大约因为那都是在上半年吧，空气潮乎乎，被褥潮乎乎。仿佛，雾才是庐山的主人，它给客人送来的是潮湿的体味和想象，朦胧的缅怀和感慨。其实，雾也是客人。一开门，一开窗，它就涌了进来。似乎，它早就在门前犹疑，或在窗下嬉戏。

庐山的雾，应是令人称奇的一道气象景观，当它从谷壑升腾起来、漫漶开来的时候。我偶尔遇见一二次。也许，它早就聚集在森林里，积蓄着什么，譬如，心气、情感和力量。是的，我以为，一切的上升，必定有一个积蓄的过程。因为，一切的上升，就是迸发。从谷壑里升起来的雾也是。它悄无声息地涨着，很快淹没了林梢，淹没了对面山腰上的房屋。它拍打着某座山峰，那回溅的雾翻卷着，又融入了自己的队伍。雾就在这样锲而不舍的翻卷中，迅速升腾。比潮涨更汹涌有力。为了下山方便，趁着雾还没有弥漫开来，我赶紧逃离了那个现场。路上的雾却是时有时无。半山腰处的现场，会是怎样一番景象呢？我不知道。不过，后来的一个傍晚，我看到忽然升腾的雾，竟凝滞不动地环绕着一座山峰。那座山峰令它心仪吗？

更多的时候，我在雾里行走。雾的内部，只能看见最近的车灯，最近的树，以及路边的一截白线。

也许，多雾的山就是一个内向的人，一个学养深厚而识见广博的智者。满腹经纶而意气平和，阅尽沧桑而深沉无言。也许，结识它需要一个漫长的过程。需要等待。等待深交，等待缘分，等待彼此敞开心扉，或者，等待某个季节？

我大约是在深秋里，置身于庐山之中，看清庐山的另一番面目的。暖融融的秋阳，驱散了雾的记忆，我眼前是一片明亮的黄。层层叠叠的，斑斑驳驳的，从一面面山坡上披覆下来，或者，从山坳里攀援上去。它们是阳光的叶子。它们掩映着红顶蓝顶的房子。在依山而建的建筑群里，它们是阳光的孩子，房屋的孩子。

那是法国梧桐的叶子。它们好像天生就喜欢庐山的老房子，呈现出各种建筑风格的石头房屋。即便落下来，它们也铺在房前屋后，厚厚的一层，哪怕有的房屋门窗紧锁。

那些树似乎就为了烘托那些房屋，那些老房子似乎就为了证明许多人的历史。

是的，庐山不仅仅属于名人和伟人，也属于曾经驻足和现在生活在这里的所有人。生活在这里的人，也是庐山的风景。甚至，我觉得，追索一户老居民的家族史，都可以抵达庐山的文化和历史。那是一部中外文化碰撞交融的历史。我曾在鄱阳湖边造访过一座名叫青山的古镇。在那里，连废墟都湮灭在草木之中了，只有潜藏在绿荫里的新旧两幢房屋，日日眺望着湖上的船来船往，云驻云飞。青山镇的消亡是因为姑塘镇的兴起。然而，因水而盛极一时的姑塘古镇，又因水衰落。民间另有说法，归于牯岭镇的兴起。无论究竟若何，庐山脚下的许多居民成了牯岭最早的开发者、建设者，应是无可置疑的。

我忽然羡慕起庐山人来。当喜好写作的年轻朋友，不无自豪地向我介绍其家庭迁徙史的时候。尽管他的祖辈只是石匠、挑夫、厨师或仆人，那份自豪却是从心里涌出来的，是理所应当的。因为，那些普通人也是这座人文圣山的创造者。

树叶黄了，又是秋天了。由庐山牵头发起的世界名山大会，第二次在庐山召开。来自十三个国家的二十四座世界名山，聚首庐山。我想，当初他们响应庐山的倡议，发表《庐山宣言》，成立世界名山协会，那些签名应是签在金黄色的法国梧桐树叶上吧？那些簇拥着上万首诗词、鳞次栉比的老房子的叶子，对于他们，对于我们，都是亲切的叶子。

虽然，现在上庐山，我还是经常遇到浓雾，但记忆里却有了许多清晰的影像。比如，雪，红叶，林中宁馨的小路和夜晚，一位青年对自家居住的老房子的打量和追问，对了，还有席勒、赛金花、海明威他们的雕像，以及庐山人今日的文化创造……

浒湾再访金溪书

我要前往浒湾。

当地朋友一次次纠正我，说"浒"字在这里不读"hu"，读"xu"。他们对这个字是很认真的。他们不厌其烦地强调，词典中就特别标注了浒湾这个地名的读音。

屡屡犯错，不禁有些惭愧了。其实，我是不应该误读的。十多年前第一次来浒湾，我就被人再三告知"浒"字的来历。面对这个字，怎么就不长记性呢？

都是乾隆皇帝惹的祸。传说，乾隆下江南，由鄱阳湖入抚河，到得油墨飘香的浒湾，不知是波光耀眼，还是酒旗敝目，愣是把个"浒"字认作了"许"字，脱口便呼：许湾。皇帝金口玉牙，谁敢冒犯？那就只好把它看作钦定，将错就错吧，是非因此颠了个个儿。

传说是当不得真的，不过，乾隆皇帝应该知道浒湾这个地方。因为，明清时期的金溪浒湾镇已经以雕版印刷名扬天下，所谓"临川才子金溪书"就包含了对它的赞誉。镇上有平行并列的前、后两条书铺街，其街口石拱门的匾额上分别刻着"籍著中华"、"藻丽娜缳"，盛名之下的浒湾，居然敢以天帝藏书处相比拟，当年的风雅由此可见一斑。

我在长长的雨巷里辨识着旧日的书香。

我始终不肯相信，那么儒雅的历史在告别这个古镇时，不会留下它的墨宝、它的赠言、它的叮咛和缱绻。我把自己对浒湾的十分贫乏的模糊记忆，归咎于第一次造访的匆忙和草率。是的，我宁愿怪罪自己，也不肯接受历史杳无踪迹的事实。我浪漫地怀想，历史也许会像个顽皮的孩子，突然从他藏身的某个旮旯里蹦出来，或者，像个沉默的老人，在警惕的打量之后，会悄悄地向我展示他的珍藏。

历史对于浒湾，应该就是一册册发黄的书籍，一块块黢黑的雕板，一件件我们可以想象的印刷工具，以及一幢幢建筑在书山学海上的老房子了。

在我被雨丝扰乱的目光里，书铺街显得更老了，仿佛有银丝纷纷飘落。建筑的苍老，就像人的衰老一样，里外都顾不得讲究了，任由作为脸面的门面华落色衰，任由显示襟抱的室内装饰腐朽了去、破败了去。然而，几乎所有的老房子里都胡乱地悬挂着、堆放着许多什物，这也颇像老人，脑子里装满散乱的记忆，却是无从梳理了。

来浒湾之前，我去过同属金溪县的竹桥村。那里尚存的上百幢明清建筑有一个特点引起我的注意，那就是墙体的墙裙部分多以大块的青石垒砌，在三四层坚硬的青石之上再砌青砖，据说，这是为了防止盗贼破墙入室。铺着青石板的村巷，贴墙处则留着深而又窄的明沟，夜里若是不小心跌落下去，会摔得很惨，所以，村人也有理由认定它同样具有防盗的功能。建筑对防盗功能的重视，披露了男人们外出经商的历史信息，由此，也可以想见竹桥当年的富庶；而此村的"养正山房"、"苍岚山房"等处，正是过去的雕版印书作坊，它证明经营文化曾是财富的来源之一。

浒湾的青砖大屋也保留着以大石块为墙裙的建筑特点，但在这繁华喧闹的街市上，我更愿意把它看作是基业坚固的象征。

这是光宗耀祖的基业。自南宋出了陆九渊兄弟三人，金溪一带就被誉为"理学名教之区"，谓之"理学儒林裒然冠江右，忠贤相比，人文兢爽"，崇文重教的传统在百姓的血脉里代代相袭，对读书藏书的喜好酿成了广布民间的社会风尚，刻书业正是在如此儒雅的土壤中逐渐萌生，而后蓬勃发展。

这是盛极一时的产业。浒湾在最盛时竟聚集刻字工匠六七百人，书铺街上的店铺达六十多家，并且，它们顺着水路把生意做到南昌、长沙、芜湖、安庆、南京，甚而远至北京。书籍里有衣食温饱，有滚滚财源，所谓"书中自有黄金屋，书中自有颜如玉"，大约到了这份儿上，才能真正成为现实吧？

那些满腹经纶的文人有许多是精明能干的。比如，三让堂的主人吴会章，因为喜好书籍，遂以书肆为业。他于乾隆初年在湖南衡阳创办三让堂书局，道光六年又在长沙开设分店，同时在老家创办三让堂。在他的作坊里，"梓行经史子集，镂板堆积如山"。三让堂经营二百余年，所印书籍如《韵府群玉》等，被海内推为善本。

那些家财万贯的老板有许多是学富五车的。那位吴会章与儿子都"知书识礼，广交游，结纳名俊，终日与探讨剖析古今典籍，野史稗乘，毫无倦容"。红杏山房的创始人赵承恩更是学养深厚。虽然，他在咸丰、同治、光绪朝曾三次被荐举为孝廉方正，皆不就，但是，这并不影响他作为一个学者勤奋地著书立说，其一生著述颇丰，有《周易诸言》《诗注辨误》《性理拾遗》等多种。值得注意的是，他是为了便于自己著述付梓行世，而创办红杏山房的，既刻书销售，又藏书自娱。从咸丰年间起直至清末，红杏山房刊刻了大量抚州乡贤遗著，如《抚州五贤全集》《陆象山全集》《汤文正公全集》等，其刊印的《赵氏藏书》《汉魏丛书》等，则为多种多卷本的大型丛书，素来为学者所重视。

为了自己出书、藏书的方便，不惜开个书铺，办个印书作坊，如此嗜书成癖，真是叫人叹为观止。看来，在浒湾乃至金溪，这印书业原来是种心养心的产业，人们在木板上播种文字，为的是收获天下的书籍、天下的才情！我觉得，他们应该称得上是真正的儒商，这些儒商把生意做得潇洒极了。比如，竹桥村的余仰峰回乡开办印书房，他"刊书牌置局于里门，昼则躬耕于南亩，暮则肆力于书局"，这种奇特的生活方式让我感到，学会了经商的古人依然割舍不了对土地的眷恋，或者说，人们在经营土地、经营生意的同时，其实也在经营着自我的内心，经营着传统文人的人格理想。

引我去竹桥村的吴老师，是县文博所的所长，喜爱收藏。不过，只收藏古籍和古钱币，用他的话说，"也只能收得起这些东西"。看得出来，言辞之间，对全县历史文化遗存如数家珍的吴老师，面有窘色，心有隐痛。但是，当他把自己的藏书打开来后，却见满脸自豪。

每册古籍也许都有一段颠沛流离的经历，都有一个阅尽沧桑的故事。

我小心翼翼地翻开它的封面，翻开它的身世，我看到由浒湾旧学山房藏板的《诗经集注》《古文观止》，看到由旧学山房仿两湖书院精本校刊的《地球韵言》和仍是由旧学山房梓行的《鉴略妥注》，看来，这个旧学山房在浒湾、在当时应是十分的显赫。

果不其然，凭着刻在匾额上的"旧学山房"四个大字，我在浒湾的前书铺街上很轻易地找到了它的高墙深宅。听说前书铺街的临街门面均为店铺，印书的作坊则在宅院的后面。站在街上探望旧学山房的内部，我的视线穿过窄小的前院，穿过昏暗的厅堂，经天井再往里去，是一片深不可测的黢黑。我不知道，那位叫谢甘盘的书商，是摇着蒲扇在前院里摆着书摊子呢，还是闲坐厅堂品茗研读，且等舟船泊岸顾客盈门？

旧学山房广罗旧刻版本，精心校印，其刻印的《天佣子全集》《太平寰宇记》《谢文贞公文集》等，也是被学界所珍视的古籍。然而，旧时的书香门第大约早就换了主人，曾经的儒雅只在建筑中留有蛛丝马迹。

当地的朋友领着我四下寻找两副被县志所记载的对联。问了青年问中年，或漠然摇头，或茫然乱指，串了好几户人家，最后幸亏问到了一位坐在竹椅上养神的老婆婆，这样，我才在寻常人家杂乱的厅堂里，揭去新贴的红纸对联，读到了刻在房柱上的文字。其一曰："结绳而后有文章，种粟以来多著述"，其二称："玉检金泥广国华，琅留宝笈徵时瑞"。寥寥数字，却是一部浩若烟海的文化史，透过字里行间，我看到的是先人们面对书山学海那谦恭而勤勉的情状。

可惜，在偌大一个浒湾，能够鲜明地印证历史的文化遗存已经十分稀罕。想来，这里最富有的该是雕板了，过去的六十多家店铺，哪家不曾是书板盈架呢？然而，如今要想在这里找块雕板看看，却是不易了。

当地朋友把我带到他的老师家，说这位老师收藏有《康熙字典》的雕板。不料，主人最近已把雕板全都卖光了，卖的是"跳楼价"，一共只卖得区区二百元钱。横下心来处理它的理由是，经常有学者登门来看书板，还要耐着性子听任他们拍照，主人嫌烦了。当我为之惋惜时，主人便有些羞恼，嘟哝着抱怨道，你们光来看又不开发。也许是毕竟当过老师的缘故吧，他接着理直气壮地声称，雕板遭虫蛀快烂掉了，一抹便是一层的朽木屑。也是，毕竟闲置了许多年。

是印刷业的进步决定了雕版印刷业的凋零，新兴的铅字印刷成为雕版印刷历史的终结者。清末以后，浒湾的书铺街就门庭冷落日渐衰微了，大约艰难撑持到上世纪三四十年代，还是免不了曲终人散。如三让堂便于 1935 年继长沙书局倒闭后，接着关门大吉。但是，在为我担当向导的当地朋友的儿时记忆里，家家都有成堆的雕版，家家都拿雕板当柴火烧锅。他大概四十多岁，也就是说，尽管雕版印刷早已寿终正寝，但浒湾人家仍将书板保存了几十年，直到三四十年前才迫不得已填进了灶膛。

我惊讶于这个事实。原来，文化的情感始终盘桓在浒湾的记忆之中，缠绵在书乡子弟的内心深处。几十年的默默相对，几十年的依依不舍。世上还有什么样的情感，能在无情的现实面前，无助地守望这么久，无奈地缅怀这么久？

从此，一旦走进古村镇，我将叮嘱自己：面对已消亡或被破坏的民间文化，不要轻率地归咎于那里的人们，不要想当然地指责人们的麻木和无知，其实，珍视的情感天生就存活于人们的血脉中，否则，很难解释当线装书作古之后人们保存书板的那份自觉，只是拗不过漫漫岁月，躲不过凛凛世风，人们心灰意冷罢了。在很多情况下，他们也是无辜的受害者，他们的内心一定会随着书板被扫荡净尽而变得空虚落寞，曾经的骄傲灰飞烟灭，曾经的儒雅斯文扫地。

听说，早在上世纪五十年代，省里来金溪收购古籍图书，是在浒湾集中打包而后运往南昌的，那一次就装满了二三条船。我不知道在此之后浒湾是否还有古籍这么隆重地登船离去，若然，它们便是十分幸运的了。

我总禁不住自己，想象吃饱了油墨的书板在灶膛里火色怎样。它会像含有油脂的干柴那样哔剥炸响吗？会像潮湿的松毛柴那样浓烟弥漫吗？或者，像烧透的木炭，红红的火光里舒展着蓝蓝的火苗？

燃烧文字蒸出来的米饭，会不会有某种异样的气息？燃烧著述熬出来的菜汤，会不会有某些苦涩的味道？

雨淋湿了抚河，也淋湿了河边的古镇。空空的长街上，只有雨在行走。偶遇行人匆匆穿过，恍惚之间，我不知道眼前的景象如梦，还是我的怀想如梦。

二十多年前，金溪县文联曾经办过一份文学刊物，刊名就叫《金溪书》。在某个职称评审会上，当讨论到一位曾任该刊编辑的金溪人氏时，有评委啧啧赞叹：这人了不得！金溪书原来是他编的，金溪书谁不知道啊，可有名啦！

我无意取笑别人。他的赞叹其实很生动地道出了一个叫人心酸的事实。虽然，"临川才子金溪书"的标榜像一个文化口诀广泛流传，但是，究竟有多少人了解它的内涵，甚至具体所指呢？因此，有人把特指古代雕版印刷的"金溪书"，当作一本在猴年马月产生过影响的书刊，也就不奇怪了。

前书铺街那自诩"籍著中华"的拱门外，两座墨池长满了丰茂的水草；后书铺街那夸耀"藻丽娜缳"的拱门中央，刷在凉亭墙上的"洗澡"广告分外抢眼，那字迹和指示箭头血一样鲜红，藏在哪个旮旯里的澡堂子不会拿过去贮墨的石盆当作浴盆吧？

看来，寻访旧日的书乡，只能前往梦乡了。

忧伤的"飘老"

广昌孟戏《长城记》（三夜本）最后的演出

想想看，乡间两个演孟戏的剧团，一年到头只在春节期间分别演个两夜三夜，眼看就要出十五了，竟意外地巧遇最后一夜的演出，这是不是缘分使然？

我本来只是去看老房子的。尽管禽流感的消息传得很邪乎，广昌的朋友还是热情地给我舀了一碗鸡汤。鸡是驿前古镇上的鸡，是船形屋里的鸡，是傲立于雕花的青石户对上报晓的鸡。也许，可以更确切地说，是从云南按察使那座气派堂皇的门楼里，昂昂然走出来的鸡。

喝着心灵鸡汤，不知不觉就被朋友对孟戏的片断性的介绍吸引住了。

他说，孟戏之所以叫孟戏，因为古往今来它演的始终就是一出孟姜女哭长城；

他说，广昌孟戏之所以有价值，因为整本的孟姜女南戏本被认为早已失传，甘竹镇赤溪村曾家班子的《孟姜女寒衣记》演出本约形成于元代，无疑是孤本了；而与该村一河之隔的大路背刘家演出的《长城记》，则以曲调保留着当年宜黄班演唱的海盐腔且扮相好弥足珍贵。两台孟戏中，既有我国戏剧早期的唱腔道士腔，还有明代逐渐兴起的弋阳腔、青阳腔、四平腔、徽州腔等，是研究我国戏曲唱腔的珍贵的活化石。大年初八就有北京的两位记者慕名而来，他们在乡下呆了一周了。

他打了几个咨询电话后，又用充满诱惑的目光说，曾家班子已经演完了，今夜是刘家班子的最后一夜。要知道，平时他们根本不排演的。

那就用不着相约来年了，赶紧去甘竹镇大路背刘家听戏吧。

我猜测,剧场可能是公社时期的礼堂改成的祠堂。一进门,首先吸引我的是戏台对面供奉着的三尊面具。是谓三元将军也,即秦朝蒙恬、王翦、白起三位。传说这三员神将曾自天而降,以飞沙走石击溃大兵,拯救曾氏先人于危难之中,曾氏先人仰天拜谢之余,拾得两只大木箱,内藏孟戏戏本及面具若干,其中三只大面具熠熠生辉,便是这三元将军了。仿佛天意,村人自然心领神会,即组建戏班,按戏本和面具分角色排练。五百多年来,年年春节村中必演孟戏,以酬神祭祖,祈福纳祥。至于曾氏的恩人怎的又成了刘家的神灵呢,我不知端底。刘家班子的缘起,倒有说法,无非是说大路背村人年年过河看戏,如何成了戏迷,而后横下心来创建自己的戏班而已。算起来,大路背刘家演出《长城记》也有四百多年了。

同为孟戏,竟在各自的村庄里上演了数百年,这孟戏该濡染了多少代人?

哭倒长城的故事余音绕梁,竟弥漫了整个正月,人的一生要重温多少回孟姜女?

那些把孙儿拥到三元将军面前敬香的老人,仿佛去年还是个孩子;那些扎进乐队中间竟也看得很是着迷的孩子,仿佛明年就会变老——人生如戏,仿佛须臾之间。

我好奇地东张西望,这么想着,不知不觉就开场了。后来才知道,分为三本的孟戏每本开台前要演一出吉庆戏。锣鼓唢呐的伴奏,并没有大肆造势。以妇女老人为主体的观众大概一直沉浸在头两夜的剧情里,悄然间就入戏了。

台上的孟姜女是不老的。感天动地地哭了上千年,倾不尽人间悲苦,声声泣血;悲悲切切地唱了几百年,诉不完心中不平,句句含恨。尽管颇有亵渎帝王之嫌,这样的戏本为明永乐年间所颁的禁令所不容,她还是意外地流落到了天高皇帝远的穷乡僻壤,并一如既往地爱着恨着。她的幸存和不老,发生在两个相邻的村庄里,真是个奇迹。

其中有太多的不可思议。想当年血雨腥风,"敢有收藏传诵印卖,一律拿法司究治",她怎么就敢冒满门抄斩的风险,公然且安然地在宗族的祠堂里登台亮相呢？数百年岁月沧桑，她怎么就能锲而不舍地唱到今天，并保持着原始的风貌呢？还有，让我一直耿耿于怀的，虽然孟戏的唱腔集我国古戏曲唱腔之大成，幽雅悦耳，但那美妙的演唱中却不乏对秦王暴政的控诉，尤其对蒙恬几乎是口诛笔伐了，那蒙恬们怎么又被奉作神明了呢？

我从专家的文章中得知，曾、刘两台孟戏剧情大致相似，结尾有所不同。刘家的孟姜女，虽有悲痛怨恨，却逆来顺受，以其贤德，获得秦王封赠；而曾家的孟姜女竟敢怒诉心中对蒙恬的"三不平"，抨击秦王，最后面对垂涎美色的他们，坚贞不屈，以死殉节。这正是专家判断曾家本是元代南戏遗存的论据之一，因为如此敢于犯上的写法，当在明永乐禁令之前。有恩于曾氏的大老爷蒙恬，在曾家的孟戏里更要挂不住脸了。经过庄重的请神仪式，受请下凡来看戏的将军，岂不是来领受羞辱了么？也不知观众身后那威严的神像面有愠色或愧色否？

原来，被唱着骂了几百年的人，竟是忍辱负重护佑着曾刘两姓子子孙孙的神！原来，被供奉了几百年的神，不过是年年被乡女村妇怨恨着的人！

不要笑它的荒诞。也许，这矛盾中的荒诞意味，正是探究孟姜女奇迹般地活在今天的消息树、通行证，走进去，便接近了一个宗族的内部秘密。假如，没有对三元将军的虔诚笃信，很难设想孟戏能够留传至今；反过来说，假如，没有孟戏摄人魂魄的艺术魅力，我们也很难设想，宗族的信仰能够如此牢固地凝聚族人。所以，我觉得，民间戏曲艺术和许多其他形式的民俗活动，无非出自维系宗族关系的需要，它们能够绵延发展，正是由宗族力量获得了顽强的生命。

广昌的朋友告诉我，孟戏演到《三将军议事》那一场，扮三元将军的演员要戴面具表演，此时台下观众自动让出一条神道，由族中长老先焚香敬拜，继而将神座上的面具拭净，恭敬地捧至戏台口交给演员戴上，此时家家户户燃放鞭炮，一时间剧场内外气氛好不神秘庄严。可惜，是夜刘家班子的戏渐趋尾声，大概没三元将军什么事了。待得夜半曲终人散，也许他们又该被请回上界了。

坦率地说，也是听不懂戏文，觉着闷了，我便离座四下探看。戏台两侧有联云："文中有戏戏中有文识文者看文不识文者看戏，音中有琴琴中有音懂音者听音不懂音者听琴。"既道出了看戏的真相，却也有劝诫的意思。那么，我就找个拍照的理由再离座吧。

剧场旁边有间不大的屋子敞着门，却空无一人。进去一看，此屋连通化妆间和后台。前厅中央的神案上供奉着戏神"清源祖师"的神像，周围放置着正月初一"出帅"仪式用过的仪仗器具，正面上方有玻璃橱窗嵌在墙内，空空的，似神龛模样，猜想平时那三尊面具就置身其中。孟姜女在隔壁如泣如诉，清源祖师却在这里似笑非笑；那厢是满场沉醉，这边是一室肃穆。也就容不得你不心存敬畏了。

是的，别看那都是些寻常材料制作的器具，一旦附着了信仰崇拜或民俗意义，你得小心，你必须心存敬畏。我端着相机的手不由地有点抖动，内心深处的抖动就叫敬畏。

闯入后台，却可以无所顾忌。演员们各自忙着准备出场，我一时眼花缭乱，竟没想到趁机逐个打听打听谁是什么角色。透过浓妆艳抹的扮相也能看得出来，演员多为老者，听说几个主要演员年龄都在六十上下，台下该是他们的儿孙辈了。令人惊讶的是，别看这些农民演员可能大字不识几箩，却能够熟记《长城记》六十九场戏文，有的一唱竟是几十分钟，平时并不排练，到得过小年时才临阵擦枪排戏三天，唱念做打的功夫只能靠自己日积月累练出来。不妨让我们来想象一下吧，在田间地头，在前庭后厨，躬耕的男人，持家的村妇，一个个拳不离手曲不离口，一个招式也许就是兰花指矮子步，一声吆喝也许就是海盐腔青阳腔，那该是多么优雅的一群！

一年的默默操练，就为了三夜的演出；一出戏的薪火相传，却倾尽了一代代人的毕生。难怪，这三本戏文如此漫长，这三个夜晚如此漫长——戏如人生，一夜长于百年。

后台两侧的墙上，一边挂满了凤冠，另一边挂满了髯须。不，朋友纠正我说，那红的灰的黑的长的短的浓密的或稀疏的髯须，应该叫"飘老"。

飘老，一个叫我怦然心动的词汇。它让年龄爽朗起来，让时间飘逸起来，让身体获得了尊严，让生命的法则获得了摇曳的多彩的魅力。我由它联想到历经沧桑的孟戏以及演唱孟戏的满脸风霜的农民。

我在台上。拍顾自敲打吹拉的乐队。拍藏在幕幔间的演员。拍绚丽的飘老。北京记者支起来的摄像机已连续工作了一周，不知它是否把我连同中国古戏曲声腔的活化石，一道给摄录了去。或者，冷不防，我闯进了台下那只五百万像素的数码相机。

也好，我在数码影像里将证实：古老，未必遥远。

忧伤的"飘老"

以后我得出言谨慎。

元宵节那天，我巧遇"广昌孟戏《长城记》（三夜本）最后的演出"，惊奇之余，以此为题写了一篇散文，发表于《江西日报》2004年4月23日B4版，而在B3版上有一则消息《谁为孟戏振旗鼓》，云：4月3日晚11时许，广昌县孟戏剧团价值23万多元的排练场、道具、服装、音响等设备遭到火灾被毁，火灾是由于剧团隔壁的房屋电线老化引起的。在火灾后的废墟上，数百名群众和剧团演员们声泪俱下，均已年过八旬的老艺人刘挺荪、谢传福和刘宗兴，更是老泪纵横……

从样报上读到这则消息，当时，我并没有把它与甘竹镇大路背孟戏剧团联系起来，与观看三夜本最后那夜的演出联系起来，因为它说的是广昌县孟戏剧团，甚至，我还诧异，县里也有孟戏剧团？

不料，五一节过后，我看到了三张照片。焚后的剧场，自是一片狼藉，砖瓦满地，梁柱成炭，四围的外墙倒是没有全部坍塌，大门上方，保全下来的招牌令我大吃一惊。没想到，这竟是让我等一行人意犹未尽、相约来年再访的地方！

"最后的演出"简直是恶魔的诅咒。我真该用一块脏抹布擦擦嘴的。不过，选择这个题目时，虽然是特指三夜本第三个夜晚的演出，"最后"的确在我心里投下了浓重的阴影，我走不出它的笼罩，于是，便包藏了几分警醒世人的用心。因为，从我为《长城记》惊奇的那一刻起，就有一股无奈的忧伤紧紧地攫住我的心。好像冥冥之中我料知了它的某种不测，孩子似的失声惊叫。

我为那声惊叫忐忑不安。仿佛惊叫就是一种过错。值得庆幸的是，我的那篇文章虽在正月里就写好了，直到四月份才交给报社，很侥幸地与火灾打了个时间差。否则，真是乌鸦嘴了。这正是后来大路背孟戏剧团刘先忠、谢良生等三位负责人找上门来，叫我能够坦然面对的心理堤防。

三位农民，三条汉子。他们从包里掏出了那张报纸，翻开了那个让我紧张的题目，述说着那场大火。这时，他们眼里闪烁的，不是叫我心虚着的怪罪，而是感激。好像我的文章是特意为那场火灾而写的。当然，他们不是专程为感激而来的。火灾发生后，剧团的班子为研究剧团的命运，曾开过三天三夜的会。他们的共识是，不能放弃民族民间文化的这一瑰宝，放弃就是断送。为此，他们每人捐资一百元，并向社会发出捐助呼吁，希望通过社会的帮助重建孟戏剧团，让孟戏代代相传。他们需要各方面的支持。不是说到孟戏都如数家珍，都慷慨激昂吗？

作为一个文字匠，我所能付出的还是文字。没想到，他们竟也很满足地离去了。后来，我得知，他们大老远地赶到省城，除了想向有关部门呼吁，还想找一对十分关注孟戏的专家夫妇，指望他们帮着说说话。可是，他们心急火燎地到了专家的家门口，一个愣怔之间，念及人家年纪大了且尚在病中，终是不忍让老人焦心操劳，竟毅然打道回府了。

带回去的，只有自己掏钱买的锣鼓家什！

我是在剧场的废墟上得知他们省城之行的结果的。四下奔波的艰难，倒是让他们更加坚定了自救的决心。议到重建剧场事，六十七岁的老演员罗金定竟提出自己动手上山砍树，以节省开支。

再访孟戏，我才知道，共有三十多位演员的大路背剧团，也演皮黄戏（盯河戏），常演的剧目有二十多个。春节期间，除了一台孟戏，还演了四夜的皮黄戏。罗师傅是老生，十一二岁学皮黄戏，最初在《三娘教子》中扮儿子。为什么不学孟戏呢，他的父亲就是演孟戏的旦角，原先三夜的孟姜女由罗父一人演。没想到，说话有些腼腆的罗师傅回答倒是很男子气，当年他不愿学孟戏是因为不肯扮女性。如今，他在《长城记》中扮演许父等角色，不知是因为旦角有女性充当他无须顾忌了，还是为了后继无人的孟戏不得不挺身而出？

当我得知刘先忠、谢良生与扮演孟姜女的刘妻都是去年才学的孟戏时，忽然感觉到了几分悲壮。因为，看上去，他们已不年轻。仿佛，他们就是为青黄不接而生，为余音绕梁而长，为四百年的《长城记》而活着，而老去。

我得到了三册油印的《长城记》戏文。娟秀的手书，让我想起久违了的钢板、蜡纸和那种古老的油印机。其中两册是用年画作的封面，一册画着慈眉善目的财神爷，另一册是象征着金玉满堂的胖娃娃。随手一翻，恰好翻到孟姜女那长达四十多分钟的唱段——

（唱）【山坡羊】：割同心，鸾凤剖镜，
分比翼，鳞鸿杳信。
泣熬熬，秋蝉蟋蟀悲咽哽。
乱纷纷枯枝败叶零尽。
（夹白）：霜冻，予到，大寒又将至矣。
（唱）：伤情，对景撩起思夫恨，
因此上捣秋砧熨帖寒衣亲送行。
（夹白）：孟姜女！不知与我范郎团圆于几时？
（唱）：夫啊！好叫我拖泥带水奔驰道。
也只是，亏煞你执锐披坚，筑长城……

元宵节夜晚的情景历历在目，孟姜女悲悲切切的声腔言犹在耳。可是，随着那场火灾，剧场化作了灰烬，服装道具化作了灰烬，锣鼓乐器化作了灰烬，想必挂在后台墙上的那些绚丽的"飘老"，更是难逃此劫了。

我曾这样感慨那满墙的髯须："飘老，一个叫我怦然心动的词汇。它让年龄爽朗起来，让时间飘逸起来，让身体获得了尊严，让生命的法则获得了摇曳的多彩的魅力。"

飘老无存，刘家班子的孟戏能浴火重生吗？

答案不仅在他们目前所做的努力中，也在他们对那场大火的充满敬畏的描述之中。顷刻间吞没了剧场的大火，居然没有火舌朝大门外蔓延，这让人们甚是惊奇。人们对此的解释是，门外就是紧挨剧场的将军殿，其中供奉着三元将军和清源祖师的神像。缘此，将军殿又称作孟庙。最奇的是，将军殿的后殿是化妆间，与剧场的后台有门相连，剧场里的铜铁都被烧化了，而那道木门却安然无恙。

面对此情此景，也就由不得你不满怀敬畏了。也许，充满敬畏感的信仰，正是人们重建剧场的精神动力。此后不久，我便收到了来自广昌甘竹的请柬，浴火重生的大路背孟戏剧团将举行开台庆典。走进新建的剧场，在那肃穆的气氛里我获知，这开台庆典可是百年难得一见，其程序和讲究谁也没经历过，只能凭着老人靠听说得到的记忆来想象和设计。

人们小心翼翼地忙碌着，神色庄严地招呼着观众，说话都是轻言细语的，而且，议论剧场曾经的火劫是大忌，进大门时两边的楹联就作了暗示："沧海复桑田喜四方援助弦管重调，楼台易瓦砾看莫论仍美旧貌换新"。竟也奇怪，无论文化程度如何，陆续进场的观众都很自觉地"看莫论"，一个个虔敬得很。

晚饭过后，等到夜色渐深，演员、乐手纷纷登台，此时，有人执笔站在台边一一为他们点额。台下前面的坐席留出一片空场，村人相互叮嘱，等下会有鬼从此经过出大门，千万别被它撞到了。主持庆典活动的剧团负责人好像对此也特别在意，不时过去维持秩序，还轻声提醒拎着相机的我。剧场里陡然充满了神秘感。

开台庆典的第一个节目是"跳加官"。将军、道士、僧人依次出场，各自唱念做打一番。我注意到，在节目开始之前，戏台的地上扣着一些小瓷碗，瓷碗间隔一大步，作方形整齐排列。当一手执拂尘、一手举公鸡的道士出场时，随着场外鞭炮大作，一头厉声嚎叫的猪被几个壮汉拖到台前，在他们给猪放血的瞬间，台上一片吆喝，原来前后台的演员、乐手都冲到戏台中央，或以棍击，或以脚踩，把那些瓷碗都打碎了。这个情节发生得很是突然，让人不禁愕然。接着，人们迅速把那头被宰杀的肥猪拖出剧场，地上的一大摊血迹热气腾腾，温热的腥气和辛辣的硝烟味弥漫在剧场里。

方言土语的唱段我听不懂，但后来形象极其丑陋的鬼魅登场时，它们有一段伴着狞笑的念白，让我依稀听出了个大概，鬼魅们是觊觎着"广昌县甘竹镇大路背"呢。小鬼们抬着大鬼，很是张狂，但一个个尖嘴猴腮，分明是一群饿鬼。

就在鬼魅横行之际，庆典演出进入了高潮。随着钟馗的出场，大鬼小鬼匍匐在地，连连叩首，突然间，又是一阵齐声怒喝，演员和台上其他人等各各手持照妖镜，一起出来驱鬼。剧场门外再度鞭炮炸响。鬼魅们仓皇下台，夺路而逃。

在此之前，尽管心存畏惧的观众已给它们让出了道，但那位负责人还是用自己的身体挡在观众前面。据说，万一有人被它们撞到，那人就晦气了。这些鬼魅要捡小路一直奔逃到村外的河边，洗脸卸妆，还原为人模人样，才能回到剧场；而庆典演出之所以要拖到夜深人静才开始，也是为了避免让路人撞见了鬼。

开台的庆典，经过逐疫驱邪祈太平的仪式之后，就可以上演这个乡村孟戏剧团的拿手好戏了。它象征着一次复活，古老的孟戏复活在人们的热爱之中。在第一次领略孟戏风采至剧场"旧貌换新"的这一年里，我屡屡被他们的热爱感动着。我记得刘先忠、谢良生等人曾在我面前夸耀大路背刘家班子往昔的"神气"，说甘竹流传这样的顺口溜：大路背神气，舍上争气，赤溪土气。意指大路背刘姓居住在甘竹镇上，历来乡绅较多，所以演员中不乏乡里的显赫人物，甚至乡长也禁不住披挂上场；舍上戏班没有几位曾氏演员，只是争口气而已；赤溪的演员都是种田人，外出演戏也是穿草鞋，乡土气息浓厚。刘家班子曾经以此为荣，与"争气"的曾家班子当面锣对面鼓地唱起了对台戏，观众就坐在两座戏台之间，任凭两个戏班子争夺。想来，那比拼才艺的场面定是精彩纷呈。

在开台庆典之前，我从剧场旁边的孟庙进去，穿过作为化妆室的后殿上了后台，只见一位戴着老花镜的婆婆坐在窗下，就着一方光亮，把五颜六色的珠子缝缀到凤冠上去。后台的一面墙上挂满凤冠，另一面墙上飘老仍在。这时，有人告诉我，官帽上的翎子叫做"跳毛"。像上次认识飘老一样，这个词再次令我怦然心动。

跳毛，这声乡土而亲切的称呼，让神灵凡俗化了，让达显平民化了，那些朴实慈厚的农民因为拥有了它，就可以主宰戏里乾坤，而他们的内心因为拥有了艺术，从此抖擞起来。

不过，在抖擞的跳毛之下，那些浓妆的面目已不年轻。曾经挂在剧场里的几幅年轻的合影照片，在那次火灾中未能幸免。我愿为这喜庆的开台拍一张合影，然而，我相信，在我镜头里，那些让年龄爽朗起来的飘老，真的会因为孟戏的后继无人而衰老，而忧伤……

五百六十岁的曾家孟戏

2006年的元宵之夜，我赶往广昌县甘竹镇的赤溪曾家村去看孟戏。进入夜的村庄，但见一枝枝路烛伫立在每一户人家的门边，无论是正门、偏门还是厨房门，两侧的地上都有一团团的烛光。我已知赤溪曾家两夜本的孟戏在第一本演出前需请神，男信士们从村外盱河桥中间的王礅开始，每隔百步插线香和路烛，一直插到祠堂的滴水檐下。然后，由管首唱请当地寺庙、殿观内的菩萨及孟戏历代已故老艺人来村看戏；第二本演完二十三出《金殿对词》后又需送神，这时同样要插路烛，不过顺序颠倒了，是始于祠堂而终于盱河桥的王礅。每隔五十步插烛一枝、香三炷，并燃火纸，放短爆竹。显然，那路香和路烛是为各路神灵照明的，别让他们走岔了，或磕着碰着了。

不，那是虔敬的心愿，照亮了夜色茫茫的旷野，温暖了呼啸着打河面上吹来的风。

而在这元宵之夜的掌灯时分，家家户户门前的路烛又是给谁照亮呢？趁着演员们还在后台化妆，戏班里的一位老艺人把我领进了他家的厨房，只见灶台上也插着香烛，锅里则供着果品，我恍然大悟。原来，门口的路烛在迎候着灶神。

我将在灶神逐门逐户光顾的夜晚与村人一道看孟戏。进得码着一堆木料的祠堂，但见戏台对面并排放着三把盘龙交椅，端坐在上面的是三只大面具，它们面前还坐着一个小人儿，那是清源戏祖的塑像。祠堂上方的神龛大敞着玻璃门和用钢筋焊接的防盗门，显然，面具平时就供奉在里面。祠堂戏台上方仍悬挂着几年前的一条横幅，横幅两侧分别挂上了两条鱼和一刀猪肉，鱼肉却是新鲜，寓意为生活美好、连年有余。那条陈年的横幅为庆贺曾家孟戏建班五百五十五年而满腔自豪，侧面墙上的标语则为祝贺曾家孟戏第二十六代少儿班健康成长而满怀欣慰。这些文字让人肃然起敬。不仅仅因为它们所透露的沧桑感，还在于潜藏在文字中的神秘感。

传说明正统年间，福建农民起义军首领邓茂七自封铲平王，带领起义军打到广昌，广昌县令下令每户留一人看守家园，其余应避战乱。孝子曾紫华背着双目失明的母亲随族人逃到曾家山寨避难。就在追兵赶到的危急时刻，忽有三员神将从天而降，以飞沙走石击溃大兵，而后神将不知去向。曾紫华与族人向天空拜谢三员神将的救命之恩，随后听得山谷间有锣鼓之声，循声找去，竟发现了两只大红木箱。其母手抚木箱，左右眼竟然先后复明。众人甚是惊奇，连忙敬上香烛，礼拜木箱。拜毕，打开箱子，箱内金光异彩，藏有孟戏剧本一部并大小面具二十四尊，其中三尊大面具与天降神将面目一样，它们便是秦朝大将蒙恬、王翦、白起。曾紫华与族人将木箱挑回舍溪村，组织村人筹建戏班，按剧本和面具分角色排练。自明正统五年起，三元将军被曾氏奉为家神，每家厅堂的神位上都置有"秦朝会上三元将军大老爷宝座"。并且，始于甘竹舍上，继有赤溪、黄泥排等地曾姓在每年春节期间必演孟戏，藉以酬神祭祖，为曾姓纳祥祈福，至今不衰。

曾紫华长子曾圣洙名以清，他携家由舍上迁入赤溪居住，其后人为赤溪宗支修建曾以清公祠，并于其侧建有戏台。同治五年重修戏台时镌刻的木匾，即将曾紫华拾戏箱诸事刻录其中，悬挂于戏台屏风之上。牌匾已毁于"文革"，所幸的是，1962年被古老剧种调查组抄录下来的匾文，作为封资修的物证仍存放在档案之中，待到上世纪九十年代中期，又险些被当作废纸处理掉。就在孟戏开演之前，我得到了一本打印的小册子，从中，我看到那篇《赤溪曾以清公祠同治五年戏台重修捐资花名匾之序》了。

元宵之夜的曾家孟戏，是第二夜的演出。曾家孟戏从正月初三开始排练，称之为"串戏"，正月十二根据择吉日、看天气的情况起戏，若十二日不成，则延后，至十四日非开锣不可。

开锣唱戏的当天，三元将军要出帅巡村。早晨，在吹打班子和各式旗帜的簇拥下，三元将军分别坐在二人抬的盘龙交椅上，从祠堂出发，队伍浩浩荡荡，就像古代将军出征一样，路线则是按规定行进，其中要在经过两座清源庙时礼拜烧香。出帅队伍所到之处，家家门前摆有香案供品，男女老幼上香烧纸，跪拜迎接。香案上还放有红包，出帅队伍中有人会收起来，作为以后唱戏的开支。出帅结束后，队伍回到祠堂，管首赞曰："进得门来笑脸开，香花蜡烛两边排。三位将军齐下马，下得马来坐莲台。"

三元将军上座后，再按次序摆好其它面具。之后，要当场宰杀一头生猪，将猪血盛在大盆里，并放入猪心，置于香案之上，寓意全族一条心、越发越旺。同时，还要用火纸蘸猪血放在香案前，再拿一只木雕金龟压上，其含义为曾氏孟戏像万年金龟一样代代相传，万年不虚。下午，在举行了朝神、请神仪式后，演员便开始化妆，准备演出了。

第二夜的孟戏，同样要择吉日，演出当天也必须派员带着香烛到福主祠、清源庙等处朝神。

我端坐在曾家祠堂里听戏。只见台前点燃了烛一对、香三炷，随着打击乐"急急风"骤起，戴着面具的丑角出场了。开场跳的是开山。演员手拿绑好火纸的开山斧，在场上左右横劈，走圆场点燃斧上的火纸，然后挥舞开山斧，待其燃完后亮相进场。之后，才开始演出整本大戏。

在我身后，是以老人和妇孺为主体的观众。看上去，祠堂里显得有些空，但是，我已经知道，此刻所有的神灵都蜂拥而至。请神祷词里便是一番熙熙攘攘的景象。

我不妨把它抄录下来，看看孟戏的票友都有谁们——

日值使者，一请拜请（叩首）拜请秦朝会上蒙恬将军、王翦将军、白起将军三位大老爷。拜请铁板桥下西川路口清源妙道真君（叩首）。玉皇大帝、王母娘娘、金童、玉女。赵、马、温、王四大元帅，太白金星、雷公、雷母、娥皇仙娘、判官、小使、天曹、地府、开山郎君（叩首）。秦始皇、赵高、李斯二相，李信大将、范氏夫妇、许氏夫妇、范杞良、烈女孟姜、张文华、阿单、铁骨王将士、祝德成、长城伤亡民侠依次排坐。

本县城隍，本坊福主，高坑、昌坑、东坑，三圣、山神、土地（叩首）。

瑞相寺、金光寺、南弥山、岳灵寺、万寿寺、九华寺、莲花寺、保寿寺、三官寺、子灵山、地藏寺、慈生禅寺、大觉寺、朱华山、学堂寺、万幸寺、紫霄观、大于殿、龙凤岩、大子岩、白米岩、万陀岩，一切大小佛祖。

仙游观许真君，唐东平王张巡大将军，昆峰山等大小神圣（叩首）。

前五里、后五里、左五里、右五里、五五二十五里，天地上下，一切过往神明依次排坐。

千点公公、万点老人、三伯公公、三伯婆婆、敲锣击鼓大臣依次排坐（叩首）。

曾氏散居他乡列祖列宗；

历代师公、师爷：紫荣公、紫华公、紫明公、连轻公、和轻公、以清公、云洄公、仲安公、德高公、尚义公、协常公、守澄公、贤宝公、忠国公、名接公、文用公、居竹公、子胜公、臣玉公、臣恒公、孔公、孟开公、电恩公、兴公、荣华公、以传公、以昭公、德荣公、百顺公、培孙公、秋福公、秋宝公、华孙公、蛮子公、礼仁公、泉生公、颐生公、宾生公、珍生公、配生公、于生公、波仔公、寿文公、仁仔公、贵云公、风孙公。宗保师父、地雷公师父、邱美仔师父依次排坐，先来先坐，后来后坐，老者上坐，少者两边排坐。

敬茶、敬酒，敬请尽情笑纳。

江西省广昌县甘竹镇赤石渡曾氏长城首夜孟戏开锣，众弟子净身沐浴登台。

敬请众神护佑，众信士、弟子平安吉庆，风调雨顺，国泰民安，禾田大熟，丁财两盛。

原来，人们拜请的除了本县境内各寺庙、殿观里的神灵和过往的神明外，还有孟戏历代已故艺人和列祖列宗的魂灵。通过这份名单可见，祖先的魂灵是与各方神圣在一起的，他们已经属于神明，是宗族天空上永恒的星宿。他们和各方神圣都居住在盱河的彼岸。他们是簇拥着各路神明一起赶来看戏的。

此刻，神人欢聚一堂。我想，那些空着的地方一定被他们占满了，密密匝匝的；或者，他们像顽皮的孩子到处乱窜，有的甚至跑到台上去了，干脆席地坐在乐手的腿边。

我已分不清哪些是本乡本土的菩萨，哪些是过往的神灵，哪些是赤溪曾氏的先人。端着相机离座拍照时，我小心翼翼，生怕碍着他们。是的，在这样的场合，我们必须满怀敬畏。

满场痴迷的目光，开怀的笑声。其中，一定也有他们的目光和欢笑吧？

此地的好戏在今天看来是叫人惊奇的事情。据说，曾紫华与族人在舍溪建立戏班后，曾氏子孙繁衍，后人陆续迁往周边各地。因为孟戏演出是祭神活动，曾氏子孙凡男丁都有上台演出的责任和义务，从少年时期就开始学戏，所以曾氏历代都有童装戏服。每年唱戏，不待别处子孙赶到，舍溪子孙就捷足先登抢先扮妆，把剧中角色都给占了，连跑龙套的活儿也没留下。这样，就引起了争着唱戏的纠纷。族中长辈认为这是好事，便决定分戏箱，但不分三元将军金身，神像轮流坐村。至于轮流坐村的三元将军后来如何一直坐镇赤溪，村人只道是"由于种种原因"。

这样，甘竹一带包括赤溪在内的好些个曾姓村庄都可以开台演孟戏了，加上大路背刘家也建起了孟戏剧团，自古以来便有人赞叹：甘竹是个戏窝子。

台上，范杞良于押解途中夜宿娥皇庙，修下血书，望妻子早日寄寒衣到沙场；杞良之举感动娥皇娘，娥皇命判官变鸿雁衔血书送至许府；姜女在花园拾得血书后，赶制寒衣，拜别了二老……

台下，架在我身后的一台摄像机兴奋地工作着，它是北京赶来的。我相信它兴奋着。邻村赠送的一面锦旗说得好：别看农村汉，生旦丑末演得好；吃苦又勤演，观众越看越爱看。而专家经研究考证，认为"曾氏孟戏曲牌一直保持了古南戏高腔的原汁原味，特别是二夜海盐腔风味更浓，打击乐也有很多的海盐腔，它的一板一眼非常标准，唱腔比弋阳腔还要古老，五音符很明显"，剧本则为元代孤本。其价值显而易见。

我从辞神祷词中窥见孟戏能在乡野生长数百年的秘密了。请听管首念道——

> 天神归天，地神归地，各坊福主、佛主、神主，各归各祠，各归各位。在天者腾云驾雾，在地者勒马加鞭。来得高兴，去得轻松，一路香、纸、明烛敬送众神。
>
> 诸神有请有送，只有三元将军、清源祖师有请不送，不离弟子左右，千招千应，万招万灵。拜圆

自明正统五年即公元1447年曾氏始演孟戏起，到现在已是五百六十年了。五百六十年来，三元将军、清源祖师不离左右，常驻人们心中。尽管，为庆贺举办第二十六代少儿班，墙上高悬着喜气洋洋的标语，我还是不免担心，它们还能在村人心中驻留多久。

南丰乡村的假面舞季

正月的南丰，是傩舞之乡，灯火之乡，鼓乐之乡……

南丰的正月，所有的傩神都在为新年祈福，开山、魁星纷至沓来，傩公、傩婆纷至沓来，八仙与和合纷至沓来……

从初一直到十八，走在南丰的山野上、橘园里，好奇的我一次次与戴着面具的傩班不期而遇。对了，这是乡村的假面舞季。

这是怎样隆重的演出季！庙宇、祠堂、坪地以及家家户户的厅堂、门前都可以成为舞台，老人、青壮汉子甚至孩子都可能闪亮登场；至于观众，差不多个个都能当导演了，演员的动作、步伐稍有差池，场上便是一片笑声。

这是怎样浪漫的演出季！一枚枚木制的面具，让人顷刻间变成了神。那些经营着橘园的农民，在这个季节里，经营着的是自己的内心。他们把平凡的生活理想，寄托于来历纷繁的众多形象，竟表达得如此绚丽多彩，真切感人。

南丰石邮村的搜傩之夜

偌大一个石邮村藏在一片低矮的橘园里。村巷依然古老，橘树却是新栽的，我记得。

许多年前，我曾把夏夜往村委会的地上一铺，住过一宿。当年领我进村的是乡政府文书小黎，巧得很，这回来还有小黎陪着，不过他已是县委宣传部的人了。下午四点多钟，傩神庙里外就开始热闹起来，我们都忙着抓拍，几乎顾不得回忆那个夏夜。

　　当年，我是凭着省舞协编印的《江西舞讯》上的一则讯息，糊里糊涂独自跑到石邮来的。进了村，才知道平时看不着傩舞，也别想看傩面，沮丧之余，甚是不甘，便借来族谱翻阅，也算不枉此行了。族谱用箩装着，族谱是一种谷物，一册恰好一石，一页大约一斗。正值双抢时节，居然在村民家做起客来，吃了人家好几餐西瓜皮炖肉，还表扬那户浙江移民竟把西瓜皮做出了笋干的味道。如今想来，好好笑。连法兰西的女博士庄蝉儿都知道该什么时候来石邮，连续三年她独自一人不远万里来石邮过年，这回竟在村长家住了半个月。

　　不过，那次经历让我收获了开光、偷水、搜傩这样一些神秘的字眼。这回我就是冲搜傩来的，不为别的，就为了探看这个词的内部真相。

　　它的内部很深，深达整个长夜，每条村巷，各家厅堂。所谓搜傩，即索室驱疫，石邮村自初一出神开始的跳傩活动，至此达到高潮，行将"周圆"，这也是整个跳傩过程中最隆重的仪式。

　　隆重，一个滥用激素因此外壳庞大而内里空虚的形容词，一个堆砌形影却了无血色的概念，没想到，在这里，它竟鲜活如初，古朴如初。

　　它是一种虔敬的翘望，长有无数的眼睛，那些眼睛挤挤挨挨层层叠叠，每对眸子里都投映着傩神庙的楹联，一只是"近戏乎非真戏也"，一只是"国傩矣乃大傩焉"。

　　它是一种冲突着的力量。扎在人堆里，通过身体与身体的亲密接触，我体会到了这种力量，尽管后边人潮如涌，前排的人仍能用他们的腰背和胳臂开辟出一条神道，那些阻挡的肉体分明传递着强烈的敬畏的情感。

　　隆重的意味深入到人们的心里，就是那燃得正旺的红烛，满堂缭绕的香烟，就是被挂上神龛的傩面，被塞进功德箱的心愿，就是庄严的两声炮响，随着炮响在人群中骚动起来的紧张。

　　搜傩之夜，首先是从傩神庙开始的。经过请神判筊、吃起马酒等仪式，傩班八伯敲锣打鼓走出庙门，应着那声炮响，猛然折返闯入傩神庙。我说"闯"，因为他们来得很是突然，风风火火的，惊惊喝喝的，气势汹汹的。戴着狰狞的面具，手舞铮铮作响的铁链，作骑马状到得堂前，凶神恶煞一般，追风逐电一般，想必，一切邪祟在那一刻都会受惊的。

伴随紧锣密鼓，钟馗在舞蹈，开山在舞蹈，大神在舞蹈；他们在香火诀和拜揖礼中舞蹈，香火和神链在他们的手上舞蹈。他们用舞蹈为傩神庙搜傩，用舞蹈演绎了生命的惶惑和奋争。当开山和钟馗拿起神链，转身绕过头顶，那就是告慰村人：鬼疫已被俘获。他们把面具推向头顶，露出真容，和傩班众弟子一齐喊唱《拜颂饭诗》。

傩班八伯身披的大襟便衣，一律的红底，碎花、大花的图案却是驳杂。他们匍匐于堂前、叩拜端坐于神案上的傩太子时，满地披红。这时，在我眼里，他们的角色转换了，就不是神了，而是代表着芸芸众生的脆弱生命，是脆弱的生命所包含的最强硬的内在，比如坚定的信念和坚韧的乞愿。

所以，他们的叩拜其实是给自己的信仰下跪，给自己灵魂中的坚硬部分下跪；

所以，水泄不通的傩神庙里气氛庄严肃穆。我相信，此刻所有的心灵应是匍匐状。

所有的人家为这个夜晚敞开了大门，所有的眼睛在这个夜晚精神矍铄。傩神庙搜傩完毕，顿时爆竹大作、神铳齐放，傩班弟子疾步出庙，按规定路线去附近庙宇道观参神，其后，便是去各家各户搜傩。举火把的，扛铳的，挑桶的，敲锣打鼓的，一行人慌慌张张，却也威风凛凛。出了傩庙，傩班就消失在寒夜里了，只闻炮响和吆喝渐去渐远，我和朋友们守候在一村民家，等着那远去的炮响再挨家挨户地慢慢逼近。

各家各户灯烛通明，也在等候。不过，他们却从容得很，不论老的少的，好像都对搜傩的路线和速度了如指掌。待得傩神即将临门时，他们才手持线香举家迎接。

熊熊燃烧的火把照亮了傩班弟子的赞诗，粗犷奔放的舞蹈将掳走每个人心中的鬼疫。在厅堂里进行的各家搜傩，程式与傩神庙搜傩相同，但为各家唱的赞诗却根据各家的情况，选择不同内容的祈祝。一个夜晚要为近二百户人家搜傩，确实是很累的活儿，难怪在正月十五夜晚要进行"教傩"，把傩班中年轻的弟子严格集训一番，以便次夜担当重任。

夜，渐渐寒凉侵骨，也是人多拥挤看不真切，我们有了退意。回到县城，想想不甘，稍事休息后，于下半夜杀了个回马枪。这时，半个石邮坦然入梦了，半个石邮还在虔诚等候；半个石邮从此康健太平了，半个石邮仍在翘盼着风调雨顺。我睡眼惺忪地看村巷，它们好像在打盹，有火把闪过，有炮声炸响，一激灵，它们又抖擞起精神。

约摸两个时辰后，我再进傩神庙。这会儿，庙里冷清多了，只有少许执着的观众，比如庄蝉儿。搜傩仪式开始时，我瞥见她端着相机站在人群后面，矜持而无奈的样子；各家搜傩完毕，接着要在庙里举行圆傩仪式，这倒是摄影的好机会。不料，庄蝉儿走近我，操着很溜的汉语问我懂不懂数码相机。那玩艺儿坏得真是蹊跷，CF卡内存还大着呢，却怎么也不能记录了。远涉重洋，独守乡里，好容易熬到此夜此时，相机却出了故障，天可怜见的。我也为她沮丧。

圆傩的场面真值得存照。搜傩结束后，傩班回到傩神庙内，列队向傩神太子跪拜，由居中的主持者念"跳傩回饭单"，就是向傩神汇报这半个月的跳傩活动中有哪些人家供给饭点吧，其目的是媚神和酬神，祈求傩神保佑各家平安吉祥；而后，傩班收拾神器，将挂在神龛上的所有神像和傩太子取下，放进箱笼，在头人的带领下前往村外的河滩。

听说，在河滩上举行的仪式尤其神秘，外人是不得靠近的。紧随傩班弟子身后，我不免有些心虚。然而，并没有谁来阻止，看来，坚实的古老禁忌随着南丰傩舞的声名远播，风蚀崩塌在所难免。就像不许女人入内的傩神庙终于对女人准入一样，隐蔽在沉沉夜色、嗖嗖寒风中的圆傩仪式也终于在我等的镜头下曝光了。更有甚者，竟把电视转播车开到了河滩上，打开车灯，权作照明。我不知道那秘不示人的紧张、深不可测的庄严，怎么会和那明晃晃的车灯达成了默契。我真希望那探照灯似的车灯不要把它照射得纤毫毕露，神秘是神秘的身份证，一旦它被彻底破解，它的魅力也就荡然无存了。

大伯望穿了拂晓前的暗夜，寻找着预先择定的太岁干支方位，插下一截柴棍，然后从箱笼中取出傩太子，安放在这个位置上。傩太子面前，依次放着傩公、傩婆、一郎、二郎等十余尊面具，那些面具稀疏错落地布局在河滩上，不知其中有什么讲究，诸神使用的道具则置于面具旁边。

大伯高举火把带领傩班弟子开始围着这些神像绕圈。由八伯组成的队伍，以傩太子为中心起点，绕过开山，绕过关公，绕过雷公，一圈又一圈，那是一条叫人眼花缭乱的路线，那是一种步履匆匆且小心翼翼的行进。每一次拐弯，专注的大伯脚下似有犹疑，他在搜索心中的路线图吗？而紧随其后的弟子则不时弯腰整整地上的神像，他们始终对照着诸神在自己心中的位置吗？

猛然间，高举的火把熄灭了，绕圈的队伍如群鸟惊散，四下奔跑，扑向各自的目标，分别抱起地下的神像，朝傩神庙方向狂奔而去，地上的箱笼、锣鼓等物也不管不顾了。

这个情节发生得如此突兀，自是令人震骇。在我看来，它和戴着傩面的舞者突然闯进傩庙时的情景，应是整个搜傩之夜最具冲击力的片段。不过，它不似先前那般风云叱咤，而似平地骤然风起，悄然又迅疾地席卷了去，好像怕惊动了谁们。当神秘变成一种速度时，我们该用情感还是该用思维，来求证我们心中的历史距离感呢？

关于傩舞，学者通过探究它的渊源、形态和演变，从中品味着它深厚的历史意味和文化蕴含。而我只是一个好奇的浅尝辄止的观众，打动我的，是浸润在这一民间祭祀活动中的强烈的生命意识，是那种借重超自然力的信仰崇拜表现出来的生命尊严。是的，我感受到了戴着面具的生命尊严。

如此原始的舞蹈能够幸存于乡间，是否与此有关呢？

我的确是个没有耐性的观众。眼看抱着神像冲进傩庙的八伯关上庙门又回来了，我以为他们来收拾地上的器物，整个活动该结束了，便离开了河滩。事后才知道，其后还有一次占卜全年吉凶的判筊，驱疫祈年的心愿全都凝聚在那充满悬念的一掷上了。

那位洋博士显然熟谙石邮村的跳傩活动，她仍流连于寒冷的河滩上，此时已是雄鸡三唱。

庄博士，但愿你把相机整好了，但愿你的CF卡装满生动鲜活的影像，装满一个东方民族的文化和精神的无穷魅力。

随傩班回村下马

傩班弟子出外参神或跳傩的出发仪式，谓之"起马"。此时，弟子在傩神庙中将圣像从神龛上取下，装入箱笼，只留一个开山圣像挂在柱子上"守庙"，以防鬼疫乘虚而入潜于傩庙作祟。

那么，回到傩神庙时所举行的仪式就是下马了。

从正月初十到十六日下午，是石邮傩班去外坊跳傩的日子。外坊跳傩的范围包括邻近的不少村庄，于是，傩班按水流方向把那些村庄分成上下两路，并根据村子的大小和路程的远近搭配成为十二条路线。每年，这些路线都要通过卜筶的手段来确定，但是，十六日下午在紧邻的青塘和塘子窠这两个村庄跳傩，却是在规矩上固定着的，其目的在于方便傩班及时回村举行搜傩仪式。

知道这一规律，我便可以掐着点去看石邮傩班外坊跳傩的最后演出了。可是，车在栽满橘树的丘陵间绕来绕去地寻找那两个村庄，忽然感到时间紧张了，特别是当跑过头后又折返时，不由地就有些担心会扑了空。

不过，路边的每个橘农好像都了解傩班的行踪，都把握着跳傩活动的速度和进度。一问，都说现在赶过去看得到，并且很确定告诉我们此刻傩班应该在哪一家，哪怕指路人此时距离傩班有数里路之远。

这真是奇了。是傩班弟子年复一年的身影投映在每个人的记忆里、刻录在每棵树的年轮里，已成为亘古不变的运行图？还是这里远远近近所有的路、所有的树、所有的人，在这个下午，都十分用心地感知着傩的步履，倾听着傩的声音，呼吸着傩的气息，他们虔敬的心从来就和傩神息息相通？

仿佛约定了似的，当我赶到清塘村、找到最后跳傩的那户人家时，恰巧俗称傩仔的傩神太子刚被主人接进家门，在主人全家老小手持线香的迎候下，傩班八伯次第光临。

傩班弟子先在大门口停住，唱着赞诗。接着，鼓声锣声鞭炮声，将开山、纸钱、傩公傩婆们迎进了厅堂。厅堂里，香烟弥漫，烛火正旺，神灵们依次开始了他们的舞蹈。

这时，傩班弟子跳的是《开山》《纸钱》《醉酒》《傩公傩婆》和《祭刀》。《开山》意在驱鬼逐疫、辟邪纳吉，《纸钱》为着以钱邀福、求取福运，醉酒的想必是钟馗了，既然前有威猛的开山、后有祭刀的关公，那么，钟馗是颇可以醉一回的，只是不知道他到底是真醉、还是假醉，反正祈求子孙繁衍的傩公傩婆怀抱着傩仔顾自乐着。一共五个节目的跳傩，以《祭刀》结束，据说，这是为了好生显示显示三界伏魔大帝关公驱邪斩妖的凛凛威风。

跳完这五个节目，由一名傩班弟子率领主人全家手持线香当堂跪下，祈求并拜谢傩神太子。那个用樟木雕刻而成的小木偶，戴金冠，着大红绣花龙袍，端坐在供桌上，受用着人们虔诚的信奉。去年今日的深夜，我曾看过石邮傩班在河滩上举行的圆傩仪式，弟子们在选择安放傩仔的方位时那般认真、惶恐的神态，就让我感觉到，这个小小的孩童模样的木偶，却是整个傩事活动的主角或核心，它不仅统帅、调度着各种傩仪安排，更重要的是，它主宰着这些日子里人们的心思和情感。

因为这是外坊跳傩的最后一家，傩仔和面具被放回了箱笼，傩班八伯要在这户人家"添粮"，不知这顿饭是不是晚餐。我发现跳傩的时候，这类"添粮"的安排很是频繁，朋友给我的解释是，跳傩太累消耗太大。我想，弟子们更可能是代表傩神在领受主人的心意吧？所以，他们往往很快就把这道程序完成了。

弟子们在"添粮"，好客的主人为我们端来了点心和水果。我便向屋主人打听村名。回来查资料，得知它确切的村名叫"青塘"。不知道那个身着夹克的壮年汉子为何把他的村庄称作"清朝的清"、"唐朝的唐"。说这话时，他嘴角隐约浮现出一缕豪迈之情。莫非，这个小小的村庄也很有历史？

在暖融融的斜阳下，傩班八伯启程回村了。我支走了车，也要随傩班一同徒步去往石邮。我想结识那条数百岁的回村之路，结识在那条路上年年踏响的步履。当最后跳傩的人家点燃鞭炮，顿时，村中鞭炮大作。好像所有的鞭炮早已拆封躺在地上，好像所有的眼睛时刻在窥望着傩班的动静，好像所有的火种一直对着引信，只等着这个时辰。毫不迟疑的鞭炮声，来自橘林，来自菜园，来自远远近近的庭院，不约而同地为傩班送行。

击鼓的弟子领头，提着锣的弟子紧贴其后，却是只击鼓，不敲锣。队伍中间的弟子们有的挑着箱笼，有的扛着道具，殿后的是徒手的大伯、二伯。

为了给傩班拍照，我抢在傩班的前面；为了给我指路，他们的示意又抢在了我的前面。热情的傩班弟子时时用眼神、用手势、用招呼，提示我该走哪条田埂，该往哪边拐弯。

咚咚的鼓声突然停下来的时候，我听到后面一阵呵斥。是年长的大伯、二伯告诉击鼓的弟子，还没有出青塘村的地界，于是众弟子纷纷指着前方某处标志争论起来。原来，到了哪里才能停止击鼓是有规定的，显然，年轻的弟子业务还不够熟练。也是，外坊跳傩一年一次，要对十里八村的地盘了如指掌，的确难为了他们。

途中，傩班和一个小村庄擦身而过。不知道它是否就是塘子窠，也不知道傩班今年为什么不去那个村庄跳傩。但这个村子始终在倾听着傩的消息，牵挂着傩班的行进。当傩班一踏上它的地界，它立即就感知了，掩映在树林里的农舍纷纷以热烈的鞭炮向傩神致意。我心里忽然一阵感动。

仿佛，信仰赋予土地以感官和神经；仿佛，信仰在这个下午牵连着每个家庭的运道和幸福；仿佛，所有的心都在傩班回村的必经之路上翘盼或者目送。

傩班弟子的身影映在水塘里。那口水塘能否辨认出他们谁是老人、谁是新人？那口水塘还记得他们的师公、师爷的面容吗？仍在缅怀去年作古的前任大伯吗？

傩班弟子的脚步惊醒了红砂岩的山坡。在那僻静的山坡上，路的痕迹依稀可辨，浅浅的，淡淡的。难道，神灵的脚步就是这么轻盈、这么飘然吗？

在一座水库大坝下，弟子们席地而坐。我在坝上把镜头对准累了的他们，水库尾巴处的山坡上，却有人把镜头对准了我。听说，那是中央电视台的一个拍摄组，他们探得傩班回村的路线，便选好点支起摄像机迎候着傩班的出现。我赶紧一阵小跑，躲出镜头，好让那千里迢迢专程赶来的镜头能带走干干净净的画面。

水库尾巴处，两山夹峙间，有一座青砖缸瓦的小屋子紧挨山道边。这就是回村的石邮傩班必到此参神的三皇殿。三皇殿门口铺了厚厚的一层新鲜的爆竹屑，这大概是近日傩班参神留下的。傩班弟子到达门前放下箱笼和道具，进屋一看，里面堆放着一捆捆松柴，于是，年轻的马上动手把屋子里面腾空。

我目睹了石邮傩班在三皇殿参神的全过程。一开始，弟子们有的忙着把点燃的香烛插在红石砌成的供台上，有的则从箱笼里取出一刀刀的纸，把它裁成见方的纸钱。这时，他们还有人坐在拆开一包包赏封，像是算账似的。那些赏封大致都是一些零钞，很少，只是家家户户酬神的心意而已。

傩仔又被请出来了。它端坐在供台上，不过，它并非坐在正中的位置。供台的正中插着六支红烛，傩仔被供在这六支红烛的左侧，它身后另插着两支红烛。看起来，居中的位置好像虚席以待似的，或者说，这里仿佛供奉着人们意念中的神灵。

烛火正旺。当大伯率众弟子下跪默祷时，我似乎明白在上方供奉的还有谁们了——

> 飞龙飞虎，跨龙跨虎，断得鸡鸣狗吠，腾云驾雾，盖保八位弟子，师公师爷、未见过面的大伯、师兄、师弟（各弟子默念自己见过面但已亡故的大伯、师兄师弟名字），相助弟子。

默毕，众弟子向菩萨作揖，烧化纸钱，燃放爆竹。此时，傩仔已被弟子抱出来，坐在打开的箱子上，直到三皇殿里的纸钱化尽。

青烟穿过缸瓦的缝隙，久久盘绕在三皇殿的屋顶上。暖色的夕阳里，那缓缓散去的青烟格外蓝，似乎还有一种黏稠的感觉，凝滞着、牵绊着的感觉。由上述祷词看，傩班在三皇殿参神，主要是告知师长，是敬师的仪式。因为，今夜，将是石邮村惊心动魄的搜傩之夜，是跌筊卜筶的圆傩之夜。逐除鬼疫需要他们的在天之灵相助，人丁安康需要他们灵魂犹在的神威保佑。

走了一个多小时的山路，再翻过一座小山包，我便看见了正在溪边张望的石邮村。村庄在小溪的对岸，小溪在村人和傩班的中间。一些大人和孩子迎上前来。但踩着石块跨过溪流的傩班弟子并没有急着回村，而是再次停下来歇息，虽然此刻离傩神庙近在咫尺。

想来，他们为的是积蓄体力。因为，这次下马与以往不同，傩班进村时，弟子要在激烈的鼓声中奔跑回傩神庙，以显示弟子已经身附神力。进了傩神庙后，大伯念《傩神太子鸣词》，判筶后将箱笼中的圣像取出，除三个搜傩圣像放在供桌上外，其余圣像挂回神龛横梁上。紧接着，就要在村中逐门逐户地搜傩了。

下决心随傩班回村，走得气喘吁吁，浑身汗湿，哪晓得最后一个环节却未能坚持到底。稍一倦怠，傩班就不见了，随着人流赶紧直奔傩神庙，岂料，此刻的傩神庙，震耳欲聋的鞭炮声响成一片，人头攒动的庙门口硝烟滚滚、电光闪闪。想进庙看傩班下马不容易，其实也来不及了。

那就入乡随俗点一挂爆竹吧！夜幕悄然降临了，就在燃放爆竹的一刹那间。

已经是第三次来石邮看搜傩了。年年都觉得，今年的人多于去年……

在上甘村观解傩

我们是换乘越野吉普去上甘村的，虽然，上甘离南丰县城并不远。途中的一截山路，大约八九公里吧，把上甘村封闭在军峰山里，上甘傩的名气大概是坐每天一趟的班车颠簸着跑出来的。

经过白舍镇时，我忍不住打听白舍饭店，得知它依然存在，可惜观傩心切，未能前去看望。想必老态龙钟的它早就被废弃了，或派作了别的用场，比如成了一间间店铺，门前摆满了水果摊。红卫兵步行大串联时，还是小学生的我，曾投宿那家饭店，差不多四十年了，我还记得铺在客房地上的稻草和虱子，盛在钵子里的用来炖萝卜的可怜见的肉片。

当年我在进入白舍镇时，肯定向路边的人群撒过一把名片大小的红红绿绿的纸片，那上面印着毛主席语录。串联路上，最大的乐趣就是美滋滋地看着沿途的男女老少欢呼雀跃地疯抢语录卡。四十年前向我索要"最高指示"的某位乡村少年，该不会成了上甘傩班的一员吧？

《南丰了溪甘氏族谱》这样描写上甘的周遭环境："高峰崒嵂，岩排其中，地忽平平，夷成平壤，一水漾带作了字形，因号了溪。"相传，此地原称邹坊，邹姓先于甘氏在此建村，但人烟稀少，日渐衰落；而后来的甘姓得此风水，却人丁繁衍，邹坊也因此改称甘坊。蜿蜒在了溪边的一条村街，怕有半里长，沿街的建筑大多是保存完好的老房子，门厅里放着高高柜台的人家，不知曾经是客栈还是药店，临街开着橱窗的人家，也许过去卖的是南货，或者布匹。一来到村街上，我立即就发现，这里的门板、板墙格外白亮，显然在春节前被拆卸下来洗刷过。了溪水洗净了一座村庄，洗净了一个隆重的节日，从正月初一开始，人们就要以清洁的虔诚的心情跳傩了。

上甘傩的仪式程序有四段，大年初一起傩，接着是演傩与装跳、解傩，直到十八晚殿上解傩后，于次日上午举行安座仪式，正月间的傩事活动方告结束。

正月十六与十七进行的是家中解傩仪式，我去上甘这天正是十七日。解傩为南丰傩仪的一种类型，又称解除，是驱鬼逐疫、送旧迎新、祈福纳吉的仪式。上甘的解傩由食鬼、吞魔和搜除大神三神担当。食鬼被称作鹰哥元帅，故尔戴着禽鸟的面具，圆睁的鹰眼寒光逼人，长而又弯的鹰喙透出凛然杀机，吞魔为遗留着螺壳类原始动物信仰的田螺大王，而搜除大仙则是由开路神方相氏演化而来的神。这三个大神，分别镇守着天空、水中、地上，真可谓水陆空三军司令。听说，在神殿解傩之后，三神人还要将鬼疫"解迁"至水塘里，塘边又有斩蛟除害的许真君庙镇压，使之不能再作乱人间。

在今天听起来，这仿佛是一个童话。对了，这正是人类在蒙昧时代用他们抵御灾难的勇气和意志、用他们丰富的想象力，所创造出来的充满幻想的童话！

上甘傩班有二十四位弟子，外出可分为两班表演，为首的两位分别称作正印和偏印。我进村时，为各家解傩逐疫的十二位傩班弟子，身着新旧不一的红袍，有的已迎着声声炮竹进了人家的厅堂，有的还守候在和长街一样狭长的阳光里，戴着的面具被往上掀起来，像扣在头上的帽子。

家中解傩仪式较为简单。主人家在供桌上先放一碗米饭，上面搭一块三四两重的半熟猪肉；又放一盘米果，上面放一包赏封；再放一叠钱纸和线香。点着蜡烛。

最先进入人家的是正印或偏印，他观察着供桌上蜡烛光焰的红白状况和摇摆方向，以推测主人家当年的吉凶。解傩时给主人一点暗示，但不说出。接着，傩班弟子踩着锣鼓点子，先后在厅堂里跳《二郎发弓》、《傩公傩婆》和《捉刀》等三个仪式舞的片段，前两个节目表现求子的内容，后一个节目是驱疫。

第一个节目是体现生殖崇拜的《二郎发弓》。二郎右手执竹弓，左手作"毫光诀"张弓跳跃，向西、东、中方向射弹后，将弓放回供桌。上甘奉西川路口清源妙道真君为傩神，清源真君也是年轻英俊、风流倜傥的二郎神，按上甘艺人的说法，他喜欢玩、喜欢嫖，所以二郎成了民间的生殖文化符号，而弓矢则是威猛男子的象征。二郎张弓射弹，表达的正是清源送子的祈愿，那动作活泼有趣、稚拙可爱，惹得一帮男孩子跟着傩班弟子手舞足蹈。

同为求子，《二郎发弓》取材历史传说和民间信仰，具有强烈的象征意味，而《傩公傩婆》则把生殖崇拜寄寓在日常的家庭生活场景中，以朴实、亲切的风格，体现出人性的温馨。这里的傩公不似石邮戴员外帽，而是个红绳束白发的老人。傩婆也不似石邮那翘着嘴角的少妇形象，而是个中年妇女，她怀抱傩仔，拿着蒲扇、竹篮、折椅上场坐定，先是教傩公集支拖浆、牵纱织布，傩公笨手笨脚，不知所措；继而傩婆要傩公捧傩仔，傩公不愿，但怕老婆。待傩婆劳累瞌睡，傩公故意弄醒傩仔，又不让傩婆喂奶。傩婆生气，扯着傩公的耳朵，要傩公下跪扛凳。傩公认错，夫妻俩言归于好。诙谐的表演所营造出来的那种动人的温馨，应该就是香火绵延的祷祝和欣慰。

跳驱疫的《捉刀》时，鹰哥元帅先持刀出场，四面砍伐，接着出来的是持铁链的田螺大王，最后出场的搜除大仙右手高举面具而舞。这位大神为何不戴上面具呢？原来是有说法的。传说，搜除大仙人高马大，"身长丈余，头广三尺"，既然如此，凡夫俗子也就可望不可即了，傩班弟子只好高举着怒目鼓突、血盆大口的圣像表演了。此时，主人诚惶诚恐，注意观察田螺大王交给鹰哥元帅的铁链是否打结。如果打结，表示鬼疫未捉住。主人害怕了，甚至下跪请求明示。办法总比困难多，最好的办法也就是让主人去傩神殿焚香烧纸，点烛放鞭炮，请傩神老爷消灾。

有的人家为保六畜兴旺，还要请傩班弟子搜厨房。主人先盛一碗饭，上面搭一块猪肉，另放一包赏封，放在锅里，盖上锅盖。当搜除大仙在厅堂绕过一圈后，打锣弟子引他到厨房，收下赏封，再回到厅堂完成解傩仪式。

我跟着傩班弟子进了十几家的厅堂，并未见到他们去厨房。为每家解傩，也是匆匆忙忙的，一时半会就出来了。在长长的村街上，我发现，解傩仪式并非挨家挨户进行的，傩班弟子插花似的落下了一些敞开大门的人家，不由地，就有些纳闷了。一问，才知道，有着二百七八十户人家的上甘村，如今已有二十多户信奉耶稣教。

既然信了耶稣，那就意味着要远离傩神了。好像正是为了表达自己的决绝，那些信耶稣教的人家，都在大门两侧贴着虔诚笃信、忠贞不贰的对联，道是："天地广大唯一主，教门所多无二真。"横批是："万有真源。"言辞铮铮，义无返顾。倘若傩神老爷有知，不知会作何感想？

我想，尽管这很可能是在教友中间广泛流传的一副对联，它未必有针对某种信仰环境的特指，未必能够反映某些信徒在特定环境中的微妙心态，但是，在傩风盛行的上甘，在傩事频频的这个时节，当这类对联落寞地兀立在锣声鼓声鞭炮声中时，很难说它不是耶稣信徒们抖擞精神的慷慨陈词，或者，横眉冷对的自言自语。

看着这些对联以强硬的姿态，楔入乡土信仰根深蒂固的环境中，我不禁要追问：既然它们已经在傩神老爷的眼皮子底下落地生根了，它们会像甘坊过去盛产的苎麻一样，一丛丛繁衍发达起来吗？会像了溪边植有菌种的那片树桩林，渐渐被长出来的肥嘟嘟的黑木耳所覆盖吗？我不知道。

但是，我感觉到了它们生长的气势。在世界经济一体化所带来的文化一体化的背景下，出现在这个闭塞的村庄里的对联，理所当然地引起了我的警觉。当我们对遗存乡间的傩事活动仍心有疑虑，担心它是不是"糟粕"、是不是"迷信"、是否"落后"的时候，事实上它已面临巨大的生存危机。它的生存危机与失去了农耕文化的土壤有关，与随着生活的变迁而淡薄的宗族意识有关，与年轻人向往外面的世界以至于傩班弟子后继无人有关……殊不知，也与这对联有关。很难说它不会像流行歌曲取代民间歌谣一样，在山野间流行起来。从这个角度看，保护上甘傩等民间文化遗存又多了一重意义。

上甘傩班是南丰县现存持续时间最长的傩班之一，因传说傩神灵验，被誉为"神傩"。据说这里唐代就有傩，还建有三座傩神殿。我被朋友领着去看了尚存的古傩神殿。

这座傩神殿为明代迁建，至今寿高几近六百年，建筑整体保全完好。走在村巷中，从正面看，傩神殿的屋顶气宇轩昂，像是一顶巨大的官帽，或者是道士帽吧。紧闭的殿门为我们豁然洞开。大门上最近开光时贴下的楹联仍未褪色，仍然新鲜。入内，仰望上过漆的梁枋，雕饰图案依稀可辨，尽管有些曾遭斧錾强暴，想来过去这里也是个富丽堂皇的所在。

殿内正中的神坛上祀奉清源妙道真君，那是一尊木雕坐像，两侧分别是站立的千里眼和顺风耳。他们之下，供奉着几十枚傩面具，很整齐地排列成四行。那些脸色彩斑斓，蓝的，绿的，褐色的，粉色的，白里透红的；那些眉目神情各异，甜美的，丑陋的，慈善的，凶恶的，憨态可掬的，狰狞可怖的。当着这些圣像的面，朋友给我讲述了半个世纪以来，这些傩面具失而复得、被盗继而重刻的经历，我不知道它们一个个是否也心有隐痛、满怀感伤，如我这般？

在这神坛之上，有小阁楼，用以存放装傩面具的圣箱和道具。殿内的上方东侧，塑有土地，西侧立着演傩先师牌位。傩神殿对面为戏台，中间有雨棚相连，可容数百上千人看戏。如今戏台已被板墙封锁，可能台上腐朽破败不便任人上下了吧？

我注意到，傩神殿神坛前面置有一张供桌，供桌正面公然画有阴阳八卦图。虽然，傩与道教的关系是非常突出和明晰的，甚至有专家称"傩是道教的主要源头之一"、后来傩道分流，"傩甚至成为民间道教的一种载体"，但是，这八卦图的出现还是叫我感觉突兀。上甘出过一位叫甘凝的真人，他是受南丰西乡一带百姓祀奉的仙师，其道派如何影响了上甘傩，就不是走马观花的我等所能描述的了。傩文化的博大精深，甚至令我不敢贸然探问。

历史上，上甘曾盛产豆子、苎麻、烟叶，那条长街十日两圩，吸引着周边三县农民前来贸易，当是富庶之地。一些残存的老房子，用它雕梁画栋的追忆，默默地沉湎于往昔，苍凉之感从倾斜的砖墙、腐朽的梁柱上流泻出来。当我走进它的古老时，古老的解傩仪式仍在今天的阳光、烛光里进行。

县里来了一拨摄影家。他们打算今晚在村中住下来，住在殿上解傩惊天动地的鞭炮声里，住在许愿还愿诚惶诚恐的表情里，住在冗长的请神词里，住在插路香的光焰和轻烟里。

仅仅是他们的描述，已经让我不忍离去了。就说插路香吧，傩班弟子洗净手，各持点着的线香分四组出殿门，在出村的四条路边插香，特别是在拐弯的路口要插上一把香，为的是让众神看清道路，好顺利地进殿安座。

想想看，在浓重的夜色里，那点点香火是流萤还是灯盏，那条条道路是龙蛇还是星河？

可惜，正月里的傩乡，让我分身无术，顾此失彼，应接不暇。不过，我在与年轻的村长道别时，把来年今夜的铺位定好了。

三坑村的和合判

三坑村因坐落在三座大山的山坑里而得名。路并不好走，幸亏罗家堡的水酒把我灌醉了，颠簸着醉眼，不觉间就到了目的地。

一下车，便被几声铳响惊醒。循声望去，只见村外有村，不远处山包上的房屋前有神旗飘摇。想来当是在各家跳和合判，于是，我等一行匆匆沿小路赶去。

三坑村以王、聂二姓为主姓，杂姓很少，杂姓及少数王、聂人家散居在周边各处。王姓跳和合仙官，聂姓跳判神小鬼，均是两人表演，两班合称为"跳和合判"。正月里，三坑村的傩事活动是和演神戏、出神灯等活动一起，在主姓的操持下进行的。一年前，我在上甘村看傩，就从一群摄影家那里听说了三坑村的正月十六，他们所描述的游灯的队伍一直蜿蜒在我的期待中。

据我所知，每年正月初四，各首士整理衣冠齐聚观音殿，将阁楼上的圣箱放下，取出和合仙官、判神、小鬼的圣像，陈列于案桌上供奉。这一程序称为"下殿"，而十三日至十五日为"起戏"。每日起戏前，先要放神灯，头两天下午由王、聂二姓各派一二名值年首士分别到观音殿、福主殿、张王殿、社公殿等四大殿上香点烛，十五日下午则要在全堡四十多处殿宇上香点烛，请神看戏。当各处神圣纷至沓来后，就可以演戏了。演戏前，由王家首士放起戏炮三响通知村民。演出地点原先在王家宗祠里，现在村中的礼堂中。演神戏必须请大戏班，三角班是不准上台的。

十四至十六日这三天的上午，为各家跳和合判的时间。王家和合班与聂家判神班相约，先在头首家集中。逐户跳和合判时，进屋后王家先跳和合仙官，接着由聂家跳判官小鬼，各跳半套。在十五日下午，还要举行接驾、参朝等仪式。大概是后来为防盗把圣箱改放在王聂两姓值年首士家的缘故，这天下午要由值年首士引领装扮八仙的戏班弟子、全村扛神旗的男孩及鼓乐吹打队伍，先到聂家接判官小鬼，再前往王家接和合仙官。接判神和合的队伍会合后，又要依次到四大殿参朝众神。

　　我走进最为精彩的正月十六。这天下午依然能看到在人家里跳和合判，不知是此地人口增加之故否？一群举着神旗的男孩子看到对着他们的相机，兴奋得很，都拥进了镜头里。这里的神旗格外引人注目，那些旗帜并非用各种色绸做成的，而多用图案各异的花布，大花的花布大概更适宜做被面，碎花布和格子布应该是给女孩子做衣裳的了。一些俗艳的花朵大胆地绽放在神圣的旗帜上，一些驳杂的色块忘情地飘扬在庄严的队伍中。当旗帜变得如此花色丰富时，我忽然品味到浸润在民间信仰中的谐趣，它是平易的又是幽默的，它是庄重的又是俏皮的。也许，正因为如此，才有了浓烈的民俗意味。

　　和合在厅堂里舞蹈。没想到，跳和合的竟是两个七八岁的小男孩。大大的面具，小小的身体，强烈的反差形成一种夸张的造型效果，让人忍俊不禁。三坑村的和合面具造型本来就是喜眉笑眼、面有酒窝的童稚形象，和仙代表男性，留平发，合仙代表女性，梳双髻，眉心点红。和仙身穿红衣裤，腹装"宰相肚"，右手握毛笔，左手持木简，象征读书致仕，一品当朝；合仙着红衣裤外套黑背心，腰系白围裙，左手拿算盘，右手捏花巾，寓意家财万贯，勤俭持家。表演时，和仙多站立，合仙多蹲跪，象征夫妻和谐，富贵幸福。那个"宰相肚"里不知塞的是什么，鼓鼓囊囊的，显得不够自然熨帖，让我乍见时疑为女性。得知那不过是能撑船的肚子，我们不禁哈哈大笑。

　　笑声令和合们满脸羞红，动作也有些犹疑了。听说，每年扮演和合的弟子，是在全村王姓男孩子中轮流担当的，这两个孩子不过学了六个晚上。当晚，在礼堂里跳和合判时，另有一和合班登台表演，那对弟子年龄稍大些，约十二三岁，他们只学了两夜。看来，傩舞在三坑，倒是不愁后继无人，此地王、聂二姓对和合班、判神班的一系列管理制度，保证了傩舞艺术的民间传承。试想，假若让三坑所有的男孩子一起舞之蹈之，那该是怎样壮观的场景！

　　如果说和合仙官是以静营造着和谐、吉祥的氛围，通过稚拙的动作表现了祈福的心愿的话，那么，我觉得，随后登场的判官小鬼则是以动刻画着凌厉、紧张的冲突，通过生动的细节传达了驱邪的意义。由成年男子扮演的判神和小鬼，以一只木凳为道具，似在嬉戏，又似斗法。从这两套节目的内容也可以看出来，逐户跳和合判有着鲜明的娱人色彩，而其辟邪纳吉的内蕴更多地体现为形式上的意义。

紧接着，人们拥向一座殿宇。在殿中跳罢和合判，守候在门外的八仙便进入了殿中拜神。随后，在一位值年首士的引领下，队伍走下山坡。这时，举着神旗的队伍迅速壮大，怕有百十号人吧，都是大大小小的男孩。绚丽多彩的旗帜，是每个家庭各自的图腾。旗阵后面，是凉伞和锣鼓乐队，八仙戏班殿后。

这支队伍横穿三坑村，来到村子另一头的观音殿，在发炮三响后，又在殿中简单演跳和合判。想来这一仪式也是为请神看戏，因为当晚将在起神灯后，在礼堂里上演通宵达旦的"天光戏"。

天色将暗时，忽然下起了小雨。村人早早地聚集在礼堂里，等着看跳和合判。此时，将有两个班子先后出场，因此表演分为前后两场，节目却都是跳和合与跳判神。

首先登上戏台的，正是下午跳和合的那对小男孩。面对满场观众，他俩虽有些害羞，却并不怯台。依然是炮响三声后开台。他们戴好面具，在鼓钹的伴奏下表演起来。此时的跳和合判，当为全套，我感觉表演时间比下午要长。跳完和合，小演员很老到地摘下面具，把它们放在台前，接过大人递来的茶碗，敬过和合仙官后，自己才一饮而尽。台下，有个男孩举着手机为他们拍照，一群孩子扒着他的肩头观赏他的作品，引得许多相机又把镜头对准了他们。被请来看戏的各方神圣大约也会为之感染的。

三坑村的和合判表演完了，约摸等待了半个时辰，才迎来另一支表演队伍。我从资料上得知，此地每年的起神灯活动，由三坑村和邻近的茅坪村在正月十五和十六日轮流出灯，也许，这支队伍便是茅坪的和合与判神班吧。

接下去表演的跳和合判与先前大同小异。只是这对扮演和合的孩子年龄稍大，看上去要老练一些；那判神也一改凶神恶煞的形象，换去红脸红须的面具，戴的是脸面煞白、笑得眯缝着眼的面具，不再持剑而执笏。

当时，只顾观看和拍照了，回来仔细回味照片，发现前面所跳的判神小鬼为茅坪的班子，为其伴奏的鼓上明白地标着村名。后面跳的那对和合也是来自茅坪，他们的衣衫领口上写着"茅坪和合仙官"字样；而前面的和合和后面的判神则是另外的村子，应该就是三坑村的了。此地跳和合判交错相融的组织形式让我糊涂了，查了些资料也未能理清头绪。不过，正因为如此，我反倒真切地感受到一个村庄与周边村庄的亲密无间。

三坑村也有类似水北和合面具来历的传说。相传从前三坑有一棵大松树，几个人都围不拢，人称"老爷树"。人们在附近的田地里干活，常见两个小孩在树下蹦蹦跳跳，大家既不知他们是谁，也不知他们跳的是什么。后来的几年间又不见了那两个孩子的踪影。某一天，有人在树边刨草垫栏，听到地下传出锣鼓家什的响声，他就去挖，竟挖出四个金脸仿。拿回村中，便被人们当作神明来敬奉了。其中两个笑嘻嘻的脸仿，被人认出就是过去常在"老爷树"下蹦跳的孩子。于是，他们被称作了和合仙官，另二位就是判神老爷和小鬼了。

神秘的来历，让这戴着面具的舞蹈充满了神圣感。表演临近尾声时，蓦然回首，发现此时的礼堂竟成了女性和孩子的天下。男人仿佛是悄悄溜走的，这意味着该出灯了。

这时，雨下大了。人们从礼堂出来，冒雨跑向村口高坎上的福主殿。福主殿周围已是灯火一片，聚集在那里的是全村青壮男性，是众多的和合愿灯和判神愿灯。虽然，人们都藏在雨伞下，但他们都坚信雨很快就会停的。我便听到了这样虔诚笃信的告诉：只要一开始游灯，雨肯定会停！

一些已经点燃的神灯正在雨中等候，四方举灯而来的人们络绎不绝。今夜全村各家出灯一盏，此时福主殿里神灯穿梭。

此地的神灯为长方形，长短不一，木制框架，裱以红纸，内置蜡烛四炷。举灯而来的人们先要进入福主殿，引神台上的火种，点燃各自的神灯，而后出殿集中等候。

不知三坑村把哪位菩萨当作自己的福主，殿内供奉的福主菩萨被红色布帐遮住了脸面，问起来，村人也是懵懵懂懂的，只说是福主菩萨。上方两侧贴有对联称："一封朝奏九重天，百拜恭迎三世佛。"它大概是一条可以追究的线索了。

傍晚时，我就看见福主殿后有几棵大树，直指冬天的枝条光秃秃的，但爬在主干上的寄生藤却是蓊蓊郁郁。当出灯的队伍聚集在树下时，红彤彤的灯火把树映得毛茸茸的。

竟也神奇，关于雨的预言果然应验了。三声铳响过后，人们依次从福主殿门前出发时，雨好像是听得人们的号令，立刻就打住了，队伍中的许多雨伞顿时消失了。所谓心诚则灵是也。

此地的出灯也是有规矩的，由三坑村和茅坪村在每年正月十五、十六两晚先后轮流出灯。游灯开始时，王姓和合愿头灯在前，聂姓判神愿灯行后，鼓乐队伍齐发。这条灯火长龙将穿村而过，朝夜色里的茅坪村游去。

长长的村巷两旁，人们纷纷燃放鞭炮，也有人家在门前插着蜡烛。在村口，热心的村人打开了家门，让我们登楼俯瞰灯火的长度、夜色的深度。我凭栏远眺，但见夜的旷野上神灯逶迤，果然如龙蛇游走，许多的祈愿照亮了山水田园，许多的眼睛迎送着共同的祈愿。

茅坪村在人们望中，在神灯前方。联想到那叫我犯惑的和合判组织形式，我忽然觉得，是驱邪纳吉的民俗活动，把鸡犬之声相闻的村庄串联起来，强化了这种建立在血缘和地缘基础上的关系，并且形成了绵延千百年而不变的秩序。看来，要驱逐人间的鬼疫，更要紧的是先祛除心中的鬼疫，求得人和，方能享受太平安康。

——是吗？

且慢。三坑礼堂里的"天光戏"就要开演了……

和合之舞

我几乎是冲着"卜冬卜冬嘎嘎且"的鼓钹点子，去看南丰水北村的和合舞的。很早就有朋友用方言绘声绘色地向我描述过那段伴奏，它好像在用当地方言在催耕——"播种播种家家去"。

它是一种亲切的乡音，一种古老的语言，一种关于春天的心情，一个属于乡村的童话。

是的，我从水北村和合来历的传说中，读到了童话般的天真烂漫。相传，也不知何朝何代，村里有个姓傅的长工，腊月二十五过小年日在后龙山刨草皮，忽然隐隐听得"卜冬卜冬"的响声，似有人在敲打锣鼓家什，循声探究，发现响声竟来自地下。于是，他刨开土地，挖出的却是两个金光灿灿的面具。这天夜里，他梦见带回家的两个面具变成了小孩，这对和合兄弟随着鼓钹的伴奏跳了起来。醒来后，他记起梦中的事，学着梦中的舞，可能得神助吧，越跳越开通，后来竟练出了三十六套花样。从此，这对面具就成了和合神，后龙山那发现面具的地方被称为"跳迎寨"，每年正月跳和合，和合班弟子必须去那里跳一回的。

有关和合面具来历的传说有好几个版本，我却喜欢这个有梦的故事。因为，和合二仙正是我们的老祖宗从儒家"天人合一"、"和合同异"、佛家"因缘和合"及道家"阴阳和合"的哲学思想和文化理念出发，在梦想中创造出来的民间崇拜对象。它们"和万象之新，合一元之气，并和气以保福禄财喜，合理而升公侯伯子男"，听听看，和合二字，贯通宇宙乾坤，涵盖自然万物，气概莫若其大也。这和合二仙差不多可以算作神灵中的哲学家了。

不过，我在水北筵福和合寺所看到的和合二仙的圣像，并无哲人的庄严和深邃，它们金粉黑发，耳衬红卷，笑容可掬，神采飞扬，那富态的形象是凡俗平易的，那生动的表情是招人喜爱的。

这天是正月十八。是新落成的和合寺开光的日子。我知道水北村"跳和合"的程序有三段，即从农历十二月二十五日"起迎"，经过十多天的"跳迎"，至正月十三日举行"圆迎"仪式，一年一度的跳和合便告结束。那么，此日的跳和合显然是个例外，是和合们欢庆自己有了新的殿堂、新的神位。

据说，这样的开光仪式是数百年难遇，所以，我舍弃了当日别的村庄的傩事活动不看，直奔和合而来。

摩托车挤挤挨挨地停放在寺外的坪地上。一筐筐瓷碗、一箱箱啤酒码放在斋堂门口。善男信女人头攒动，涌进寺里又挤了出来。村人喜滋滋地念叨着一个数字，很有些奔走相告的意思，他们说中午在此用斋饭的达五百桌。

我不禁瞠目。五百桌，那就是好几千人啊！可见这座和合寺香火之盛。

整个仪式分为两部分。上午是跳和合，夜晚才是为和合寺的菩萨开光。我赶到时，和合班弟子正在寺里做准备，神台上林立着大大小小的菩萨，有的被红布严密地遮掩着，香案上供着傩太子和一些面具。和合班弟子先在大殿中拜过神灵，而后分别戴上和合、魁星、傩公、傩婆等面具，各跳了一小段，这大概是相当于"起迎"的简单的仪式。此时，就有一些男女迫不及待了，他们把自己的孩子推到魁星面前，请魁星为之点斗。

正式的表演是在和合寺门前宽阔的场地上进行的。从人群后面射进来的阳光落在三面大鼓上，鼓面成了明晃晃的圆。踏着"卜冬卜冬嘎嘎且"的鼓钹点子，首先出场的是四对和合。和合所戴的面具有文像、武像之分。文像平发无髻，号来福，又称来喜，拿木制笔墨，表示求取功名，早登金榜；武像头梳两髻，称来宝，拿五档算盘，祝愿生意顺畅，方方吉利。水北老人说，民国时期来福穿绿衫黑裤，来宝穿黄衫，新媳妇会做绿衫黑裤送来福先穿一下，沾染文气和好运，以祈求生子有福；而如今，来宝依然穿黄衫，来福却是换成了红衫绿裤，这变化应该也是有说法的吧？

和合们在舞蹈。他们蹦跳戏耍，猜拳捉虱，挽脚碰手，恭贺作揖，富有生活情趣的动作细节抓住了密密麻麻的眼睛。这是体现了中国传统文化精髓的神，还原为一个个可亲可近的人，在人们的心灵大地上舞蹈。用他们的身段造型，用他们的动作表意，仿佛，雕刻在面具上的笑容也被鼓钹的节奏、身体的舞蹈激活了，荡漾起来。我听到的满场笑声，来自观众，肯定也来自他们。

我惊讶于这满场的笑声。看来，和合们的肢体语言在这里遍地知音。他们诙谐而稚拙的手势，撩拨着人们内心中的祈愿，也生动地传达出蕴涵在平凡生活中的浪漫精神。

　　那个手持算盘的来宝，在南丰傩里是个值得玩味的形象。那只算盘，既是恭喜发财的祝福，又是生财有道的寄托，象征着和合崇拜中所融会的利市招财的民间理想。在南丰乡间，关于和合兄弟做生意的传说也有多种版本，它们通过具体的故事宣扬诚信为本、重义轻利的观念，或传达贵人和合、和气生财的道理，然而，流传最广、影响最大的却是和合兄弟"做反生意发财"的故事。所谓"做反生意"，就是如今司空见惯的反季节销售，比如冬天卖空调和冰箱、夏天卖羊毛衫、羽绒服之类，只不过，和合兄弟是"夏天贩炭，冬天贩扇"。这么具体的商战谋略、经营手段，居然成了神祇所为，且被百姓津津乐道，着实令我吃了一惊。这和合神未免有失身份了！

　　在这样的传说里，我隐隐感到祖祖辈辈以耕读为本的人们，对经商之道的新鲜好奇，以及跃跃欲试的冲动。在重农抑商传统浓云密布的社会氛围中，来福、来宝兄弟真有点像传道的普罗米修斯，像一个播火者，或者，一个循循善诱的启蒙者。

　　不过，尽管和合兄弟似乎在为生财有道笑逐颜开，但来福手中的笔墨，还是不经意地流露出人们在塑造这对神灵时的内心矛盾。很难说那副羞答答的笔墨，不是迫于崇文轻商的传统观念与算盘达成的妥协。听说，邻近的宜黄县神岗村也有"和合舞"，其中的道具却是木炭，水北和合是否在演变过程中将木炭换成了笔墨呢？木制的笔墨为我的猜测提供了某种暗示。

　　所以，跳和合时那"卜冬卜冬嘎嘎且"的鼓钹点子，因为极似用方言呼唤"播种播种家家去"，又被人们演绎出了一个和合兄弟"回家作田"的传说。通过这些民间传说，我看到了人们对经商之道欲罢不忍、欲行不能的窘状。

　　和合跳罢，魁星出场了。手持墨斗的魁星，少不了也要握笔的。魁星和那个叫来福的和合，两人所用的道具相似，据此，我也有理由怀疑和合那副笔墨的来路。既有雷同，那么就得赋予它们不同的说法。于是，在这里，和合的笔墨便宽泛地指向了赐福送禄、荣华富贵，不似魁星那么具体地笔点状元，祝愿读书者高中榜首。大概正因为魁星点斗的具体可感、伸手可及吧，围观的人群里一阵骚动，只见一些男女拽着、抱着孩子挤到场上来，直扑魁星，一个个满脸真诚。那魁星依然舞之蹈之，却是有求必应。只见他右手执笔，左手捧斗，舞时交叉出手，伸臂撇腿，缓蹲速起，时而拧身俯瞰，勾腿跷脚，以笔注斗，时而立身仰首，伸手运笔，点中试者，那舞姿刚柔兼济，潇洒飘逸。其间，一口气点了一群状元。被拥着的小学生烂漫地笑着，被抱的幼儿则圆睁着好奇的眼睛。

不知是否因为和合寺开光庆典之故，在表演了《傩公傩婆》等节目后，旱船登场了，整个活动由此更具喜庆的娱乐色彩。而在平时，水北村的跳和合是从农历十二月二十五日至正月十三日进行的，仪式虽较为简单，却是庄重。十二月二十五日早饭后，跳和合的弟子到放圣像的人家集中，点香烛，放鞭炮，从神龛上取下圣像，作个揖即可出门，此为"起和合"；此后直至正月十二日，和合班到县城和别的村庄跳和合，十二日则必须回村；正月十三日在本村的活动称为"圆和合"，和合班要先在发现和合面具的后龙山上跳，在回村的路上，凡遇坛庙和房屋的旧址，以及传说挖到圣像挑回村时休息过的地方，都要停下来跳几下，以为纪念；在村中按照传统的路线在人家里跳完和合后，待拜过祖宗，再将面具挂回原处。

看来，每个村庄都是重视自己的来路的。我在许多村庄都发现，一些并不起眼的地方，比如，村外的路边，村巷中的坪地，或某处废墟，在村人眼里却是神圣的。坛庙、祖屋、宗祠虽已不复存在，它们的位置却永远坐落在人们的记忆之中，那里耸立着一座座香火不断的心祠。

心祠，一个多么动人的名词！它让一只只木雕的面具，顿时有了神采和表情；它让一尊尊泥塑的菩萨，顿时有了体温和思想。

我就是在夜晚的开光仪式上听说心祠的。原来，在择吉日举行的开光仪式上，要请塑菩萨的师傅主持，他们奉唐代雕塑家杨惠之和画家吴道之为行业祖师，自称"处士"，处士在开光过程中有一个重要环节，就是为菩萨安心祠。不仅为菩萨开光如此，有的傩班视傩面具为菩萨，和傩神、傩仔一样，也要安放心祠。心祠里装有本坊头人、傩班艺人的姓名、生辰八字，还有五谷杂粮，一些诸如丝线、头绳等象征身体器官的东西，以及可起防腐作用的"神药"。面具的心祠安放在头盔背面。

和合寺里挤满了信众。神台上也是济济一堂。后排三尊大的菩萨遮掩着全身，听说它们要到下半年开光。此时，需要开光的是观音等菩萨。烛影香烟中，观音们正在听任攀上神台的处士小心翼翼地为自己整理披挂。

那位处士是个年轻的汉子，身着道袍，头扎红巾。他从神台上下来，又在插满红烛、堆放着毛巾、黄表纸、塑料花的神案旁忙起来。此刻，他所做的最重要的工作大约就是准备心祠。

心祠在他手上，包裹在外缠红布条的毛巾里。那心祠先要放在烛火上熏一下，让在场的头人和弟子呵气，然后再用毛巾包好。难怪神案上放着那么多毛巾。

接着，处士匍匐于地跪拜菩萨，口里念念有词——

> 谅沐尊神，必垂郎鉴，尔等神貌本已陈旧，今日命工装塑，自今日入服后，深佑众信士日进黄金夜进银，你金做喉咙银做心，五色绢线做红缨。今领众信士呵气，是他气呵是你气，随口应心。隔山叫，隔山听，不叫是应延应，千里有求千里去，万人请到万人灵。今乃命公气脉相传，听吾吩咐，听吾祝咐，祝咐之言，谨记心怀，大彰感应，千年灵神，万年香火。

心祠让泥胎有了肉身，有了魂魄；心祠令人神气脉相通，心灵感应。人们之所以虔诚笃信，大约也因为心祠中本来就注入了他们自己的鼻息和心气吧？

开光的程序是繁缛的，缓慢的，听说整个仪式结束要到下半夜。已是夜深时分，处士累得气喘吁吁，浑身汗湿，而信众们一个个精神得很，都全神贯注地凝视着和合寺里发生的每个细节，庄严得好像是迎接着神灵的诞生或降临。凭着那份庄严，我相信，他们会一直等到下半夜，甚至天亮。

直至等到和合兄弟真的为人们带来好运；等到那群经过魁星点斗的孩子真的成为状元……

秉烛照迎跳竹马

竹马，一个充满距离感的名词，也是一个洋溢幸福感的名词。它和童年有关，和爱情有关。它是稚儿的游戏，是成人的记忆。

李白诗曰："郎骑竹马来，绕床弄青梅。"一竿竹梢，象征着一匹白马；一枝青梅，象征着一片童真。青梅竹马，状两小无猜、亲昵嬉戏，其实，也隐喻一种古典的爱情。

我幼年时也曾骑竿为马，与一帮男孩子追逐厮打。我以为，这样的儿戏乃儿童本能的模仿，其间并没有什么传承关系。然而，人们借鉴这一游戏形式发展起来的各种竹马艺术，却在民间世代相袭，绵延千百年后依然顽强生长在乡土之中。

我曾在距离南丰县不远的宁都乡间，看过出现在祭祖仪式上的一种竹马。它用竹篾作骨架，蒙以各色彩布，马头较大，马头、马尾分两节挂于腰间，人与马融为一体作骑马状。此竹马称竹马灯或竹马戏，属民间灯彩歌舞，在江西，尤以瑞金竹马最为出名。南丰县也有。而南丰的竹马舞则为傩舞，角色有关公、花关索、鲍三娘、周仓等，角色均戴面具，前三个角色的坐骑安小马头，周仓的坐骑则安小狮头。竹马舞只在春节期间表演，有祈福辟祟之意。该县的赓溪村和西山村可以算得竹马舞之乡了。

正月十五的夜晚，是赓溪村跳竹马驱疫的时间。从年前打福神祠取出面具供奉、起迎始，二十多天来，经过了参神、本村跳竹马、收香钱、外坊跳竹马等跳迎程序，赓溪的跳竹马仪式在此夜的活动，叫作"跳夜迎"。

就像前往夜晚必经下午那么真实，我在前往赓溪村的途中注定要在西山村逗留。西山与赓溪是隔水相望的近邻，西山也跳竹马，西山的竹马也许和赓溪的竹马是血亲。

至于竹马何时传入，赓溪无解，西山不详。因此，两村曾为孰先孰后争论不休，以至不惜想靠打官司解决。听说，最后是相互赌了一把，以看谁敢穿烧红的铁靴来一较高下。怎奈西山人怕死不敢穿，而赓溪人则灵机一动，花钱雇了叫花子冒充赓溪人穿上铁靴。结果，让西山人输得很不服气。

不过，在赓溪，倒是有着关于面具神秘来历的传说。相传不知何朝何代，有人在七龙窠挖到七个面具，有开山、花关索、鲍三娘、关公两枚、周仓两枚和三只小马头、一只小狮头，村人一并贡献皇上。朝廷大概是为赓溪人的忠诚而心动，允许其复制一套，以供他们表演花关索与鲍三娘、关公与周仓等对阵的舞蹈，竹马舞以两锣伴奏，称"五角迎"。清代，南丰县举行迎春礼时，县衙要请赓溪竹马参加表演，并有赏银。

西山竹马班在迎候我们。花关索们已穿戴整齐，他们是专门为我们表演的。在一所学校门前的草坪上，花关索与鲍三娘、关公与周仓、打旗与承旗捉对厮杀，他们的武器有大刀、长矛、砍刀、棍棒等。除了头戴面具，花关索、鲍三娘、关公和周仓还另佩竹马圈，竹马圈被服装遮蔽着，只在胸前露出个木雕的马头或狮头，南丰人管它叫马仔、狮仔。他们的表演也是以双锣伴奏，当打旗与承旗上场时，还有一个真正舞着旗帜的角色登场，他叫开山或称旗头。不知西山竹马是否因此称"七角迎"？

竹马班弟子的服装是信士敬奉的，他们的背后都写着类似的字样："信士×××喜助入本坊福主三圣灵佑公王台前，合众清吉，老幼平安，男增福禄，女纳千祥。"有些文字则干脆把那三圣灵佑公称作竹马神。

于是，我好奇地走进了西山村的福主祠。南丰竹马无专祀神庙，都是用其它祠庙代替。西山福主祠坐落在村口，祀福主三圣公王，在三尊木雕神像的上方墙壁上，有用红漆书写的神像封号，中为一圣正国公，左为二圣宝国公，右为三圣灵佑公，具体神名不详。两旁配祀鹰哥元帅与金鼠郎君。神坛左侧塑土地神像，右侧放竹马头盔箱柜，艺人称此处为"竹马神公王"神座，但墙上并未书写标明。作为道具的竹马圈悬挂于祠内门楣上方。

　　福主祠左边有乾隆辛亥年借墙重建的苏胡祠，听说南丰从宋代起就有祀苏、胡的，然而，这苏、胡二人究竟是哪路英雄、何方神圣，仍是不详。

　　尽管如此，这两座祠庙却是跳竹马最重要的仪式发生地。正月初一起竹马后，竹马班先要到福主殿参神；从初一到十二日，通过拈阄产生的新头首每天傍晚轮流到福主殿、苏胡祠和本村五个小神龛点殿灯，为神照明，请神下殿；到了十六日下午"圆竹马"，新头首先将装面具的箱柜扛到福主殿，傍晚时分放铳迎接老头首进殿跳竹马，双锣只能轻轻敲，对打的武器也要避免碰撞发声以至惊动神灵。当面具、马仔、狮仔被洗净装箱安放在殿内，下殿来看跳竹马的各位神圣也就上座了。

　　源于民俗的表演，一旦脱离了仪式的氛围，总是呆板和单调的，就像一尾跳在岸上的鱼。所以，西山的竹马表演只是给了我一个粗略的印象。我们在日暮时分匆匆赶往赓溪。

　　去年正月，我也曾在赓溪看过一场表演。那是正月十七的下午，赓溪已经"圆竹马"，就是说，正月里的傩事活动已告结束了，是县里出面特意为我们安排的。大约刚刚马放南山、刀枪入库又要劳人大驾吧，竹马班弟子多少有些厌烦情绪。我记得，在祠堂门前的坪地上跳竹马时，围观的村民不时发出一阵阵笑声，因为他们看出花关索们的步子不对。想来，那些观众要么也曾是演员，要么就是资深评论家了。一个小伙子提着一面大锣，敲锣伴奏的却是一个小男孩。为了拍张好照片，我们请竹马班从村口的石桥上来回走一趟，他们倒是满足了客人的这一要求，但步履匆匆的，脸上泛起不耐烦的表情。

　　不过，那场表演还是给了我关于南丰竹马的最初印象。在跳竹马的过程中，不时有人向竹马撒谷糠，听说这是"圆竹马"的一个环节，有些人家还会在谷糠里掺加茶叶和豆子，这是为了"喂饱马仔好上殿"。也是，竹马们辛苦了。

　　静静的赓溪福神祠里，依然悬挂着几只竹马圈，它们仿佛是一种暗示：存放在此处阁楼上的竹马面具已经随神灵下殿去了，去往恭迎着的烛火、翘盼着的人家，去往夜的深处、心的内部。

　　这座福神祠始建时间不明，但在上世纪三十年代曾被国民党军队拆毁，取其砖石修炮楼以围剿红军，后村民用留下的石柱在原址上重建福神祠。祠内上方正中神坛为福主公、福主婆及太子坐像，座前配祀量田、决海菩萨。左方为土地坐像。前列玉兔郎君、赵大将军及开枷、脱锁小神；右边为华光，配祀千里眼、顺风耳。厅中有供桌，东立文判，西立武判。至于福主姓甚名谁，却只有凭着祠内石柱上的对联去分析判断了，专家据此认为其应是南丰军山王吴芮。其实，后来我注意到，竹马班弟子衣袍的背上便写明了"福主军山尊王"。

与福神祠毗邻的关帝庙、祠堂和社公殿，也是静悄悄的。然而，"跳夜迎"的准备却在有序进行。此日下午，头首即已巡视各家，凡厅堂供桌上放有茶叶、豆腐的人家，就是需要在晚上举行"打关"仪式的，头首收去茶叶和豆腐。同时，给全堡各户送一二对蜡烛，以便晚上"照迎"。

夜色渐深。忙着感受整个村庄的环境气氛，不觉间，依次逐户进行的跳迎已经开始了。是一大群孩子分散了我们对竹马班的注意。那些大大小小的孩子各个举着一炷蜡烛，簇拥着，欢呼着，抢在竹马班之前，扑向前方的鞭炮声。

这就叫"照迎"，由孩子们秉烛为前往各家各户驱疫的竹马照明。从前参与活动的只限男孩，如今生男生女都一样了。烛光映红了一张张小脸，烛光也照亮了竹马所选择的路线。

孩子们手里的红烛，大多套着一块纸板，用来挡着流下的烛泪，避免烫着，也有少数举着火把的。一些年龄小的，尚在大人的怀抱中，竟也双手捧烛，加入了照迎的队伍。那些懵懵懂懂的眸子里，尽是红彤彤的蜡烛，尽是跳荡的火焰。

烛火吸引着相机，相机也吸引着孩子。在许多相机的镜头前，孩子们自然少不了来一番"人前疯"，一个个大呼小叫，挤眉弄眼，任由我们拍摄。但是，让我惊讶的是，疯过一阵后，一些稍大些的孩子便会赶紧离开。他们没有忘记自己的责任。

烛光引领着竹马班走进一户户人家。在烟雾腾腾的厅堂里，竹马班开始表演起来，其内容依然是表现花关索与鲍三娘、关公与周仓对阵。据说，南丰的竹马舞专演花关索故事，至于花关索是谁，历来众说纷纭，学者们各持己见。

因为成群的孩子拥入，各家的厅堂都显得逼仄，舞刀弄枪的花关索们根本就是英雄无用武之地。所以，我以为，逐门逐户的表演其实就是一种形式上的象征，它意味着驱疫的神到了，这就足够了。至于那神姓甚名谁，神们如何作为，对于老百姓来说，并不重要。

听说，需要"打关"的人家，事先会在供桌下放一个瓦钵和一把柴刀，待关公跳毕，头首便扯关公衣服并示意桌下，关公会意，拿起柴刀打碎瓦钵，然后双手持刀作揖，主人则迅速将瓦钵碎片扫净倒掉。"打关"是为了让男孩更健壮、更胆大，凡"打关"人家需连续三年如此。可惜，我并没有看到这一情节。

竹马班在夜的村庄里穿行，在不夜的心灵中舞蹈。此夜，家家门前马蹄得得，人人心中烛影摇红。

当花关索们舞蹈起来时，当烛光引领着竹马班消失在鞭炮声中时，我忽然觉得，此夜大人和孩子的身份置换了，那些骑着竹马的男子真像一群天真烂漫的儿童，那些秉烛照迎的孩子才是虔诚陪伴着神灵的大人。

遥想千年，人们由儿童胯下获得的灵感，是不是一种源于生命意识的冲动呢？是不是渗透了人们对童年的眷顾、对光阴的嗟叹、对自我生命的体恤呢？

不管怎样，在正月十五的夜晚，在赓溪村，半个村庄举着烛火，半个村庄骑着竹马；半个村庄在健壮成长，半个村庄回到了童年……不，何止赓溪，我分明听到隔河传来神铳的轰鸣、鞭炮的炸响。

那边，该是西山竹马开始跳夜迎了吧？

柳灯里的八仙

灯是人丁兴旺的祈愿，火是纳吉祈福的语言。

灯为灯的心愿虔诚地迎候着神祇的亲近，火用火的语言威严地怒斥着邪祟的觊觎。

在我看来，灯与火，是一切民俗活动的灵魂，无疑，也是南丰傩事活动的灵魂。石邮搜傩之夜的火把，赓溪照迎竹马的蜡烛，三坑逶迤游走的神灯，上甘插在路边恭候众神的线香……闭目回想，我眼前尽是火的意象。

灯有灯的身体、相貌和表情，火有火的性格、情感和心思。在南丰，最为别致、最为古朴的神灯，大概要算石浒村的柳灯了。

柳灯，顾名思义，与柳有关。它以柳枝为灯柄，每根柳枝上悬着四支火媒子，其状也如风摆枝条，绿柳依依。儿童提灯踏夜，穿梭往来，颇有古风。

古朴，并不意味着简单，古朴的风格往往是通过古老而复杂的工艺来实现的。比如，柳灯的制作就得费一番工夫。在每年正月十二那天，头人就要买好爆竹、蜡烛、牛胶、白蜡、火纸等物，组织村民制柳灯。柳灯的火媒子内用竹子，外缠火纸，中间穿铁丝，再灌上牛胶、白蜡，扎在柳树枝桠上。在制柳灯的同时，人们还要糊六边形的高脚灯笼，写上"揭"字或"三史民家"字样。不知所谓"三史"是否指的是石浒开基祖的三兄弟。

石浒村民为揭姓，由广东揭阳迁入。据说，他们本来姓史，其祖上出了一位将军，征讨匪患有功，世人美称史将军。可是，族人听来觉得别扭得很，一念之下，竟认为姓史不如姓揭（捷），干脆就把姓改了。也是一时居功气盛吧。此事在过去的宗谱有记载，然而，因宗谱被毁，如今只是人云亦云罢了。

我们来到石浒村时，正赶上连续三日举行的"起灯"。石浒村分为里堡、外堡两部分，里堡是祖上定居地，外堡则是后人迁居地，跳八仙的整个仪式过程都融合了里、外堡的地理概念。在十三日起灯之前，里、外堡的八仙弟子已经有分有合地举行了参神仪式。晚饭后，由里堡放铳通知外堡起灯，于是，里、外堡分别在福主殿、骑路亭起灯，而后，相向迎灯。每日的路线相同，但会灯的地点不一。我们来石浒的这天是十四日。

福主殿里供着三尊神像，正中的那尊红脸长须，颇像关帝，该村外堡便有一座关帝庙。关帝原为三国时期蜀国名将关羽，宋以后，他忠义勇武的精神被朝廷渲染利用，历代皇帝多有加封，至明万历年间更是被封为"三界伏魔大帝神威远镇天尊关圣帝君"，佛道两家也竞相罗致关羽为本门神祇，明清时关羽被列为国家祀典，以"三国"为题材的话本、戏曲、小说把关羽写成"义薄云天"的神人，使得红脸关公成为家喻户晓的万世人杰，成为中国老百姓最喜爱的神明之一。尽管南丰曾有多座被列入官祭的关帝庙，高高在上的关老爷享受着四方百姓祀奉的香火，但是，周边的村庄仿佛还嫌不成敬意，仍然把关公当作自己的福主，或在村中建庙专祀，或与别的神明合祀。我在赓溪等村庄都看到了关帝庙，我想，关羽可能是在乡村兼职最多的一位福主了。而民间格外崇拜关帝，反映了在社会生活变化的背景下，随着经商活动的日趋频繁，人们对"义"的崇尚和追求。

我进入福主殿时，才见几个男孩子在这里点灯。不一会儿，殿内就挤满了人，以男孩为多，也有几个汉子，他们帮着孩子点燃各自的柳灯后，一同加入了集结在福主殿前的迎灯队伍。

柳灯的队伍出发了。高脚灯笼在前面引路，紧跟其后的是锣鼓家什，接着是铁拐李、汉钟离、吕洞宾、何仙姑、曹国舅、蓝采和、韩湘子、刘伶等八位仙人，提着柳灯的孩子夹杂在其间。石浒八仙中缺了那倒骑毛驴的张果老，而换上了又名刘海、风僧的刘伶。

一盏柳灯上盛开着四朵火焰，花团锦簇的队伍仿佛一条浴火而生的巨龙。柳灯是它金光闪闪的鳞甲，是它自由舒展的身体，挟着风，蜿蜒前行，穿破了沉沉夜色。

在村庄的另一头，也有这样的花朵，这样的灯火长龙。我渐渐看到了那时隐时现的光亮。

很快，相向巡游的队伍在村中交会，但并不停步，大路朝天，各走半边，依然大步疾行。唯有柳灯在彼此招呼，火与火击掌，光与光相拥。

我随着柳灯到了村中，只见村子正中位置的路边摆着一张供桌，桌上供奉着八仙的面具、道具及供果。在这里侍奉着八仙神像的是一位婆婆，她说，过去八仙班是要在这里着服装戴面具的，因为她家信了耶稣，就改为别处了。至于为什么改换门庭，她的回答是：耶稣信上帝，上帝比傩大。

我不由地想起,下午在中和村佛寺看到这样一副楹联:"为人正直见吾不拜何妨,心存恶意日夜焚香无益。"然而,看来这位老人家还是真心顾念傩神菩萨的,只是再想交结一个更加位高权重的神而已。依然在路边供奉八仙的行为,就表明了她感恩于傩神、唯恐有所不敬的复杂心迹,和上甘村那些皈依了上帝便对傩神敬而远之的人家比起来,也算是有情有义了。

因为这一耽搁,再也追不上迎灯的队伍。横穿村庄而去的队伍,消失在外堡方向,消失在刚刚升起的圆月下面。我只好坐在一户人家门前,等路上的八仙弟子快快回来,等头上的月亮慢慢过来。

圆圆的月亮,照着一张圆圆的供桌。月光下的面具,表情也柔和了许多,仿佛目光迷离、暧昧地笑着。原来,木雕的面具是有血肉有神经的,那看似恒久的表情,也会有丰富的变化。与其说那是光线导致的,不如说它们经常受环境气氛感染而变得栩栩如生。

这天的下午,我在中和村看了跳十仙表演。中和的十仙,除众所周知的八仙外,还有风僧和刘伶。传说刘伶与风僧是一个人,因此,这两枚面具是一个模样。据说,此二人在海上劳作,十分艰难,八仙见后,利用各自的长处帮助他们,后来,他俩也成了仙。于是,便有了"八仙飘海十仙到"的说法。

中和村的表演是在铺满阳光的操场上进行的,八仙们依次登场独舞,退场时二人对舞;八仙都出场以后,相互穿阵,分站两边;这时,刘伶上场耍钱,钓蟾不成,风僧上场与其一同捉蟾,靠着众仙指点帮忙,刘伶和风僧终于将蟾捉住。在这个不无谐趣的捉蟾表演中,那只用红布制作的蟾,无疑是一种吉祥的象征,或指向生殖崇拜,或隐喻金钱累累,或有别的深意。学者对此各持己见,言之凿凿,我不敢置喙。不过,我以为,既然为百姓所喜闻乐见,它勾连着的,一定是人们最朴实的心愿。

中和村春节期间的跳十仙仪式于正月初二开始,先由弟子们到附近福主殿、汉帝庙、清源庙等处参神,初三出坊跳十仙,从十一至十五日则在本堡跳。其中,十一、十二日为上灯日,凡年前结婚生子的人家,要在祠堂里挂上裙灯以告慰祖先，到了晚上弟子们则登门跳十仙表示庆贺。经过十四日下午为全村表演的跳全堂，元宵节之夜就是逐户的跳年灯了。这天，已婚妇女可到新媳妇家吃甑盖茶，新媳妇要将饭甑盖顶在头上，任由年长的妇女用刷把敲打甑盖。我之所以记下这些与跳十仙一同进行的民俗活动，是因为这些活动普遍流行于客家人聚集的石城、宁都一带乡间，由此可见，各地民间文化兼容并蓄、融会贯通的奇丽景象。

这也许是随着历史上的人口迁徙带来的文化记忆。或者，民俗文化也如遍布江南丘陵的马尾松，它们的飞子会在阳光下随风轻扬，而后，落地生根？

听说中和刘氏于南宋庆元年间由福建迁入后，即有跳迎活动。而在石浒则传说，某朝揭家有人在杭州做官时，有两户人家为八仙圣像被盗事打官司，衙门断不清案，就说：你们两家都别争，干脆留着给老爷我自己玩吧。老爷遂将圣像带回了石浒老家。他既不会跳，也不知用什么曲子配，便派人去苏杭学。所以，石浒有民谣概括此地跳八仙的特点，云："杭州的八仙，苏州的丝线。"丝线指弦乐，石浒跳八仙时除鼓、钹、笛子、唢呐外，还有两把胡琴伴奏。可是，当晚表演并没有用胡琴，伴奏时最卖劲的就是笛子了。

我们坐在人家门前，皎洁的圆月不知何时悄悄地坐在我们身后。八仙弟子也是悄悄回来的，像月光一样轻盈无声。

从十三日晚上迎灯后开始，到十五日晚上，为里外堡八仙弟子跳迎时间。十三日他们各自回到本堡，在各家的厅堂里跳迎；到了十四日，要互相跳迎，即里外堡八仙分别在别堡跳；十五日晚上则为未跳完的人家补迎。按照这一程序来盘算，此夜我们看到的应该是外堡的八仙了。

不过，事实上我们在这里看到的是两个八仙班的竞技，这大概是村里的刻意安排吧。有一班，也不知属里堡还是外堡，弟子们都很年轻，有两三个不过是半大的男孩。他们在厅堂里跳八仙。接着，另一班在门前坪地继续表演。铁拐李、汉钟离、吕洞宾、何仙姑、曹国舅依次上场两两对舞后，蓝采和与韩湘子同时上场对舞，再是八仙分队穿阵，最后刘海捉蟾。八仙的舞蹈看似简单，却也传达出不同的韵味，或有仙风道骨，或充满凡趣。

看着八仙的舞蹈，我却牵挂着那些柳灯。此时，柳灯不见踪影。原来，在迎灯之后，孩子们已将柳灯带回家，图的是"沾老爷的光"；而到了举行"圆迎"仪式的十六日晚上，柳灯的队伍会再次出来，依然按照迎灯的程序和路线，穿行在人们美好的祈愿中。只是，那个夜晚，八仙班弟子还要举行庄严肃穆的辞神仪式。辞神时，提柳灯的队伍在福主殿外烧纸作揖，头人则前往村庄的水口处，点燃一挂长爆竹，抛向空中。这就是送神了，神灵在空中的远方，在望中的前方。正在福主殿内跳八仙的弟子一听到爆竹声，立即停下舞蹈，停下伴奏，一切声音都静止了，人们静静地等着去送神的头人回来，再返回本堡，一路上屏声敛息。

在那肃穆的夜色里，柳灯还在燃烧吗？我不知道，我没有守候石浒村的正月十六。每年正月，是南丰乡间的假面舞季，我得走马观花，去领略别处的精彩。

我想，即便辞神之后，柳灯也不会熄灭的，人们不是期待着"沾老爷的光"吗？

柳灯是人们的心灯。

所以，我年年去赶赴与南丰傩的约会，赶赴南丰乡村盛大的假面舞季。

这是怎样浪漫的演出季！发生在风光秀美的山水之间，发生在漫山遍野的橘园里……

这是怎样隆重的演出季！一个东方民族文化和精神的无穷魅力，必将吸引整个世界好奇的目光……

流坑的人面葵花

我把比比皆是的雕刻看作古村最主要的表达手段，最重要的语言形式。这是以砖、石、木等硬材料为介质的艺术语言，是古村建筑的思维和情绪，眉目和神色，是余音绕梁的欢喜，袅袅飘飞的祷祝，稍纵即逝的惶惑。我们对古村建筑的欣赏，在很大程度上是依靠欣赏雕刻艺术最终完成的。

那是一个必不可少的对话过程。它用线条组词，用形象造句，用贯通古今的语言，为我们描画出历史生活的精神气韵。同时，它又超然于历史，不屑于陈述和再现具体的历史事实，甚至连时代背景也被隐匿得需要专家来考证，这就使得它的表达既生动又神秘。

富有历史感的神秘性，正是我们想象历史的巨大空间。

因此，对古村民间建筑艺术的审美，离不开对遍布其间的雕刻作品的深入体味。也许，这正是我们探究历史、访问民俗、窥望过去时代的社会心理的必由之路，正是我们理解古村建筑、印证审美判断的可靠参照。由那些雕刻作品所传达出来的东西，往往要比族谱所提供的更充分、更传神，比人们口口相传、游丝般残留到今天的更真切、更准确。

然而，我们对古村雕刻艺术的鉴赏和研究却是十分薄弱，能见到的大多是驻足于一般的介绍，对作品的文化内涵少有观照建筑整体的考察，而且是把作为艺术的雕刻一概视同于那些"死"的文物来证明历史。所以，那样的介绍文字，是无法捕捉雕刻艺术通过生动的形象所蕴藏的鲜活的思想、丰富的感情的，即便其中间或流露出一些艺术品评的企图，大致也不过是感官直觉的粗疏印象；倘若停留于直觉印象，我们的艺术审美极可能被其所蒙蔽。

比如，在江西古村民居中常见的兽头吞口，是按风水理论的讲究，用以驱邪止煞、逢凶化吉的神物，当建房受到各种条件限制无法如意选择宅基时，将它置于房屋大门上方，就可以辟邪纳吉了。人们形容这类辟邪物，无不以"狰狞可怖"一言以蔽之，极少有更为细腻且准确的感受。

我看过流坑的吞口，镇守在大门上方，有木雕的也有石雕的，木雕的吞口一般都会突出面部的某个部位，或是怒目鼓暴，或是龇牙咧嘴，或是鼻子硕大，第一印象的确是凶神恶煞的古朴形象。但是，仔细再看，这些大同小异的吞口，其"大同"处并不仅仅在于这些形象都传达出相似的威慑力，更在于被夸张了的细部，往往在整体形象的明暗、凹凸、刚柔、曲直的对比关系中得到协调，总有一些柔和的线条中和了它的狰厉，使獠牙种植在似笑非笑的暧昧之中，使怒目被围困在面颊肌肉的丰润敦厚之中，有的则以繁复的髭须强化它的轮廓，使得本来粗犷、威严的形象带着很重的装饰意味。可以想象，它们的表情要比"狰狞"复杂得多，神秘得多。甚至，在狰厉与温和的对比之中，我们能够体会到一种隐隐约约的荒诞感，萦绕在上翘的嘴角边、矛盾着的眉目间。对比其它古村的类似面具雕刻，流坑的吞口几乎都以人的形象为基础，只在局部作了怪诞化的处理，我感觉更重要的区别在于，它融会了兽性和人性，体现出强烈的中庸意味。

有意思的是，这种意味在其它各种雕刻雕塑作品中也能读到。比如镇守宗祠、宅第门前的圆雕石狮、木狮，往往通过对其脑门、鼻头等细部的夸张，突出它的憨态，威风凛凛中竟有和风习习，使其雄强威猛的形象变得温厚可近，有的甚至是慈祥可亲的。

由此可见，有着同样物质功用的雕刻作品，乃至相同或相近的雕刻艺术语汇，在不同古村里会表现出不同的性格特征，它的个性就是建筑个性的体现方式之一。这是因为渗透于雕刻作品中的审美理想，是和融化在建筑中的情感寄寓息息相通的。

在流坑这个崇尚儒家理学的村庄里，它的建筑布局既依据周礼的规定，不僭越封建等级的定制，又匠心独运地有所突破；既以其庄重典雅的风格强调了深厚的文化底蕴，又禁不住富甲一方的窃喜流露出于张扬的欲望。它的张扬，生动反映了明中叶因商业兴起而涌来的扬人情物欲的世俗精神。我们说流坑的建筑既非官非民、又亦官亦民，既非城非乡、又亦城亦乡，这个不伦不类的特点，是否恰好体现了世俗精神与传统文化妥协、折衷的矛盾心态？建筑的性格矛盾折射在吞口上，就是那并不狰狞的复杂表情了。

流坑吞口的个性，也是其宗族文化特色的必然反映。不知是因为宗族的经济富有、人文昌盛，还是因为随之而来的强大的世俗精神唤醒了人本意识，鬼神崇拜好像只是其时流坑人的朦胧记忆，而他们记取的仅仅是可以承载现实情感的形式。"禁邪巫"的律条赫然出现在明万历二年立的《流坑董氏大宗祠祠规》里，称："楚俗尚鬼，自古亦然。妇女识见庸下，犹喜媚神福，不知人家之败，未有不出于此。盖鬼道胜，人道衰，理则然也。"于是，祠规斩钉截铁道，"僧道异流，无故不许至门。"字里行间，竟然是深恶痛绝。最耐人寻味的是，驱鬼禳灾的傩舞到了与傩舞之乡南丰相距不远的流坑，干脆被称作了"玩喜"，几乎成为主要用以娱人的民俗活动。以此反证吞口，就不难理解其功能的衍化了。

由巫术而来的演变，使吞口这一吉祥物，消解了事前禳解的辟邪意义，俨然成了美化门面的饰物，成了观念形态的艺术，或者说，它的庄严里羼杂着更多的仪式化的意义，乃至娱人的谐趣。

流坑的吞口，还有石雕的，它们与大门上方的石刻门匾连为一体。面具周围发须呈太阳形，而太阳形常见于南方民居，本意正是为了驱鬼，但是石雕吞口上的太阳形几乎都成了美丽的纹饰，装点着面目形象的丰富表情。其中有一件兽头面具，很是耐人寻味。它露齿生角，但角好像退化了一般，倒是发须张扬，一咎咎如葵花花瓣，整体形象便是拟人化了的向日葵了。如果说，辟邪的吞口反映了人们恐惧紧张的心理的话，那么，在这里，透过它的装饰之美和氤氲其中的神秘之美，我们看到的是多么松弛、欢愉的心态，充满童真，充满谐趣，充满着主宰命运的自信和自豪。

遥想当年流坑的兴盛繁华，我想，这讨人喜欢的人面葵花，大概便是流坑人春风得意、精神舒展的心灵形象了。

感受着偎在建筑装饰中的人性温暖，再看镇守在宗祠或豪宅门前的石狮，在我温情脉脉的眼睛里，它们仿佛也变得中庸了。怒目圆睁、龇牙咧嘴的石狮，象征着地位和威势，其威猛的形象具有辟邪的意义。但是，这凶猛无比的百兽之王一旦进入儒雅的村庄，好像不由自主地庄重起来，和善起来。有时，甚至变得憨态可掬。

在流坑大宗祠的废墟上，唯有一对石狮依然完好地保全下来，面对四百多年的风云流变，傲然屹立于今天，任由孩子们骑在它们的头上嬉戏玩耍。这对石狮以红石为材质圆雕而成，连基座高 2.56 米，分立宗祠大门两侧。雄狮口张开，右前肢蹬直，左前肢屈起踏一小球，后肢屈坐，昂头朝右侧视；雌狮口微张，朝左侧视，双腿间还有一幼狮。两狮均颈系圆铃，双目圆睁，脑后的鬣毛作太极阴阳鱼状卷曲，层层排列披覆至颈部。据说，这对石狮是重建大宗祠时由族人独资捐赠的，此人还将自己的屋基地一并捐出，其死后获得的回报是，享有入祀大宗祠的待遇。

流坑的"理学名家"宅门前也有一对圆雕红石狮子。不知道这两对石狮有否亲缘关系。粗粗看去，它们大小不同，体态有异，前者更为壮硕雄健。不过，它们的脑门、鼻头、眉目等细部都被夸张了，这种夸张是拟人化的，仿佛阔大的前额包藏着人的智慧，高高的鼻头吞吐着人的鼻息，鼓突的眼睛散射着人性的光芒。在这里，是兽性被人性中和了，还是人性把神性稀释了？我感觉到了它们疏离神性、接近人性、直至抵达一个宗族内心的足下生风的过程。是的，对于流坑董氏这样显赫的大宗族，石狮原本具有的用以辟邪的观念意义已经不重要了，它的威势应该是族人富有尊严感的心灵外化。所以，回味流坑石狮通过拟人化的细部刻画被强调突出的憨态，我们竟能从威风凛凛中感觉到和风习习，感觉到那雄强威猛的形象似乎变得温厚可近了，有的甚至是慈祥可亲的。这样，它其实已成为美好的、让人身心愉悦的吉祥物了。

神岗之傩神

宜黄县神岗村应氏于北宋元祐年间迁此开基，村庄因北山上神岗庙而得名，这里地形也神奇，酷似渔网，而三里长的河堤恍若网绳，河边的风雨亭便是渔人了。另有马形山岗，其形势为"吃在外坊，屙在神岗"，故而，这里有种有收，五谷丰登，六畜兴旺，人丁安康，终成为千烟之地。据称，神岗曾有十座祠堂，每祠均有字号，故有"神岗十字号"之谓，即：仁、顺、忠、慈、孝、有、惠、义、听、悌。

相传，北宋时应氏有族人在朝廷礼部任职，回乡省亲带来了宫廷里的傩舞。而我在西灵傩神宫门前石碑上看到的说法是，明永乐年间此坊曾闹过天花瘟疫，百姓束手无策，数日后，西灵山王母娘娘托梦于当地长老，须在人烟稠密处建傩神宫，使之藏身宫殿中，方能驱瘟灭邪。于是乎，得梦长老率族人急赴西灵山敬奉王母娘娘，真是灵验，一日之后，染病者尽皆痊愈。人们酬谢神灵的，是一座由合坊信士资助建成的西灵行宫，内中祀奉王母娘娘诸神。此后，全村平安无事。待在西灵山上的王母娘娘大概是不甘寂寞了吧？

那好，人烟稠密处又有热闹来了。康熙某年正月初一，一老樵夫途经社前坑时，隐约听到锣鼓声，循声找去，发现响声源自社公庙里，撬开神坛底座，见内藏一担箱子，箱中盛有三十六枚天兵天将面具和一套锣鼓兵器，以及一本教傩的书。开箱之际，枪和刀柄突然变长，短棍变粗，让傩神受惊了，一尊关公、两尊和合面具竟飞往邻近的麻坑村，落在德胜殿的梁上。后来，神岗人试图迎回圣像，岂料，它们牢牢地紧贴在梁上，根本无法取下，这意味傩神不肯下梁。神岗人只好另刻三尊面具。那个麻坑村也缘此有了傩。为了标榜神岗傩的神威，还有故事说，某年宜黄县城发生瘟疫，惶惶然的兰水村请去神岗傩以逐疫消灾。后来，有一尊关公神像因贪恋他乡盛情，被接回神岗后又私自飞去了兰水，关公成为播火者，兰水便开始跳傩。这些传说证明，宜黄县也曾傩风盛行。有清同治十年版《宜黄县志》中记载为证："上元前后，各于保甲内作年规会……如古傩礼。"几年前，我在该县君山村就闻知，那里的傩其实是在近年才彻底消失的。传君山傩同神岗傩，却是每三年跳一次，主要节目有《雷公雷婆》《王母仙姑》等，每次跳傩要前往周边二十多个村子。

上述县志中的《户口田赋》载："永乐二十年，重建黄册，取勘实在，止有人户14430户，殁死将半人。"就是说，公元1423年宜黄的确发生了瘟疫。只是，传说是不讲逻辑的，北宋时传入的傩与清代凭着那本意外拾得的傩书自学的傩，二者之间有何联系？不知道。北宋传入的傩怎地奈何不了明永乐年间的瘟疫呢？更是只字不提。

神岗傩每年于正月初一开傩，其请傩仪式也是郑重而繁琐的。新建的神岗西灵傩神宫大门两边有联称："以舞带武跳得人间春常在，居殿为善神威庇消百姓灾。"然而，庙内主祀的其实是三尊佛，冲着大门还坐着乐呵呵的大肚罗汉，神台前一副柱联道："暮鼓晨钟警醒群蒙怎样怎样，经声佛号引化众生如何如何。"两组傩面具则供奉宫内一侧的桌子上。请傩时，傩班弟子进入傩神宫，先把面具、锣鼓和服装从箱子中取出，放在神台前，再燃香烧纸，下跪作揖。罢了，两位弟子穿上红花便衣，一人擎香，一人拿纸，另有两位师傅分别敲锣击鼓。掌鼓者喝彩道："师公师爷，起马合坊清吉！"锣鼓应声响起。傩班一行出门，掌鼓者边走边喝彩："家神家神，一方之神，人丁兴旺，陈谷满仓，猪肥牛壮，保佑合坊。"

傩班来到社公庙参神。进庙后，锣鼓停止，点香烧纸，掌鼓者喝道："社公社母，一方之主，猪肥牛壮，崽伢成年长大，老人老神康健，合坊清吉。"喝罢，将鼓放在地上，锣放在鼓上，掌鼓者双膝跪下，从口袋里取出筶。此地称筶为"校尔"，形似李子，杂木制作，一分两瓣。互用绳子对中串好相连，两瓣相衔面朝下为阴筶，同时朝上阳筶，一上一下则是成筶。掌鼓者喊一声师公师爷，将筶往牙齿上一敲，掷入锣中，箸有三副，各掷一次。此次跌箸意在预卜傩班弟子在这半个月里是否身体健康、平安无事。跌成清一色，即三次一样，为阳箸，阴箸或三箸也可以称成箸的，但是，若跌成两次一样、一次不同，则称"扛上箸"，是为凶兆，预示着跳傩过程中傩班有人生病，甚至需要别人去扛的重病。凶兆出现，便要杀气腾腾地怒喝"合坊清吉，风调雨顺"，以镇住邪气。

之后，傩班再起锣鼓，前往其它大庙参神。随后的彩词是："一座威神显灵光，今日弟子烧宝香，宗师盖保人人乐，清源祖师唁灾殃。"参神完毕，傩班返回行官启箱，开始在各祠堂门前跳傩。然而，请傩仪式并未全部结束。神岗十字号祠堂在村头有片田，田里的收入除修祠外，其余用于傩事活动开销。因此，初一在祠堂门前跳傩之后，初二还要那片简称"十字号"处跳，村人称"神也要看田"。

接下去，就可以挨家挨户跳傩了。神岗跳傩似以喝彩为特色。被迎进人家，锣鼓声中，喝的是："十二月梅花斗雪开，不是新年我不来，宗师保佑人人乐，清源祖师送福来。"如遇主人家有人过世，傩班弟子便要参拜灵位，此时则喝："一座亡灵显威光，今日弟子来烧香，孝子灵前端端跪，平安吉庆唁灾殃。"逐户跳傩时，主人会送红包以酬谢傩神，同时送的果品和米倒入箩中后，傩班弟子则将盛器翻转过来，表示替主人盖财。而对做生意、做官和读书的人家，却不能翻转盛器，得让人家继续兴隆发达呢。去到每户人家所跳的节目有不同，比如，神岗傩的代表节目《开山弟子》，原先只能在应姓和黄姓人家中跳，因为他们的祖先是开村元勋。

正月十五日跳傩结束。十六日上午，所有跳过傩的人家，要请关公来自家厅堂跳傩，谓之"杀四角"。倘若把喝彩和跳傩视为祈福的祷祝，那么，此举便是搜除鬼疫了。这时，傩班弟子接过主人的米筒，将米倒入箩中，不能撒落一粒米。米代表兵。一筒米，无数的兵。伴随锣鼓急急风的点子，关公的舞蹈却是简单、短暂，村人有谚语云："枪枪起，枪枪起，没进门，先倒米。"上午在全村各家杀四角后，傩班便在晒谷场上表演全套节目，称"拨拢"，意为集合全体兵马。随之，前往社公庙。参神始于社公庙，傩事活动也终于社公庙。此时最重要的程序是由道士跌筶，其结果无论吉凶，只可意会不得言传。接着，由锣鼓师傅与挑担人送神至村外河边的一座小庙，面对许真君坐像锣鼓戛然而止，锣鼓同前述方式摆放，继续由掌鼓者锣里掷那三副校尔，不同的是，此刻是三副校尔一起掷入锣中，以判当年年景及人畜情形。其结果仍是秘不示人，或有问及，只道是"好，合坊清吉"。

神岗傩班原有三十六枚面具，现有面具为开山弟子、和合、财神和王斑虎、魁星、高源、王元帅和法祖、清源、关公、享仙和邓仙、小鬼、鬼公和鬼婆、雷公和雷母、龙官和朱帅等。傩班弟子所执道具为长枪与短棍两类，持长枪和关刀的节目均伴有喝彩，其动作粗犷刚劲、干净利落，而短棍节目则稳健沉着、细致中不乏谐趣。

我在当地得到一份资料，其中分析了神岗傩近年淡出人们视线的几个主要原因，此外，称其它因素还有：虽保存了二十来个节目，实际能跳的只有三四个，且内容、动作简单，缺少变化；傩事活动只在本村进行，从不出本村水口，故影响有限；前些年随一位应姓带头人的去世，再也无人牵头，且后继乏人，年轻人即便学傩也是敷衍了事；历来傩班弟子为生活穷困者，都嫌跳傩名声不好。如此等等。

暮色中，一老人在西灵傩神官门前为我表演关公。关公手持偃月刀，捋须，磨刀，试刀锋，然后，悠悠然，舞了几个回合。一系列动作，于从容中竟透出几分慵懒。再看关公面具表情，似乎睡眼惺忪。莫非，神岗的请傩仪式尚不及上甘请神、催神的礼数周全，功高盖世的关老爷不肯轻易醒来？

广昌大禾莲神太子庙会

　　广昌县盛产通心白莲，是著名的白莲之乡，该县从唐朝仪凤年间开始种莲，至今已有一千三百余年历史。明代正德年编《建昌府志》载："白莲池在广昌西南五十里，唐仪凤年间居民曾延种红莲，其中数年变为白。"广昌旧志中还有"全县花枝放吉祥"、"池生瑞莲，色味异常"等记载，生动描绘了历史的种莲盛况。莲是莲乡百姓的生活依靠和精神寄托。悠久而独特的生活历史，让莲花成为莲农心目最动人的吉祥图案，此地古建筑中广泛运用莲花图案，那些精美的木雕、石雕、砖雕寄托着人们的美好愿望；艳若霞云的莲田，还孕育了一个个口口相传的动人传说。

　　关于通心白莲，人们说，是一位巧媳妇培育的。巧媳妇叫巧莲，她母亲是传说中的英雄，其手持莲花、脚踩祥云战胜了地震灾害，救了全村人性命，生下巧莲后升天而去。巧莲公公是种莲能手，为了培植莲中珍品百子莲和一花四芯的四方观音莲，操劳过度病死了。巧莲婆婆哀痛欲绝，茶饭不思，卧床不起。巧莲听说莲子可以祛病健身，为了孝敬婆婆，把所有的红莲去皮通心，做成香喷喷、甜滋滋的莲羹供婆婆饮用，婆婆顿感身体康复、青春焕发、耳聪目明。从此，有苦涩味的红莲变成了美味清香的通心白莲。传说《佛门圣花与广昌白莲》称，何姓老渔翁父子夜捕时睡着了，醒来见田垄红光灿烂，莲花盛开，阵阵莲香扑鼻，定睛又见一位绿裙素服的少女从盛开的花朵里飘然而出。原来，少女亲朋遭不幸，其愿为老伯作义女以求栖身，哪怕竹篱茅舍、粗茶淡饭。老渔翁感动而应允，将义女取名莲英，同他儿子何伢仔姐弟相称。莲英向天空一拜，天空出现五彩祥云；向田野一拜，田野满是绿荷红花；向义父一拜，老人鹤发童颜；向何伢仔一拜，小伙子更是英姿飒爽。从此，莲英伴老渔翁父子种莲度日，并教会当地农民种莲、加工通心白莲。三年后，莲英正准备与何伢仔成亲，不料，当地大财主要强逼莲英为妾，两人连夜出逃，跳进池塘登仙去了。不久，污泥塘里长出了并蒂莲，结出清香的白莲子。于是，佛家便在红莲池边建起了定心寺，寺门楹联道："定水无波新莲现，心触法界荷生香。"

这两则传说都充满了劝人向善的道德教化，而另一则传说寄托的是老百姓渴望吉祥安康的生活理想。相传，很早很早以前，正值抢季栽莲之际，世代种莲的大禾村却遭遇强梁为害，村民们被迫外逃，避难于山林。七莲童领王母之旨从天而降，几经酣战，除暴安良，赐医药，赠饮食，把缺衣少食、贫病交困的村民从水火之中解救出来，并且，扶危济困，帮助莲农尽快恢复生产。可是，当莲田复现花如红云、叶似碧波、蓬若金樽的勃勃生机时，七莲童却飘然而辞。此日正是农历六月二十四日。为感戴七莲童恩德，在"村与莲相依，民以莲为荣"的大禾村，村民把这一天定为"莲花生日"，寓连生贵子之兆，并拜救危济困的七莲童为"莲神七太子"。

数年后，正巧又是农历六月二十四日。一场大雨使大禾港山洪暴涨，顺水漂来一株古樟，在漩涡中回返往复，芳香四溢。莲农们闻香而至，打捞起樟木，锯成七段，七个自然村每村存放一段。这天夜里，大家竟然同做一梦：七莲童化作香樟，再临莲乡降吉祥。于是，莲农们请来木雕师傅，把古樟雕刻成七尊菩萨，作为"莲神七太子"的化身，并在打捞樟木的地方，依山傍水地建了一座神庙，供奉"莲神七太子"，取名"莲神太子庙"。

我前往大禾村，见到的莲神太子庙已修缮一新，旁边建有戏台，曰：莲神台。庙门口有联称："莲花广织田地锦，仙子深通世人情。""神庙香缘联闽粤，太和气象贯乾坤。""焕金身莲神照千古古庙长存，登宝殿七子应万民民安物阜。"如此等等。戏台两侧对联则道："扮君王将相扮才子佳人登台我扮非我，装杰士英豪装忠臣孝子入戏谁装像谁。"又称："净旦生末丑唱演人文史话，喜忧怨悲欢寓合世日风云。"

莲神崇拜孕育了独特的莲乡风俗。每年农历六月二十四日至二十六日，大禾村的莲农都要举行莲神太子庙会，意在酬莲神、祈福祉、庆丰收。此时，家家户户淘米磨粉，做成包括莲花等各种纹饰图案的糍粑，用以酬神祭祖、馈赠亲友。庙会之日，这一带村村堡堡、大街小巷，商贾云集，观者如潮。方圆数十里的莲农，不分男女老幼，早早赶到莲神庙，每人手中必擎一面彩旗。那花布的彩旗都经过精工制作，并缀上一条白穗带，正面写有莲神太子神位字样和自己的姓名，后面标注着制作时间。信众们自然少不了在莲神七太子雕像前虔诚叩拜一番。

农历六月二十六日是游神日。人们逐个把七太子请上轿，并按照它们七兄弟的长幼排好出巡顺序，年纪小的在前面开道，老大走在最后压阵。安排停当，随着三声炮响，莲神出巡的队伍出发了。人们前呼后拥，肩抬莲神七太子的镀金雕像，走村上户，过街穿巷，沿途示庆。队伍之中，间有八仙、舞龙、三福船、蚌灯等表演。据说，莲神出巡是每屋必到。家家户户都虔诚地盼望着莲神登门赐福，各各在禾场边、家门口供上美酒佳肴，恭候莲神光临。每到一个村落，随队的炮仗手要抢在队伍之前赶到村口，迅速往三眼铁铳中填好炮硝，只待莲神一到，即刻点炮迎接。莲神所到之处，彩旗招展，鼓乐喧天，鞭炮齐鸣，周围各村轮流演唱戏文，热闹非凡。

莲神太子庙旁的莲神台，虽然简陋，却是人们最神往的地方。每年庙会期间，这里好戏连台，通宵达旦，往往要连演好些天。此庙的碑记写得好："入夜，庙台戏楼，婆娑翩翩，鼓乐阵阵。婆娑乐神，歌舞迎神，自古有之。然，莲，果有神？莲神爱琴瑟？谁则闻知？质言之，大禾莲农是以娱神之名，行'演古劝今'之实，使村民在娱悦中受教化，以增强战胜邪恶之信心与力量，以期净化社会，以德治农，以莲会友……"寥寥数语，其实也道破了各种民间信仰经过演进发展后，指向功利性目的的真谛。

青铜和酒

 青铜和酒，人类创造的两件多么伟大而神秘的作品。其伟大处和神秘处都在于，在空旷深邃的时间远方，在辽阔苍茫的大地之上，人类哪怕在地理上天各一方，在文化上迥然有异，却是不约而同地投入了自己的创作。而且，仿佛神示，他们心有灵犀，心无旁骛，其作品体现出惊人的一致性。

 铸铜和酿酒，两种奇妙的世界共生文化现象。莫非，青铜和酒，原本就是上苍鸟瞰普天之下而一视同仁的恩赐？或者，青铜和酒，是土地对立足于土地辛勤劳作的人类的丰厚馈赠？

 人类使用铜的历史，可以上溯到新石器时代晚期，当时所用的是天然红铜，故史称"红铜时代"，因中国古代通称金属为金，这一时期又叫"金石并用时代"。传说，蚩尤曾冶铜造兵器；黄帝也曾采首山之铜，铸鼎于荆山之下。大量的考古发掘证明，中国新石器时代晚期，确有一个铜石并用时代。冶铜铸器工艺阶段的到来，标志着人类文明历程进入一个新时代——青铜时代。中国的青铜时代包括历史上的夏、商、周三代，公元前两千年前后的河南二里头文化，大概就是它的起点。

 所谓青铜，实为铜、锡合金，因色呈灰青而得名，它具有熔点低、硬度大的特点。铜锡原料不同比例的配合，会使铸器具有不同性能。青铜器的出现和随之增加，提高了农业和手工业的生产力水平，物质生活条件因此渐渐丰富。于是，青铜时代成为以使用青铜器为标志的人类物质文化发展阶段。大约从公元前四千年起，世界各地年代有早有晚、却是朝向一致地进入这一时代。

 同样，世界许多地方都会用高粱、大麦、大米、葡萄或其他水果，通过发酵而制成饮料，并有自己的酿酒历史和文化。

中国酒文化的历史悠久。考古发掘证明，早在新石器时代晚期，人们就已掌握原始的酿酒技术，出现了发酵水酒。至夏代，酿酒技术正式见诸史籍，史书中有"仪狄作酒"、"少康作秫酒"的记载。仪狄是大禹之臣，是造酒的鼻祖。少康即杜康，他改进了造酒技术。殷商时，人们已学会了用曲造酒的技术，酿酒业大发展。甲骨文中除许多地方提到酒外，还有种类繁多的酒器，如尊、壶、爵、卣、觚、斝等，这在商墓中也有大量发现。商代的贵族平民饮酒成风，商纣王嗜酒如命，《史记·殷本纪》说他"以酒为池，悬肉为林，为长夜之饮"，终于导致亡国。以后，关于酒的故事浩如烟海，它们的主人公可以是帝王将相，可以是才子佳人，也可以是平头百姓。

因为李白，因为陶渊明以及其他，在中国人的意识里，诗人都是好酒的，写诗是必须饮酒的。也是，从某种意义上来说，在中国，酒的史话几乎是诗的史话；而在古希腊，酿酒的风习和传统创造了信仰、创造了艺术。

狄俄尼索斯便是古希腊色雷斯人信奉的葡萄酒之神，他不仅握有葡萄酒醉人的力量，还以布施欢乐与慈爱在当时成为极有感召力的神，他推动了古代社会的文明并确立了法则，维护着世界的和平。此外，他还护佑着希腊的农业与戏剧文化。在奥林匹亚圣山的传说中，一说他是宙斯与忒拜公主赛墨勒之子，另一说称他是宙斯与普赛芬妮的儿子。赫拉派泰坦神将刚出生的酒神杀害并毁掉尸身，却被宙斯抢救出他的心，并使其灵魂再次投生赛米莉的体内重生。于是，关于酒神重生不死的故事遍传希腊各地。有人认为，古希腊悲剧正是起源于"酒神颂"，悲叹酒神狄俄尼索斯在尘世遭受的痛苦并赞美他的再生。关于悲剧的词源，或解为"山羊歌"，因为酒神颂的合唱队披着山羊皮扮演半羊半人的角色，或解为在表演比赛中歌者争取的奖品为山羊。公元前五百六十年，僭主庇士特拉妥为了讨好农民，把农村盛行的酒神祭典搬到雅典城中，举行祭典时的表演就是悲剧的前身。随后发展起来的希腊悲剧，题材逐渐由酒神颂扩大到神话和英雄传说的范围，却仍保留了酒神颂的合唱队形式和抒情诗的特点。而古希腊喜剧起源于祭祀酒神的狂欢歌舞和民间滑稽戏。这种滑稽戏产生于公元前六百年左右墨加拉城邦民主制建立的时代，后来流传到阿提刻，具有了诗的形式，成为喜剧。公元前四百八十七年，雅典正式确定在春季酒神节庆中增加喜剧竞赛项目。

即便是随意的追索，我们也能从中发现，青铜和酒都闪耀着人类智慧的灵光，只不过映现在青铜上的是金属的光泽，荡漾在酒里的却是粼粼波光。前者，威严、峻峭而神秘；后者，壮美而热烈，抑或，柔情而亲切。想来，见证了人类不断进步的青铜和酒，一定常常在月明之夜为它们自己杯盏交错。

我看见了它们于某个月夜遗落在一座古堡里的酒杯。确切地说，那是铜斝，一种温酒器；那古堡叫吴城，是江南商代的方国都邑。

蕴蓄着当时的风俗习尚、意识形态、工艺水平、文明进程的青铜，频频在这里与酒邀集、与酒把盏吗？

我在堪称"古国名邑"、"中华药都"的樟树，饮着清香醇纯的四特酒，借着惺忪醉眼，认识了斝——青铜和酒的信物。在那里，我还认识了鬶，它则是陶制的。

鬶和斝，两件需要从地下文化层发现、从众多出土文物中辨认的器物，两个因距离我们非常遥远而甚为陌生的古老汉字。是的，任何一个汉字都会因为我们的疏离而变得古老，何况是发掘于岁月深处的如此稀罕的这两个字？

鬶，我国新石器时代的陶制炊具，《说文·鬲部》："鬶，三足釜也。有柄喙。"确切地说，它是一种温水器，也有学者考证为温酒器。陶鬶的造型结构由口、腹、底三部分组成，制作十分科学，器底部三足等距离支撑，便于下面放柴薪煮烧，三足为与腹部相通的空心袋状，可以用来盛水或酒，所以，此三足既是支撑物，又是容器，使得容积增多，受热面扩大。设计可谓精巧之至，且造型生动自然，启人联想。

斝，盛行于商代和西周时期的酒器，青铜制。基本造型为侈口，口沿有柱，宽身，下有长足。斝的形制较多，器身有圆形、方形两种，有的有盖，有的无盖；口沿上有一柱或二柱，柱有蘑菇形、鸟形等不同形式；腹有直筒状、鼓腹状及下腹作分档袋状几种；有的是扁平素面，有的用兽头装饰；底有平底、圆底；足有三足、四足、锥状空足、锥状实足、柱形足等。斝作为礼器，常与觚、爵等组合成套使用。

我所认识的鬶和斝，来自樟树的地下，前者来自距今四千五百年到五千年前的新石器时代晚期，后者来自距今三千年前的经历原始公社解体同时进入奴隶社会的时代。其实，在樟树发掘的包括容器、酒器在内的日常生活用具以及各种文物，数不胜数，足以令人眼花缭乱。而我却刻骨铭心地记住了这两个生僻的汉字，是因为它们依稀散发出幽远而神秘的酒香。或者，那种酒香原本就飘荡在田野上、江风里，它是从泥土里蒸馏出来的，是从草木间蒸发出来的，是从千顷稻花中漫溢出来的。

那是我熟悉的酒香。在上世纪的八九十年代，我无数次走昌赣公路穿过樟树城市中央，沿着赣江去往赣地的南方，去往赣江的源头。每每进入樟树地界，便有酒香扑鼻。我记得当年的酒香就像在路边候车的一大群旅客，一招手，等不得长途班车停稳，就哗啦啦一起扒上车来。其实，更多的时候，酒香根本就不招呼过往车辆，而是强蛮地通过车窗蜂拥而入，毫无理由地把车厢里塞得满满当当。酒香弥久不散。酒香陪着我一路颠簸，陶然入梦，梦了又醒。也许，就是从那时起，我和樟树的酒香结了缘，和酒香里的樟树结了缘。

近些年，我频频前往樟树，去朗诵"药不过樟树不齐，药不过樟树不灵"的民谚，去吟哦朱熹们留在道教福地阁皂山的诗词，去拼读从筑卫城等历史大遗址出土的一些古老的汉字，比如，鬶和斝。

造访次数最多的就是筑卫城。随朋友去，引朋友去，带着自己的影子去。是的，我被它震撼了。它果然是一座恢弘壮阔的古城，一座用原始工具修筑的匪夷所思地留存至今的土城。据说，这是迄今发现的中国乃至世界最古老、保存最完整的土城，而在世界城市发展史上，与筑卫城遗址同时代的只有石头城，并没有土城。

对我而言，筑卫城遗址的震撼力正是在于"土"。土能生长，土城生长于大地而依偎着大地；土能孕育，土城孕育出了草木，孕育出了秀色，孕育出了宁馨与和平。据考证，筑卫城得名于清同治年《清江县志》

的记载，其称"乡民筑城自保"。亦有传说云，原始社会末，黄、炎两帝发生战争，黄帝打败炎帝，炎黄合为一家，成为中原地区最强大的部落联盟。蚩尤在江淮流域构筑高大城郭，以备大战炎黄，各地城垣称为"筑卫城"。后黄帝胜利，城垣依存。有人认为筑卫城是蚩尤的城，筑卫城人是蚩尤的后裔。然而，土城把历史深藏起来了，生长在这里的一片绿茵茵的静美，湮灭了我企图追问的许多远古之谜。我惊讶于城内的绿、城上的绿与城外辽阔的绿那么和谐地融为一体，绿的高墙仿佛为绿的原野降低了高度，以至于令人很难相信：呈梯形堆垒、顶部一米多宽的城墙，高度竟相当于三四层楼，最高处达到七层楼高。

有一位作家朋友这样赞叹："原以为土城已在宏阔的时间河流里销蚀成荒芜之美、颓败之美，像庞贝古城、楼兰古城一样，处处是'断垣残壁'、'满目疮痍'的景象。然而，筑卫城不是。它好像不是人类创造，而是大自然诞生的，人类不过是其匆匆过客。若千年时光，人去了，城空了，城却穿越岁月获得永恒气象。"

说得真好，土城仿佛大自然的造化，土城仿佛依然活着。那么，杳无踪迹的匆匆过客在这里留下了什么呢？该城址总面积十四万平方米余，有六个城门可以进出，其中包括一进一出两个水门。城外东面、北面依傍芗溪河而为天然屏障，南面、西面有人工开掘的护城河。城内是较为平坦广阔的土地，其中有一条内河与外河相通，内河西南部有祭祀房屋遗迹现象及祭祀广场，内河东北部有三米多的文化堆积，是居住区。城外有河，城内有河，城中有城，城外有城，城的东面还有陶窑的遗址。

过客匆匆。他们把布局合理、功能齐全、防御性强且复杂迂回的原始城市遗址以及大量遗迹，遗留在赣中腹地的田野上，这是他们带不走的。至于成批的文物，一定是他们馈赠后人的礼物，一如记载他们生活情状的光碟。他们用石铲、石锛、石刀等生产工具，以及出土数量较多的网坠、石镞，呈示了当时尚处于原始农业阶段的刀耕火种并以农业为生、渔猎为辅的生活形态；他们用已较为广泛使用的陶器，陶器以夹砂和泥质红陶为多，如鼎、罐、豆、碗、盘、壶、杯、缸、簋、鬶等，传达了当时食能充饥、衣能蔽体而安居乐业的生活气息。

其中的鬶，是红陶鬶，属于大约五千年前新石器时代晚期的器物。此鬶三足鼎立，三足尖的间距大体相等；三足臃肿，内部中空，足与鬶颈、口沿之间没有过渡体；鬶表面比较粗糙，没有纹刻。有专家说，从粗糙的制作工艺来看，它应是筑卫城人的温酒器。最后温热的酒，灌醉的不知是谁。

鬶在樊城堆遗址的发掘中也有出土。令人大为惊奇的是，在现今樟树市境内蒙河、袁河、赣江两岸的低丘岗阜上，居然静静地横亘着已经发现的营盘里、筑卫城、樊城堆等十一处新石器时代遗址！樟树的土地之下，曾经是一个怎样神奇瑰丽、波诡云谲的大千世界！

历史遗址考古资料证明，远在新石器时期，原本穴居野处于丛林中的先民们，逐渐定居下来，因而形成了原始村落。樊城堆遗址是原始村落中颇有代表性的一个。遗址的时代从新石器时代晚期延续到商周时期，它的文化风貌不仅与樟树市境内其它新石器时代遗址属同一类型，甚至与湖南东部、广东北部等处的新石器时代遗址有许多相同之处，考古学者认定它的主人是一支分布在赣江中下游并与湘东、粤北有联系的原始部落，称之为"樊城堆文化"。樊城堆人的社会经济形态是由母系氏族社会进入父系氏族社会，随着生产工具的改进，农业、畜牧业、渔猎等经济的繁荣，逐渐学会构木筑土，建造房屋。其定居后的社会经济是以农业为主、捕鱼狩猎为辅的生产形式，同时也发展了制陶和纺织手工业，过着男耕女织的生活。如果说，出土的大量陶炊具证明，樊城堆人不仅告别了茹毛饮血的生活、学会了熟食，并且已经由直接烧烤进而通过器皿煮熟、炖烂食物的话，那么，出土的陶鬶或许能体现他们对饮酒的讲究、对酒器的重视吧？

樟树的斝来自吴城。吴城，本是一座不大的村庄。明隆庆年间《临江府治·卷三十三·古迹》记载："吴城在县西三十里，其地有敌楼、冲敌楼、吴王庙。"发掘前，吴城村周遭一道土城，大部分城垣尚存，有城门口、堞楼遗迹。吴城村即以土城得名，据说民间也自称为铜城，大约与此地古代曾冶铜、铸铜著称有关。商代遗址发现后，便命名为吴城商代遗址。望着村外那长草的残垣，我情不自禁想起海子的诗作《亚洲铜》："亚洲铜，亚洲铜／爱怀疑和爱飞翔的是鸟，淹没一切的是海水／你的主人却是青草，住在自己细小的腰上，守住野花的手掌／和秘密。"

吴城的发现，是一次改变中国历史地图的重大发现。1973年秋，当地博物馆在配合吴城乡修建水库进行考古调查时发现遗址，将采集和试掘的标本逐级上报后，立即引起上级文物部门和考古学家高度关注。面对丰富的文物，陶刀、陶纺轮、陶豆，几何印纹陶片，青铜锛、青铜凿，石刀、石镰等，以及大量的照片，专家们断言吴城遗址是江南地区首次发现的大规模商代人类居住遗址，对于研究南方文化以及探索中原文化与南方地区文化的关系具有重要的科学价值。而长期以来，为传统观念所束缚，不少学者把古代的南方设想为蛮荒落后，认为江南地区进入奴隶社会要晚于中原地区。吴城遗址的发现彻底推翻了"商文化不过长江"的论断，它以无可辩驳的事实证明，赣江流域的先民与中原地区的人们一样，也经历了原始公社的解体阶段，同时进入了奴隶社会。远在三千多年前，这里就有一支与中原商殷文化关系密切的土著青铜文化，有着一个富有鲜明地域特色、在一定意义上又可以与中原商殷文明媲美的发达的方国文明。

这个大规模的人类居住遗址，城址平面近圆角四方形，其中心地段六十一万平方米的土城内，城墙周长约两千八百多米，现残存高度约三至十五米不等，整个城址轮廓尚清晰可见。城墙一周有六个缺口，其中东南缺口似为水门，东、南、西、北、东北五个缺口两侧有门垛，大约是昔日的城门，千百年来当地老表还直称为东门、南门、西门、北门和东北门。城中可以明显区分为居住区、墓葬区和大片的制陶区、窑区、冶铸铜器区，并且发现了宗教礼仪建筑的遗迹。宗教祭祀场所由道路、建筑基址、祭祀台座、土台地、柱洞群五大部分组成，红土高台位于整个吴城遗址的中轴线上，依据山形地势夯筑而成，不宽的路面两侧是对称分布的柱洞群，路面用鹅卵石、陶片、黏土混合而成的"三合土"铺成，踏上台阶便是走向庄严的祭祀高台。想必，祭天敬神所用的器皿，不是陶制的器物，而是能与天地鬼神对话的神圣的青铜器！

　　要知道，对古人而言，青铜器的人文政治意义远高于技艺价值。著名的"问鼎"故事，便是最好的说明。据古史记载，夏王朝把九州长官进贡的青铜铸成九鼎，其上刻有各地的神怪异物图像，象征拥有天下亦"使民知神奸"。以后，历经商周，都视之为传国之宝，得九鼎即受命得天下。春秋时，周王室衰微，楚庄王侍强势于洛邑向周王使者问九鼎大小轻重。面对别有用心的挑衅，使者回答："周德虽衰，天命未改，鼎之轻重，未可问也。"从此，"问鼎中原"成为夺取政权的代称。显而易见，铜鼎是象征王权、揭示礼乐制度的最重要的一种礼器。它和其他青铜礼器通称为"彝器"，即意为"常宝之器"。超越日用的神圣社会意识形态意义，使这类铜器每每以超人的尺度、雄厚的造型、精繁的纹饰和严正的铭文傲立世间，令人感到一种神秘狞厉的威力和崇高峻峭的美。商周青铜器还有炊具、食器、酒器、水器、乐器、兵器、工具和杂器，品种多形制丰富，功能区分明显，纹饰则是气象万千。

　　从吴城商代遗址及附近商墓等地出土的青铜器数量之多，品种之全、造型之奇、工艺之精、纹饰之美，为我国南方罕见，堪与中原青铜器相媲美。先后对吴城遗址进行的十次考古发掘，历时三十年，揭露面积六千余平方米，清理了城墙、房址、陶窑、墓葬、水井、道路、铸铜遗迹、大型祭祀广场等重要遗迹，出土了石器、陶器、原始瓷器、青铜器、玉器等遗物六千余件。五百余件青铜器中，有鼎、鬲、豆、簋等礼器，有戈、矛、钺、刀、剑等兵器，有乐器，有生产工具，还有生活用具，其中包括酒器铜爵、铜尊和铜斝。一批青铜器铸造工具石范、泥芯以及铸铜木炭、铜渣的出土，说明这些青铜器是在当地生产的，吴城先民已经掌握了冶炼、铸造青铜的技术，和中原地区一道进入了青铜时代。

　　所谓石范，即印模子。吴城先民在石头上打制红铜工具，石块上的凹槽给他们启示：在槽内灌入铜液，冷却后即铸成器具。铸铜工具石范由此诞生，后来才有了泥范、陶范。吴城的青铜酒器斝足石范，一定铸造了无数的青铜斝；无数的青铜斝，一定温热了无数尊佳酿；而无数尊佳酿，大约一半用来敬神，一半用来醉心。

　　在吴城附近大型商墓中出土的一只大甗，人称甗王，是青铜的炊具兼祭祀器物。一米多高的甗，上有甑，中间有镂孔甑箅，下为四只大袋足，足中空，可以盛酒，亦可盛水。四足以下可燃火，有如而今的蒸锅，既可蒸酒，也能温酒。凭此，可以想见当时此地的酿酒水平和饮酒风气。

文字和青铜器的发明和使用，都是人类进入文明时代的主要标志。吴城恰恰是江南出土陶文最多的地方。吴城的陶文是将陶器胚胎做好后，直接刻画在陶胚上，然后入窑烧制而成。有一件陶文有"入土材田"四字，专家考释，"土"为社，社是古代传说中主管田地的神，"材田"即犁翻地里的杂草以便播种。这件陶文意为"祭祀田神，犁翻田地"，说明吴城地区的农业生产已进入犁耕农业阶段，日益丰足的粮食生产为先民利用谷物酿酒提供了最基本的物质条件。于是，从前盛在陶鬶中的酒，遭遇了青铜，与铜斝相会在某个被篝火映红的夜晚，或有神灵从东天飘然而至的朝霞里。

鬶和斝以及其他酒器告诉我们，樟树这"古国名邑"、"中华药都"，其实也是酒国醉乡。它怎能不醉呢，当酒投怀于青铜，或者，当青铜温暖了酒？

樟树的地下博大精深。樟树的地面辽阔壮美。翻开樟树的民俗志、艺文选、工商史、中医药史、道教名山《阁皂山志》，到处弥漫着酒香。甚至，我看到，众多的历代名人虽早已远去，他们的身影却仍然流连在酒杯中。于是，我常常恍然：不知是酒孕育了樟树的悠久历史和璀璨文化，还是樟树丰富绚丽的历史和文化，酿造出了这冠以四个"特"字的回味悠长的美酒？

我不由地想起铸造青铜斝的石范。也许，就是那只石范，在铸造青铜斝的同时，就为樟树铸造了属于其特有的弥散着浓郁酒香的生活习俗、文化风貌，以及大众心理和集体性格吧？要不，樟树怎会成为一个清香醇纯的地名，一个芬芳远播、声名远播的地名？

清溪的梅烛龙

　　一进村，就见清溪梅烛龙的独特处了。这时，有一支鼓乐队正从村中宗祠门前匆匆走过，绕着祠前的池塘循环往复。乐队由八人组成，前面是鸣锣开道，中间是一面两人抬的大鼓。那神鼓以长出奇，鼓身怕有两米长吧，要知道，它在重新蒙鼓面时还被人锯短了一截，否则，更加了得。鼓面一面蒙以水牛皮，一面用的是黄牛皮，因此，鼓声也就有了不同的音色，鼓的内里贴着鼓面还置有铜锣，显然，这是为了让鼓声更加响亮。

　　清溪村属丰城的隍城镇，地处丰城与高安、新建三县交界处，新建的朋友告诉我，他们那儿也有这种大鼓，鼓身是用樟树主干镂空制成的。

　　巡鼓大约是为了营造气氛。此时不过才下午三点半，为了这个夜晚而陆续赶来的人们，就开始聚集在鼓声里，聚集在祠堂门前。

　　李氏宗祠内有联称："廉明理吏商朝利贞始祖避难立李氏，贤德庄主宋代文英太公创业建清溪。"言辞之间，大致透露出清溪李氏的血脉渊源。宗祠大门两侧，贴着好几张用红纸写的告示，包括注意事项、人员分工、程序安排等，落款均为"清溪李佑启堂"。可见，清溪梅烛龙是一种宗族活动。不过，那些告示为这一活动冠上了新名词，叫作"梅烛游园活动"，而在标语和宣传资料上则称"清溪梅烛节"。

　　游园，一个多么诗意的命名，一个多么浪漫的夜晚！如果把村庄视作一座园林的话，那么，今夜它的游客只有那条梅烛龙而已。所有的人，都是它身上的片片鳞甲；所有的鞭炮、焰火，都是它激起的团团浪花。

　　相传，梅烛龙起源于唐代贞观盛世。有一年，玉皇大帝规定这一带准降三分雨量，有七分旱灾，因此，田禾枯焦，有种无收。这时，露龙为了拯救苍生，每天早晨偷洒甘露，保住了丰收年成。玉皇大帝知道后，勃然大怒，判露龙斩刑，命文曲星、当朝丞相魏征为监斩官。露龙托梦于当朝天子李世民求情，唐天子答应施计刀下留情。监斩那天，李世民召魏征到金銮殿下棋。正月十三日午时三刻，魏征心神不宁举棋不定，晕晕乎乎睡着了。李世民暗喜，以为可以拖过监斩时刻，见魏征头冒大汗，还给他扇了三扇。谁知，这三扇皇风，反而助了监斩官一臂神力，露龙的头因此落地。唐天子好心却办了坏事。

百姓感激露龙的恩泽，每逢正月十三，便照露龙的形状扎成梅烛龙，抬着它举行游村活动。为了瞻仰露龙的丰采，我特意去村外一户人家找到了那盛装待发的龙头。龙头以竹篾为骨架，固定在一块桥板上，饰以五彩缤纷的扎花、贴花和令旗，其上还有一个背插钓竿钓着灯笼而手握金箍棒的纸扎小人儿，想来就是村人说的孙悟空了，可能寓意驱邪纳吉。花花绿绿的纸片纸条中，遍布着照明机关，为龙点睛的，正是一对大灯泡。

龙头将以每户人家的祈愿为身体。听说，在这一天，全村的户主要斋戒沐浴，每户出一块桥板灯，出发前必须漱口洗手洗脸，举行试烛发烛仪式，而后鸣爆扛板出门，在宗祠门前斗板。这样，一条全龙就降临了。

第二次巡鼓的时候，忽然来了一大批摄影家，他们来自网上，带来了天南海北的相机。比他们来得更早的是城里的剧团。村中一座破旧的老戏台，正忙着布置灯光音响。场地上却是一片泥泞。

于是，我想到了天气。然而，一位当过村干部的老人自豪地说，自1979年恢复梅烛龙活动以来，其间有九年的此日碰到雨天。雨天也得出灯呀。家家户户都准备好了雨具，可是，当活动开始时，雨竟停了。而活动一结束，马上又下雨了。偶尔如此是巧合，九次这般就是神奇了。老人惊叹不已。

大凡有民俗活动的村庄，都有类似的传说。它为人们膜拜天地、信仰神灵，提供了巨大的精神动力；同时，它也真切地传达出人们祈望天地契合、神人感应的心情。

天色渐暮，我随着那面大鼓出了村庄。鼓队由两个鼓手、一个锣手及其他人等组成，其中有个小伙子挑着担子，一头是火盆，一头是柴篮。

他们在村边的一处坪地上停下来，插上一炷红烛，面朝田野，面朝东方，擂鼓击锣。那儿是司王坛旧址，他们还要前往不远处的牛王庙。我想，这应该是参神的仪式，敬请各方的神圣来陪同梅烛龙游园吧？

不过，年轻的鼓手们并不知其所以然。问起来，都一脸茫然，就连村中的老人也讲不清楚。看来，依然活跃于乡间的传统民俗活动，在其传承过程中，已经不知不觉地丢失了许多东西，而逐渐演变为一种更为强调观赏性、娱乐性的民间游戏。这一演变，反映了在社会生活剧烈变化的大背景下，乡村民俗活动发展的大趋势。据此，我以为，我们大可不必对这类民俗活动是否"封建迷信"存有警戒之心，倒是应该鼓励它们保持原汁原味。那"汁"，是传统文化之汁，那"味"，是来自泥土的气息。清溪赋予梅烛龙以"游园"美称，便是一个耐人寻味的例子。

能够充分体现宗族活动特点的程序，就是在宗祠门前进行的斗板了。不待天黑，就已经有一些桥板灯陆续汇聚在一起。所谓桥板灯，就是在比条凳更长更宽的木板上安装三只花瓶状的灯笼，那灯笼骨架用细竹篾编织而成，裱以棉纸，内置一根蜡烛。一旦点燃，晶莹剔透的灯笼，仿佛饰有点点梅朵。不知梅烛龙是否因此得名。每块桥板灯的两端凿有插孔，只需楔入木棍，就可与前后的桥板灯连接，而且，也便于自如拐弯。

斗板即为连接成龙，斗板是有讲究的。全村五房十支，以支派排行为序，各个家庭则以长幼为序。先是各家集合在一起，然后按房派排列整齐，最后各个分支依次串联，形成一条灯火长龙。此夜，究竟有多少块桥板灯谁也说不清楚，有说三百多的，也有说多达六百块的。不管怎样，在熙熙攘攘的宗祠前，每个人要准确找到自己该处的位置真不容易。

在一阵阵鞭炮声中，一团团烟雾里，一家家紧紧咬合，一房房牢牢连接，一支支亲密牵手。平凡生活中可能存在的一切芥蒂，在此时此刻都化为乌有，秩序让一个个家族和整个宗族携起手来，凝聚在一起，团结成一支队伍。我注意到，斗板之后，每个人都紧紧地把持着楔入插孔的木棍。那是情感的纽带，也是前进的舵盘。不是吗？

所有的灯笼、所有的眼睛，都在翘盼着龙头的出现。待到龙头与龙身一一相接，气脉相通，这梅烛龙就复活了，就能够腾云驾雾、排山倒海了。

让我意外的是，此时，宗祠里面却是冷清。也许，祖先的神灵早已应邀来到人群之中，正和他们的子孙一道观赏或者翘首等待？

龙头的出现果然气势不凡。它被由远而近的鞭炮声簇拥着，被冲天而起的焰火迎迓着。它吞吐着夜色，在火光中逡巡，在欢声中遨游。巧妙装置在龙头上的大大小小的灯，把它勾勒得轮廓分明却又隐隐约约，威风凛凛却又神秘莫测。也许，正因为如此，这龙头才更有生气和神气。

龙头前面是四盏朝灯引路，龙头的两旁有两人手持钢叉侍卫，还有花炮手和鼓乐手相伴。到得宗祠门前，龙头并不停歇，依然步履匆匆，于是，聚集在这里的桥板灯就要在运动中完成与龙头的连接了。让人惊讶的是，作多路纵队排列的各房支桥板灯，竟在这十分拥挤的场地上，凭着之字形的队列调度，非常自如地拼接起来。就像一条蜷曲成团的巨龙，猛然舒展身体，腾空跃起，呼啸而去。

梅烛龙游向村外。游向黑暗的远处，譬如田野和水圳；游向灯火的前方，譬如邻近的村庄；游向神灵的居所，譬如大庙、真君殿、萧仙宫等一处处殿宇庙坛。在那些地方，早已是灯烛高照。

疾行的龙让我等追撵不上，只好回到村中等候了。听说，此夜，它将三次在宗祠前经过，来回都得环绕池塘一圈，再另路出村。路线是规定的，所以，问起来，人人都可做我们的向导。

梅烛龙出巡去了，村中暂时安静下来。硝烟散尽，宗祠前的四盏红灯笼投映在池塘中，仿佛洗涤着自己。我们守候着梅烛龙回村，村人却悄悄地做好了迎接的准备。

又是鞭炮大作。又是焰火蹿空。回村的梅烛龙依然是一路疾行，穿村而去。留下漫空的火树银花，带走遍地的祈祷祝福。

这一去，时间就长了。

梅烛龙无疑表达着风调雨顺、人丁兴旺的祈愿，而将这些祈愿紧紧联系在一起的，却是强烈的宗族意识。但是，没想到，这一宗族活动竟始终有此地的义门十八陈参与。我从村人提供的介绍材料中得知，从前，进大庙上香敬神之后，李氏梅烛龙会迎来邻近义门十八陈的四十八条龙灯，群龙相会在共同的心愿中；当梅烛龙沿古道出村逶迤而去、一路经过庙坛殿宇时，又可遇义门十八陈主事者恭候途中，齐声赞颂恭喜发财。

江州义门陈，曾以累世义聚不分家、"萃居三千口人间第一，合爨四百年天下无双"的奇迹，创造了聚族而居最极端的例子，被宋代统治阶级用旌表"义门"的方式树为社会的样板。此地十八陈源自江州义门，隍城李氏口口声声称之为"义门陈"，言辞之间，充满敬意。我想，这不是一般的睦邻友好关系所能解释的，他们大概以与义门十八陈结邻为荣吧？

这番尊崇，这番向往，恰好从另一个侧面证明，梅烛龙这一民俗活动形式，始终寄寓着凝聚族人、和睦相亲的拳拳之心。

披着沉沉夜色回来的梅烛龙，再次穿村而过。那些焰火、那些鞭炮意犹未尽，那些大步流星的桥板灯却是有些累了。大概是为了给它们鼓劲吧，这时村中鞭炮声此起彼伏，一刻不曾停歇。

我紧随着队伍。我想看看经过近三小时的游灯后，这条灯火长龙将去往何方。听说，待到龙头接近村边的社公庙，闻得一声号炮，人们便会迅速拆开桥板灯，各自争相竞跑。其中的说法是，先跑回家的先发财，后到家的财神催。此时，家家户户燃放鞭炮迎接，压阵的鼓手把那面神鼓擂得震天响。然后，全村开斋大宴宾客，吃个酒醉饭饱，就该去看戏了。

眼看龙头已抵达我傍晚时曾到过的司王坛旧址，我听得有人从后面一路追上前去，要求人们听号炮再拆板。可是，他这一督促却起了反作用，龙尾巴上有人擅自拆板了。呼啦啦，像传染似的，从尾巴开始，队伍一截截解散了。一时间，人散灯乱，乱中听鼓，鼓声也乱。这会儿，龙头还没有到达规定地点呢。

人们都想首先富起来吧。但是，且慢，扛着桥板灯的人们紧跑一阵，又放慢了脚步，显得不急不慌的。也是，何必着急呢，即使晚回家又如何，让财神催着岂不更得意？

回村时见戏台那儿灯火通明的，心想，今夜人们果真就坐在泥泞中看戏吗？

浮云深处华林幽

当那些隐匿在深山中的村庄忍不住以武陵源来自诩、村人忘情地拿陶靖节作楷模时，我想，村庄选择封闭并非仅仅希图安全那么简单，可以说，它还反映了在中国传统文化深刻影响下的某种人格价值、文化心态和审美情趣。

我曾从一座祠堂图文并茂的檐头画中，读到一首赞美人居环境的诗，曰："宅近青山同谢眺，门垂碧柳似陶潜；好鸟迎春歌后院，飞花送酒舞前檐。"看看，它所向往的正是世外桃源的隐逸生活，所追求的，正是在怡然自得的山水环境中修心养性。

古村钟情于由青山、碧水、茂林构成的村落环境，是人们追求现实生活中的理想环境的反映，从中不难看出，这种充满理想的环境观，受到了道教文化的深刻影响。尽管，风水立足于现世，为追求人生顺畅、家族繁盛而选择人居环境，而道教则是为了修炼成仙而向往仙界般的山林，但是，它们崇尚自然的内在精神却有诸多一致处，尤其是，当村庄驻于离尘世高远而与天地相近的幽深之处时，我以为，这时的村庄即便不曾幻想羽化成仙，也是企望超凡脱俗的。通过这样的村庄，显而易见道教对风水的影响。其实，这并不奇怪，因为风水和道教的思想体系均以《易经》的体系为渊源，而且，风水学说的广泛传播，本来就得益于道教在民间的强大势力。

这种追求幽雅脱俗、富有诗情画意、闪烁理想光彩的环境观，也是中国古代隐逸文化的一种反映。历史上，有许多仕宦文人或因党争纷乱、官场失意而隐遁山林，或因外族入侵、社会动荡而逃避现实，或受禅宗、道家思想影响而纵情山水，在呼应着自由心灵的山水环抱中，他们讴歌着自然的伟大、圆满和充实，表达着对幽雅、宁静、高远的人生境界的迷醉，形成了既充满自然意趣又富有人格力量的隐逸文化。朱熹诗《题郑德辉悠然堂》，如此津津乐道于隐居山中的生活："高人结屋乱云边，直面群峰势接连。车马不来真避俗，箪瓢可乐便忘年。移筑绿幄成三径，回首黄尘自一川。认得渊明千古意，南山经雨更苍然。"

在"家家生计只琴书"的历史情境里，隐逸文化所反映出来的独特的社会理想、人格价值和审美情趣，对民间的影响是不可小觑的。所以，众多村庄效仿谢朓、陶潜，向往桃花源而选择封闭，也就毫不奇怪了。似乎，在天高皇帝远且群山连绵、江河纵横的江西，不少古村开基于幽深之地，更多地出于隐逸的动机。因为那些村庄的开基祖，或为名门之后，或为饱学之士，或为官宦之身，而当他们毅然投靠山青水秀的大自然时，要么是心灰意冷的落魄者，要么是步履踉跄的逃难者，要么就是留连忘返的痴者了。

"四时烟景似沧浪"的奉新华林山中，曾经聚居着声名显赫的华林胡，华林胡氏正是因聚居华林山而得名。其始祖为西晋时甘肃安定胡氏后裔胡藩。胡藩因帮助南朝宋开国有功，宋皇帝封他食邑五百户，赐他豫章以西一大片土地。在这片土地上，胡藩选择了风光秀丽的道教名山华林山安居。唐朝末年，胡藩的第二十四世孙、曾任唐侍御史的胡城，因唐朝灭亡，归隐华林祖居，在此创建家塾，生息繁衍。传到胡藩的第二十八代孙胡仲尧手中，由于家风较好，一直没有分过家，这时，华林胡氏已成为"同居共爨八百口"的大家族。同时，胡仲尧将原来的家塾扩建为名闻天下的华林书院，并"聚书万卷，大设厨廪，以延四方游学之士"。胡仲尧办学兴教的举动和胡氏累世同居的良好家风，引起了地方的重视，受到了官府的推崇。宋太宗雍熙三年（986年），洪州府具本上奏朝廷，要求旌表胡家。不久，宋太宗特诏旌表胡氏家族，这件事在《太宗皇帝实录》中有明确记载。胡家受到旌表后，淳化年间奉新发生旱灾，米价上涨，胡仲尧打开家族谷仓降价卖粮，赈济饥民，并捐款建造南津桥。胡仲尧热心公益事业的善行得到宋太宗的称赞，任他为洪州州学助教，并允许他每年以香稻、时果从皇宫内东门进贡。宋太宗还亲自召见胡仲尧的弟弟胡仲容，授其试校书郎之职，又赐袍笏犀带与御书。大宋皇帝对胡仲尧一家的旌表和嘉奖，使胡氏家族的名声骤然上升，许多公卿大夫、文人墨客赋诗赞美。在一片赞扬声里，胡仲尧升任国子监主簿，但上任不久就去世了，葬在华林山"八百洞天"附近。

胡仲尧扩建的华林书院为大宋朝廷输送了大批栋梁之才，也为胡氏家族培养了一批日后名垂青史的人物。华林胡氏中曾走出了五十五名进士。宋端拱二年（989年），胡克顺、胡用之叔侄同榜进士及第，成为当时的美谈。有诗赞曰："四海二雄今绝少，一门双第古无多。"宋景德二年（1005年），胡用时、胡顺之、胡用礼兄弟三人又同榜及第。胡氏家族的科举佳话自此享誉天下，就连大宋真宗皇帝便忍不住作诗赞叹华林胡氏："一门三刺史，四代五尚书；他族未闻有，朕今止见胡。"

在胡氏家族的众多人物中，最有才能、最受朝廷器重的人物是胡仲尧的曾孙胡直孺。胡直孺于宋哲宗绍圣四年（1097年）中进士，累官西路都总管，刑、兵、吏三部尚书，端明殿大学士，经筵侍讲，上柱国，金紫光禄大夫，封开国公。胡直孺为官正直，在政治上、军事上都颇有建树。当金兵大举南侵时，他曾出谋献策，赢得初战胜利；金兵再犯京师之际，他又被召勤王，勇敢作战，斩敌千余名；其后，金人大兵压境，而朝中主和派却从中捣鬼，胡直孺所部孤军作战，陷入金兵的重重包围中，直孺不幸被虏。在敌营中，他保持了民族气节，过了很久才得到机会回朝；宋室南渡，高宗即位。胡直孺任洪州帅兼知府时，冒着政治风险，冲开当时"士子不得挟苏黄稿"的禁令，为诗人黄庭坚征集遗稿。绍兴初年，迁刑部尚书兼侍读，在朝论奏十事，高宗非常欣赏，在白团扇上御书杜甫"文物多师古，朝廷半老儒"的诗句送他。同时又赐田租八百石，以示对他的倚重，随后又调他做兵部尚书兼摧吏部。

华林胡氏在胡直孺手里，经历了由最鼎盛而致离散的时期。胡直孺曾将聚居山下的家族搬到浮云山上的华林书院，并在那里建立了一座"逍遥半市"的宅第，在此聚居的胡氏子孙达五百余口。华林胡氏宗谱称："祖居地分东男膳堂，西女膳堂，一日三餐，苍头击鼓，膳者咸集，莫敢混乱。正堂前有茶厅，茶厅前有小厅，小厅前有书院，书院前有凉亭、水阁。

凉亭水阁前有客厅，客厅前有内竖门，内竖门前有鼓门，鼓门前有三重之玄门，玄门前有石梁，石梁前有勾曲门，勾曲门前有槽门。每宾客至，以鼓为报，内堂方出迎宾。"建筑之宏伟，人气之兴旺，由此可见一斑。

然而，天下没有不散的筵席。如此盛况，在胡直孺故后，随着胡氏子孙仕途各异，一个庞大的家族逐渐分散开来，最后不得不将山上的财产交给浮云官管理。虽然华林胡氏在南宋中、晚期和元朝曾有过小小的中兴，也出过一些人才，南宋孝宗皇帝和元朝英宗皇帝曾题诗赞誉，但是，进入明、清时期，华林农民起义爆发，此地的胡氏大都迁往各地，"四时烟景似沧浪"的华林山彻底沉寂下来。

书院的遗址至今仍静静地躺在山中。绕过层层叠叠的群山进入山中，眼前豁然开朗，四面青山的围护之中，是一片肃穆的空谷。入口处，矗立着爬满藤萝的万年官牌坊，那座明代留下的牌坊，既是华林山道观浮云官的导入部分，也是华林胡祖居地的一座大门，坊上文字已模糊难辨，两侧的石狮依然威风凛凛。

环抱着整个山谷的共有九座山峰，似九龙昂首，人称九龙聚会。因为那九条龙，过去这里曾挖有九口井，以供龙饮水。祖居地遗址藏在牌坊右侧的山窝里，前有一棵高达三十九米的千年古杉，依然枝繁叶茂，树干挺拔，距其四米处原先还有一棵古杉，传说在1989年遭雷殛而毁，均为胡仲尧亲植。在那片废墟上，除了散布在地面上的砖石、柱础、石磨、碾槽等物外，宅基依稀可辨，特别是天井的井基尚完好，井沿上雕有多种瑞兽形象。其建筑之宏伟，人气之兴旺，仅由这些遗迹亦可窥见一斑。

从牌坊处的来路上看，祖居地基址藏于一隅，而站在那片基址上看，整个山谷尽收眼底。四面的层峦叠嶂，蜿蜒伸展，把个华林胡的故园紧紧包裹起来，来龙去脉之间充满风水意味。华林胡氏族谱有诗云："仰望浮云山，山腰绕白云；樵哥笑指引，深处是华林。"而华林胡聚居的白云深处，恰恰也是道人向往之境。唐宣宗《浮云官》赋写道："道人西蜀来，自谓八百岁；爱此华林幽，穴居聊避世。"如今山中仍可见多处道教遗迹。值得注意的是，华林胡先祖不仅追随仙踪道迹而至，并且始终与道观保持着密切的关系。

隐匿于云缠雾绕之中的华林胡祖居地，是读书的清净之地，也是藏风聚气的风水胜地。难怪历代官宦文人在颂扬书院时也少不了赞美这里的环境：神存照旷之野，目寓清虚之境。青山拥翠，绿树浮岚，飞瀑散读书之声，虚亭动人文之色。

静静的遗址，仿佛依然陶醉在它对宁静、高远的向往之中，久久不得醒来。

万载能神

掷圣筶以祈丰年，吃傩饭以沾福气，抢铜斧以图幸运，听好话以慰自身……因为虔诚笃信，人们在顶礼膜拜的同时，还虚拟出种种傩神赐福的方式，以实现内心的安宁和谐。这时，傩神所赐的福，是诉诸人的感官通达心灵的，比如眼睛、嘴巴、耳朵及其它。所以，它真实得可以触摸、可以观瞻、可以品味，那瞬间获得的幸福感受溶于真诚的生活理想，将弥漫在一年中的每个日子里。

对于众多匍匐在地的心灵来说，傩神高高在上，神威浩荡，神力无边。于是，在萍乡，在万载，信众们甚至愿意向傩神求医问药，他们索性拿傩神当华佗仙师了。是的，在一些傩庙里，华佗仙师只是配祀其中的一位能神，不过，在鲜明指向某些功利目的那种精神氛围中，我的确感觉到，驱鬼逐疫、祈福纳吉的傩神，到了这一带，似乎能变得更加具体了，或者说，鬼疫已不仅仅是抽象的邪祟、阴气，而包括人们注定将时常面对的生老病死，种种叫人感受痛彻、难以摆脱的生命苦难。

走进万载傩神庙，最能吸引眼球的，也许就是并排悬挂在墙上的锦旗。此为信众敬献，上面通常绣有"妙手回春"、"药到病除"、"技术高明"、"神医妙药"等字样。龙田傩神庙殿内上方的神台，供奉的傩神有大爷、二爷、老三爷、四娘和新三爷，不知有何说法。侧面另立神台，供奉观音老母。上方神台搭有一块花布，一团团墨渍表白的是虔敬的心迹——

信人黄××

普粘鸿福保佑了健康平安胜绪现于酬谢您

四娘观娘神圣

同样的谢忱也张挂在沙江桥傩庙里。那座砖木结构的傩庙坐落在池溪村东头,共三进,为正厅、中厅、站厅和戏台。正厅上方设有砖砌的神案和木雕的神龛,神龛内置"勅封沙江桥金甲大将军神位"的神牌。堆放在神龛上的四只长方形箧篓,想必是用来盛面具、道具的。正厅上方的高处,还悬有"敕封沙桥傩神"牌匾,其左右牌匾上的文字为"威宣戈盾"、"荫托嶙嶂"。中厅与正厅之间有一排槅扇门相隔,中厅前有露天的站厅,站厅两侧上为楼、下为廊。庙门开在两侧,庙门之间建有戏台,戏台面对着正厅神龛。此庙始建于明代初年,称"沙桥傩祠",村民却习惯称傩庙。万载县旧志记载:"沙江祠:傩神在邑西六十里沙江桥,明初乡人丁姓建,祀而继修,像常多响应。"傩庙为丁姓所有,管理、修建、守祠、祭祀、筹办傩神生日、跳魁等一应事务,均由当地丁氏宗祠操办。

沙江桥傩庙虽几经修缮,庙貌依然古朴。戏台小巧玲珑,牌匾、神龛雕刻颇为讲究,梁柱间有一对斜撑为木雕双兽,或抱球,或抚仔,眼睛鼓突而神情祥和,身佩金钱纹饰物并挂有铃铛。我在池溪村中看到,有民居大门上挂明镜以辟邪,那镜子上写着一个大大的"吞"字。这咧嘴的双兽,也是一对"吞"字吧?

欧阳金甲大将军被此地百姓视为傩神,亦称大菩萨。不过,那些锦旗却是敬献给"万载池溪尊神三爷四娘"的。不经意间,我发现,沙江桥傩庙只供奉神牌,而无从观瞻包括面具在内的任何神像。这几乎是个绝无仅有的例外。配祀在一旁的华佗仙师神位,更是随意得很,只是在一张供桌上放一只香炉,贴墙竖一块糊有红纸的木板,上书"华佗仙师神位"而已。

有传说称:还是在清代的时候,沙江桥傩神庙新雕了大菩萨欧阳金甲将军神像,于是,便请来处士准备开光、招魂。那天,也是不巧,邻近的桐树江人高怒心在池溪村壕堰处捞鱼草,收工时在傩神庙旁休息了片刻，谁知，他一回到家中即病倒。这边，处士正在为傩神金甲将军招魂，那边，高怒心突然死去。弥留之际，恍惚之中，他对人说：欧阳金甲神要拿我的魂魄作主身，我要到沙江桥做傩神去了。凭此，桐树江人认定，是沙江桥起傩神，捉走了自己宗亲的魂魄。他们自然不甘，怒冲冲地去找沙江桥人交涉，声称既然神像以桐树江人的魂魄为主神，那么它就应该是桐树江的傩神，并强行取走一尊傩神像。沙江桥人不依。这场纠纷闹了好几年，不得不闹到了县衙门。最后，县官是这样断案的：沙江桥傩神祠留两尊大菩萨神像，敕封为沙江桥傩神；桐树江留一尊大菩萨神像，桐树江的傩神是沙江桥移居的。因此，此地后来有"敕封沙江桥，移居桐树江"之说。

　　为神像和傩面具开光，其实是一种造神的劳动。经过了这一庄严仪式，泥塑的神像和木雕的面具，才有神灵附体，才能获得神力。不仅新面具要开光，老面具每隔数年也要开光，以补充神力。为大菩萨金甲神开光，需请两位华山教处士作法，得持续三个夜晚。开光仪式在本村地界内最高的山上举行。头一天半夜里，由处士带领男丁前往，开路的有白色旗阵，接着是锣鼓、唢呐和号角，万民伞簇拥着傩神所坐的神轿，神轿前有土地菩萨，后有总兵大元帅，众多男丁各持棍、鞭、矛、火把等道具紧随其后，一面黑缎绣龙的三角旗压队，叫"坐兜旗"。浩浩荡荡的队伍到了山上，将傩神轿安放在场地中心，土地神像置于其前，总兵神像置于其后。处士在土地神像前的地上画个圆圈，盘腿端坐圈中。一阵鼓乐鞭炮和响铳之后，处士手挥三角令旗，开始念咒作法。他的喃喃自语，将为傩神招来阴兵阴将。之后，处士杀鸡，用新毛笔沾着鸡血点在傩神及土地、总兵的额头、双目、口、鼻、耳、心上。整个仪式耗时近两小时，第二夜还要重复一遍。第三夜在点完鸡血后，再行"储室"，即把写有在世的村中德高望重、声名显赫者或本地达官显贵名字的纸条，放进傩神的脑壳里，意在借助名流的影响力为傩神招募阴兵阴将。

　　原来，神灵也得有好汉相帮。不过，那位捞鱼草的高怒心大约算不得什么好汉，他不过是个冤魂罢了。各地关于旧时处士为面具开光招兵的说法，各各有异。然而，不少地方如沙江桥，是要招生魂的。我在萍乡也听到了这类叫人瘆得慌的故事。于是，便有招兵须在深更半夜举行的讲究，一些地方有招兵之夜不准小孩出门、甚至不能睡觉以防灵魂出窍被招去的禁忌。

不妨笑问：沙江桥傩神庙未供奉神像，别是仍然顾忌着那场官司吧？或者，神像上果然缠绕着桐树江人的魂魄？

究竟若何，无须细究。值得玩味的，还是傩神治病救人的神能。在万载的民间传说中，傩神的这一神能其实被消解了崇高。那则传说如是说：某朝，皇太后久病不愈，皇帝张榜告天下，有能治好太后病者，可代代享受朝廷俸禄。沙江桥有一杉树，年久成精，总想早成正果，白天倒地成桥，供来往行人通行，晚上立地成树。它为取得封赐，摇身一变成为良医，为太后治病。皇帝问其何方人氏，它只说是万载沙江桥人。太后病愈，皇帝赏赐亲书匾额，派员寻遍了沙江桥也没找到这样一个医生。访得沙桥傩庙，疑是神明所为。于是将匾赐给傩神，匾上题"敕封沙桥傩神"，正中书"圣旨"二字。杉树精一怒之下，干枯而死，而沙桥傩神从此盛名远扬，更加显赫四方。

皇帝金口玉牙，谁敢说不是？那就只好把它视作钦定了，傩神的神能仿佛皇帝赋予一般。于是，和沙江桥傩神庙相距不远的桐树江神庙也标榜道："逐疫治病群沾恩。"该庙另有楹联作如此夸耀："鸟阵蚁旗共懔神威赫赫，霓楣云崇肃瞻庙貌峨峨。"殿内神龛和神台上供奉着多尊傩面具，最显赫的当然是大菩萨欧阳金甲。殿内两侧，还祀奉有土地和总兵神像，那位持剑横于眉上的总兵，对于大菩萨来说，一定是个不可小觑的角色，因为它的神龛横批是"兵马将集"。

我两次进入桐树江神庙。头一次，是在神庙里看傩队表演于戏台上；隔年再来，见傩队在神庙里请神，然后，抬着傩神去祠堂表演。两场表演都有小鬼爬杠、判官捉小鬼等多个节目。爬杠的小鬼戴绿色面具，红衣裤红头巾，顽童般翻腾在四人扛的两根竹杠上，小鬼还不时地捉弄扛竹杠的男子，因而博得观众阵阵笑声。而判官捉小鬼的情节为：判官先是被机灵的小鬼戏谑，于是，判官在剑上套绳拴活结，中间夹一块麻糍引诱小鬼，小鬼取食被捉，判官剑斩小鬼。跳傩的最后一个节目是团将。

此时，随着主持请神仪式的那位老人吹响牛角，场上气氛陡然热烈起来，几个端着供品的妇女拥上前去。老人穿上红底黄龙袍，面对神案上的神像做着手诀，然后将头脸用红布缠得严严实实。其间，不时有鼓乐齐鸣，鞭炮阵阵，整个祠堂内青烟缭绕。戴上面具的老人，就是欧阳金甲神。那尊硕大的面具，面色棕红，眉眼威严而口角含笑。应着声声沉稳的大锣，登场的金甲神右手举七星宝剑，左手成虎口诀，指尖向上。众将依次上场或站立或走台，参拜过金甲神便退至一旁。一把万民伞始终跟随金甲神不停转动，而众多怀抱或手牵孩子的妇女，一起挤到万民伞下以求沾福。听说，有的地方跳傩至此时，有"点兵"会用笔在簿上一一记下祈求保佑的孩童名字，而金甲神手舞宝剑大幅度地甩舞，脚下踩一个"七星斗"，然后用剑向前刺，又以剑虚写一个大大的"收"字。收取了袭扰人间的所有妖魔鬼怪，全场跳傩便告结束。而这次跳傩是为我等组织的表演，为儿女祈福的妇女济济一堂，一个个竟怂恿孩子毫无顾忌地把金甲神团团围住，她们自己也拥了上去。我为之拍了一张合影。

我注意到，在神庙，在祠堂，都有妇女请那位扮金甲神的老人为怀抱中的孩子祈福。祈福的办法也简单，将一截红绳在神像面前挥动一番，再系在孩子手腕上，就可以保佑平安了。若神案上供有五谷，亦可将五谷洒在孩子头上、身上。

锦旗同样常见于萍乡傩庙中。也许，它所表达的才是最真切的感激、最真实的心境。因为，每面锦旗应该会有一个故事，人们把一切转危为安、遇难呈祥都归功于傩神，那些故事中注定渗透了荒诞不经的迷信。

铜鼓西向天贶节

傩是庞杂而神秘的文化复合体。当傩从宫廷、从寺庙流布于广阔民间后，它便逐渐和各地在历史上不断形成的俗神崇拜相融合，逐渐与地域的集体心理、传统观念以及民间风习相契合，逐渐受各地其他民俗事相所影响而吸纳其为老百姓喜闻乐见的某些形式，或被他者所拆卸拼装、分解熔化。所以，傩的呈现纷繁绚丽；同样，异彩纷呈的各种民俗事相中也常透露出傩的意味、傩的姿影。

我描述着各地的傩事活动，曾经情不自禁地惊呼：傩就像乡村一群群涂黑脸蛋的好奇顽童钻进了一个个狂欢的现场。行文至此，恰好我收到铜鼓朋友寄来的一组反映近年铜鼓傩的照片。在此之前，我曾在该县的一座宗祠里看到祀奉其中的一尊大大的傩神头像，村人称之为先帝，其形象却颇似赣西北普遍崇祀的欧阳金甲将军。我收到的照片上也有酷似这位尊神者，包括它，大大小小的头像共九尊。凭着出现在照片上的正在抽穗的稻禾，我猜想其时令应为农历六月初六婆观节，亦称杨泗晒袍日，民间有藏水、晒衣、晒宗谱、晒经书，以及妇女回娘家、人畜洗浴、祈求晴天等习俗。

关于婆观节，各地均有大同小异的民间传说。比如宜春传说，在很久很久以前，有个农夫名叫"婆观"，他心地善良，老实巴交，农家活儿却是样样都在行，无论是上山割漆打芝麻，还是下田耕作扶犁耙。村民们都夸他是农家的好把式。有一年，庄稼遭受蝗虫侵害，禾叶、番薯叶全被蝗虫啃噬得不像样子。婆观忧心如焚，急得手拿竹梢帚在田间地头拼命地赶呀、打呀，扑打得蝗群飞逃到山里，结果山林又遭殃了，没几天工夫，就把大片的树林祸害得只剩秃枝。于是，婆观下决心上山追打，只打得蝗虫无处落脚，剩下的最后一群飞进了山洞。婆观暗暗高兴，立即捡来干柴杂草堆在洞口处，并撒上辣椒粉，背来风车，点着火摇动风车，风送浓烟直往洞里灌，熏得蝗虫四下乱窜。婆观忍不住冲进洞中扑打，可是，深入洞中后浓烟呛得他喘不过气来，最后被闷死在里面。治了虫害，那年获得了好收成，家家户户感谢婆观为民除害，便在六月六吃新节这天，端出香喷喷的白米饭，炒上几道好菜，又烧钱纸、放爆竹，磕头敬婆观。那天，天上姜太公下凡巡察路过这里，不知百姓在做什么，便上前询问。得知婆观为民除害而丧命，姜太公连连点头称赞，心想：自己作为管米谷的大神都没能管住虫害，婆观却为民除蝗立了大功，就封其为"虫神"吧！并定下六月初六这天为"婆观"日，或称"鄱官节"。婆观被封为虫神后，天天四处奔走，为民除害。每年的此日，婆观都要借助太阳神的威力，镇妖除邪杀虫。这件事一传十十传百在民间流传开了，天下百姓都知道婆观专治虫害，再也不担忧了。每年的六月初六，百姓们都要把家里的东西搬出来晒，逐渐形成了民间习俗，相传至今。

铜鼓县的西向村却称此日为"天贶节"，须举行庙会、祭祀、舞龙、游神、演戏等活动。"文革"中被毁的西溪傩神殿于前些年得以再建，为村人藏匿下来的傩神终于重见天日，端坐于正殿的傩坛上。傩神殿有联云："神灵有感焚香进表求年阜岁稔五谷丰，惠泽无疆驱虫逐疫保合境士民四享福。"此联倒是道出了天贶节与虫神婆官的关系。西向村的天贶节大致有以下内容：首先是烧香燃纸放爆拜傩神，其时有道士在锣鼓唢呐的伴奏下做法事，道士念念叨叨，或擎香画符，或点燃黄表纸，信士敬香祭拜后，从香案上包一些茶叶带走，茶叶也是辟邪物；接着，要举行杀猪祭傩神取血花和恭请傩神入轿仪式，人们将钱纸铺了一地，马上拖来一头猪，在凄厉的猪嚎声中，把热乎乎的猪血洒向每张钱纸。从傩坛请下九位神灵，一字排开，它们面前是一摊摊新鲜的血迹；随后，九节草龙在傩神面前蹁跹翻舞一番，便开始盛大的游神活动，游神队伍从傩神殿出发，依次为：灯笼开路，五个女孩撑彩旗，九个男孩举稻草龙，鼓钹和九抬神轿，打锣吹唢呐的殿后；傩神归位时，还得演戏娱神；至于那些洒有猪血的钱纸，则被人们用来祭田地了。县志记载此地有婆官节旧俗，农家喜用竹片夹上洒有猪血的"花纸"，插在田头地角，祭祀土地神，谓之"婆观烛"。而照片上的情景是，那些花纸飘荡在青竹竿的顶端，被集中插于某一丘禾田里。傩神无需附着于人身上，而是优哉游哉地坐在神轿里游走田园和山岗，为一方土地逐疫驱邪、纳吉祈福，它的神威、神力应在林立的竹竿上吧？

这洋溢着山野气息、简朴的仪仗，令我心神往之。我赶往六月初六，赶往天贶节。没想到，西向村距离我两年前去过的那座祠堂所在地很近；没想到，天贶节已经更换为一个艳丽的名字，叫"晒红节"，典出民谚"六月六，晒红绿"；尤其难以想象的是，层层叠叠的群山深处，居然有摄影家蜂拥而至，即便一大早就实行了交通管制，狭窄的乡道上仍是进出两不易。

非常有必要交代一下铜鼓的历史，因为它置县的历史很短，民国二年（1913年）7月才废厅建县。铜鼓在汉、吴、晋、南朝均属艾地，后来艾入建昌县，再后来艾入武宁县，以后则是分宁县、宁县、义宁军、宁州、义宁州等等，这些地名包括它和如今修水、武宁两县的大片土地。这是属于赣西北的山区，赣北客家人的聚集区。《修水宁河戏》的编著者，是为探究宁河戏的渊源而走遍赣西北山区的可敬的音乐家，该书中有一节叙述乡人傩与宁河戏的关系——

古代，修水乡间旧俗多敬傩神，据《义宁州志》载：傩神，逐瘟疫之神，在人们心目中享有极高的威信。元明时期，修水境内凡姓氏宗族均兴傩立庙，竞立傩案，用于酬神还愿的傩歌傩舞风行全州。明代中叶，受江西弋阳腔的影响，傩歌傩舞逐渐衍变为傩戏，凡有傩案的地方均建戏班，即傩戏班，又叫"香火班"。傩戏班有两种，一种是阳戏傀儡戏，"由心愿者擎挈傀儡，始为神，继为优，各家有愿演之"（清同治十年《万载县志》卷十一）。另一种是变娱神为娱人，由演员扮演角色的大戏班，这两种案堂班所唱曲调都是傩弋混交的傩歌高腔，即一唱众和，以鼓为节，唢呐包腔，所以又叫"打锣腔"，演唱剧目为《目莲传》《征东传》。自此，原始的傩歌仅用于酬神还愿演出的请神和辞神的专用曲调，傩舞便由这种勃勃兴起的弋阳腔所取代。据小溪三帝案神咒歌词记载，三元大戏班建立的时间是"若问开傩几时起，隆庆元年菊月兴"。隆庆元年即公元 1567 年，菊月即九月。九月廿八日三帝菩萨的生日，是日"庆生会"开傩唱戏，并将普济雷坛改名为三帝普显堂，戏班定名为"三元大戏班"。至万历以后，又有"春林"、"凤舞"、"同庆"、"舞云"、"鸿云"、"双合"、"春喜"等班社相继建立，至清光绪的鼎盛时期，修水建有傩案四十八部，戏班达三十多个，由是可见修水戏曲的起源与依附神祖而创建的傩案是血肉相连、不可分割的。

此书编著者在上世纪七八十年代作过宁河戏重点班社调查，老艺人的追忆中仍有傩的记忆。如：三元班称，自创班后，三帝案年年开科，岁岁行傩，傩案班香火达三百六十多处。三年两届的行案香火，每年除夕打筶定来年出行日期。出行前，唱起马戏《满堂福》，再定何处过年唱下马戏，行案香火路线分内外线，贯穿了许多村庄；春林班称，上源傩案始建于元仁宗时期，傩神祀余姓一大王金甲将军，明代建春林班，1979 年余姓老艺人在重新主班时，曾打破宗族界限招收学员，教戏五十六本；舞云班称，其系周姓傩戏案堂班，相传创傩的周銮公与邹姓联姻，其岳丈以使者菩萨赠女儿陪嫁，后建使者傩案。于明末清初创班的舞云班，因使者菩萨"两角头上朝日月，一双赤脚走风云"而得名；鸿云班则传有三君神咒歌词，云——

若问嗓月肖王神，敕封都府有其名。
老坛立在板坑内，因民史火烬金身。
先皇顺治寅子岁，肖帝县身起鸿云。
辛丑年间重邀集，雕彩玉像建坛庭。
己未八月初十晚，巨杨树下掘傩神。
又掘三君神奇像，大显威光果然真。

乐助红袍陈祖及，兴傩立庙显神通。

添置衣箱科弟子，香火阐扬到如今。

以上材料在揭示宁河戏渊源的同时，也勾勒出古时赣西北山区傩风盛行的情形，以及演变的脉络。

至于傩在西乡的演变却是难以查考。傩神殿有《重修西溪傩神殿记》石碑，记载西向乡民长久以来有信仰供奉傩神的传统，前清年间傩神殿曾毁于火灾，后重修，但何年始建无从可考。建殿后，先是由西溪十甲土籍乡民轮流供奉，明末清初又有部分客籍乡民参与其中，民国之后西溪境内不论土客乡民皆以供奉。每逢冬闲腊八，请班唱戏，驱邪逐疫；及至新春岁首，十甲首士轮流迎接，家家户户行香还愿，祈福禳灾。此殿于"文革"再毁，唯傩部大王雕像被乡民隐藏保护，得以留存。重修的傩神殿，于2006年冬竣工。傩神殿的祭祀活动除"文革"期间被迫中断外，自建殿以来一直延续至今，主持活动的司祭代代相传，已传承二十六代；那么，历二十六代的司祭传承下来的是什么活计呢？介绍称：司祭身穿长袍，头戴花帽，手持法器，口里喃喃吟语，似说非说，似唱非唱。器乐者，有鼓、唢呐、大锣、小锣、大钹、小钹。锣钹鼓乐与司祭的吟唱时高时低地配合着，司乐者不时和唱，声韵悠扬。在当地提供的第五届"六六晒红节"活动安排表上，看到起始的程序有傩坛响鼓、觋公请师、杀猪打花纸、摆轿祝愿、傩舞亮相等。我等一大早从县城赶到西乡，赶上了所安排的时间，却没有赶上所安排的节目，节目走在时间的前面。我看到的应是伴有草龙表演的摆轿祝愿。傩神殿院内，围出一块表演场地，上方高高架起一只大大的米斗，内插一杆秤、一面旗和一根多节的鞭状物。米斗下设供案。两位老者扎红头巾、系红腰带，一人双手持法器念念有词，一人吹起牛角号。接着，一阵草龙舞。随后，有人在东南西北中五方摆好竹椅，每把竹椅上各置一幅神像和一面三角小旗。傩神殿里的供案上有多幅画在纸牌上的神像，那都是道教的神仙，而我在修水、武宁看到的此类神牌，画的是社公社婆。此后出场的是着蓝长袍、戴红头巾的年轻男子。他点燃纸钱，托着放有两对筶的盘子，边舞边唱，向四方祈祷，并将米撒向四方。后又一手托盘、一手握有带弯的喇叭状法器，站在凳子上依然朝向四方叨念着祈祷。他是道士、司祭，还是觋公，人们的回答是含混的，就像那些文字介绍也是暧昧的一样。

觋公即男巫。跳觋是一种由觋公主持的民间祈福禳灾、降妖驱鬼的活动。据我所知，至今在赣南客家地区的兴国仍有遗存，其跳觋除了有一整套程式外，还伴有山歌演唱。赣北客家由赣南、闽西、粤东迁来，跳觋或许是他们从故园带来的记忆吧？

此处傩神殿供奉的傩神，上方中央神龛里是七尊半身头像，一概称西溪岳帝傩部大王合案尊神；上方两侧神龛各供奉一尊较小的坐像，此二位亦称傩部大王。而参与傩神巡乡的除了它们九位傩部大王外，还有一尊巨大的纸扎傩神像。某位坐进神轿的傩部大王，此时被任命为"鸣锣开道带路先锋"。

这山野里的仪仗曾经令我神往，此时，我忽然间兴味索然。我准点赶到西向，想看的杀猪打花纸居然提前完成了；巡乡的队伍该出发了，却被一群相机没完没了地纠缠着，正如傩神殿院内面向四方的祈祷，可以应相机的要求不断摆 pose 一样。顿时，我感觉，西向的天贶节被镜头绑架了！

此念一出，再回味我以前曾看过并被吸引的某些作品，就颇为可疑了。比如，一丘禾田里，密密地插着飘扬在竹竿上的洒有猪血的表芯纸，煞是吸引眼球。那表芯纸，即杀猪后以猪血洒在整张的表芯纸上，形成碧血如花的花纸。杀猪洒血后，人们把花纸收起，一分为四裁开。《铜鼓县志》记载，六月六婆官节这天，农家用小竹片夹上洒了猪血的花纸，插在田头地角祭祀土神，谓"婆官烛"。显然，将插向田头地角的花纸，为了艺术而集中到镜头里去了。

傩神巡乡去了。一群傩部大王出发时，傩神殿旁送行的鞭炮声并不热烈，附近一些农家门前倒是有些男女老少隔着禾田在观看，仿佛他们只是观众而非拥有一个节日的主人，更非理应享受这个节日的创造者。巡乡的傩神在这个绿意葱茏的山间盆地里，会得到人们虔诚如昨的香火吗？我不知道。

　　傩神殿院门前新贴的对联道："晒台放彩天觊太阳除污秽，红运当头只因诚信入傩门。"而我记得别人文章中记叙此前此处的对联是："西霞映彩黎信聚首叩福生，溪水欢歌神圣降福赐平安。"看看，颇有镜头感的晒红节强硬地楔入了嵌头联不是？我不反对乡村的民俗文化旅游。然而，其前提必须是尊重民俗，尊重创造此俗的老百姓仍有"黎信聚首"的权利，仍有尽情享受自己节日的权利，而不是让他们中的一些人当演员、当模特去，再布置一个分会场让他们中的大多数真的当观众去。

　　我记住了西向变幻的云雾，拧得出水的绿色，散布在盆地和山坳里杂姓混居的大小村盘。巨大的神秘感笼罩在这个盆地上空，也一直缭绕在我的心头。要知道，浅薄的盲目的镜头是会破坏神秘感、更会消解神圣感的哟！

土谷祠里的鼓声

如今的石岗镇是不甚起眼了，可是，在上世纪曾经一度声名显赫，它几乎成了南昌的卫星城，三线工厂纷纷搬迁落户于斯，学校也纷纷转移定居于斯。那是为了战备的需要，一旦和美帝、苏修打起来，不得已可以从那儿重上井冈山。我年轻时就听说石岗，当年有下乡插队的同学被推荐去读中专，校址正是那儿。

去年八月底，我造访一座古村途经石岗，得知那里还是一个出银匠的地方，凭着祖传的手艺，石岗籍的银匠师傅走遍天下。也是一时兴起，我竟建议道：利用如今已废弃的厂房、校舍，建一座银器博物馆如何？

镇里的干部点头称是。接着，又向我绘声绘色地介绍了石岗正月里的民俗事相。他们用语言为我建造了一座民俗博物馆。他们的馆藏是鞭炮声震耳欲聋的狂欢之夜，是板凳龙逶迤游走的灯火大地，是被鼓声摇撼的漫天星斗……是的，在他们的描述中，最为动人的就是人们竞相擂鼓的场面了。所以，我一直在想象着那个场面，并期待着走进那个场面。

真正走进它的那天是正月二十，在石岗街对岸的锦南村。正月二十是一个让人疑惑的日子，一般来说，乡村正月里的民俗活动过了元宵节也就结束了，可是，锦南村却不然，锦南村在这天举行盛大的龙灯庙会。为什么呢？传说男丁被抓去修长城了，迟迟不能回家过年，许多村子都在等着盼着，直到全村家家团圆才开始玩龙灯，于是，一片片村庄便有了不同的喜庆之日，比如，石岗街是在正月十三游板凳龙。虽然，传说当真不得，不过，传说倒是让古朴的民俗变得更为厚重了。

鼓声大约是团圆的欢笑。不待天断黑，锦南村外便传来了咚咚的鼓声。鼓声来自锦河的圩堤下面，来自灯火通明的戏台旁边，来自近年重建的土谷祠里。关于这座庙宇，村人叫法并不一致，有称观音庙的，也有称陈吴庙的。入内才明白，这座庙宇有前后两个神殿，前殿供奉着土谷祠众神的牌位和神像，主祀的是鄱官大王和清源真君，后殿正是观音殿。至于村人如何称之为陈吴庙，可能因为当地陈、吴等姓把土谷祠众神及观音娘娘当作了自己的村坊神吧？

土谷祠前殿的墙上嵌有一块石碑，记载着它的来历。说的是，原先这里没有庙宇，村人平时祈祷和元宵节请神、送神要涉水过河到远处的拿湖庙去敬香求神，虽然河窄水浅，终有不便，于是，便与拿湖庙分神立庙。乾隆皇帝巡游江南时曾路过此地，进庙一看，顿时龙颜大悦，敕命其为"敕建土谷祠"。这座庙宇也就成了此地六保七姓共同信奉的神圣所在。

庙内庙外的对联都是藏头联。什么"土沃千里绿，谷丰万民欢"、"土育壮苗翻绿浪，谷收黄金醉春秋"、"土也者植物悠赖也，谷兮焉黎民本食焉"，如此等等。庙中主祀的鄱官大王和陪祀的土地神当然都与"土谷"有关，它们是先民通过想象创造出来的自然神，藉以寄托自己对五谷丰登、人畜平安的祈望，这也是人们抚慰自我、实现心理平衡的最好方式。

在江西的民间传说里，鄱官大王本是一个名叫"鄱官"的农夫，他心地善良，老实巴交，农家活样样在行。有一年，庄稼遭受蝗虫侵害，鄱官急了，手拿竹梢帚拼命地在田地里扑打蝗虫，蝗群飞逃到了山里，落在树上就吃叶子，没几天工夫，又把大片的树林祸害得只剩秃枝。鄱官又上山追打，蝗虫一窝蜂地飞进山洞躲藏起来。鄱官捡来干柴杂草堆在洞口处，撒上辣椒粉，然后，点着火摇动风车，浓烟直往洞里灌，蝗虫被熏得四下乱窜。鄱官忍不住冲进洞中扑打，岂料，浓烟呛得他喘不过气来，最后竟被闷死了。治了虫害，那年百姓依然获得好收成，为了感谢鄱官为民除害，农历六月初六吃新节那天，家家户户都端出香喷喷的白米饭，炒几道好菜，又烧钱纸、放爆竹，磕头敬他。恰巧，天上的姜太公下凡巡察路过，得知鄱官为民除害而丧命，不禁自叹弗如，因为，他自己作为管米谷的大神竟没能管住虫害。羞愧之余，他封鄱官为"虫神"，并决定农历六月初六为"酺官日"，或称"酺官节"。酺官被封为虫神后，四处奔走，为民除害。每年一到这天，他借助太阳神的威力，镇妖除邪杀虫，天下百姓都知道酺官专治虫害，再也不担忧了。每年的六月初六，百姓则要把家里的东西搬出来晒，逐渐形成了民间习俗，相传至今。

而土地神则是民间供奉最普遍、知名度最高的神祇之一。尽管他的地位不高，职能却广泛而又非常具体，既可保佑五谷丰登、六畜兴旺，也可以保佑人丁平安、香火绵延，同时，兼具了魁星、财神、行业神的神能，甚至，他还可以充当红娘，或扮演安抚亡灵的角色。可见，土地神的神能与人们的生活起居息息相关，他是人们日常生活的保护神。

在生产力水平低下的条件下，世代以耕作为本的先民，真正是靠天吃饭。这个天，也许是风调雨顺，也许是灾荒饥馑，大自然的暴戾无常愈加反衬出人的渺小和脆弱。我曾在一座老房子的檐头上看到这么两句诗："一世英雄到白头，无伤害虫蝗鼠起。"英雄无奈小虫的感伤，非常传神地道破了人们无法把握自己生活命运的悲凉心境。如果说，丰富驳杂的民间信仰，体现了相信万物有灵的先民面对灾害时惶恐无措的窘态，更多地反映出他们祈望通过祷告、祈求的通融方式来驱邪消灾的心情的话，那么，在那个关于酺官的传说里，我们也看到了先民企图控制强大自然力的主观努力，或者说，它在真诚地呼唤着一种能够庇佑自己的力量。

人们礼拜神明，为的就是保佑自身，非常实际的功利考虑支使着他们，见菩萨就磕头，见庙便烧香。因此，在人们的信仰世界里，形形色色的神灵分工也不甚明晰了，许多神灵都成了万能之神，人们把一切祈愿都委托给了它们。比如，在这里与酺官大王们一道受用着香火的清源真君，既是入水斩蛟的水神，又是生殖崇拜之神，也是百戏艺人崇拜的行业神。

大概正是因为有清源真君和观音娘娘入主，如今的土谷祠对于人们来说，更重要的意义应是求子添丁了。所以，在这个夜晚，我眼前尽是人丁兴旺的景象。

大大小小的男孩，三五成群地来到庙里，他们围着一面大鼓，轮番上阵，比试身手；锣鼓声中，只见一对对年轻的夫妻进入后殿，敬香叩拜于观音神像之前。

悬挂在前殿的两只大灯笼上，也是人头攒动，那灯笼以竹篾为骨架纸糊而成，红红绿绿的，上面画着一组组练武习艺的小人，他们或舞刀弄枪，或踢腿行拳，画笔虽然只作粗粗勾勒，稚拙得很，一个个形象却是姿势生动，憨态可掬。这是一幅百子图，寄寓着多子多福的传统思想，也洋溢着尚武精神；而表现尚武精神的民俗活动乃至装饰艺术，在以耕读为本的江西乡村是比较少见的。绘画中的百子题材倒是源远流长，是民间喜好的吉祥图案，俗传周文王百子，皆聪慧有才识，后人画作《百子图》以象征文王治世祥瑞，民间则以此题材表达麒麟送子、瓜瓞绵绵的祈愿。我断定，灯笼上的百子，无疑是《百子图》的一种摹写。

对人丁兴旺的祈求和感恩，还靠着前殿墙壁摆放了一堆。我发现它们时，很是新奇。像是一只只风筝，又似人形，确切地说，更似妇人微微隆起的肚腹。也是以竹篾为骨架，花纸为底，上面粘贴着三行小人，其间点缀着一些贴花。每行四五个小人并排站立，作拱手作揖状。这些小人的脑袋是面捏的，身体却是纸扎的，作揖的动作通过衣袖的处理显得很是传神，形象也因此富有立体感。经再三打听，才知道这叫捏面架，是添丁户为还愿敬献灵神的供品。捏面架上额分别写着"百子图"、"福寿图"、"状元图"等字样。

随后，我看到的是活生生的百子图。

鼓声越来越热闹了，鞭炮声越来越近了，夜空不时有团团簇簇的烟花绽放，一支支龙灯队伍出现在这个送神之夜。听说，来自附近村庄的龙，共有十一条。它们是陆续抵达土谷祠的，除了提头灯、敲锣打鼓的为成年男子，举着一节节龙灯或一只只牌灯的，尽是小伙子或半大男孩。

龙灯队伍进入土谷祠，经过前殿，从后殿神台背面穿出，回到前殿时稍作停留，由头人焚香叩拜。之后，队伍出门，在庙旁新建的戏台前集结。每支队伍所举的牌灯上面都标明了各自的姓氏和村名，有唐、陈、吴、熊等姓，以唐姓为多。大大的姓氏两侧，还写有"风调雨顺，国泰民安"之类的祝福文字，有一只牌灯上写的却是"自己动手、丰衣足食"，久违了的语言，令人忍俊不禁。

等十余支队伍到齐，游龙灯的活动就开始了。群龙将前往土谷祠众神庇佑下的每座村庄，依次围着那些村盘绕行一周，然后，再回到出发地表演一番。在等待龙灯回来的时间里，人们可以观看县剧团的文艺演出。听说，锦南段的圩堤下，建有三座戏台，今夜都是灯火通明，不过，另两座戏台上演的是地方戏，吸引的是曾当过公社社员的人们，这里却是为年轻人喜欢的歌舞节目。坪地上、圩堤上挤满了男孩、女孩，许多的脸甚至贴在了戏台的台沿上。密密匝匝的脸，让我联想到捏面架上的那些面捏的小人头。

此夜，家家户户都要在土谷祠门前燃放烟花、鞭炮，仿佛比拼一般，一家赛过一家，那烟花大的如茶几，那鞭炮大的如圆桌桌面。因此，这时的演出，是在隆隆雷鸣中进行的，是在滚滚硝烟中进行的，堪称天底下最勇敢、最忘乎所以的演出。居然有一把二胡也敢登台，长时间地为炮声、鼓声伴奏。也许，二胡知道自己是微弱的，但它必须忠于职守。

我在土谷祠中的那面大鼓边逗留了许久。那种长长的大鼓，我头年在丰城的清溪村见识过，鼓身是用一截樟树主干镂空制成。让我好奇的，是簇拥在鼓声中的壮汉和男孩，是那些跃跃欲试的表情。在这里，没有固定的鼓手和锣手，人人都可以接过家什，敲打一番。有的发着狠劲，一阵乱拳；有的仿佛学徒，鼓声中似有羞涩；有的则是高手了，铿锵的鼓点蕴有丰富变化，起伏跌宕，滚滚雷声中依稀有车辚辚、马萧萧。无论技艺如何，鼓声总是庄严的。鼓声和游走于田野上的龙灯，应是向苍天和大地展示人间的百子图吧，以求得风调雨顺的年成？

在我看来，当晚最好的鼓手就是那个叫金义发的中年男子了。可是，他谦虚地声称自己算不上，在这里比他强的鼓手很多。话虽这么说，但看到我翘起的大拇指后，他嘟哝着抱怨了锣手一句，接着，又很投入地抢了起来。

我相信这里遍地鼓手。因为，每一条龙的后面都跟着一副锣鼓，我发现其中有好几面鼓都被擂破了。

　　这是催春的锣鼓。经历了这个夜晚，土地就会醒来。隆隆鼓声中，一路有腾空而起的烟花伴随的龙灯队伍，回到了土谷祠门前。戏台上的演出停了下来，把时间交给了更为热烈的鞭炮。地上是金蛇狂舞，夜空是火树银花，时间被浓烟呛得停滞了。

　　最后的龙灯表演却是简单，龙们各自扭摆了一阵，猛然间散去。只有一条龙没有走，它横卧在土谷祠门前的池塘边。

　　听说，从前在龙灯散去的这一刻，现场乃至周围的世界会出奇的寂静，人不语，犬不吠，流水无声，每个村庄都屏声敛息，静得庄严而神秘。而如今，鼓声依旧，龙灯依旧，神圣的寂静却是不再了。

　　就连池塘边的那条龙，也得陪着人们通宵达旦地看演出呢。

默默无言的汪山土库

　　江西古村的建筑装饰，颇为重视门面。如丰城的白马寨，高耸的墙上只留着小小的红石镂雕的透窗，尽管凹进去的门庭使整个屋面凹凸有致，但大面积的青砖仍可能给人造成强烈的森严壁垒的印象，这时，对门罩的强调就显得非常重要了。繁复的门罩与单调的墙面形成了强烈的对比关系，仿佛从暧昧的晨岚中喷薄而出，仿佛从平静的水面上鱼挺而立；或者，墙面的简单、沉闷就是为了烘托门罩的精彩吧?

　　门罩是脸面，是眉目，而处于眉目中央的匾额上的文字就是明眸了。只要走进一个村庄，你必定会不能自已地与匾额默默相对，去读那些或清雅脱俗或浑厚遒劲或奇峻不凡或古朴苍凉的眼神。逐利四方的风尘仆仆，荣归故里的车马辚辚，文字把由建筑营造的氛围激活了。

　　白马寨匾额的丰富性，不仅仅在于它的内容提供了大量的历史的、社会的、民俗的信息，而且它的文字也是斑斓多彩的。在这些文字里，有气象，有地理，有心志，有祈愿，有色彩，有声音，甚至还有性别。

　　对匾额的重视，也可以表现为不露声色的潜藏，耐人寻味的空白。比如占地一百零八亩的新建汪山土库。

　　这是一座以江南园林建筑、徽派建筑与清朝宫廷建筑相结合的清代官宦豪宅，二十五幢砖木结构的青砖大瓦房幢与幢相携、进与进相连、巷与巷相通，浑然一体，庄重肃穆。整个土库共有五百七十二个天井、一千四百四十多个房间，庭堂重重，巷道交错，有祖堂、保仁堂、谷贻堂、光裕堂、醉月楼、望庐楼、接官厅等等，还有按皇宫御花园定制建造的稻花香馆；有进与进之间用于整体隔开的透巷，有横穿每幢房子、专供轿马出入的八尺巷，还有隔在每幢房子之间的回声巷，其回声来自埋在巷道之下的许多瓦缸，瓦缸里装满了石灰。这番精心设计，是为了吸潮祛湿，还是纯粹为了听响，或者兼而有之？

土库大部坍毁，存留部分基本完好，却是空空荡荡，一片死寂。我重重地踏响了深宅大院。我愿意玩味那悠远而空旷的回声。那声音仿佛是自然与生命的酬唱，建筑与心灵的呼应。遥想当年，它该是豪宅中的空谷，还是旷野上的官殿？

土库建筑的门窗、门台、踏阶、柱基皆为一色的红石，花楼重门、高梁粗柱、屋檐上多有精美的雕刻图案，每幢房屋正大门上方也都镶有红石或青石的匾额。从整体看，它巍峨气派，煌煌大观；从细部看，它又是严谨周密、精致考究的。然而，它的所有红石匾额，尽管四周雕有琴棋书画、祥禽瑞兽等纹饰图案以为框，中央却没有镌刻任何文字。

汪山土库为清中期官至一、二品的程氏三兄弟所建，三兄弟分别为湖广总督、江苏巡抚和安徽、浙江巡抚，史称"一门三督抚"。村人想当然地告诉我，匾额之所以空白着，是"三个大红顶子"期待着某一天拜相，然后补刻文字。此说若可成立，想来当初大兴土木之时，拜相之事已是胜券在握，指日可待。不知何故，枉煞了这一番苦心。

而我更喜欢视之为一种品格，一种境界。它是孤傲的隐忍，自持的期待；甚至，是谦逊的发愤，深沉的激励。匾额上的空白，与整个土库建筑所表现的内敛、闭锁的个性是一致的。走近土库时，我就感到诧异，并排九幢房屋浑然一体，形成一面挺拔的长墙，每座大门只是这面长墙的小小的开口，没有铺张的门楼、门罩，红石的门框也不过如青砖厚薄，这样低矮又简单的门面，在热衷于炫耀门庭的江西古村是极其罕见的。而且，像白马寨一样，在高达十余米的森严壁垒的墙面上，几眼小小的透窗也是开在险峻的高处。它把"一门三督抚"的荣耀完全封闭在这座豪宅的内部了。可以从另一个侧面证明它的建筑个性的是，如此规模宏大、如此富丽气派的豪宅，却不重视与外界相连的道路。据说，曾任国民党宣传部长的族人程天放每次返乡，宁愿绕道乘坐机帆船。当年日寇曾占领新建县的大塘街，而近在咫尺的汪山土库居然秋毫无犯，恰恰得益于交通不便。

　　看来，虽然汪山土库与白马寨的建筑风格、规模有某些相似之处，但是，二者又是性情各异，所求不同。官宦人家毕竟比名商世贾沉稳得多，深邃得多。表现在匾额上，就是这引而不发的神秘、不苟言笑的庄严了。

　　耐人寻味的默默无言，任凭我们把想象挥毫泼墨于广阔的空间。所谓不著一字尽得风流是也。

　　"土库"是个让人感到生分的名词。《辞海》中解释为一是用来储藏粮食的建筑，二是"店铺"一词的英文译音，叫人怎么也不能与这座豪宅联系起来。在这座豪宅里，我倒是看见了一间谷仓，为了防潮防鼠虫，地板高出地面至膝盖，形成一个隔离层。由此，我想，称住宅为土库，极可能与新建地处鄱阳湖滨湖地区的地势有关，当地朋友跟着这么叫过来，并没有谁去追究它的来历。朋友们只好用当地产的封缸酒灌醉我的好奇心。据说此地的酒颇能祛风寒，胃寒肚痛的喝一口便见效。醉眼回望土库，顿时觉得那土库也周身血沸、两颊微醺了。

井冈杜鹃

　　和纷纷扰扰的日历道了声再见，躲过熙熙攘攘的时针渐行渐远。我疲累的心宛如一个多愁善感的少女，花枝招展的三月江南不曾留住茫然的脚步。匆匆前行，是为了采摘一片绿盈盈的清静么？

　　或者，那在林中飘荡的倩影就是我落寞的心，寻寻觅觅，是为了追回一个红艳艳的花季么？

　　一直走进山的深处，云的深处，春的深处。

　　一直走到林的边缘，崖的边缘，梦的边缘。

　　朦朦胧胧的烟雨，朦朦胧胧的前方；斑斑驳驳的树影，斑斑驳驳的感叹。

　　路在崖边断了。

　　却见花在崖下红了。

　　就这么悄然地绽开。

　　一枝枝，一簇簇，伫立在村舍边、山溪畔。是娇羞，也是热切的，拨开潇潇春雨，翘望着春的来路；

　　一团团，一片片，是晨雾里的火炬，是暮云中的霞光。是娴静的，也是野性的，往泉声里钻，往浓荫里藏，诱人一步步踏入山花春世界。

　　就这么昂然地绽开！

　　仿佛，它们是一群群淳朴的井冈女子。不约而同地，争先恐后地，去赶赴一个喜日。到达争奇斗艳的花期，忽然都收住了脚步，好奇地簇拥着，窃窃私语。在推推搡搡之间，鼓突的心事如撑不住的花苞，一齐开放了。

原来是这些绚丽的精灵在引领着我，去结识那些壮美的生命；

原来是一个动人的传说在召唤着我，去寻找那杜鹃的花魂。

我涉过溪涧寻找你的踪迹。我真切地听到你的山歌了。

那妙龄的山歌唱得瀑在奔泻，云在翻卷，花在怒放。

你和将要远去的战士依偎着花树，你让真诚的花树见证着来年的重逢。你的信物是绣着杜鹃的荷包、子弹袋？还是飘着花香的汗巾，染着花汁的草鞋？

或者，就是这漫山遍野的花，如火如荼的红。朵朵含情，声声啼血，把爱的盟誓那么鲜艳地满世界张贴了去，挥洒了去，把岁岁开花的心愿那么牢固地缔结在一起，构筑在一起。

我攀上山岩仰望你的表情。我清晰地看见你的眉目了。

那青春的笑颜映得瀑生虹影，云若霞飞，花作浪涌。

战士远去了，你成为英姿飒爽的女兵；鹃花凋谢了，你成为坚贞不渝的大树。你的信念四季常青，满目滴翠，是竹海，是松涛，固守着自己的阵地，固守着共同的诺言。

或者，就是这密密匝匝的鹃林，绵延十里的花廊。生在百鸟和鸣中，长在云天相衔处。纳日月之精华，汲山川之灵毓。雾是鹃林的裙裾，花为峰峦的霓裳。随带雨的山风且歌且舞，伴嶙峋的怪石同吟同赋。

这些看似柔弱却坚韧的树，不就是你的品格的写照么？

一棵棵，盘旋虬曲，从岩缝里挤出来，旋出来，树皮上斑斑驳驳的苔藓尽是含辛茹苦的纪历，树皮剥落了，便是金属般的质地；

一片片，顺山势倾斜，如龙蛇腾空，哪怕穿破云天也要郑重地舒展自己的枝条，哪怕不露痕迹地与山石融为一体，也要庄严地奉献自己的花朵！

历史的传奇，被记载在杜鹃的年轮里；开花的精神，被融化在你的美丽中。

许多年前，你就是在这片含苞欲放的花丛中被捕么？你就是其中最俊俏的一枝么？

许多年前，你就是穿过这座蓄势待发的花山，把敌人带进断魂的密林么？你就是这样以花一样的生命，制成了箭一般的武器么？

我手捧花束，目睹你走向深邃。

深深的荆丛，深深的林瘴，深深的险境。在你的视野里，杜鹃为你轰然点燃，燃得蓬蓬勃勃，燃得汪洋恣肆。

大片大片的鹃红，用红得毫不暧昧的声音，为你吟咏："杜鹃花与鸟，怨艳两何赊；疑是口中血，滴成枝上花。"

大片大片的鹃红，用红得似血的赤诚，向你倾诉：美丽的生命，自有一个读不尽的花期。

或者，那么盛大的典仪只是向你提示那个相约的日子。

我挥舞花环，目送你走向崇高。

高高的峰峦，高高的林梢，高高的云端。在你的脚下，猎猎飘扬的红，召唤着万紫千红汇聚在一起，交织在一起，织成彩练，织成朝霞，织成灿烂的花季。

是井冈石的精魂，自有石的忠贞；得井冈雾的性灵，自有雾的缠绵；怀井冈瀑的心思，自有瀑的奔放。一树树壮硕的花朵，纯净得没有一点杂质。

——是红，就能注入生命，就能燃烧；

——是白，就能织成婚纱，就是天使。

或者，那么隆重的场面只是向你展示永远的纪念。

、

你纵身跃下。比瀑更果敢，比鹰更刚烈，比云更飘逸。

你的秀发栖在绝壁，长成了迎客松；你的声音洒在谷壑，长成了井冈兰；你飞溅的青春，落在山脊是杜鹃树，落在山下是映山红。

我记得你鬓边插着一星花朵。我想你是为鹃林中的古松而容。

那些多姿的古松，是威武挺立的战士，是凌空长嘶的骏马，是昂首探海的蛟龙。它们是杜鹃眼里的英雄么？它们是杜鹃心里的怀念么？

这片多彩的鹃林，与苍劲俊秀的松相依相恋，缠缠绵绵，坦坦荡荡，从从容容——

一棵棵，摇曳婀娜的肢体去仰慕刚毅挺拔的品格，舒展所有的臂膀去拥抱亘古不灭的诺言，与松血肉交融，与松互为连理。

千般缱绻万种风情，令你感动，令你留恋，而你义无反顾。

我记得你曾回眸一笑。我想你是看见我了，那笑意照耀了漫长的岁月。

含着露，含着情，含着晶莹的心事；偎着春光，偎着井冈，偎着不败的花季……

灿烂而温存，多情且奔放。年年岁岁，以浓墨重彩，把生命的热情抒发得如此浪漫动人。

执著而坚韧，自信且骄傲。岁岁年年，以脉脉深情，把红色的传说演绎得如此扣人心弦。

一树树的花团锦簇，一树树的人生哲理。

在春的深处，我的心宛如那寻梦而来的少女。越走越深，一直走进山的血脉。

路在脚下红了，花在路上伸展。花与路形影不离，路与花魂牵梦萦。饱经风霜却无怨无悔，岁月无痕却烂漫无涯。

一生就为了这一回回盛开。

开放，便无私地袒露出全部的美丽，即使一柄柄花蕊也春意盎然，即使搂抱着岩石的虬根也春情漾动。

开放，便得雨得风得阳光；开放，便是自己，便是永恒。

在梦的边缘，那踏花归去的倩影恰似我的心情。掠过林间，却俏立于枝头。

花在心头昂首，心在花中绽蕊。有许多的秘密被花映红了，有许多的心愿被花催醒了。

短暂的花事，竟是这般壮观！

为了那个约定的花期，一些杜鹃甘愿在灌木丛中长成了盆景；一些杜鹃不屈不挠挺立为大树的形象。为了传诵那个美丽的故事，一些杜鹃正花浪翻卷，彩云拂天；一些杜鹃方衔日初醒，呼之欲出。

从三月到五月，从早春到初夏，从昨天到明天；从丘陵到峭岩，从山野到庭院，从自然到心灵。红与紫传切，黄与白交接，五彩缤纷的繁花，把次第到来的花期连缀成一个完整的春天。

灿烂的花季，竟是这般漫长！

漫长如一次精神游历，走过季节，走过世纪，令我忘情于其中，真诚地绽开！

文字里的渎陂

  古村跑得多了，就会发现，通常每个村子都会有它特别强调的建筑构件以及与其相关的装饰手段，但在渎陂却是个例外。雕刻、美术、书法都被广泛使用，把老房子装点得琳琅满目，令人应接不暇。甚至，连檐头都镶满了花边似的彩绘、墨绘、诗词，里里外外的墙上到处可见语重心长的家训。

  ——这是一个被刻刀雕饰的村庄，一个被墨彩浸润的村庄，一个被文字镇守的村庄。

  我曾三次进入渎陂古村，印象最深的，倒不是它的长街、祠堂、藏书楼，也不是雕刻在木构件上的精美图案，而是异彩纷呈的书写，神闲气定的墨迹，是那些铺张的文字。它们刻于木、书于墙，填充视野，灌注心田，几乎达到了振聋发聩的地步。

  有意思的是，老祖宗沉溺于书写的遗风，在近几十年建造的房屋上也能找到，我仰望一幢农舍的檐头诗画，发现其中抄录的，既有古诗佳句，如"两个黄鹂鸣翠柳"之类，也有反映当年公社"大呼隆"劳动场面的顺口溜，可能檐头"版面"容量太大，为了不至于"开天窗"，顾不得去芜存精了吧？那些字写得也是叫人不敢恭维的，既不追求诗品，又不讲究书艺，且置于高高的墙头，那么，它们纯粹就是一些随意的笔墨了。这样的书写便显得装腔作势了。而在时间的远处，人们用心研墨，以墙为纸，其注重教化的夸张不也有些叫人疑惑吗？不也充斥着炫耀的意味吗？所以，我把今人涂鸦般的书写，看作是一种集体心理的惯性。

  炫耀归炫耀，老祖宗对诗书文章的津津乐道、对功名仕宦的垂涎欲滴却是真实的。渎陂一处雕花的槅扇上，槅心雕有一副对联，曰："学乃身之宝，儒为席上珍。"以珍馐佳肴喻礼乐诗书，以雅类比俗物俗事而臻于大雅，细加玩味之余，其好学状果然如三尺垂涎。这奇崛大胆的比喻，其实是和中国古代普遍的以"味"为美的美本质观相通的，看似信手拈来，却可窥见作者的深厚学养。另一副木刻对联与之有异曲同工之妙，道："器超于梅和羹味，人淡如菊种寿泉"。上联中的"和羹味"典出于《书·说命下》："若作和羹，尔惟盐梅。"后来常喻作国家所需的贤才。

走在幽深的村巷里，深深吸一口为炊烟而蓝的气味，依稀有书香扑鼻。在一处书斋庭院的照壁上，有一副对联曰："万里风云三尺剑，一庭花草半床书。"寥寥数字，把普遍的修齐治平的人生理想和境界表达得淋漓尽致。人们对诗书仕宦的追求、对功名文章的标榜，入木三分地镌刻或润物无声地融化在寻常人家的砖木之中，成为建筑的血肉，成为岁月的记忆。

坪地上晒着刚收获的萝卜红薯，墙上挂着去年腌制的腊肉，水边翘着女人日渐丰厚的腰臀……而村中的楹联所表达的人生理想却是气贯长虹，穿透了漫漫岁月："求名求利，但求无愧社稷；志大志远，立志有功黎民。"在今天，村中青壮大多出外打工去了，古老的村庄全靠老幼妇孺养着，养着它的族谱和香火，养着它的家训和层层叠叠贴满厅堂的明星照。从蛛丝积尘中，忽然读得这样气概非凡的楹联，我不禁有些感动。因为，"佃户骑鞍得诗书，农舍鼎盛育文武"，的确是历史生活的真实写照；"继祖宗一脉传真克勤克俭，教儿孙两条正路唯读唯耕"，的确是江西地域文化的独特景观。

在历史上人文昌盛的江西，古村建筑的雕刻、绘画、书法中充满了对攻读入仕的追求。当雕刻、绘画以抽象的符号，殷切又含蓄地对其垂以脉脉深情时，楹联则按捺不住奔放的情思了，要么文绉绉地鱼雁传书："鱼游墨沼蘋风暖，燕入书林杏雨浓"，要么赤裸裸地直抒胸臆："古今来许多世家无非积德，天地间第一人品还是读书"。它的表达是痛快淋漓的，差不多能让人感受到人格理想的温度和湿度，感受到向往和追求精神境界的速度和力度。仿佛，在苦思巧对、研磨挥毫之际，作者已经沉浸在金榜题名的荣耀中了，或者，为自己的才学而自命不凡。

文字的召唤具有振聋发聩、润物无声的双重力量。它以鲜明的精神指向，普照广阔的地域，通行于芸芸众生。所以，在浓荫环抱着的一座座古村里，如果把其中蕴藏的所有楹联悉数搜罗来，剔除嵌有地名的那一部分，恐怕再也难以辨识它们的地域色彩。它们所表达的思想、意愿和情感，在任何村庄都可以找到知音。这就是说，楹联大多反映的是广域文化环境的普遍心态，能够轻易地唤起广泛人群的心灵共鸣，因此，它们少有地方化的精神特征和个人化、个性化的情绪。

但是，一旦它们极力地强调某一方面的内容，便反映出一个村庄、一个宗族的独有的精神气质。在渼陂，除了对诗书功名的痴情吟咏，还有大量的文字充满了传统道德的教训意味，富有为人处世的哲理，涉及修身之境界、持家之根本、处事之品行、交往之气量等等。如，宗祠的楹联："世事让三分天空地阔，心田存一点子种孙耕"，有一座照壁干脆大笔直书四字警世箴言："多留余地"，真是一语双关，精警动人；民居室内外的对联："作天地间不可少之人，为伦类中所当行之事"，语言虽朴实无华，却是铿锵有力，洋溢着一股大丈夫气；书于墙上的家训更是牵肠挂肚，顾忌颇多，因此，它的表达更加循循善诱，更加澄明透彻，如："观贫贱人当观其度量，如宽宏坦荡者则其福必臻而其家必裕；观富贵人当观其气概，如温厚和平者则其荣必久而后必昌"。其言也善，其意也切。拳拳之心，明月可鉴。

不知道为何，它对为人处世之道竟然如此耿耿于怀！此地梁氏注重教化，几近极端。于是乎，入堂便见正襟危坐的文字，出门皆是道貌岸然的格言。

在这个始建于南宋初年，耕读并重、农商并立、文武并举、义利并蓄的古村里，这些语重心长的谆谆教诲，是"文献名宗"、"衣冠望族"的秉性所在，还是以儒行商、以商助儒的封建儒商文化的经世方略？是人们阅尽世态炎凉、人情冷暖的经验总结，还是人们置身于通商码头、面对前路漫漫的千叮咛万嘱咐？

我不能自已地与渼陂默默相对，读着那些或清雅脱俗或浑厚遒劲或奇峻不凡或古朴苍凉的眼神，那些语重心长而又踌躇满志的眼神……

铺满锦绣文字的山路

安福县山庄乡大智村彭氏总祠有副楹联称："兄状元弟会元六年间压二京一十三省豪杰，左太师右少师二派下开四乡千百万载书香。"数字在联中竟表现出非凡气概。说的是，此地有过"父子四进士，兄弟双入阁"的荣耀，前者指明正统年进士彭贯及其次子彭彦充、三子彭华、四子彭彦恭，后者指彭华和他的同宗兄长彭时。明成化年间，彭时中进士，先为侍读，后入文渊阁，入内阁，为吏部尚书，首辅，文渊阁大学士，相当于宰相职，《明史》誉其"有古大臣风"。六年后，彭华进士官至礼部尚书，入内阁参预机务，后因朝廷内部人事纷争而弃官归里，61岁卒。彭氏家族真可谓魁星点斗，让仕林仰慕不已。

仿佛族谱也难以张扬家族荣耀，仿佛匾联已无法穷尽人生得意，仿佛一切笔墨都不足以激扬文字，彭贯父子索性一手握錾一手挥锤，把光荣和梦想镌刻在村头路旁、田圳间的岩石上。有一段刻石记道："成化十九年八月朔，进士淳安程愈，公差便道访郎中彭先生，适落成游息亭，拜谒苍山翁墓过此。"刻石并立亭以记，可见此举并非闲暇之余的游戏，更何况，这项工程始于正统丁卯年（1447年），陆续刻至弘治六年（1493年），几十年间金属之声不绝于耳。仅现存岩刻就有十六处，四十余幅，可辨识的文字达六千余字。几近半个世纪，祖孙三代镌而不舍、前仆后继地做着这么一件事，这差不多就是一个悲壮的故事了。现刻石尚存，亭台已了无影踪，连刻文也若隐若现了。身临大智的山野，想像当年他们的痴迷状，当几近癫狂了。相形之下，愚公移山又若何？

我是在一个冬日的黄昏赶到大智的。村后一条小路沿山脚蜿蜒而去，有裸露的岩石或孤独地蹲在芭蕉叶下，或结伴端坐在草木丛中，收割过的田垄中间溪水淙淙，田垄里的裸石则像匍匐于溪边的牛群。我在夕照里辨认岩石上的字迹。这些岩刻因石随形，大的高六米，小的仅盈尺，楷体阴刻，大部分字迹已风化得模糊难辨，只见密集的錾痕而已。田垄中的那堆岩石甚至连錾痕也被岁月打磨去了，它们自然得让人很难想象曾经有着那么刻骨铭心的精神负载。

听说，这些岩石上的题刻中有祭文、墓表、题辞、记胜、贺表、诗词，举凡擢升公差、归省祭祖、友好拜谒、致仕休闲、建房寿庆、吟咏唱和、风物灵异、丧葬祭悼等家族事，均镌刻于岩。多处巨石上，镌刻着彭华兄弟的同僚友好、地方官吏、拜谒彭氏祖居及先人墓葬的题名，涉及人名多达八十个，由其显示的官衔、时间、事件等信息，可窥见彭氏家族庞杂的社会关系及其生存环境。村旁的湖山是彭贯夫妇合葬的茔山，山脚下有题额为"感恩亭"、"永思亭"、"述德亭"的几处刻石，"述德亭"刻于高近四米、呈半圆锥状的岩石上，题额下面，绕岩面六米依次刻着纪念彭贯的墓志铭、墓表、传、诔词、祭文及挽诗，作者均为当时极有影响的朝廷重臣。

当地的文友把大智岩刻比作"文章铺路"，实在形象贴切。这条曲曲弯弯的山路，何尝不是仕途上一条铺满了锦绣文字的通衢大道？这些斑斑驳驳的岩刻，何尝不是岁月深处一座座激励后人的路碑？

只可惜，这些坐卧在草木间的文字，哪怕沐日月、啜雨露，哪怕闻莺啼、嗅谷香，与自然相依偎，得山水之精气，终究也被自然剥蚀了去。苍老的裸石龇开了长长的裂缝，几茎细瘦的藤蔓竟攀上了文字的骸骨。

正如霜叶。霜叶静静地蔫了。

正如夕照。夕照悄悄地凉了。

岁月模糊了大智岩刻的形骸，循着残存的笔画，指认它的片言只语，读来神秘如同天书。所幸的是，县博物馆将其拓片，岩石上的秘密已经大致披露。

刻石的诗作里有真性情。彭贯之父一生隐居未仕，有不少诗作称颂隐逸生活的闲适。如正统八年（1443年），当时的国子监祭酒不无羡慕地写道："长歌无与和，余响振林丘；俯仰中自得，于世更何求？"

而以"科宦蝉联"、"英才济济"为荣耀的彭氏族人，仿佛不堪承受功名之累，竟也有些感伤、有些厌倦了，有诗为证："平生性好吟诗句，句欲平和意乃休；无辱无荣随定分，不疑不惧又何愁。" 也许，这首诗不过是个人情绪的宣泄，而个人情绪可以为一时一事所左右，但它既然被刻录在天地之间，被记载在这摩崖式的"族谱"上，那么，它一定有着被珍视的理由。会不会是对"垂钓溪边免用舟"的人生境界的向往呢？抑或是对"追思子美似同游"那超然物外的人生态度的赞赏？特别是，不少在朝官宦也一味称颂彭贯之父的隐居生活，那么，诸多诗作里共有的这种情绪就变得耐人寻味了。

要知道，有诗如此赞颂彭氏家族的辉煌："卿家富贵更何如？总是前人积庆余；簪组满门双阁老，恩荣累叶六尚书。昭昭品秩题磐石，济济英才迹后车；昨夜春官坊下望，文光万丈烛天衢。"这首诗其实也道破了彭氏祖孙三代造就大智石刻的心机，它就是期望"济济英才迹后车"，希冀后辈有"前人阴助读书灯"，从而"期折桂枝绳祖武，光前启后达传闻"。

一边是激励后人攻读进取的煌煌之心，一边是表现自我清高孤傲的幽幽之意。我以为，这一矛盾恰好准确地反映了历代中国文人的典型性格及其性格的深刻矛盾。受儒家思想的濡染，他们一方面热烈地追求功名，期望通过仕宦生涯体现自己的价值，另一方面，他们又受道家学说的影响，向往超拔脱俗的人生境界，一旦官场失意，他们的性格矛盾便突显出来。

在这里，值得注意的是，经五百年岁月沧桑，大智村中除了残留些许柱础和麻石器物外，能证明昔日辉煌的文物几乎荡然无存，唯有村外这石刻群把历史拆卸为纵横密布的笔画，再组装在坚硬的磐石上。由此，我们或可以把大智石刻视作刻在岩石上的族谱。与所有的族谱不同，它以岩石为纸，以钢錾为笔，以清风为墨，它不仅要把家族的荣耀告知后人，还要告知宇宙和自然。因为，在彭氏先人的眼里，他们立足置身的环境是赖以生存繁衍的根基，周围的一切风物皆为朋友，磐石、甘泉、清风、明月等等，都有姓名，都有人格："磐石字友坚，甘泉字友洁；清风字友闻，明月字友亮。苍松字友直，绿竹字友节；秋桂字友芳，寒梅字友贞。闲主字友和，旧宾字友邻。"人与自然景物已经成为一家子了。

于是，我想，在这与日月星辰同在、与山川大地共存的族谱里，之所以会有不少流露个人性情的诗作，很可能正是因为人们在镌刻着家族历史的时候，面对属于大自然的这些可亲可敬的知己，感怀世事，心游八仞，忍不住掏出了心里话，从而使这一块块磐石变得柔软温润、多愁善感了。

估计刻石上还有许多文字恐怕永远不为人知了，若是天地有情，那么，唯有天知、地知。其实，需要破译的只是具体的文字，它的精神内在赫然矗立在历史深处，即便我们蓦然回首，也是可以清晰地看到它的神采的。

柘溪：把自然请进村中

在江西，古村落不论是依据山水就势，还是着意造势，都体现了"道法自然"的道家思想，或以水秀其姿，或以林掩其幽，或以山状其势，从而，形成了山水与建筑自然结合的独特风格。

安福县柘溪村刘氏为西汉长沙王的后裔，其开基祖刘楚荫官宋西凉郡守，离任归乡后，喜爱明山秀川的他游览至柘溪一带，为此处山水所动情，毅然拓基于三角围子。用这个地名来说明此地的山形地势再恰切不过了。村子后面的靠山是层峦叠嶂的天屏山，两边则有大山的余脉拱卫，村子深藏在山的旮旯里；那两道平缓的山冈断断续续，看上去好像是人工堆成；一道古堤横亘于村口，上面长着成行排列的古柏，高大葱郁，仿佛一面厚实的屏墙。如此看来，村庄确实是坐落在三角围子里。古堤内侧有一座书院，就叫三角书院。这座书院与村东主祀观音的竹林寺、村西主祀当地福主刘像的白马庙，分属儒、佛、道三家，从地理位置看，恰好也构成一个三角。这番精心，显然是出于风水的考虑。它们应该也是一道屏障了。

我想，当年刘氏老祖宗到此一游，叫他怦然心动的，无疑是这里的山形地势。听听那些山名就叫人神往了，什么赤蛇元龟、龙凤呈祥、双龙戏珠、双狮拜象、五虎拜狮、金凤展翅，等等。分布在村子后面及左右的那些山冈，只是一些小山包罢了，却是群峰争奇，仪态万千，满目吉祥。而村子依山就势从山脚步步高升，层层叠叠簇拥在山的羽翼之中。我攀上村中的蛇形山，更觉惊奇，蜿蜒蛇行的山脉把整个村庄分成了两部分，而坐落在村后的那隆起的蛇头，就像我在别处看到的宗祠后面的"龙座"，蛇尾处建有楚翁公纪念碑。站在蛇形山上眺望，远方的田野、山林尽收眼底，村前的大畈之中匍匐着一座低矮狭长的山冈，人称"金线钓鲤鱼"，它恰好坐落于村口前方的当冲位置，成为一道天然屏障。

除了那些自然形成的风水景观外，柘溪村周围还有一些人造的风水景观。传说当年风水先生采取觅龙察砂术相地，认为天屏山断了龙脉，要在山里筑七条土阶才能引龙进村，因此，开基不久的刘氏就为此忙开了，经过几代人的努力才完成这项浩大的工程。七星堆则是人工堆垒的土包，它们恍若北斗七星，依次排列在田野里，既体现着"道法自然"、"天人合一"的思想，也具有关锁、拱卫村庄以藏风聚气的意义，寄寓着人们通财路、兴文风的愿望；关锁村子水口的罗生堆，也是一座人工堆起的土包。

那许多的山冈、土包，或绵延伸展，或相互呼应，以严密的围护，以生动的造型，亲密地厮守着村庄。

值得注意的是这里的水。人们传说，在很早很早以前，有一年久旱不雨，一位骑鹤仙人打此路过，踩出两尺深的脚印，从此成为一泓清泉，无论气候如何，这汪涌泉始终不消不长。这个传说多少透露出人们对水的渴盼。是的，如若作为风水宝地，这里的不足正是缺乏水的深情眷顾。近千年来，生产、生活所需的水都来自天屏山上，人们利用山涧开辟三条小溪引水入村，那一线线细流滋养了三十六代子孙，滋养着如今的四千人口，在今天看来，真是不可思议。因为，我看到的山林，树种虽多，长得也比较怪异，草木却并不繁茂，可能与土层较薄有关，这样的山是难以蓄水的；我在村中看到的沟渠，则是细流如线，由此可见，那慷慨地护佑着村庄的天屏山，也是悭吝的。

想来，当村庄不断繁衍时，人们就逐渐感受到此地风水的缺憾，或心存远虑了。要不，如何会这般费尽心机来营构风水呢？

对了，在这里，风水的建构充满了对水尊崇，对水的依恋，对水的挽留。我注意到，不仅村口有栽着柏树的古堤，村中还有多处呈梯级分布的柏树之墙，只是有的地方古柏仅存一二，不甚分明了，有柏树古堤的地方应伴着一口口水塘。事实上，柘溪村正是请来风水先生定位，一共挖掘了四十六口水塘以荫养地脉。一位老人指着村中的小拱桥告诉我，此处之所以建拱桥，因为这里是龙脉连接之处。拱桥让龙脉变得神秘起来。而所谓龙脉，其实就是注入下游池塘的活水。我以为，在柘溪村，那一口口池塘的实际意义比观念意义重要得多，与其说它们是关乎生气的气场，不如老老实实地说，它们就是关乎生计的生命之源。由此可见，环境条件的不足，为风水学说大行其道提供了机会；反过来说，在风水观念的外衣之下，既包裹着人们改造自然以适应人居的主观愿望，也包裹着人们为此付出的主观努力。

柘溪修补或改变山水的造势，正是在尊崇自然的原则下进行的，或许可以说，村庄为营构风水而发生的造势行为，恰恰正是要郑重其事地把自然请进村中，让它像尊贵的宾客端坐在属于它的太师椅上。

青原东固庙会

　　青原区东固畲族乡坐落在青原区与吉安、吉水、永丰、泰和、兴国等县的交界地带。东固，以其地处庐陵边境之东，惟祈后辈日益兴旺发达，基地日益巩固而得名。第二次国内革命战争时期，我党在这里创建了东固革命根据地，这是最早创建的革命根据地之一，同时也是最早实行"工农武装割据"的红色区域之一，被毛泽东高度评价为"李文林式"根据地和"第二个井冈山"，陈毅则誉之为"东井冈"。当年的东固区还曾被评为中央苏区"第一模范区"。仅1933年至1934年间，此地就有两千四百多名青壮年参加红军，而当时全部青壮年只有两千八百人。在革命战争中，东固籍有名有姓的烈士达一千四百多人，其中包括黄公略军长、胡海、赖经邦、曾炳春等一些革命领导人。现东固境内有东固平民银行等多处革命纪念地。1928年，为了打破国民党反动派的经济封锁，活跃根据地的经济，中共东固区委决定沟通与白区的贸易，成立"东固平民银行"。那是一幢坐东南朝西北的二层楼房，砖木结构，占地面积一百七十平方米。当年10月，东固党组织筹集基金三千银元，开办东固平民银行，到1929年又扩大基金八千元，发行纸币二万元，对粉碎敌人的经济封锁起了很大的作用。当时，苏区群众非常支持平民银行的开办，纷纷筹集资金，有的妇女还把结婚时用来陪嫁的银手镯、银项链、银耳环、银戒指等往平民银行送……东固平民银行印制了中国工农政权的第一张纸币，纸币分一元、五角、一百文、二百文四种，流通于东固根据地以及邻县地区。1930年10月，毛泽东、朱德、陈毅亲临视察。1931年，东固平民银行发展为"江西工农银行"，后又与闽西银行合并为"中华苏维埃共和国国家银行"。

刘华写江西

闻名遐迩的东井冈，到了农历二月初二日，吸引人们的就是传统庙会了。据说，东固庙会迄今已有二百三十余年历史。青原区有位农民作家叫钱其昭，著有《东固暴动》等多部著作，他对本乡本土的历史和文化自然了如指掌。关于东固庙会的来历，他写道——

从前，东固西城钟、刘二姓每逢春节来临，家家户户都画好画像，安好神位，开始虔诚迎神、禳神（供神），祈祷当年五谷丰登、六畜兴旺、添丁发财。正月十六日送神日，这天很隆重，两姓人敲锣打鼓，燃香插烛，荤素齐备，喜炮长鸣，把早已扎好的彩旗、彩船、凉伞和神像送到江边火化，再将火化的灰烬装进船里，推移至江面，让它顺流而下。这叫做送神回洛阳。意思是当年所有的瘟神恶鬼、灾难疾病等等都被神押回"鬼都"洛阳去了。

后来，钟、刘两姓人氏因送神闹矛盾。若哪一姓先送，另一姓也立即送，后去的将灰烬倒入先去的船里，叫"搭船"，意即占便宜，压倒对方，祈福于己，而对方坚决不同意，因此往往酿成纠纷口角，甚至斗架，好事成了坏事，影响了和睦团结。为了避免闹事，刘姓决定正月十六日改为禳神，送神日定在二月二。

刘姓在二月二送神这天，先请好戏班子来演戏，还请来民间技艺高超的艺人扎纸人。折的纸人围着戏台活灵活现，只要一人拉动一个纸人，所有的纸人都能张开嘴，仿佛各自还能发出不同的声音，似乎在亲切地交谈什么，手脚能上下活动，好像在舞蹈，这使观众赞叹不已，称为奇绝。看热闹的商贩，由近到远，邻近县不消讲，久而久之，广东、福建、广西、湖南、湖北、云南、贵州、江苏、浙江等十几省都有不少的人来看热闹兼做买卖。这样一来，二月二就成了东固的传统庙会。

东固二月二庙会源于喊船活动，而喊船则是出于朝廷中有人妒忌张天师在广信府所享受的特权而引发的。为了应付皇帝及廷臣的试探，张天师用他的法术把原以为是一群鬼怪而实际上藏身于地底的十个人闭嘴。由于他们最后被张天师碗中的水所淹死，他们就真

272

的变成了冤鬼每晚在皇宫吵闹。当皇上问张天师如何是好之际，张天师建议每年正月初一至十五日把他们送到江西去享受香火。那十人是大臣，而且是皇帝要求张天师把冤魂带回江西享受香火的，所以在仪式之后，张天师主动用船把他们的冤魂送到洛阳。

二月初一早上游神，有十一台彩擎，每台有三位男孩扮成戏剧人物，由族长及长辈老人提着灯笼引路。

第二天早上，道士祷告祝神后，送神的游行开始。由神旗手开路，神鬼彩绘图跟随，接着是族长和房长，纸扎彩旗，两座衔轿载着本姓的福主菩萨，锣鼓乐队，六十岁以上的老者，压阵是三十九面铜锣。送神途中要高喊"龙者水、龙者船、龙者齐呼保平安"。

二月二送神、求雨和九年才举行一次叫"忏皇"的九皇会都有密切关系。后者包括一种驱邪仪式，由纸扎师傅扮地方神明，道士扮不说话的无常，并一起进入各家各户把妖魔鬼怪扫地出门。

东固流传这样一种说法：有一次，康王爷在二月二送神的回程中，碰上了周年的土地春祭（社神生日），误以为是当地善信特别招待他，于是高高兴兴地保佑东固这一年风调雨顺。可是康王爷第二年再途经东固时，这里却冷冷清清，没有一点祭祀他的迹象，很生气地使这一年灾害连连，弄得东固民不聊生。其他菩萨托梦将原委告诉了族长公，族长公赶紧晓谕村民，于是，东固五坊各姓都建起了康王爷庙宇，每年新春增加了迎康王爷菩萨进祠堂的习俗。

文中提及的喊船，为正月乡间曾普遍举行的送神，如今吉安、赣州一带尚有遗存。喊船与张天师的故事，只是传说而已。至于东固庙会源自喊船活动的说法，则令我心存疑惑。

二月初一，是吉安乡间作兴的"下元宵"。在初一傍晚，我领略了下元宵的热闹和热情。热闹是乡间道路上无法疏解的拥堵，根在乡下的所有人都往老家赶，他们接到邀请的亲朋也往乡下赶，如今都有车了，车水马龙的乡间道路上没有交警。而热情则是一壶壶一碗碗难以推却的水酒，回家的人作客的人凑热闹的人都是为了那一张圆桌、一壶热酒、一个忙于迎客送客的夜晚。

二月二，龙抬头。一大早，前往东固的公路蜿蜒在山里，赶往庙会的小车川流不息，竟有下元宵之夜的那般热闹。东固将至，我见路边有彩旗飘飘指引一条岔道盘山而去，定睛看得灵华古寺。古老的庙会应该有古庙支撑的，于是，便前去看个究竟。

灵华古寺为简陋的普通民居，它却以放置在寺庙门前的几块残碑证明着自己的古老。其贴在门边的《农历二月初二放生祈福法会佛讯》中写道："农历的二月初二前后廿四节气之一的惊蛰，春回大地，万物复苏，经过冬眠的龙，到了这一天，被隆隆的春雷惊醒，便抬头而起，这就是二月二、龙抬头的缘起。过去，人们在这一天纷纷来到江河水畔祭拜龙神，祈福新的一年风调雨顺、五谷丰登。"于是，灵华古寺选择龙抬头的吉日举行拜千佛与大型放生法会。

放生法会的内容是："1.为我们的父母放生。世上最难报的是父母的恩德。没有父母焉有我身？所以我们要为现世的父母及累世的父母放生，愿他们蒙佛护佑，早日消除业障，现世父母安乐吉祥，健康长寿！离世的父母蒙佛接引，永离三恶道，往生极乐！2.为我们的子女放生。因前世因缘我们今生相聚，子女永远是父母最难割舍的牵挂。我们为子女放生，愿他们善良聪明，懂得孝道慈悲，懂得行善积德，做有利于国家和社会的人。祝愿他们吉祥如意，健康快乐，事业学业圆满顺利！3.为自己累世的冤亲放生。百千劫的轮回中，我们不计其数地伤害或杀害了许多众生。冤冤相报何时了，我们以忏悔的心为伤害或杀害的众生祈福放生，愿他们不计前嫌原谅我们的过失，愿他们早日离苦得乐，登上彼岸！4.为唐山地震及各种自然灾害中遇难的生灵放生。在各种自然灾害中他们不幸失去生命，让我们更加懂得生命的可贵。我们为他们放生，希望他们蒙佛护佑，不再受轮回之苦，往生极乐世界！同时也祈愿风调雨顺，国泰民安！5.为被堕胎的婴灵放生。愿他们不再记恨，愿他们得到解脱。愿佛的慈悲温暖他们的生命，让他们不再寒冷不再孤独，不再恐惧不再记恨，愿他们生生世世都有这吉祥快乐的归处！6.为法界所有众生放生。愿法界所有众生早日听到佛法，破迷开悟，修成正果，相聚极乐。"

原来，寺庙特意安排在东固庙会日举办这一法会，而这座佛寺与东固庙会并无历史渊源。我从宣传资料上得知，东固庙会有时也叫东固畲族庙会，此地畲族雷、蓝两姓约有两千多人口，可是，在庙会活动中，我并未发现传说中的畲乡特色，而且，能够体现传统特色的，大约也只有所谓"搞龙"了。"搞"是一个常用、多解的动词，此处作"舞"解。搞的是草龙。在乡政府院内的坪地上，两队青壮汉子，分别着黄、蓝衫裤，各各手持一节节的草龙，伴随着吹吹打打，穿梭游走，舞动着，戏耍着。舞龙的队伍属于傲上村。这里的草龙与我在别处所见的草龙，似无二致。舞龙表演结束后，仍然是乡政府院内，临时搭起的台子上将有歌舞演出。

不觉间，已近正午，人们只管不断地涌来。东固一横一竖两条宽阔的大街上人头攒动，街两边是挤挤挨挨的货摊，也有形形色色的宣传栏、招聘点。为工业园区招工，也为一个什么计划招聘人手。看来，如今的庙会需要交流的不仅是乡情、是物资，还有人才，还有观念。因为时近正午，我才惊讶地注意到，东固镇上饮食店并不多，毕竟这里僻远且平日人少，而在庙会日如此琳琅满目的集市上，竟也少有餐饮摊点，这就叫人有些匪夷所思了。蜂拥而至的大嘴小嘴，怎么解决肚腹之饥呢？不要取笑我杞人忧天。事实上，扫视大街，我恍然发觉，满街的货摊，真正的光顾者却少，摊贩们顾自吆喝着、喧哗着，人们顾自拥挤着，从东固镇的这头汹涌着扑向那头，再像撞上防浪堤的狂浪那样，从那头卷往这头。

要返程时，车在镇口被堵住了。当地政府为滚滚车流的到来，是做了准备的，设了卡，不许车辆往闹市上去，腾出了几处停车场。然而，一旦道路堵塞，那些维持秩序的人员就无奈了，他们不是交警，连协管员也不是。疏通道路的活儿，只能由司机自己去做。

车辆被堵，来逛庙会的男女只好在镇口下车，走到镇中心怕有两三里路。人们络绎不绝，扶老携幼的，男女混搭的，同龄结伴的，三三两两的，一伙一伙的，是家庭，是玩伴，是情侣，一看便知大概。迎面而来的几乎都空着手，并排而去的几乎还是空着手。而此时，舞龙和歌舞表演早已结束。于是，好奇心怂恿我上前探问：你们赶庙会是为什么？

问得怪。每位答者都是在一怔后爽声应道：凑热闹呗！而他们身边的男女也都是在瞟瞟我后，哈哈地笑或哧哧地笑。

也是，庙会原本就是用来逛的！虽然如今都是有车一族。

万安之唱船

　　吉安市的万安县是赣州的紧邻，境内多有客家人口。青原的喊船到了这里，叫唱船。早先，我从未注意到万安有此类民俗事相的报道，大约在 2013 年 10 月，该县提出申报"农民画之乡"，便应邀前往考察。探究万安农民画的形成，其源头无疑是民间美术，比如，祝寿贺喜的礼镜、家具的雕饰和彩绘、庐陵最为讲究的檐头画及其各种建筑装饰。事实上，当下活跃的农民画作者恰好大多都有乡村漆匠经历。问起来，不少人喜爱画画竟是受乡间绘制《元宵图》的影响。《元宵图》用于每年元宵节的送神活动，为大幅的纸质绘图，天长日久，难免毁损，于是便要请人重新绘制。从小耳濡目染，一些孩子终于成了农民画家。

　　《元宵图》令我眼前一亮。在喊船唱词里，我看到了它的踪影。银坑的《禳灾船歌》称："无人彩画不成船，月子仙人做画匠，出得儿孙会画船。左画青龙右画虎，画出牡丹缠船舷……"我看到的实实在在的《元宵图》，应是陂下和枫树塘的"大神画"。枫树塘几乎就是白纸上的涂鸦之作，而陂下则庄重得多，那是一幅高过一人的彩绘作品。画面上，上界有腾云驾雾的两位神仙，下界是一队仪仗整齐的人马，中间是河流、两岸和青白二色龙舟。

　　相比之下，万安的《元宵图》算得上是鸿篇巨制了。我在农民画展上既看到了收藏于民间的《元宵图》，也看到了当地画家 2010 年根据历代元宵图收集绘制的《元宵图》。该图附有一段文字说明，如此交待道——

　　　　古云：元宵会由来已久矣，辛酉岁相邀列列，组成一会，则神愈显，民始安矣！

元宵节乃新年开初，正月十五，第一个人间普天同庆，万民同欢的新春佳节。故始姜子牙封神后，天王、地王、水王、三圆主持，观音挂帅，天上三十六洞诸神各职其事，同心协力，共谋美好。天地人间举国欢腾，国泰民安，风调雨顺，五谷丰登，六畜兴旺，吉祥如意的太平盛世。

人间答谢苍天神灵，虔诚拜祭，三牲香礼，舞灯结彩，南方祭汤圆，北方祭水饺，继存三圆统一南北阴阳合德，日月同明，万古长存。

《元宵图》又叫《元宵盛会图》，唱船、祭祀时需要悬挂墙上，游神、送神时则要抬着它游走。在这个画展上，还展示了美术馆收藏的《九皇图》《诸天大圣图》。《九皇图》用于客家人九月初一至初九"斋九皇"的祭祀仪式，至于《诸天大圣图》用于何时，终是不得其解。人们告诉我，在万安，至今仍有许多村庄保存着这类神画，就是说，唱船等民俗事相至今仍普遍存活于万安乡间，即便有些村庄不再唱船，其神画仍被珍藏着。老百姓视之为神圣，使用时须举行仪式，收藏于祠堂或庙堂的神龛之上，即使由村民保管，也应安放在厅堂祖龛之上或大门梁上。

元宵画分全堂画和半堂画两种。全堂画高两米六、宽两米，画中上部是斗姆老君、日月之神、玉皇大帝、天始元尊、雷公电母、送子观音、福禄寿星等，天上诸神腾云驾雾，飘然而至；中间部分画有宽阔的江河，江面上有二十四艘半神船，俗称二十四船。每艘神船大小不同，形状各异，其中有帅船、龙船、凤船，神船上画有各路仙人二百多位，如十二年王、十二月将、七十二煞、屈原太守、青黄二仙、瘟神收毒、竞渡三郎、游江五娘等等；下部画的是人间恭敬相送的场景，各色人物，百般形态，仪仗的队伍前往一座门楼，门楼上书"洛阳胜景"。洛阳正是送神的目的地。半堂画稍小，中间部分所画只有十二艘半神船，俗称十二船，其余与全堂画基本相同。

同治十二年（1873年）《万安县志》记载了元宵节唱船之盛况——

悬所画神舟，日闲祀以牲醴，曰叩神；夜间群执歌本曼声唱之，曰唱船；持挑执旗回旋走，曰划船；每次加吉祥语，曰赞船。金鼓爆竹之声不绝于耳，既乃饮而罢。百嘉窑头两市自十三日起有所谓装船，穿袍靴戴神头面，游行各庙划船三次，极热闹。而尤莫盛于城内之儿郎灯，每一神护灯鼓吹者辄数十人，食用素必斋戒，以祈神佑。百嘉则有男船女船之分，装女船者不戴头面，扮以杂戏，观者若狂。东村郭氏于十五日夜放花架，其架数层皆扎花，本以药线灼火引之，自下而上有门处自开，有烛处自燃，花散珠错，令人目不暇接。十七都之叶糖、二十四都之金滩，亦间有之少年扮灯者，或擎而为龙，或跨而为马，每到一村，先至神舟所，曰参神；罢之，曰绕村一周，然后焚灯卸装，曰收摄。其神舟则于十六日送之，是夜以静寂为吉兆。

就连二月十五日的花朝节，也是"祀神舟者亦如元宵"。万安的元宵唱船分为迎船、唱船、送船三部分。首先是迎船。一般在正月初一早晨，先将"所画神舟"悬挂在祠堂或寺庙里，将菩萨像请至画前就位。而后，村民带着祭祀物品到河边焚香诵文、鸣爆奏乐，迎接船神到祠堂或庙堂就位。之后是菩萨出行，人们抬着菩萨神像在仪仗队伍的护送下，请船神为各坊庙、各村庄赐福消灾；接着是唱船。白天人们要面对元宵画和菩萨神像叩神祭祀，晚上则聚集在祠堂里唱船、划船、赞船，闹至深夜。唱船时，由几位男子手执歌本面对元宵画"曼声唱之"，用打击乐伴奏。赞船，当地人又称"赞三赞"。唱完一首元宵歌后，众人面对元宵画排排站好，由一人领头高声赞一段《赞船歌》，众人大声附和："好！"此为一赞，如此连续者三。赞船后，由青年、小孩握着雕有龙头的船桨或各执一面彩旗，围着安放在祠堂中的纸扎花船跑动，做划船的样子，其他人则燃放爆竹并大声吆喝。此为划船。一轮唱船、赞船、划船，需时一小时，其间稍作休息，接着继续，每晚三轮。正月十五日夜，唱船活动最热闹。此夜每次划船结束前，划船者要冲出祠堂跑向河边，寓意送船神归位，各种妖魔鬼怪和大灾小难都随船而去。仪式结束后，全体男女老少围坐在祠堂里外，喝元宵酒，喝元宵羹；最后就是送船。时间为正月十六日，其仪式与迎船仪式基本相同，送船时要将元宵画收藏，而把花船、龙灯等相关物件一同焚烧。

　　不妨来看看万安县的唱船歌本与别处有何异同。顺峰乡版本的《木根源》唱道——

　　　　　　圣驾行船到此坊，且说根源奉圣王；
　　　　　　四方军州七千县，哪有一州不唱船。
　　　　　　上元胜景人爱哄，八十公公也向前；
　　　　　　要知当初何出处，砍木要知木根源。
　　　　　　当初何人置竞渡，何人置下造龙船；
　　　　　　屈原相公置竞渡，后殿夫人纸画船。
　　　　　　相公家中一百口，九十九口不安然，
　　　　　　屈原相公得一梦，梦见江边闹龙船，
　　　　　　后殿夫人得一梦，梦见厅前挂纸船，
　　　　　　次早请人来解梦，却是扬州大王船。
　　　　　　买办香烛去许愿，许下打造大王船，
　　　　　　许下龙船江边闹，许下纸船挂厅前，
　　　　　　自从相公许愿后，合家人口保安然。
　　　　　　安乐无事去买木，寻到由州石岩前，
　　　　　　寻得几树樟楠木，诸州府县哄连天。
　　　　　　此木生得神通大，过路客人挂纸钱，
　　　　　　东有一枝透东海，南有一枝遮南关，
　　　　　　西有一枝透佛国，北有一枝起风寒。
　　　　　　上有尾梢朝天去，下有根脚罩黄泉；
　　　　　　上有乌峰千万数，下有南蛇绕树缠。
　　　　　　千人担刀不敢近，万人执斧不敢前；
　　　　　　众团父老来商议，买香烧纸告上天。

告得天上有感应，雷公霹雳雨连天；
四月八日狂风雨，打落一枝在江边。
小水流来合大水，大水流到王庙前；
此木当初不愿死，要在潭里息三年。
乡团父老来商议，装车绞起王庙前；
河伯水官点更鼓，岸头土地夜不眠。
竞渡三郎飞马过，说道此木好造船……

造船过程的叙述与银坑相似，不同在于"船上彩旗俱有了，又无彩画不成船"，于是乎——

便去扬州请画匠，一个画匠便向前；
落笔画龙龙出现，下笔画虎虎争先。
船头要画狮子口，画出牡丹盖船舷；
船上彩画完成了，打点下水急忙忙……

至于神船的乘客是谁，《四时景节歌》和《保当歌》里均有介绍——

吾门今请神船到，燃灯秉烛又焚香；
城隍社令远迎接，端冕乘疏大帝王。
副帅旗王康福主，威勇烈气肃风霜；
二十四气分寒暑，七十二侯变阴阳。
十二年王并月将，南北众神女部娘；
劝善大王慈悲主，和瘟收气降祯祥。
文班武列诸司职，一齐分列坐船舱；
自从收瘟摄毒去，四序八节保安康。

通过《参拜歌》，可大致了解纸上神船的那些形象——

文房四宝已齐备，却把虔诚祝群仙，
白字上面书一画，参见竞渡儿郎船；
二字上面书一横，参见竞渡三郎船；
三字中间书一直，参见福主大王船；
竞渡三郎三兄弟，分居三处受香烟。

一郎南京管药店，二郎北海贩官盐；
只有三郎身材小，手执花桡跳上船。

游江五娘五姐妹，分居五处收香烟，
一姐住在桃源洞，二姐住在菊花园，
三姐住在花柳巷，四姐住在月中仙。

只有五娘身材小，手执花桡跳上船；
自从五娘上船去，十处划船九处先。

游江五娘参见后，参见二十四气边；
二十四气云中走，七十二侯变阴阳。

二十四气参见了，参见龙宫海床边；
河伯水府皆欢喜，迎风接雨到乡团。

龙宫水府参见后，参见当初大王前；
社令土地齐参过，参见船上儿郎船。

船上儿郎已参过，参见船上打鼓边；
打鼓一人参见了，参见船上打锣边。

打锣一人参见了，参见船上打闹边；
打闹一人英雄子，船头跳到船尾舷。

打闹一人参见了，参见船上舞旗边；
舞旗一人红家子，手执红旗闪半天。

自从参见吹笛子，百般歌唱尽鲜妍；
船上吹笛参见了，参见东厨司命前。

司命府君端坐坐，一日三时奏上天；
奏报上天无别事，合家人口保安然。

自从今宵参见后，诸神端坐唱行船……

《送神赞语》——

> 新春锣鼓响咚咚，拜送诸神各还宫；
> 嘱咐儿郎齐努力，顺风直到洛阳中。
> 神船不是久留客，儿郎不是久留神；
> 今朝稽首送神驾，顺风划到洛阳江。

万安县沙坪村的版本抄于 1999 年，分为《景慕屈原》《荣封康王》《附保当》《捷报状元》《十五夜唱》《元宵赞》《十五夜赞》等段。它的《景慕屈原》，还真是景慕屈原，全篇详细地叙述屈原故事，而不似其他版本，只是为寻觅唱船的出处而追溯到屈原相公身上；同样，《荣封康王》也是叙事之作，唱的是康王、北宋名将康保裔的事迹；那叫《捷报状元》的，唱的是所谓"文曲降凡"、而后中状元孝母的民间传奇。因抄写错误较多，我无法判断那位蔡姓状元究竟是谁。想想看，整个元宵节的夜晚，人们用外地人听不懂的方言土语，对着元宵画上的众多神灵唱诵有关忠孝仁义的千古佳话，这是多么耐人寻味的事情！当然，更重要的是"收拾五瘟用船装，十六早晨往洛阳"。

我在正月十五日清晨赶到了沙坪村跃龙自然村，跃龙为管氏村庄，新建的管氏宗祠建在明嘉靖年间始建祠堂的旧址上，宗祠上方张挂的是春秋时代齐国政治家、哲学家管仲的画像。传说祖堂后龙山是一只向前起飞的鸽鹊，根据地形形容此地为"鹊笼"，又依着谐音定名为"跃龙"，意为此处乃钟灵毓秀之福地，跃龙人只要有能力出去谋发展，就能前程似锦。

一大早，人们就来到祠堂集合，换好服装，带上锣鼓家什、节龙和彩旗，沿着一条彩旗招展的路，前往水口处的康王庙迎船。到了庙里，先取下高搁在神台之上的元宵画、高悬在头顶之上的神轿，再请下大小不同的各位菩萨，庙外的人们则将元宵画舒展撑起，那正是一幅全堂画。二十四船的旗帜上分别写有"帅"、"五谷丰登"、"青黄二仙"、"招滩引水"、"五显灵官"、"竞渡二郎"、"晏公元帅"、"游江五娘"、"本坊福主"、"萧老官人"、"屈原太守"、"五瘟收毒"等。其中还有载着狮与象的"回回进贡"船,凤船上舞旗的、划桨的、敲锣打鼓的,均为妇女,"游江五娘"船也是女性之船。

迎船的队伍前有"回避"、"肃静"牌、吹打班子,接着是三抬神轿、元宵画,后面是舞龙队和彩旗队。迎船进了祠堂,待三位菩萨在祠堂上方安坐、元宵画在左侧墙上挂好,但见妇女纷纷涌来,分别向菩萨和元宵画敬香。此日下午,便是菩萨出行。坐落在深山里的跃龙村,村舍三三两两,散布在一个个山坳里,这就辛苦了人们盛情请来的船神和本坊福主。

十五日夜,村人聚集在祠堂里唱船、划船、赞船,唱赞程序如前所述。此夜也是老百姓的狂欢之夜。三四个男子坐在元宵画下,面对摊在香案上的歌本唱着,其唱腔和伴奏比较简单,伴奏乐有十个小节,唱腔分上下句,共有八个小节。他们的"曼声唱之",淹没在人们的喧腾声中,此时的祠堂成了娱乐场所,开了好几张牌桌,观战者甚众。人们齐聚祠堂,也是为了等着赞船。此夜,他们要三次面对元宵画排排站定,大声赞船,还要围着纸扎花船做三次划船表演。每次划船临近末了,忽然有人从外面悄悄关上祠堂大门,而在划船结束时,大门猛然打开,众多举着旗帜的划船者猛冲出来,气势应能威吓世上的一切邪祟,寓意在于让神船把邪祟载往洛阳。熬到深更半夜,唱船方告结束,此时祠堂里外摆满了八仙桌,全村男女老少都来喝元宵酒、元宵羹了。酒是自家酿的米酒,羹是由炒香的米磨成的米粉掺杂芹菜、豆腐、肉末、大蒜、萝卜、大青菜、葱花等食材熬煮而成,又称八宝羹,其味清香诱人。万安民谣"喝完元宵酒,工夫不离手"、"喝完元宵羹,落心落肠做营生",即出自此俗。这元宵羹是在祠堂的厨房熬煮的,从白天起,就有妇女为此忙碌着。

正月十六是送船日,早晨人们在祠堂里取下元宵画、请菩萨入轿,然后,抬着纸船、元宵画和神轿,在仪仗队伍的护送下,前往水口处。纸船和节龙被送到庙后的溪边焚烧,而元宵画和菩萨神像被抬回庙里,元宵画要收藏起来,神像则要归位。听村中老人说,跃龙明代即有唱船,解放以后停止，1981 年后恢复。村中所藏元宵画为近年所画，作者是赣县人。元宵节晚餐，我们约的作者骑摩托赶到，得知与万安县相邻的赣县、遂川等地农村普遍唱船，好些村庄的元宵画都出自他的手笔。

跃龙村有讲究：送神之后三天内不得放爆竹，以免把鬼神召回来。回望村庄的水口处，但见青烟袅袅。诸神已经随船而去，顺风而去，无论经过哪些地方，它们的终点必定是洛阳……

萍乡乃傩乡

"五里一将军，十里一傩神"。这是在萍乡广泛流传的民谚，它标榜的是此地傩庙遍布，据说至今仍有百座之多。我每次前往观傩，几乎就是行走在一座座傩庙之间。一天进几座相邻的傩庙，日子一久，仅凭相机记录的时间来分辨地点，竟很难判断庙名了。

一些村庄纷纷证明本地傩庙的古老。下埠说，其傩庙始建于唐代，有重修募疏的文字为据："吾乡下埠之傩神庙，相传最古，于清之季曾毁于火，独神龛不毁，里人拓其址而重树之。况向来历有所增修，若朝房、若雨亭、若戏台、若饮楼等所，咸备无阙，规模亦甚壮丽。"下埠傩的影响甚至进入了当地的语言生活，有歇后语道："下埠的傩神——面子大些。"德化庵傩庙也以文字作证，其始建于明代，那文字却是刻在募化石碑上："我境白竹塘屋右，古有傩庙，始自明末清初。"赞化山傩庙则翻出了泉陂《陈氏族谱》，内中称："永乐年间，村人陈彝任福建按察司副使，陈谟任广东按察司佥事监察御史，致益家乡，奖掖陶瓷事业，倡修傩神庙。"

南坑车湘村把一份打印的《原始资料汇编》交给了我。读罢才知，车湘傩庙虽为新庙，却也颇有历史，只是它的历史藏匿在村人的记忆里——

据祖辈一代一代传说，黎民来萍之始，开基祖元君公于唐天佑三年（公元906年）在车湘建基立业，不久为求神灵保佑，免除天灾病患，便在院背冲内庵门前立观音庵，后又在庵内设有傩神大帝神位。当时车湘名曰"芦茅洲"，可见是个野兽出没无常的荒芜之地，且频遭天灾病祸的袭击，又遇兵乱血洗。仅百余年之后，惨重的损失使得人口锐减，香火日益凄清。

　　至北宋时期，在一个雷鸣电闪、风雨交加之夜，紧靠现在长房坪内的竹杈上出现了一个铜质的傩面具，形似现时的小鬼面具。当时大家议论纷纷，最后决定就在现今的庙后，盖一茅厂作为傩神庙，把冲内的傩神大帝神位和这一铜面具都供在里面……

　　车湘村用四段童谣概括当地傩事活动的内容和时间。其一，"噼里啪啦碰，小年傩爷要出洞。"请出傩面具的仪式谓之"出洞"。每年农历十二月廿四日，即小年日，一早要将大柜上的封条撕去，打开柜门，请出保存其中的所有面具，循序摆放在神案上，供人观瞻；其二，"咚咚锵锵，咚咚锵锵，新年初一傩爷出行。"指的是，大年初一傩神老爷将游遍全村的出行。家家户户备好香烛鞭炮、三牲酒礼，在路旁进行迎送。出行的仪仗队浩浩荡荡，前有牌匾、土号、各色彩旗和万民伞，大锣大鼓开路，接着是四人抬的傩王爷轿，抬着或举着的所有傩像前呼后拥，殿后的是吹吹打打的乐队；其三，"正月闹新春，家家要傩神，更要有味道，就得耍全套。"初二日，便开始在本村各家各户耍傩神。这时的耍傩神，只有欧阳、白马两将军率领四大天将舞剑弄斧地跳一场，每家以香烛鞭炮进行迎送。一二天内即可跳完本村各户。随后，便应邀去邻村耍傩神。也有人家晚上请傩班去耍全套，而耍全套需两小时；其四，"男女老少要开工，元宵傩爷要归洞。"归洞，便是宣告一年一度的傩事活动至此圆满，所有面具须安放在神龛内，贴上封条，谓之封洞。

　　车湘傩的全套节目有：《船古佬送将》演绎船公沿长江把傩神送往各地驱邪除祟的传说，善武术的船公为傩神开山劈路；《将军搁剑》中，欧阳正治金甲大将军和白马大将军各自手持七星宝剑，做作揖、搁剑、撩须、用剑等动作，意为耍神，跳得越热闹越能驱邪；《太子习双刀》表现谦和、无邪的皇太子飞舞双刀，终得收擒五方邪魔；《和尚抢土地婆婆》的情节是，土地公婆在巡查途中，被和尚抢走了土地婆婆，土地公公异常愤怒，丈量土地，四方寻找；《兄弟对舞》中的和乐兄弟二人手持简板满怀喜悦，亲热地翩翩起舞；《和尚戏道士》则为和尚与道士比较法术，品长论短，互不认输；而在《钟馗捉小鬼》中，当小鬼被钟馗擒获时，众呼："捉小鬼，四方太平，百事顺序，养鸡大于鹅，养猪大于牛牯，福寿安康，五谷丰登"；车湘的节目还有《雷公电母镇邪恶》和《关公大刀降福》。从这张节目单上可见，神圣与欢娱已水乳交融，正如其傩庙柱联所言："恩泽滋潇湘看芸芸众生白酒黄鸡来朝敬，傩舞娱盛世仰虎虎神将金刀银斧镇魔灾。"

有专家分析说，石源仙帝庙的前身为萍乡最早的宋代傩庙，当时叫将军庙，供奉青铜面具傩神唐宏、葛雍、周武三大将军，后遭火毁。传说，元代李氏迁居此地繁衍生息，到了明洪武年间这一带发生了恶性传染病，一年中李氏人口死亡数百。为了斩鬼驱邪、消灾纳福，李氏提议建立一堂傩神，以保一方长久安康。于是，当地十个姓氏、一万五千人口纷纷响应，成立了傩神会，并择地建起以三元大帝唐、葛、周为主神的田心傩庙。三十多年间，香火旺盛，日有百人朝拜。岂料，它还是未能逃脱火毁的厄运。随后，这一带以自然村和图甲为单位集资，择址建起了建筑面积近两千五百平方米的小枧傩庙。该傩庙为两进一亭三字燕尾形建筑，庙前曾有高大的风雨亭，亭对面是戏台，大殿两边为厢房和酒楼，后增建观音堂。与建筑的气派相应，庙里的傩神也呈现全堂定居，供奉面具共上百枚。

此地传说，将军庙改为傩神庙后，庙内供奉唐、葛、周三将军的青铜面具，在傩祭活动中，三位青年戴上青铜面具挨户索室驱疫，后来竟粘在脸上摘不下来。于是，人们顺应天意，视之为三将军真身而举行升天仪式，将他们一同葬于庙前河边，是为活人殉葬铜面具。从此，人们对面具更是敬畏，并改用樟木等质轻耐用的木材刻制。

萍乡称面具雕刻艺人为处士，专职雕刻傩面并为之开光、安放腹脏，有的还要担任傩班掌案人。面具有供奉和舞耍之别，供奉面具厚重硕大，舞耍面具较小而轻。其造型或凶猛狰狞、或和蔼端庄、或诙谐幽默，处士以刀笔技艺写尽众神之灵性，并且，赋予不同的装饰。比如，以将军面具为代表的耳翅着冠。大多为三叉式头冠，两旁刻葵花翎毛翅，冠顶饰以悬空高耸的叉，冠面饰虎头、人物立像或龙凤朝阳图案；以历史人物和道教小神为代表的纱帽朴头。帽子上反饰二龙戏珠或卷云纹彩，多为红色涂雕扎带，另有戴员外帽者，均为土地公；以道教众神为代表的高发束髻。男性除哪吒外，头顶皆束单髻，髻面饰有梅花状纹，女性前发出三绺，后发结束，有的插雀形簪，少数无髻者则涂黑漆；以小鬼、开山、牛魔王为代表的怪兽，头顶两侧饰有尖角，眉心印堂处突起一块，獠牙外露，相貌可怖。萍乡现存面具七百多枚，其中有一枚为宋代石傩面具。

萍乡傩神于小年日出洞，而下埠村傩队在此日还要为"兵把"开光。我在观赏临时组织的表演时，看到了那甚为独特的兵把。两位艺人走在傩队前面，分别手持"彩把"和兵把，不停地旋转，并时时帮腔吆喝。彩把长两米，用五色绸布制成旗，分为十一层，代表军旗，意在引道驱邪。兵把长不足一米，顶端缚有一雄鸡头，鸡脖处扎一块红布，红布内缠有多层纸钱，意为内藏神兵神将，以显示傩队的威势。艺人们在行进中赞道："雄鸡头上戴，从此下凡来；三点三位阁将军，本是真刀斩妖精。"

兵把之所以成为神圣之物，在于它经过了开光。开光日请道士打醮，烧三张纸钱，焚三炷香，杀一只雄鸡，斩下鸡头，但要将鸡头边至鸡脖子上的毛甾位，经过药制，套在上年用过的兵把上，这样，兵把才能显灵。然后，再将鸡血洒在神龛两侧，意在带领傩兵傩将的千军万马外出扫瘟驱邪。到了正月十三的傩神进洞日，同样要请道士打醮，为兵把安座，意为把走散的神兵神将收回来。为防兵力不足，每隔两三年还要为其增兵添将，即"招兵"。招兵时，百姓要取自家小孩的一只鞋翻扑在地上，以防孩子魂魄被招去。这与萍乡、万载等地为神像和傩面具开光时的禁忌颇为相似，只是此地傩神的魂灵藏匿在兵把中。兵把不仅要身先士卒率领着傩队去扫堂，去驱邪逐疫，兵把还要镇守神龛，安放在神龛上的兵把为总兵把，它不能舞耍，只能坐堂，掌管着傩神庙里的各路兵将。它应该是运筹帷幄、决胜千里的大元帅吧？

腊市镇有座俞家坊傩庙，其大门匾额题"古元勋"，此处楹联云："入门荐馨香有求必应，登堂闻磬声击鼓驱疫。"然而，贴在庙内墙上的两首赞词，称颂的却是三元大将军和李氏大仙娘治病救人的功德，言辞不事雕饰，语义颠来倒去，稚拙的诗句反映的是最朴实的生活愿望。其《朝拜三元大将军》和献给李氏大仙娘的《朝拜歌》一咏三叹，口口声声的絮叨，耿耿于怀的祈愿，主题词却是救命、保产和送子。礼拜神明的动机如此功利，一定有着深刻的历史缘由。在苍茫的时间远方，在生产力水平低下的条件下，面对频仍发生的天灾人祸，面对太多的自然和生命之谜，孤独无助的人只能匍匐在神灵脚下，那是他们自己所创造的、附着了他们的理想和意志因而可以充分信赖的超自然力量。正如车湘和石源，均是因为病患灾祸造成人口锐减，才建庙尊奉傩神以斩鬼驱邪，祈求一方人丁兴旺、生活安康的。

萍乡傩事活动可分六类：耍傩神，还愿傩，治病催生傩，讨米傩，家庭坛傩和招兵。为治病、催生而跳傩，傩队随叫随到，上午去主人家，下午设案画符，晚上跳傩，宿于主人家，次日早饭后回庙。催生的，到了主人家立即设案，化水给孕妇喝，一旦孕妇分娩，催生活动即行中止，若未生，当晚以竹片点火照明，跳傩催产。家庭坛傩除过年和有关节日设坛跳傩外，生病遭灾也可随时对小傩坛敬拜祈祷。

萍乡有民谚称："大安里的皇帝——轮得来当。"大安里地处乾坤胜境、神仙福地的武功山区，那儿道观星列、佛寺林立。相传汉魏六朝时葛玄、葛洪曾在那儿炼丹悟道。袅袅青烟，同样飘拂在傩庙里，五个乡的五万人口，至今仍信奉傩神。其中有个叫楠木冲的小村庄，也建有傩庙，并藏有傩面具三十六尊之多。村人说，从前的傩面具是铜的。而另一个叫新泉的村庄却说，从前的傩面具用石头雕琢而成，只供敬奉而不能戴上跳傩。楠木冲村民都喜欢跳傩，尤其热衷于扮演庄重轩昂的皇太子。相传有一年村人曾为戴皇太子面具而争吵，遂议定每年此面具轮流戴，故有皇帝轮得来当的美谈。其心理动机，当是为了辟邪祈福。

听说，在湘东地区，无论是傩庙里，还是举行傩祭或傩班出巡游傩时，都配有两个签筒。一个装时运签，又叫铭签，预卜凶吉运程，凡家运、婚姻、事业、生育、及吉凶祸福、是非曲直等等，均以隐晦含糊的诗句喻示；另一个则装有若干药方签，又叫药签，问病抽签，依签配方，用来治病驱瘟。药签又分内科、外科，有的地方还设妇科、儿科、麻疹科。药方由当地老郎中集体研究开出，药味搭配温和，其中还有民间验方和秘方，或许果然能救人性命。据传，上世纪的三年困难时期，石洞傩神庙第七十七签"大活鲤鱼一只，老苏苋一个，和冬瓜皮煮食"的民间验方，曾治愈水肿病患者。之所以设药方签于傩庙和傩班，是因为人们认定除魔与逐疫密切相关，除魔化凶靠神，驱疫治病靠药。然而，明明是来自凡间经验的中药方，却不通过中医诊疗来对症下药，宁愿将其贡献给傩神，再靠抽签获得。如若抽签之手乃"上帝之手"，那就是傩神灵验；不然，便是当事者对傩神有所不敬而致殃祸临头。如此荒诞，恰好证明人们迷信神灵的那般痴愚。

萍乡民间传说唐宏、葛雍、周武三将军乃一母三父的同胞兄弟，三位父亲相继为鬼魅所害，三兄弟长大后决心为父报仇，斩鬼驱邪，保护众生。因为其母在生周武时，死于分娩。于是，傩神不仅被人们当作斩鬼驱邪的保护神，也成了保胎的繁衍之神。在明塘村人家的扫堂仪式上，头缠红布的处士翻开一手抄本念道——

> 上元将军身姓唐，眼如雷电震山冈；
> 中元将军身姓葛，至今捉鬼未曾脱；
> 下元将军身姓周，至今杀鬼未曾休。
> 当初爷娘被鬼难，至今杀鬼报冤仇；
> 朝行三千七百里，夜走五岳并九州。
> 一朝有鬼心欢喜，一朝无鬼恼啾啾；
> 不吃凡间五谷食，专吃邪鬼度春秋。

原来"爷娘被鬼难"，难怪"一朝无鬼恼啾啾"！这段请神词把三将军与鬼不同戴天的情状表现得淋漓尽致，也把人们对三元将军的虔诚笃信表现得生动感人。